ullstein

Das Buch

Jan Floss braucht dringend eine Auszeit. Seine Schwester Katy organisiert einen spontanen Trip nach Südfrankreich. Mit von der Partie sind Greg und Laura, Jans heimliche Jugendliebe. Vom ersten Moment an ist der alte Zauber zwischen den beiden wieder da.

Doch dann verschwindet Laura, inmitten von einem Unwetter. Jan findet nur ihr Handy, mit einem gespenstischen Film im Speicher. Für ihn steht fest: Laura ist etwas zugestoßen, auch wenn niemand anders daran glauben will.

Ihre Spur führt nach Berlin, und je tiefer Jan bei seiner Suche in Lauras Vergangenheit gräbt, desto mehr verstrickt er sich in einen düsteren Alptraum. Plötzlich wird er von der Polizei und einem psychopathischen Phantom gejagt. Als schließlich sein Leben auf Messers Schneide steht, muss er sich fragen: Wer ist Laura wirklich?

Der Autor

Marc Raabe, 1968 geboren, ist Geschäftsführer und Gesellschafter einer Fernsehproduktion. *Schnitt* war sein Debüt und wurde sofort zum Bestseller. Marc Raabe lebt mit seiner Familie in Köln.

Von Marc Raabe ist in unserem Hause bereits erschienen:
Schnitt

Marc Raabe

Der Schock

Psychothriller

Ullstein

Besuchen Sie uns im Internet:
www.ullstein-taschenbuch.de

MIX
Papier aus verantwortungsvollen Quellen
FSC® C083411

Originalausgabe im Ullstein Taschenbuch
1. Auflage Juni 2013

Umschlaggestaltung: Büro für Gestaltung – Cornelia Niere
Titelabbildung: © plainpicture/Arcangel; © Büro für Gestaltung – Cornelia Niere (Blutstrahl)
Satz: Pinkuin Satz und Datentechnik, Berlin
Gesetzt aus der Janson Text
Papier: Holmen Book Cream von
Holmen Paper Central Europe, Hamburg GmbH
Druck und Bindearbeiten: CPI – Clausen & Bosse, Leck
Printed in Germany
ISBN 978-3-548-28524-5

Für Meike und meine Jungs.

Der Weg zur Hölle ist mit guten Vorsätzen gepflastert.

ENGLISCHES SPRICHWORT

Prolog

Berlin, 26. Dezember 1969

Froggy war zehn Jahre alt, oder, um genau zu sein: 3709 Tage. Und Tag für Tag wünschte er sich verzweifelt, dass sich etwas änderte.

Froggy war nicht blöd. Er wusste, dass es eiserne Regeln gab. Eine dieser Regeln war, dass Wünsche nicht in Erfüllung gingen. Dennoch hoffte er.

Es war der zweite Weihnachtsfeiertag, am späten Abend. Es hatte geschneit, und die ganze Welt erstickte unter einer weißen Haut. Eiskristalle glühten unter den Straßenlaternen wie Phosphor. Das Einfamilienhaus mit seinem Walmdach lag wie ein Fremdkörper zwischen den klotzigen Mehrfamilienhäusern.

Froggy war ein paar Schritte die dunkle Flurtreppe hinabgeschlichen, nun lag er bäuchlings auf den unbequemen Stufen und starrte zwischen ihnen hindurch ins Wohnzimmer. Durch die Sprossenfenster der Wohnzimmertür hatte er den Fernseher gut im Blick.

Seine Eltern saßen weiter rechts auf dem Sofa, verborgen in der Nische, aus der sie sich den Rest des Abends nicht mehr hervorschälen würden. Ab und an quollen bläuliche Schlieren von Zigarettenrauch von dort hervor.

Nach dem Spielfilm kamen die Spätnachrichten. Froggy hasste Nachrichten. Ständig dieser stocksteife Typ, der sprach wie eine Maschine, zwischendurch nichts als langweilige Bilder, und wenn man Glück hatte mal ein paar Tote.

Heute gab es gar keine Toten.

Müdigkeit kroch ihm in die Augen. Er wünschte sich einen Knopf, der ihn zum Spätfilm katapultierte.

Als ihm die Augen zufielen, träumte er von Jenny.

Sie war so alt wie er, und er träumte oft von ihr, fast immer den gleichen Traum. Er kam ihr näher, streckte die Hand nach ihr aus, konnte sie riechen, wollte ihre Schulter berühren, wollte, dass sie sich umdrehte und ihn ansah. Aber jemand stieß ihm schmerzhaft in die Rippen und lachte höhnisch.

Mit einem Ruck öffnete er die Augen.

Er lag immer noch auf der Treppe. Die Kante der Stufe drückte ihm in die Rippen. Der Schlafanzugärmel, auf dem sein Kopf lag, war feucht, und aus seinem Mundwinkel rann ein Speichelfaden.

Hatte er etwa … geschlafen?

Er schrak zusammen, sah zum Fernseher. Die Nachrichten waren vorbei. Der Spätfilm lief.

O nein! Wie hatte er nur so unvorsichtig sein können! Sein Blick flog panisch hinüber zur Nische. Ein dünner Faden Rauch schwebte aus der Ecke. Er atmete auf. Sie saßen immer noch da, wie festgewachsen.

Zeit zu verschwinden. Lautlos spannte er die dünnen Muskeln und richtete sich auf. Zufällig fiel sein Blick noch einmal auf den Fernseher, und er erstarrte mitten in der Bewegung. Da war ein Mann auf der Mattscheibe. Sein ganzer Kopf war mit einem breiten Wundverband umwickelt, nicht einen Zentimeter Haut konnte Froggy erkennen. Ganz langsam, mit ebenfalls verbundenen Händen, löste der Mann die Bandagen von seinem Kopf.

Wie elektrisiert starrte Froggy auf die Szene.

Denn hinter dem Verband war – nichts.

Einfach nichts.

Der Mann war unsichtbar!

Froggy bekam eine Gänsehaut. Plötzlich war ihm alles egal. Der feuchte Ärmel seines Schlafanzugs, dass er eingeschlafen war, dass er entdeckt werden könnte. Er musste diesen Film sehen.

Als der Abspann lief, fühlte er sich wie ein Astronaut, der vom Himmel fiel. Mit steifen Armen und Beinen schlich er nach oben, schlüpfte in die Enge seines Kinderzimmers. Der Widerschein der Straßenlaternen warf giftiges Licht durchs Fenster. Müde trat er an sein Bett und erschrak bis ins Mark.

Da saß jemand.

Eine massige Gestalt, die nach Rauch stank, und nach Alkohol. Die Gestalt erhob sich von der Matratze, ein schwarzes Gespenst vor der gelbgrau erleuchteten Tapete. In der Hand der Gestalt baumelte ein Ledergürtel.

»Deine Ma hat dich auf der Treppe gesehen«, sagte sein Vater. Seine Stimme klang schwer und müde, aber dennoch klar, obwohl der Geruch aus seinem Mund etwas anderes erwarten ließ.

Froggy begann zu zittern.

»Weißt du, wie viel Kummer ihr das macht, dass du so bist?«

Froggy schwieg. Es machte ihm ja selbst Kummer. Am liebsten wäre er gar nicht da gewesen.

»*Ich* könnte dir ja verzeihen«, sagte sein Vater. »Ich weiß ja, woher's kommt. Aber sie weiß es auch. Na ja, und sie hasst mich dafür. *Mich!* Weißt du, wie weh das tut?«

Froggy biss sich auf die Lippen. Ja! Wusste er! Er hasste sich ja auch dafür. Und er versuchte schon sein ganzes Leben, ein anderer zu sein.

Als er seine Strafe bekam, biss er sich auf die Zunge. Der metallene Geschmack half ihm, nicht zu schreien. Er wollte verschwinden, aus sich heraustreten, nicht mehr da sein.

Sein Vater keuchte vor Anstrengung, als er ging. Sein Schweiß hing noch in der Luft. Froggy lag bäuchlings auf seinem Bett, mit schmerzendem Rücken. Er kam sich erbärmlich vor, schwach, und wollte sich selbst in die hinterste Ecke seiner Seele verkriechen, dorthin, wo ihn niemand sah und wo er still in sich hineinheulen konnte.

Sehnsüchtig dachte er an den Film, den er eben noch gesehen hatte. Wäre er doch nur unsichtbar, wie dieser Mann.

Wer unsichtbar war, der konnte auch nicht dumm auffallen – oder ausgelacht werden. Und vor allem: Wer unsichtbar war, der konnte auch nicht bestraft werden.

Der Wunsch überkam ihn, wie ein Schwarm Heuschrecken, dunkel und brausend. Wenn er unsichtbar wäre, dann könnte er *alles* tun, was er wollte!

Und niemand könnte ihn davon abhalten.

Seine Religionslehrerin schoss ihm in den Sinn. Sie hatte einmal von einem Arzt für Verrückte erzählt. Der hatte herausgefunden, dass Menschen verschiedene Wesen in sich haben. Es gab ein *Es*, so etwas wie ein gefräßiges Tier, und dann ein *Über-Ich*, wie seine Mutter, die alles kontrollierte, und irgendwo dazwischen war man selbst, jedenfalls wenn man normal war.

Aber wenn man so war wie dieser Mann im Film, dann gab es kein *Über-Ich* mehr. Dann war niemand mehr *über* einem.

Das musste großartig sein.

Er stellte sich vor, wie er in das Haus von Jennys Eltern schlich, in Jennys Zimmer, ohne dass sie ihn sehen konnte, wie er sie beobachtete, ihr beim Ausziehen zusah, bis sie ganz nackt war, wie die Frauen in Vaters Zeitschriften. Oder er konnte Herrn Broich, seinem Deutschlehrer, ein Bein stellen, am besten kurz vor dem Bordstein. Wenn er sich dann die Vorderzähne ausschlug, dann würde Broich endlich wissen, wie es sich anfühlte, ständig von allen begafft zu werden.

Langsam erhob er sich aus seinem Bett. Sein Rücken loderte vor Schmerzen. Er trat ans Fenster und öffnete es sperrangelweit. Die eisige Winterluft überzog seinen Rücken wie Raureif. Sein Atem dampfte.

Wäre ich unsichtbar, dachte er, würde man jetzt nichts von mir sehen als diese Atemwolke.

Wäre ich unsichtbar, dann könnte ich jetzt ins Schlafzimmer von Ma und Pa schleichen. Ich könnte Pa die Hoden abschneiden und sie ihm in seine gelbe Fresse stopfen. Bis er dran erstickt.

Und Ma sollte zusehen. Das würde ihr eine Lehre sein.

2011

Kapitel 1

Èze – Côte d'Azur, 17. Oktober, 21:55 Uhr

Der Moment, als das Handy klingelte, war für Jan Floss der Moment, in dem alles losbrach.

17 Minuten zuvor hatte Jan nichtsahnend vor dem Panoramafenster gestanden und durch seine eigene Spiegelung hindurch in die Dunkelheit gestarrt. Vierhundert Meter unter ihm brandete das Meer. Das Azurblau der Côte d'Azur hatte sich in schwarzes Blei verwandelt, und der Himmel schien direkt ins Meer zu fließen.

Es goss in Strömen, bereits seit drei Tagen, und eine für diesen Teil der Küste untypische klamme Kälte kroch ihm in die Glieder. Verdammte Heizung. Verdammtes Haus. Seit wie vielen Jahren war sein Vater nicht mehr hier gewesen? Eigentlich seit Mutter ausgezogen war. Und da war Jan gerade zehn geworden. Also seit 24 Jahren. Kein Wunder, dass in diesem Haus nichts mehr funktionierte. Was für eine Schnapsidee, ausgerechnet hierher zu kommen. Zu wenig Heizung, zu viele Erinnerungen.

Seit drei Tagen hockten sie jetzt zu viert hier aufeinander, in einem 120-qm-Ferienhaus, von dem gerade einmal 30 qm halbwegs bewohnbar waren: das alte Elternschlafzimmer und das große Wohn- und Esszimmer mit dem Panoramafenster. Theos altes Kinderzimmer war immer noch abgeschlossen, als würde sein Geist hinter der Tür hausen. Jan wusste nicht, wo der Schlüssel für diese Tür war. Und selbst wenn er es gewusst hätte, er hätte es nicht über sich gebracht, sie zu öffnen.

Greg, Katy und Laura hatten es nicht mehr ausgehalten und waren mit Gregs Jeep zum Einkaufen runter in die Stadt – nach Beaulieu-sur-Mer, kurz vor Nizza.

Jan hatte sich entschieden zu bleiben. 30 qm Haus gegen 4 qm Auto tauschen? Nein danke! Erst recht nicht bei diesem Regen. Außerdem konnte er seiner 37-jährigen Schwester Katy nicht länger dabei zusehen, wie sie Greg anhimmelte, ganz so als gäbe es weder ihren Mann noch ihre Zwillinge. Dazu kam, dass Jan dem Einkaufen in Supermärkten nichts abgewinnen konnte. Endlose Regale, knallbunte Produkte und pausenloses Werbegedudel. Über Jahre hatte er diesen Mist und seine Wirkung auf Kunden untersucht. Die Psychologie von Tütensuppen war viel zu lange sein Lebensinhalt gewesen.

Als Greg und Katy verkündet hatten, dass sie nach Beaulieu-sur-Mer wollten, hatte Jan gehofft, dass Laura blieb. Die Erinnerung an letzte Nacht ließ sein Herz immer noch schneller schlagen. Doch Laura litt offenbar ebenfalls unter dem Hütten-Koller, war in ihre Gummistiefel gestiegen und hatte mit Greg und Katy das Haus verlassen.

Jan starrte durch die Scheibe. Sein Spiegelbild trat deutlich auf dem Glas hervor; das erschöpfte Gesicht eines 34-jährigen Einzelgängers. Seine braunen Augen waren schwarze Punkte; seine dunklen Haare standen wild von seinem Kopf ab, so wie ihm die Gedanken durchs Hirn flogen. Und dann war da noch das Feuermal, das sich wie eine rötliche Insel von seiner linken Schläfe über die Wange bis hinab zum Mundwinkel zog. Nach der Sache mit Theo war es ihm immer vorgekommen, als hätte jemand da oben vorgehabt, ihn schon bei seiner Geburt zu brandmarken. Seht her, dieser Junge zieht das Unglück an. Seid vorsichtig. Meidet ihn.

Als das Telefon klingelte, griff Jan einfach nach rechts, drückte blind die grüne Taste und hob das Gerät ans Ohr. Da sprudelte ihm schon ihre Stimme entgegen.

»Hey. Katy hier. Sag mal, ist Laura bei dir?«

»Was?«, fragte Jan.

»Spreche ich Spanisch? Ob Laura bei dir ist.«

Jan runzelte die Stirn. »Also eben hat sie noch neben dir im Auto gesessen, aber wart mal«, meinte Jan, »ich seh mal gerade nach, vielleicht steht sie hinter der Gardine hier.« Er wedelte lautstark mit dem Stoff. »Ups. Nein. Da ist sie nicht.«

»Haha. Sehr witzig, Bruderherz.«

»Garbage in, garbage out«, sagte Jan lakonisch.

»Hä?«

Er seufzte. »Na, wenn die Frage Müll ist, dann ist die Antwort eben auch Müll.«

»Kannst du mal aus deiner destruktiven Stimmung aussteigen und mir bitte helfen?«

»Ich bin nicht destruktiv«, sagte Jan, »mir geht's nur nicht besonders gut.«

»Kannst du mir jetzt bitte einfach sagen, ob Laura bei dir ist. Oder ob sie sich bei dir gemeldet hat.«

»Ist Laura denn weg?«

»Wie vom Erdboden verschluckt. Sonst würde ich ja wohl kaum fragen.«

»Wo seid ihr denn gerade?«

»Beim Supermarkt.«

»Bei *welchem* Supermarkt?«

Katy schnaubte. »Dem Hypermarché. Am Ortseingang von Beaulieu. Wo denn sonst. Könntest du mir jetzt einfach mal meine Frage beantworten?«

»Du hast dir deine Frage gerade selbst beantwortet.«

Katy stöhnte in den Hörer.

»Katy, bitte! Ihr seid vor 'ner halben Stunde losgefahren. Bis da unten braucht man mit dem Auto zehn Minuten. Den Berg hoch zu Fuß braucht man erheblich länger. Wenn Laura also nicht schon auf der Fahrt aus dem Auto gesprungen ist, weil sie Gregs Gequatsche nicht mehr ertragen hat, dann kann sie noch gar nicht hier sein.«

»Herzlichen Dank für den Kurzlehrgang in Sachen Logik! Ich mach mir einfach Sorgen, okay? Laura ist weg, und wir haben keine Ahnung, wieso. Also, wenn sie sich bei dir meldet oder bei dir auftaucht, dann sag wenigstens Bescheid«, sagte Katy bissig und legte abrupt auf.

Jan seufzte, als es in der Leitung knackte. Sofort tat ihm leid, dass er es mal wieder nicht hatte lassen können. Es war immer das Gleiche. Wenn er mit Katy sprach, saßen tausend kleine Teufel in seinem Gehirn, und er verfiel in Verhaltensmuster, die eher zu einem bockigen Teenager passten als zu einem erwachsenen Mann.

Er starrte hinaus in den Regen. Die Felskante, hinter der es steil abwärts zum Meer ging, war nur noch ein unscharfer gezackter Schatten in der Dunkelheit. Er dachte an Laura. Ihr Gesicht sah so ganz anders aus als damals in der Schule. Voller. Erwachsener. Nicht nur weil sie älter geworden war – da war noch etwas anderes. Etwas Verschlossenes, das ihn faszinierte, oder besser gesagt, ihn magisch anzog.

Schon damals in der Schule, mit 14, hatte Lauras Nähe ihn immer in Not gebracht. Sein Kopf wurde heiß, und er wusste nur zu gut, dass auch sein Feuermal dann noch deutlicher hervortrat. Dennoch suchte er immer wieder ihre Nähe. Nachts hatte er dann so intensive Träume, dass er tags darauf nur noch verlegener beiseitesah, wenn sich ihre Blicke trafen. Er wusste nicht, wie er mit all diesen Gefühlen fertig werden sollte, er kam sich dumm vor und irgendwie schuldig, als ob das alles nicht normal sei, was ihn da überwältigte.

Dann war Laura plötzlich weg gewesen, von einem Tag auf den anderen. Später erfuhr er, dass sie die Schule gewechselt hatte, aus einem Grund, den er bis heute nicht kannte. Seitdem hatte er sie nicht mehr gesehen – bis Katy diesen unseligen Trip nach Frankreich vorgeschlagen hatte.

Er sah nach links, zu der schmalen Straße, die sich den Hang nach Èze emporwand. Das Wasser floss in breiten Bächen bis zum Wendehammer vor dem Haus und sammelte sich in großen Pfützen. Zu verschwinden, das schien irgendwie eine Eigenart von Laura zu sein. Aber warum ausgerechnet in einem französischen Kaff, bei diesem Wetter, vor einem Supermarkt, der in wenigen Minuten schloss? Ihm wurde mulmig.

Instinktiv griff er zum Handy. Lauras Nummer hatte er nicht, also rief er Katy an.

Ihr gewünschter Gesprächspartner ist vorübergehend nicht erreichbar, tönte es aus dem Handy.

Na großartig! Und jetzt?

Für einen Moment kam er sich albern vor. Eine erwachsene Frau verschwand für ein paar Minuten, und schon drehte er durch. Es liegt am Regen, dachte er. Immer wenn es so regnet, drehst du durch.

Er schloss die Augen und lehnte sich mit der Stirn an die Scheibe. Das Glas drückte kalt gegen seine Haut.

Vermutlich saßen die drei im Jeep und waren irgendwo auf der Küstenstraße, auf dem Weg zu ihm. Auf der Corniche gab es bestimmt einige Stellen, an denen das Mobilfunknetz nicht gut funktionierte.

Noch zehn Minuten. Vielleicht auch etwas mehr. So lange dauerte es mit dem Wagen vom Hypermarché bis vors Haus.

So lange würde er noch warten.

Kapitel 2

Beaulieu-sur-Mer – Côte d'Azur, 17. Oktober, 22:05 Uhr

Die straffe Haut hatte kurz Wiederstand geleistet, dann war die Kanüle mit der scharfen V-förmigen Spitze eingedrungen. Unter der Haut schimmerten bläuliche Venen. Der dünne Schlauch an der Kanüle hatte sich mit Rot gefüllt. Eine weitere Ader, mit einem kleinen weißen Plastikhahn.

Dahinter war der Schlauch noch jungfräulich. Durchsichtig.

So lange, wie er es wollte.

Er begann sie zu rasieren. Nass. Etwas von dem weißen Schaum kleckste auf den Stahltisch. Frisch gefallener Schnee mit dunklen Schamhaaren. Eben hatte sie sich noch gewehrt. Gebettelt. Gerüttelt. Als er die Dreifachklinge nah ihrer Klitoris angesetzt hatte, war sie erstarrt. Jetzt flennte sie nur noch. Das beschissene Salz in den Tränen verdarb den Teint. Er musste sie wegtupfen, dabei hatte er gleichzeitig auf so vieles zu achten.

Der elektrische Gabelstapler stand bereit. Seit fünfzig Minuten härteten die ersten zwanzig Zentimeter auf dem Boden von Wanne eins aus. Es roch dementsprechend beißend. Die Lüftung lief auf Hochtouren. Sein Schwanz auch. Jeder Zug der Rasierklinge ließ ihn pulsieren.

Sie starrte an die Decke und flennte weiter.

Prinzessinnen flennten nicht.

Nicht seine.

Das nahm er ihr übel.

Selbst wenn es seinem Schwanz gefiel. Er wischte die Sauerei mit den viel zu dunklen Haaren weg. Kletterte auf die Stahlplatte. Stand über ihr, sein Glied wie ein Revolver. Jetzt sah sie ihn und wusste, dass es so weit war. Scheiße, es hatte lange gedauert. Aber jetzt war es so weit.

Er drang in sie ein, stieß zu, legte seine Linke um ihren Hals und drückte. Nur keine Würgemale. Mit der Rechten löste er die kleinen weißen Plastikhähne. Blut floss in die beiden Schläuche, und da, wo sie endeten, plätscherte es zu Boden. Sie wurde blasser und sein Schwanz immer noch steifer. Der Gestank der Chemikalien, der metallische Geruch des Blutes, seine heißlaufenden Erinnerungen, das alles war ein einziger großer Strudel.

Dann platzte etwas. Und spritzte.

Er sah auf. In Wanne eins lief Fixierer aus der Leitung, direkt ins Becken. Er sprang auf, wäre beinah in der klebrigen roten Lache ausgerutscht, und rannte zum Becken.

Aber es war schon zu spät.

Verfluchte Scheiße.

Der Zeitplan war im Arsch.

Er starrte auf den defekten Verbinder. Musste an den Verkäufer denken, der ihm das Zeug angedreht hatte. ›Klar ist das sicher. Das ist Plastik. Das hält ewig.‹ Schwachkopf, beschissener! Am liebsten hätte er ihm jeden Finger einzeln abgeschnitten.

Das war vor drei Tagen gewesen, in Berlin.

Heute musste er zugeben: Ohne die geplatzte Leitung wäre er sicher nicht noch einmal losgefahren. Dann hätte er *sie* nicht gesehen. Und dann wäre er jetzt nicht hier: im Regen, auf einem einsamen Parkplatz vor einem französischen Hypermarché.

Er konnte es förmlich riechen. Und sehen. Sie hatten

Angst, der große Blonde und die Dunkelhaarige. Wie sie ums Auto staksten! Wie zwei blöde Flamingos.

Die Angst hüllte sie ein wie eine schwere süße Wolke Parfüm, die er gierig mit weit geöffneten Nasenflügeln einsog. Seit zwanzig Minuten waren sie in dieser Wolke, suchten, telefonierten und wurden pitschnass im Regen. Jetzt steckte die hübsche Dunkelhaarige wütend ihr Handy ein. Auch ihr Lover, der All-American-Boy mit seinem scheißbraunen Teint, sah nicht gerade glücklich aus. Eher so, als wünschte er sich auf sein Surfbrett nach Venice Beach.

Dann sah er *sie*.

Sie kam aus dem Supermarkt, ganz selbstverständlich, als wäre sie nicht mehr als ein paar Sekunden weg gewesen. Sie hatte diese Anmut in ihrem Gang. Der Schwung ihrer langen Haare erschlug ihn, und das obwohl sie nicht blond waren. Alles an ihr erschlug ihn. Das schmale Gesicht mit den so klaren Wangenknochen, wie eine Heilige, und dann die Augen, die wegen der hochstehenden Brauen immer etwas überrascht aussahen – und zugleich merkwürdig teilnahmslos, als würden sie eine stille Trauer verbergen. Trauer. Verbergen. Wie gut er das kannte! Sie war schon jetzt wie ein Teil von ihm. Und die Sache mit den Haaren – nun ja, Haare konnte er färben. Oder bleichen.

Bereits in Berlin, als er sie zufällig am Straßenrand gesehen hatte, wie sie mit ihrer Reisetasche zu den anderen stieß, hatte es ihm den Atem verschlagen. Er war auf dem Weg gewesen, Ersatzteile zu besorgen. Instinktiv hatte er auf die Bremse getreten und durch das getönte Heckfenster gespäht. Hätte er es nicht besser gewusst, er hätte geschworen, es gäbe so etwas wie Wiedergeburt, so sehr erinnerte sie ihn an Jenny.

Als sich der Cherokee-Jeep mit ihr und den anderen

in Bewegung setzte, hatte er sich blitzschnell entscheiden müssen – für einen Blindflug. Ohne Planung, ohne Anlauf. Nicht einmal aufräumen konnte er vorher noch. Entweder alles stehen und liegen lassen – oder sie verlieren. Und verlieren war nicht drin. Dafür war sie zu besonders.

Also war er ihr gefolgt, 1324 Kilometer lang, bis hierher. Eine Rast auf der Autobahn hatte er genutzt, um das Kennzeichen zu wechseln. Er hatte immer eins in Reserve. Ebenso wie all das andere.

Als sie in Èze angekommen waren, hatte das Warten begonnen. Es war ihm elend schwergefallen. Erst am gestrigen Abend gab es endlich eine Gelegenheit. Sein Herz hatte schneller geschlagen, als sie alleine vor die Tür getreten war und sich eine Zigarette angesteckt hatte. Er hatte die Waffe gehoben, angelegt, die Sehnen in seinem Zeigefinger gespannt bis zum Äußersten – und dann, im letzten Augenblick, war *er* aufgetaucht.

Verfluchter Wichser!

Und dieses Feuermal. Dunkel, violett und hässlich. Er hatte es eine Weile mit dem Fadenkreuz des Zielfernrohrs anvisiert, sich vorgestellt, was eine Kugel anrichten würde. Da hatte er noch gehofft, dass der Kerl irgendwann wieder zurück ins Haus ging.

Stattdessen hatte er sie angegraben. Angetatscht. Besitz von ihr ergriffen.

Während er den beiden zusehen musste, quälte ihn das gleiche stechende Gefühl, das ihn schon damals gequält hatte, als er noch Froggy war – *nur Froggy* – und ertragen musste, wenn die anderen Jenny beim Tanzen mit ihren Blicken auszogen.

Das Zielfernrohr hatte alles unerträglich nah herangerückt. Erst als sie plötzlich erstarrte und Mr Feuermal wegen irgendetwas wütend ansah, gab es einen kurzen

Moment Hoffnung. Vielleicht schickte sie ihn ja zum Teufel. Hauptsache er verschwand! Stattdessen ließ sie ihn stehen und verschwand selbst im Haus.

Scheiße.

Also weiter warten und sich zügeln.

Er war durch eine harte Schule gegangen, was das betraf. Aber jetzt und hier, auf dem Parkplatz vor diesem Supermarkt, konnte er sich kaum mehr beherrschen. Die Erregung packte ihn, sein Glied schwoll an, ein Gefühl von uneingeschränkter Macht und Kraft füllte ihn aus wie Magma. Er starrte sie an, aus seiner Höhle unter der schwarzen Kapuze. Der vom Regen feuchte Stoff lag kalt auf seiner nackten Kopfhaut.

Bleib ruhig, mahnte er sich. Konzentrier dich!

Er sah, wie der dunkelhaarige Flamingo auf sie zustürmte und wild gestikulierte. Wie schmeckte eigentlich Flamingo? Er überlegte, ob er jemals Flamingo-Fleisch gegessen hatte und welche Farbe es wohl hatte. War es rosa?

Jetzt stiegen sie ins Auto ein.

Die Lichter des Cherokee flammten auf. Der Jeep wendete rasch, und die Scheinwerfer streiften ihn, wie ein Spot einen Tänzer streift, der noch am Rand steht und darauf wartet, dass seine Musik einsetzt.

Kapitel 3

Beaulieu-sur-Mer – Côte d'Azur, 17. Oktober, 22:07 Uhr

Laura hatte sich kaum auf die Rückbank des Cherokee gesetzt, als Greg schon das Gaspedal trat und scharf wendete. Die Fliehkraft riss an der Tür, und Laura schaffte es nur mit Mühe, sie zu schließen.

»Würdest du mir bitte einen Gefallen tun und nicht fahren wie ein Teenie auf Speed«, schnappte Laura.

»Klar«, knurrte Greg, »wenn du uns das nächste Mal Bescheid sagst, bevor du für zwanzig Minuten auf dem Supermarktklo verschwindest. Und das auch noch kurz vor Ladenschluss! Wir haben uns Sorgen gemacht.«

»Glaubst du, mir macht das Spaß? Es ging halt nicht anders.«

»Es ging nicht anders?«

»Ich bin 'ne Frau, verdammt!«

»Ach ja?«, knurrte Greg. »Und Frauen können nicht Bescheid sagen?«

Laura rollte mit den Augen. »Katy, erklär du's ihm bitte, ja.«

Katy schwieg, drehte den Kopf zur Seite und sah zum Fenster hinaus.

»Ach, Scheiße«, murmelte Laura. Sie wusste, dass Greg recht hatte – irgendwie. Und den Teil, wo er nicht recht hatte, den vollgesogenen Tampon, die blutige Hose und die ganzen übrigen Scherereien, diesen Teil konnte und wollte sie nicht erklären.

Sie beugte sich leicht nach vorne; etwas Regen war ihr unter den Kragen der Jacke gelaufen, und jetzt klebte die nasse Kleidung an ihrem Rücken. In ihrem Bauch rumorte es immer noch, und zwischen Becken und Rückenwirbeln tobte ein krampfartiger Schmerz, ganz zu schweigen von den Kopfschmerzen und der Übelkeit. Sie hatte gestern schon geahnt, dass es wieder so weit war. Doch wie immer hatte sie es verdrängt, bis es aus ihr herausbrach.

Ihre Tage als notwendiges Übel zu bezeichnen wäre eine Untertreibung gewesen. Übel ja. Aber notwendig? *Wofür denn?* In ihrem ersten Leben war sie zu jung für Kinder gewesen. In ihrem zweiten Leben zu verloren und zu kaputt.

Und jetzt, in ihrem dritten Leben?

Sie hatte noch nicht einmal einen Partner, geschweige denn jemanden, mit dem sie ein Kind haben wollte. Alleine der Gedanke, die Verantwortung für ein Kind tragen zu müssen, schnürte ihr die Kehle zu, weil sie immerzu an ihre eigene Kindheit denken musste, an die drückende Einsamkeit in der Villa in der Finkenstraße, an ihren Vater, der dauerabwesend war, entweder auf Geschäftsreise in Wien oder in irgendeinem seiner Zimmer, immer unansprechbar, während ihre Mutter … nun ja …

Dann schon lieber wirklich alleine. So wie jetzt. Sie hatte ihre Wohnung, ihre Arbeit bei Ultimate-Action, einer Sport-Event-Agentur, und den Rest der Zeit war sie damit beschäftigt, nicht wieder zurückzufallen in alte Gewohnheiten. Sie war gewissermaßen immerzu auf der Flucht vor Leben Nummer zwei.

Wozu also brauchte es diese elenden Regelschmerzen? Ihre Tage waren ein ständiger Störfaktor. Auch für ihren Job bei Ultimate-Action. Eine Reihe von Fallschirm-Tandemsprüngen – *abgesagt*. Die letzte Klettertour – *ebenfalls abgesagt.* Sie hatte Glück, dass Gerald, ihr Chef, sie nach wie vor mochte, und das, obwohl sie seine Annäherungsversuche bisher beharrlich ignoriert hatte.

Laura seufzte und sah aus der Seitenscheibe des Cherokee. Hinter den vom Fahrtwind verzerrten Tropfenbächen wischten die letzten Häuser von Beaulieu-sur-Mer vorbei. Ihr feuchter Rücken erinnerte sie an den gestrigen Abend, an Jan und an das, was vor dem Haus passiert war.

Sie hatte einen Rappel bekommen und vor die Tür gemusst, an die frische Luft. Auf Dauer hielt sie es einfach nicht in geschlossenen Räumen aus. In einer ihrer Jackentaschen hatte noch eine angebrochene Packung Lucky Strikes gesteckt, von einem ihrer Kollegen. Zigaretten waren eigentlich nicht ihr Ding, wenn überhaupt war sie Gelegenheitsraucherin, doch hier und jetzt war es die perfekte Ausrede gewesen, um für einen Moment alleine vor die Tür zu gehen – zumal die anderen nicht rauchten. Eine Viertelstunde alleine, nur mit einer Zigarette, das erschien ihr als Paradies.

Das Paradies hielt ganze drei Minuten an. Sie hatte draußen gestanden, mit dem Rücken zur Eingangstür, über ihr das vorkragende Wohnzimmer des Hauses, das wie eine riesige Zigarettenschachtel in den oberen Teil des Steilhangs gerammt war. Vor ihren Augen rannen Wasserfäden vom Dach, und das Ende ihrer Zigarette glühte auf, als sie daran zog.

In der Dunkelheit, rechts von ihr, zwischen den Bäumen am Hang, blitzte plötzlich etwas auf. War da nicht ein Schatten? Sie kniff die Augen zusammen und spähte in die Nacht. Vielleicht ein Tier?

In diesem Moment trat Jan hinter ihr aus der Tür, stellte sich still neben sie und sah aufs dunkle Meer und die tiefhängenden Wolken. Sie schwiegen in stillem Einvernehmen. Nur der Regen prasselte, und die See brandete weit unter ihnen gegen die Felsen.

Laura schnippte die Zigarette in den Regen und zündete sich eine weitere an.

»Du rauchst eigentlich nicht, oder?«, fragte Jan, ohne den Blick vom Meer abzuwenden.

»Ach, nein?«

»Nein«, sagte Jan.

Laura stieß den Rauch in den Regen und musste lachen. Es klang überraschend rau und etwas spöttisch. »Was hat mich verraten, Kommissar Floss?«

Jan lächelte und zuckte mit den Schultern. »Deine Haltung. Die Hände …«

»Ich seh schon«, sagte Laura, »ein echter Fachmann. Auch eine?« Sie hielt ihm die Schachtel hin.

»Danke. Ich rauch nicht.«

Skeptisch sah sie ihn an. »So wie ich, meinst du?«

Jan zog fröstelnd den Kopf zwischen die Schultern. »Mir wär jetzt eher nach 'nem Kaffee.«

»Kaffee? Um *die* Uhrzeit? Da würde ich die ganze Nacht senkrecht im Bett stehen.«

Jan lächelte schief. »Alles eine Frage der Übung.«

»Wo übt man denn bitte nachts Kaffee trinken?«

»Marktforschung. Oder Werbung. Man fängt morgens damit an und hält den Koffein-Pegel die ganze Zeit über auf konstantem Niveau.«

Laura erinnerte sich dunkel daran, dass Jans und Katys Vater Inhaber einer Werbeagentur war. Deswegen auch das Ferienhaus an der Côte d'Azur. Auch wenn es inzwischen so heruntergekommen war – es hatte sicher einmal ein kleines Vermögen gekostet. »Also lange Tage im Job?«

Jan nickte. »24 Stunden, sieben Tage die Woche. Zumindest gefühlt.«

»Bravo. Beste Voraussetzungen für einen Burn-out.«

»Yepp«, sagte Jan.

»Und warum machst du es dann?«

Wieder ein schiefes Lächeln. »Mach ich ja gar nicht mehr. Ich bin raus. Ist vorbei.«

»Aha. Bist du freiwillig ausgestiegen … oder …?«

»Mehr *›oder‹*«, sagte Jan und schwieg einen Moment. »Ist 'ne komplizierte Geschichte.«

»Aha.« Laura zog an ihrer Zigarette. Wenn er nicht darüber reden wollte, kein Problem. Sie mochte es schließlich auch nicht, ausgefragt zu werden. Sie drehte die Zigarette in ihrer Hand und betrachtete die Glut, die sich durch den Tabak fraß.

»Mein Vater hatte einen Schlaganfall«, sagte Jan unvermittelt.

»Oh«, rutschte es Laura heraus. »Das tut mir leid, ich –«

»Nein, nein«, beeilte sich Jan zu sagen. »Schon okay, er hat's überlebt. Ist jetzt in einem wirklich guten Altenheim untergebracht, Residenz Blankenburg. Ich war nur so dumm, zu glauben, dass er meine Hilfe braucht. Also hab ich gekündigt. Ich habe Marktforschung gemacht, hatte eine ganz gute Stellung bei einem Institut, als Psychologe, seit acht Jahren. Die waren ziemlich sauer, weil ich von jetzt auf gleich aufgehört habe.«

»Und dann?«

»Ich hab mich um die Werbeagentur meines Vaters gekümmert.«

»Einfach so? Ich dachte, du bist Psychologe.«

»Du wirst lachen«, sagte Jan ohne einen Anflug von Humor, »eigentlich habe ich Psychologie studiert, weil ich dachte, dann würde ich auf jeden Fall etwas anderes machen als mein Vater.«

»Hört sich so an, als wärt ihr nicht sonderlich gut miteinander klargekommen, du und dein Vater.«

Jan schwieg einen langen Moment. »Immer zweihundert Prozent verlangen, aber nie da sein, wenn man ihn braucht. Das ist mein Vater.«

Laura sagte nichts. Sie wusste nur zu gut, was Jan meinte – und wie es sich anfühlte. Nur dass ihr Vater nie etwas verlangt hatte. Sie war ihm schlicht egal gewesen.

»Nach dem Studium«, fuhr Jan fort, »habe ich dann die Ausbildung zum Psychotherapeuten angefangen, mit einem praktischen Jahr in einer Tagesklinik. Schon am dritten Tag sollte ich eine Gruppe leiten. 18 Alkoholiker und ich als Azubi, ohne jede Praxiserfahrung. Genauso gut kannst du einen Medizinstudenten alleine in den OP stellen und sagen, er solle jetzt gefälligst am offenen Herzen operieren. Meine Patienten waren teilweise hochaggressiv, die hatten nicht das geringste Bedürfnis, behandelt zu werden. Einer ist auf mich losgegangen und hat mir die Nase gebrochen. Danach habe ich mich umorientiert und bin in die Marktforschung. Und die ist letztlich eng mit der Werbung verknüpft.«

»Also genau das, was du eigentlich nicht machen wolltest.«

»Na ja.« Jan zuckte mit den Schultern. »Im Grunde hatte ich nichts gegen Werbung. Es ging eher um meinen Vater …«

»Und er? War vermutlich begeistert, als das verlorene Schaf endlich heimgekehrt ist.«

»Mein Vater ist nicht zu begeistern. Jedenfalls nicht von mir.«

»Vielleicht ist er's, kann es aber nicht sagen«, meinte Laura.

Jan lächelte bitter.

»Verstehe.«

»Selbst wenn's so wäre, besser anfühlen würde es sich deswegen auch nicht«, sagte Jan. »Jedenfalls, als er im Krankenhaus lag, da geriet die Agentur ins Schleudern. Ich kam mir ziemlich mies dabei vor, zuzusehen, wie alles den Bach runtergeht. Also hab ich gekündigt und ihn vertreten.«

»Und wo ist jetzt das Problem?«, fragte Laura. »Ist die Agentur pleite?«

»Im Gegenteil. Es läuft wieder.«

»Hört sich doch nach einem Happy End an.«

»Mehr *End* als *Happy*. Er hat die Agentur verkauft, kaum dass er wieder geradeaus gucken konnte. Einfach so. Ohne mir ein Wort zu sagen. Vertragsbestandteil war, dass ich mit sofortiger Wirkung die Agentur zu verlassen habe.«

Laura sah ihn sprachlos an.

»Das ist jetzt sechs Wochen her. Seitdem bin ich etwas von der Rolle.«

»Wow«, sagte Laura.

Jan holte tief Luft und zuckte wieder mit den Schultern. »Jedenfalls brauchte ich dringend mal eine Luftveränderung. Deswegen bin ich hier.«

Laura nickte, stieß eine Rauchwolke aus und fragte sich, warum Jan für diese Luftveränderung ausgerechnet in das Haus seines Vaters gekommen war.

»Und du?«, fragte Jan. »Warum ist es Katy gelungen, dich zu diesem Trip zu überreden?«

»Wie meinst du das?«

Jan warf ihr einen langen Blick zu. »Na, so richtig glücklich siehst du jedenfalls auch nicht aus.«

»So?«, lachte Laura. Etwas zu schrill, wie sie selbst fand. »Woran siehst du das denn?«

Jan fixierte sie, ruhig und wortlos, mit seinen braunen

Augen, und plötzlich hatte sie den Eindruck, er könnte bis in ihr Innerstes sehen. Bis dorthin, wo niemand hinsehen durfte.

Sie stieß erneut eine Rauchwolke in die Nacht, und die Regentropfen durchschlugen lautlos den Qualm. Die Zigarette brannte dunkelrot. Sie nahm sich vor, auf der Hut zu sein, und warf ihm einen raschen kühlen Seitenblick zu. »Das willst du gar nicht wissen.«

»So schlimm?«

Schlimmer, dachte sie. Höchste Zeit für einen Themenwechsel. »Vielleicht nicht ganz so schlimm wie die Versuche deiner Schwester, uns zu verkuppeln.«

Jan lachte. Ein peinlich berührtes Lachen, fand Laura.

»So ist sie, meine große Schwester. Das ging schon so, bevor meine Mutter abgehauen ist. Tu dies, Jan, lass das … Ist auch nicht das erste Mal, dass sie mich verkuppeln will. Ist immer etwas … peinlich.«

»Und, funktioniert es denn wenigstens?«

»Was denn?«

»Das mit dem Verkuppeln«, fragte Laura. »Also, äh, im Allgemeinen.« Am liebsten hätte sie sich auf die Zunge gebissen.

Jan schwieg einen Moment. »Ich tue grundsätzlich nicht, was meine Schwester sagt. Schon aus Prinzip nicht.«

»Gut«, sagte Laura. »Dann hätten wir das ja geklärt.« Sie schnippte die abgebrannte Zigarette in den Regen hinaus, wo sie einen roten Bogen beschrieb und im feuchten Schotter vor dem Haus verlosch.

Sie blickte zu Jan. Das Mal auf seiner Wange sah aus wie ein zerklüfteter dunkler See auf einer Landkarte. Auch damals schon, in der Schule, hatte sie sein Mal nie gestört, sondern eher angezogen.

Ich hätte nicht die Zigarette wegwerfen sollen, dachte sie. Und ich stehe viel zu nah an ihm dran.

Sie spürte seinen Blick, sah, wie sein Blick flackerte, als wäre er unsicher, so wie sie. Er sollte sich jetzt besser umdrehen – dachte sie –, die Treppe hochgehen und im Haus verschwinden.

Aber er blieb. Stand viel zu nah vor ihr. Sah hinunter, zwischen ihre Brüste, dahin, wo ihr schwarzes Gothic-Kreuz an der dünnen silbernen Kette hing, die sie ihrer Mutter gestohlen hatte.

Als sie ihre Lippen öffnete, floss ein elektrischer Strom, schon bevor sie seine Lippen berührte. Sie wusste, dass sie nach Rauch schmeckte, aber es schien ihn nicht zu stören. Er war vorsichtig, als ob er sich selbst nicht sicher war, und das erregte sie nur noch mehr. Sie taumelte, hielt sich an ihm fest und spürte, wie ihr Regenwasser in den Kragen lief. Sie musste lachen, hielt inne und – konnte nicht anders, als seine Lippen anzustarren und ihn dann wieder zu küssen, viel heftiger, als sie wollte. Sie erinnerte sich an früher, es war wie ein Flashback, sie, mit 14 auf dem Schulhof, verstohlen nach Jan schielend, mit schwitzigen Händen und ihrem unerträglich schnell schlagenden Herz. Jan war so anders gewesen. Still und sensibel. Kein ständiges Auf-die-Brust-Getrommel wie bei den anderen Jungs. Er war, wie *It could be sweet* von Portishead klang, genauso verloren, genauso melancholisch, genauso süß.

Die Küsse lösten ein Feuerwerk in ihrem Kopf aus, und ihr wurde schwindelig.

Gibt es das?

Das kann nicht sein. Nicht so. Das sind nur Küsse!

Sie spürte die Spitzen ihrer Brüste, die Gänsehaut überall. In ihrem Rücken meldete sich der wohlbekannte ziehende Schmerz. Innerlich verfluchte sie ihren Zyklus, und dankte ihm zugleich auf Knien. Wären nicht ihre Tage im Anmarsch gewesen, sie hätte hier und jetzt mit ihm geschlafen, weil es sich mit Jan plötzlich anfühlte, wie nach Hause zu kommen, obwohl sie nie wirklich ein Zuhause gehabt hatte. Als wäre das in der Schule nicht nur eine Teenie-Schwärmerei gewesen, sondern er schon damals der einzige Mensch, der sie hätte verstehen können, ein Seelenverwandter.

»Das hab ich mir immer gewünscht, damals«, flüsterte Jan ihr ins Ohr.

Sie presste ihn an sich. »Warum hast du nie was gesagt?«

»*Du* hast doch nie etwas gesagt. Und plötzlich warst du weg. Einfach so.«

Plötzlich versteifte sie sich in seinen Armen. Als wäre es ihre Schuld gewesen, dass sie damals weggemusst hatte. Was fiel ihm ein, so etwas auch nur zu denken!

Eine Bodenwelle riss sie aus ihren Gedanken. Katy stieß einen überraschten Laut aus, und Greg bremste den Cherokee ruckartig ab. Hinter ihnen scherte ein schwerer SUV nach links aus, fuhr neben sie und hielt einen Moment ihr Tempo. Am Steuer saß eine dunkle Gestalt, die durch die nassen Scheiben vorwurfsvoll zu ihnen herüberzustarren schien – ein gefährliches Manöver auf der immer höher ansteigenden Küstenstraße.

»Ja, ja. Schon gut«, knurrte Greg in Richtung des Fahrers. »Reg dich ab.«

Der Wagen fuhr immer noch neben ihnen her. »Verschwinde«, knurrte Greg und zeigte mit seiner Linken den Mittelfinger.

Der Mann – wenn es überhaupt ein Mann war – reagierte nicht darauf. Für einen Moment schien es Laura so, als hätte er seinen Blick ausschließlich auf *sie* gerichtet.

Sekunden später wurde der SUV langsamer und fiel zurück.

»Penner«, murmelte Katy und drückte mit ihrer Hand beschwichtigend Gregs Arm.

Laura verdrehte die Augen. Schon auf der Hinfahrt hatte Katy bei jeder Gelegenheit an Greg herumgefingert. Ihre weit auseinanderstehenden dunklen Augen brannten förmlich für ihn, und sie fragte sich allmählich, ob Katy Jan nur mit ihr hatte verkuppeln wollen, um ungestört mit Greg zusammen zu sein.

Es rauschte dumpf, als der Cherokee durch eine breite Pfütze fuhr und auf die D6007, die Avenue Bella Vista, Richtung Èze abbog. Nach ein paar hundert Metern teilte sich die Straße und wurde zweispurig. Bogenförmige Straßenlampen warfen in regelmäßigen Abständen Lichtinseln auf den nassen Asphalt. Rechts unten lagen die Lichter von Beaulieu und wurden immer kleiner. Links türmten sich Felswände oder bewaldete Hänge, die sich im Dunkeln verloren.

Laura dachte wieder an Jan und daran, dass sie insgeheim gehofft hatte, er käme mit nach Beaulieu. Sie kramte in ihrer Jackentasche, zog ihr Handy hervor und überlegte, ihn anzurufen. Doch das Display zeigte *Kein Netz* an. Aus dem Augenwinkel registrierte sie plötzlich einen Lichtreflex, dann einen klobigen Schatten neben sich. Der SUV war wieder da und wollte offenbar überholen.

»Was will *der* denn schon wieder«, murmelte Greg. Offenbar drückte er aufs Gas, denn der Cherokee zog spürbar an.

Für einen langen Moment schien es, als könnte sich der Fahrer des SUV nicht entscheiden, ob er überholen oder langsamer werden wolle, stattdessen hielt er das Tempo mit dem schneller werdenden Cherokee und fuhr links neben ihnen. Die grellen Halogenscheinwerfer der beiden Wagen durchschnitten den Regen. Die Tachonadel kletterte auf 80, dann 90 Stundenkilometer.

»Greg …«, sagte Katy leise.

Greg starrte stur geradeaus, seine Kieferknochen traten deutlich hervor.

Für einen Augenblick fürchtete Laura, der SUV könnte sie abdrängen, über die Leitplanke und in den Abgrund. Sie reckte den Hals, versuchte den Fahrer zu erkennen, der offenbar wieder direkt zu ihr herüberstarrte.

Auch das noch.

Mit ein paar Tastendrücken aktivierte sie den Videomodus ihres Handys und tat das, was die meisten schrägen Typen verschreckte: Sie hob die Kamera und filmte den Mann so demonstrativ wie möglich. Ob er sie sehen konnte, im dunklen Fond des Wagens? Jedenfalls warf die Straßenbeleuchtung alle fünfzig Meter ein Schlaglicht auf die beiden Wagen.

Und dann, ganz plötzlich, blitzte aus dem Nichts ein Licht am Rand der Straße auf.

Laura sog scharf die Luft ein. »O Gott«, murmelte sie leise. Für einen Augenblick meinte sie das Gesicht des Fahrers gesehen zu haben, aber es hatte so unwirklich ausgesehen, so grotesk, dass sie ihren Augen nicht trauen mochte. Sie ließ das Handy sinken. Kälte kroch ihr den Rücken empor.

»Na bravo«, knurrte Greg. »Hier ist Tempo siebzig.«

»Wieso? Wie schnell warst du denn?«, fragte Katy.

»Auf jeden Fall schneller.«

Laura sah, wie der SUV wieder zurückfiel. Sie wollte sich umdrehen, sich vergewissern, dass der Wagen verschwand, aber irgendetwas sagte ihr, dass sie es lassen sollte, dass die unheimliche Gestalt am Steuer des Wagens das vielleicht sogar als Aufforderung auffassen könnte.

»Habt ihr das eben auch gesehen?«, fragte sie.

»Stell dir vor, ich hab sogar direkt ins Licht geguckt und nett gelächelt«, ätzte Greg, »damit ich wenigstens ein ordentliches Foto für mein Geld bekomme.«

»Schon okay«, sagte Katy. »Wir teilen uns das Knöllchen.«

Der Cherokee fuhr durch eine tiefe Pfütze und warf lautstark links und rechts Wasserfontänen auf.

Katy quietschte und fasste Greg am Arm.

Laura stöhnte genervt.

Vor ihnen tauchte der Tunnel auf, und die D6007 wurde wieder schmaler – mit nur einer Spur in jede Richtung. Laura wollte endlich raus aus der verdammten Blechbüchse. Hätte es nicht geschüttet wie aus Eimern und wäre da nicht dieser unheimliche Typ gewesen, sie wäre ausgestiegen und zu Fuß gelaufen.

Das nächste Mal, sagte sie sich, bleibe ich bei Jan.

Irritiert stellte sie fest, wie sehr sie sich auf ihn freute. Noch fünf Minuten, dachte sie. Ein paar Kilometer die Moyenne Corniche hinauf bis nach Èze und von dort wieder ein paar Serpentinen den Steilhang hinab bis zum Haus …

Dann kam der Tunnel. Die Einfahrt glich einem Maul und verschluckte den Cherokee in der 200 Meter langen, schwarzen Felsröhre.

Kapitel 4

Èze – Côte d'Azur, 17. Oktober, 22:18 Uhr

Jan hatte alles Mögliche versucht, um sich nicht verrückt zu machen, um nicht ständig daran zu denken, dass Laura vielleicht verschwunden war, vor einem Supermarkt in einer fremden Kleinstadt.

Doch es half nichts.

Seit letzter Nacht kreisten seine Gedanken ohnehin unablässig um Laura. Als hätte es keine Pause zwischen damals und heute gegeben. Er kam sich vor wie mit 14, die gleichen jäh aufflammenden Gefühle, das gleiche schneller schlagende Herz, nur dass sein Spiegelbild in der Glasscheibe einen 34-Jährigen zeigte. Einen erwachsenen Mann.

Ob es denn funktionieren würde, das mit dem Verkuppeln, hatte Laura ihn letzte Nacht gefragt.

Er hätte etwas Charmantes erwidern können, ausweichen können, Zeit gewinnen, oder einfach nur lächeln. Stattdessen war es brüsk aus ihm herausgeplatzt: »Ich tue grundsätzlich nicht, was meine Schwester sagt. Schon aus Prinzip nicht.«

Bereits im selben Augenblick hätte er sich am liebsten auf die Zunge gebissen. Warum fiel ihm im richtigen Moment bloß immer das Falsche ein? Er hatte keine Ahnung, weshalb sie ihn trotzdem geküsst hatte. Als es geschah, war es wie eine Erlösung gewesen, als hätte sich aus schwarzem Rauch eine weiße Wolke gebildet. Die Zeit setzte aus, als wäre nichts von Bedeutung, außer dem Moment, ganz so, als gäbe es keine Vergangenheit, als wäre Theo nicht durch die Windschutzscheibe geflogen und seine Mutter nie abgehauen.

Hier und jetzt mit Laura fühlte sich alles gut an. *Er* fühlte sich gut. Nicht mehr wie ein verlassenes Kind, nicht mehr wie ein *schuldiges* Kind.

Und dann war der Faden wieder gerissen.

»Warum hast du nie etwas gesagt?«, hatte sie ihn gefragt.

»*Du* hast doch nie etwas gesagt, und dann warst du plötzlich weg.«

Ihm war erst hinterher aufgefallen, dass sie das vielleicht als Vorwurf empfand. Warum auch immer sie damals von der Schule verschwunden war, es war sicher auch für sie nicht gerade einfach gewesen.

Sie war steif geworden wie ein Brett, hatte sich aus seinen Armen gelöst und war von ihm abgerückt. »Was heißt hier *du*?«

»Nein, versteh mich nicht falsch, ich hätte ja auch was sagen können, aber …«, er stockte kurz, sah sie an. »Du warst so … unnahbar …«

»Unnahbar?« Ihre Augen verengten sich, ihre Wangen wurden rot. »Du meinst, so wie deine Patienten in der Tagesklinik? Die nicht von dir therapiert werden wollten? Und vor denen du abgehauen bist?«

Peng. Er merkte, dass er ebenfalls rot wurde. Vor Wut. Vor Verlegenheit. »Was soll das denn jetzt? Das hat doch damit nichts zu tun. Das waren Alkoholiker. Die sind zum Teil mit über zwei Promille eingeliefert worden, zum zigsten Mal, und … die wollten alles Mögliche, aber ganz sicher keine Hilfe von einem ahnungslosen Berufsanfänger. Außer ich hätte ihnen Schnaps gebracht.«

Sie hatte ihn angestarrt, mit einem seltsamen Gesichtsausdruck. Irgendwie wütend und genauso verletzt wie er, als hätte er einen wunden Punkt getroffen. »Du meinst, es braucht immer nur *der* Hilfe, der um Hilfe bittet?«

»Willst du jetzt etwa ernsthaft mit mir über die Psychologie von Alkoholikern diskutieren?«, fragte er.

Ihr Blick flackerte kurz. Stumm sah sie an ihm vorbei in die Dunkelheit, mit leerem Blick, dahin, wo das Meer lag.

»Nein, will ich nicht«, sagte sie rau, drehte sich um und öffnete die Tür. Ihre Silhouette zeichnete sich scharf vor dem Licht im Innern ab.

Warum reagierte sie so empfindlich? Konnte es etwa sein, dass … Er stutzte. Ihm fiel plötzlich ein, dass Laura die Einzige gewesen war, die am Abend partout keinen Wein hatte trinken wollen.

»Laura, ich –«

Sie hob ihre Hand und schnitt ihm das Wort ab, ohne sich noch einmal zu ihm umzudrehen. Das Geräusch, mit dem sie die Tür zuzog, war wie ein Déjà-vu. Nur ein einziges Geräusch hatte sich ebenso tief in seine Erinnerung gebrannt wie diese Tür: das Schliddern von Reifen auf regennassem Asphalt, nahtlos gefolgt von berstendem Glas und gestauchtem Metall.

Die Sache mit der Tür, das war nach dem Unfall. Er war damals gerade zehn geworden. Seine Mutter hatte wohl gedacht, er würde schlafen. Doch er schlief nicht. Und hörte die Tür. Rasch stand er auf, ging zum Fenster seines Zimmers im ersten Stock und sah sie da draußen, wie sie ihren hellen Lederkoffer mit Rollen hinter sich herzog. Sein Herz krampfte sich zusammen. Er öffnete hastig das Fenster. Kalte Luft schlug ihm ins Gesicht, die Furcht raubte ihm fast den Atem. »Mama?«

Sie zuckte zusammen.

Irgendwie hatte er erwartet, nein, er hatte sich gewünscht, dass sie sich umdrehen würde. Aber sie duckte sich nur, zog den Kopf zwischen die Schultern, und ihre Schritte wurden schneller.

»*Mama!* Wo gehst du hin?«

Keine Antwort. Kein Blick. Nur eisige Luft.

In den ersten Wochen war er wie paralysiert gewesen. Dann kamen die Wut und die Leere. Nicht einmal einen Brief hatte sie dagelassen. Später wurde ihm klar, dass es das nicht besser gemacht hätte. Er kannte ja den Grund. Es war wegen Theo. Weil Theo nicht mehr lebte. Weil *er* nicht gut genug auf ihn aufgepasst hatte.

Jan sah durch das Tropfenmuster auf der großen Panoramascheibe und wischte die Erinnerungen beiseite. Seit Katys Anruf waren inzwischen über zwanzig Minuten vergangen, und er hatte weder Laura noch sie erreichen können.

Irgendetwas war seltsam, das spürte er.

Also ging er hinunter in den Flur, stieg in die alten Gummistiefel seines Vaters, zog sich die viel zu dünne Regenjacke über und nahm den einzigen noch vorhandenen Schirm vom Garderobenhaken, einen ausgeleierten schwarzen Knirps, und dazu noch eine LED-Taschenlampe.

Der Schirm war ein Witz. Eher etwas für die Damenhandtasche als für raues Wetter an der Küste. Als das Wasser auf den gespannten Stoff prasselte, war er dennoch froh. Er schaltete die Taschenlampe ein, stemmte den Schirm gegen den Wind und stiefelte los. Die Regentropfen blitzten im weißen Lichtkegel, und eine Haut aus Wasser überzog den Asphalt.

Er folgte der schmalen Bergstraße, die sich vom Haus nach Èze hinauf wand, einem Ort mit etwa 2500 Einwohnern, der einsam auf einer Bergkuppe thronte, 403 Meter über dem Meer. Von dort führte die Straße hinunter bis an die Küste.

Am Ortsausgang von Èze betrat er das Viadukt.

Er ging im sicheren Abstand zum Geländer. Windböen zerrten an ihm, und die Schlucht schien ihn in die Tiefe ziehen zu wollen.

Der Tunnel am Ende des Viadukts war eine Wohltat, windgeschützt und trocken, auch wenn er mit gerade 30 Schrittlängen deutlich kürzer war als der zweite Tunnel, der weiter unten lag, kurz vor Beaulieu-sur-Mer.

Jans Schritte hallten von den schrundigen Felswänden wider. Wasser floss den Asphalt bergab; es klang wie das Wispern von Berggeistern.

Kaum trat er aus dem Schutz des Tunnels, erfasste ihn eine Böe und riss ihm den Knirps aus der Hand. Jan stolperte hinterher, aber das dürre Drahtgestell überschlug sich, wurde vom Wind über den Mittelstreifen geschleift, sprang dann über die Leitplanke und trudelte in den Abgrund.

Jan fluchte und zog die Kapuze enger. Nach nicht einmal zwei Minuten war sein Gesicht nass, und er spürte, wie die Feuchtigkeit in seine Jacke kroch. Fröstelnd lief er weiter, die inzwischen auf beiden Seiten zweispurige Corniche bergab. Jeden Moment erwartete er, dass ihm hinter der nächsten Biegung ein Auto entgegenkam. Aber die Straße blieb leer.

Bis er es plötzlich sah.

Ein Scheinwerferpaar hinter einer Biegung.

Nur dass die Lichter sich nicht bewegten. Das Fahrzeug schien zu stehen.

Sofort wurde ihm flau.

Nein. Das kann nicht sein, dachte er. Bitte lass es nicht so sein.

Er schluckte und versuchte, die alten Bilder, die in seinem Kopf aufflammten, zu ignorieren.

Mit raschen Schritten ging er weiter, immer auf den Lichtschein zu. Die Corniche machte einen sanften Knick nach rechts. Der Cherokee stand mitten auf der Straße, etwas schräg, als hätte jemand überhastet angehalten. Der Regen brach sich im Licht der Scheinwerfer, die ins Gebüsch leuchteten. Auf der noch warmen Motorhaube tanzten Wassertropfen wie kleine Teufel. Die Beifahrertür war offen, alle anderen geschlossen.

Der Wagen war leer.

Keine Spur von Laura, Katy oder Greg.

Obwohl der Cherokee vollkommen unversehrt war, meinte er plötzlich verbogenes Metall zu sehen, Glassplitter, eine durchschlagene Windschutzscheibe.

Die Stille nach dem Crash, das war damals das Schlimmste gewesen. Es hatte in Strömen geregnet, und die Tropfen hämmerten auf das Autodach, aber ihm war, als wäre er taub. Er hatte auf dem mittleren Platz der Rückbank gesessen, zwischen Katy und Theo, seine Mutter vor ihnen, auf dem Beifahrersitz. Sie hatte sich umgedreht, hatte erst ihn angesehen, dann war ihr Blick auf den Kindersitz neben ihm gefallen, und ihre Augen hatten sich geweitet. Die ganze Welt schien stehenzubleiben, kein Laut, keine Bewegung, kein Atemzug. Nur der Blick seiner Mutter auf den leeren Kindersitz.

Wenn jemand stirbt, sagt man, bricht sein Blick. In diesem Moment brach etwas in ihrem Blick. Nur dass sie nicht starb.

Jan biss die Zähne aufeinander und versuchte die Erinnerungen abzuschütteln. Du bist erwachsen! Hier gibt es keinen leeren Kindersitz!

Langsam, ganz langsam näherte er sich der sperrangelweit aufstehenden Beifahrertür des Cherokee. Seine Finger berührten das kalte Metall der Tür. Das half etwas, um ins Hier und Jetzt zurückzukommen. Sein Blick fiel auf den beigen hellen Ledersitz, der klatschnass war, ebenso wie der Fußraum. Der Zündschlüssel fehlte, das Scheinwerferlicht beleuchtete dennoch den Straßenrand.

Jan schloss die Beifahrertür und stieg dann hinten auf die trockene Rückbank. Als er die Tür hinter sich zugezogen hatte, kam es ihm vor, als säße er in einer Luftblase, auf dem Grund eines dunklen Sees. Unter der Sohle seines rechten Gummistiefels spürte er etwas Hartes, bückte sich und hob einen flachen rechteckigen Gegenstand auf. Es war Lauras Handy, ein silbern schimmerndes Nokia mit einem kleinen Sprung am unteren Teil des Gehäuses.

Was zum Teufel war hier passiert?

Eine ganze Weile starrte er wie paralysiert auf das Handy. Von seiner Kapuze tropfte Wasser auf das Display. Er blinzelte und versuchte, die Beklemmung abzuschütteln. Vielleicht war es das Beste, die Polizei zu rufen. Aber welche Nummer hatte eigentlich die Polizei in Frankreich?

Dann bemerkte er, dass er ohnehin kein Netz hatte.

Er steckte Lauras Handy ein, stieg aus und rief in die Dunkelheit. »Laura?«

Keine Antwort.

»LAUUURA!«

Nichts. Nur der prasselnde Regen und das weit entfernte Rauschen des Meeres. Hinter der nächsten Biegung tauchte ein Scheinwerferpaar auf. Jan stellte sich in den Lichtkegel des Cherokee, hob die Hand und winkte. Der Wagen, ein kleiner Van, wechselte auf die Innenspur, ohne das Tempo zu verringern.

Jan trat ihm in den Weg und winkte ausholend mit beiden Armen. Die Scheinwerfer erfassten ihn, und er kniff die Augen zusammen. Am Kühler blitzte ein Citroën-Logo.

Für einen Moment schien es, als ob der Wagen langsamer würde, dann beschleunigte der Citroën jäh. Jan sprang beiseite. Ein Schwall Wasser durchnässte seine Hose. Durch das Seitenfenster sah er die Silhouette einer Frau am Steuer.

Dann verloren sich die Rücklichter Richtung Èze. Er fluchte. Trotzdem verstand er die Frau. Strömender Regen, ein fremder Mann mitten auf einer einsamen Straße – an ihrer Stelle hätte er auch nicht gehalten.

Also weiter, runter nach Beaulieu. Da gab es mit Sicherheit eine Polizeistation.

Mit schnellen Schritten lief er los, immer auf der linken Seite. Die übernächste Biegung war scharf wie eine Haarnadelkurve, die Leitplanke aufgerissen und der Abgrund dahinter ein offenes Grab. In die Erde war ein überdachtes Holzkreuz mit Marienstatue gerammt, von der die Farbe abblätterte. Die Kapuze klebte an seinen Haaren, und das Wasser rann ihm wie Schweiß übers Gesicht. Im Vorbeigehen fing seine Taschenlampe ein Schild ein: Beaulieu 2 km.

Er blieb stehen. Zwei Kilometer, das waren mindestens zwanzig Minuten bis zum Ortseingang. Bis Èze waren es höchstens zehn Minuten.

Er drehte auf dem Absatz um und hastete die Straße wieder hinauf, zurück nach Èze. Die Marienstatue starrte ihn gleichgültig aus schwarzen Augen an. Bergauf zu gehen war deutlich anstrengender, und er begann unter der Regenjacke zu schwitzen. Er dachte an Laura, Katy und Greg. Was um Himmels willen war den dreien zugestoßen? Noch einmal zog er sein Handy hervor und prüfte, ob er ein Netz hatte. Fehlanzeige. Als er den Blick hob, traute er seinen Augen nicht.

Er verlangsamte seine Schritte, blieb stehen und starrte fassungslos auf die leere nasse Straße.

Gregs schwarzer Cherokee war verschwunden.

Kapitel 5

Èze – Côte d'Azur, 17. Oktober, 23:01 Uhr

Jan hastete das letzte Stück der Straße hinab. Unten ragte das Haus seiner Eltern aus dem Fels wie ein zu kurzes Sprungbrett. Hinter dem Panoramafenster leuchtete es fahl. Als wollte der Regen ihn verspotten, wurde er auf den letzten Metern dünner. Grimmig sah Jan auf seine triefenden Hosenbeine. Das Wasser stand bereits in seinen Gummistiefeln. Er hob den Kopf und blieb stehen, als wäre er vor eine Wand gelaufen.

Mitten auf dem Wendehammer vor dem Haus parkte der Cherokee.

Wütend stapfte er an dem Geländewagen vorbei, die enge ausgetretene Treppe aus Bruchstein empor, ins Haus hinein und polterte in den Wohnraum.

Mitten im Zimmer standen Katy, nur mit Slip bekleidet, die Haare feucht und strubbelig, und Greg, ebenfalls halbnackt, der ihren Oberkörper mit einem Handtuch warm rieb.

Die beiden erstarrten, als Jan in die Hütte platzte.

Greg ließ von Katy ab, und das Handtuch fiel zu Boden. »Scheiße, Mann. Hast du mich erschreckt«, knurrte er.

»Erschreckt, aha!«, sagte Jan giftig. »Kannst du mir mal sagen, was das alles soll?«

Katy kniff die Augen zusammen. »Jetzt mach aber mal halblang, das ist ja wohl meine Angelegenheit, oder?« Sie hob das Handtuch auf und bedeckte sich. »Ich war nass bis auf die Knochen, und mir ist eiskalt. Das ist alles.«

Jan sah von Katy zu Greg und wieder zurück. Er musste an ihren Mann Sören denken und an die Zwillinge, Anna und Nele. Jan mochte seine Nichten, besonders Nele, die stillere von beiden, die den Platz auf seinen schmalen Schultern bei jedem Ausflug eingefordert hatte, nicht etwa indem sie es sagte, sondern indem sie ihn ansah, mit blauen Augen inmitten von Sommersprossen. Schweden-Blick nannte Katy das, in Anspielung auf Sören. »Das ist alles, ja«, brummte Jan.

Katy hob warnend die Augenbrauen. Ihr Slip war feucht, saß schief auf ihren Hüften, und ein dunkles Dreieck zeichnete sich darunter ab.

»Von mir aus«, sagte Jan verärgert, »lass dich abtrocknen, von wem du willst. Ich will nur wissen, wo ihr wart, Mensch! Ich hab mir Sorgen gemacht, nach deinem Anruf. Ich bin los und hab euch gesucht.«

»Du bist *was*?«, fragte Katy konsterniert. »Bei dem Wetter?«

»Sieht so aus, oder?« Er deutete auf seine durch und durch nassen Sachen. »Wo ist Laura?«

Katy warf Greg einen unsicheren Blick zu. »Ist sie nicht bei dir?«

»Würde ich sonst fragen?«

Katy schwieg betreten und sah abermals zu Greg hinüber. Jan beschlich plötzlich ein merkwürdiges Gefühl. Irgendetwas stimmte nicht.

»Wir … haben uns gestritten«, sagte Katy.

»Wer?«

»Na, Laura und –«

»Wir waren stinksauer«, unterbrach Greg Katy. »Sie ist einfach abgehauen, unten beim Supermarkt, ohne ein Wort zu sagen. Wir haben uns dumm und dämlich gesucht, und dann kommt sie zurück, als wäre nichts gewesen. Sie hätte auf Toilette gemusst. Eine halbe Stunde lang!«

»Zwanzig Minuten, Greg. Es waren zwanzig Minuten«, warf Katy ein.

Greg streckte in gespielter Ratlosigkeit die Handflächen nach außen.

»Ja und dann?«, fragte Jan.

Greg zuckte mit den Achseln. »Zickenterror.«

»Bitte?«

»Sie hat ihre Tage«, murmelte Katy.

»Kommt ihr jetzt bitte mal auf den Punkt«, sagte Jan aufgebracht. »Ich will wissen, wo sie ist. Oder bin ich hier etwa der Einzige, der sich dafür interessiert?«

Katy öffnete den Mund, aber Greg kam ihr zuvor. »Ehrlich gesagt, keine Ahnung. Sie ist abgehauen.«

Katy schloss den Mund und sah beiseite.

»Du meinst, ihr habt sie unten in Beaulieu gelassen?«

»Sie ist volljährig«, erwiderte Greg. »Soll ich etwa einer 33-Jährigen sagen, was sie tun und lassen soll?«

»Und warum bitte«, fragte Jan leise, »lag dann ihr Handy in deinem Wagen?« Mit spitzen Händen zog er das Telefon aus seiner Regenjacke.

Gregs Grinsen verblasste. »Woher hast du das?«

»Wie gesagt, aus deinem Wagen.«

»Du hast keinen Schlüssel für meinen Wagen.«

»Brauchte ich auch nicht. Er war offen und stand mitten auf der Straße, als ich ihn gefunden habe. Es hat geschüttet wie aus Eimern, und deine verdammte Karre stand einfach so da. Licht an, verlassen, mitten am Berg.«

Greg blinzelte.

»Willst du mir immer noch verkaufen, dass Laura nach

eurem kleinen Streit beim Supermarkt einfach so abgehauen ist?«

»Ich hab nicht gesagt, dass sie beim Supermarkt abgehauen ist. Das hast du gesagt.«

»Bitte?«

»Greg hat sie rausgeschmissen«, sagte Katy leise. »Ungefähr da, wo du den Wagen gesehen hast.«

»Rausgeschmissen?« Jan sah Greg fassungslos an. *»Warum?«*

Greg zuckte mit den Achseln. »Streit eben, wie schon gesagt.«

»Worüber, verdammt?«

»Ist doch jetzt egal, oder? Jedenfalls ist sie ausgestiegen.«

Katy sah ihn schweigend an, mit zusammengekniffenen Lippen.

»Ich hab nur gesagt, sie soll aus meinem Auto raus, wenn sie sich nicht zusammenreißen kann«, verteidigte sich Greg.

»Und ihr habt sie einfach aussteigen lassen und seid weitergefahren?«, fragte er Jan ungläubig.

Greg schüttelte den Kopf.

»Zuerst schon«, murmelte Katy. »In Èze haben wir gewendet und sind zurück, die ganze Strecke, fast bis nach Beaulieu. Aber sie war weg. Dann sind wir noch mal zu der Stelle, wo sie ausgestiegen ist. Da gibt es einen Weg nach Beaulieu, so einen kleinen Fußweg den Berg hinunter. Greg hat die Scheinwerfer angelassen, damit wir was sehen konnten, und dann sind wir ein Stück weit den Weg runter. Aber irgendwann haben wir aufgegeben.«

Jan wurde es schwindelig. Die kalte nasse Kleidung klebte an seinem Körper. Um ihn herum hatte sich eine kleine Pfütze gebildet. Er stöhnte, zog sich einen Stuhl heran und setzte sich. Er wusste nicht, ob er wütend oder niedergeschlagen sein sollte. Er starrte erst seine Schwester an, dann Greg. »Ich fasse es nicht«, murmelte er. »Du wirfst mitten in der Nacht, bei strömendem Regen, auf einer einsamen Bergstraße eine Frau aus deinem Auto.«

»Es war kurz nach zehn. Und ich hab sie nicht rausgeschmissen. Sie ist selbst ausgestiegen.«

»Ach ja? Und das soll ich dir glauben?«, sagte Jan scharf. »Warum soll ich dir überhaupt glauben? Nach dem Mist, den du mir vorhin weismachen wolltest.«

»Was soll das denn heißen?«, knurrte Greg. »Glaubst du etwa, ich hab ihr was getan?«

»Keine Ahnung. Was weiß ich. Warum habt ihr mir nicht gleich erzählt, was los ist, verdammt?«

»Jetzt mach aber mal einen Punkt«, echauffierte sich Katy. »Als wenn wir hier Lügenstorys verbreiten würden.«

»Über den schmalen Grat zwischen Lügen und Schweigen muss ich dich doch wohl im zarten Alter von 37 nicht mehr aufklären, oder?«

»Jetzt gib hier bloß nicht den Ober-Psychologen, ja! Ich hab zwei Kinder, ich kenne den Unterschied zwischen Schweigen und Lügen.«

»Eben«, sagte Jan trocken. Und was würdest du den beiden erzählen, wenn sie dich jetzt so sehen könnten? Sein Blick wanderte an seiner Schwester hinunter.

Sie spürte den Blick, errötete und versuchte ihr Handtuch neu zu wickeln, so dass es sie besser bedeckte.

Eine bleierne Stille entstand.

Der Regen hatte aufgehört. Von der Dachrinne plätscherte Wasser.

»Jetzt mach dir mal keine Sorgen«, sagte Katy schließlich. »Ich kenne Laura. Die hat schon ganz andere Sachen gebracht. Wenn sie sauer ist – dann richtig. Vermutlich ist sie gerade in irgendeinem Hotel in Beaulieu, und morgen früh fährt sie zurück nach Berlin.«

»Ohne Handy? Ohne Geld und ohne ihre Sachen?«

»Ihr Portemonnaie hat sie dabei, zumindest hatte sie es noch, als wir im Supermarkt waren. Oder hast du das auch im Wagen gefunden?«

Jan schüttelte den Kopf.

»Also. Wie gesagt, ich kenne sie. Sie taucht schon wieder auf.«

»Komisch«, erwiderte Jan bissig, »zu der Laura, die *ich* kennengelernt habe, passt das aber gar nicht.«

»Glaub mir, Jan«, sagte Katy. »Du kennst nur einen kleinen Teil von ihr. Mach dir keine Sorgen.«

»Na, das sagt ja die Richtige! Warst du nicht diejenige, die mich angerufen hat und Panik geschoben hat, weil Laura etwas zu lange auf dem Klo verschwunden ist?«

Katy schluckte. »Das war was anderes.«

»Finde ich auch«, entgegnete Jan. Er sah Greg an, der an der Kante des Esstisches lehnte und düster auf den Boden starrte. Jans Instinkte rebellierten. Irgendetwas an dieser Geschichte war faul. Er wusste nur nicht, was, und er wusste auch nicht, was er jetzt tun sollte.

Die Polizei anrufen? Aber was sollte er denen erzählen? Von einem kindischen Streit zwischen ein paar Erwachsenen? Von einer Frau, die bei Regen aus einem Auto ausstieg und zu Fuß weiterlaufen wollte? Deshalb würde wohl kaum jemand eine groß angelegte Suchaktion starten.

Ein anschwellendes Prasseln drang in die beklemmende Stille. Der Regen war zurück, stärker als zuvor.

Er hätte jetzt gerne mit Laura draußen unter dem Vordach gestanden und den Rauch auf ihren Lippen geschmeckt.

Kapitel 6

Berlin, 18. Oktober, 10:21 Uhr

Laura spürte als Erstes die Schmerzen. Ein Stechen wie von tausend Nadeln unter der Schädeldecke. Sie öffnete die Augen, doch es blieb dunkel. Benommen schloss sie die Augen wieder. Wo war der Regen? Und die Straße?

Vor wenigen Minuten war sie doch noch die Straße emporgestapft, alleine und voller Wut. Sie hatte auf die Spitzen ihrer Gummistiefel gestarrt und die Schritte gezählt, um nicht daran zu denken, wie weit sich der Weg bis zum Haus noch zog.

Hinter ihr hatte sich das dunkle Gurgeln eines Dieselmotors angeschlichen. Sie hörte das Wasser unter den Reifen spritzen, sah stur geradeaus und stiefelte weiter bergan. Sie würde den Teufel tun und wieder ins Auto steigen. Sie war es gewohnt, alleine klarzukommen. *Ganz alleine.*

Auch als die Scheinwerfer des Wagens sie erreichten, drehte sie sich nicht um. Sie sah nur, wie ihr eigener Schatten vor ihr wuchs, immer länger und schärfer auf den Asphalt geworfen wurde, bis er schlagartig verschwand, als der Wagen an ihr vorüberrollte. Spritzwasser durchnässte ihre Hose, sie sah kraftstrotzende silberne Felgen, die sich in die Straße krallten, ein deutsches Nummernschild, eine schwarze Heckpartie.

Abrupt blieb sie stehen und starrte auf die Rücklichter, die geriffelte Wasserspur der Reifen auf dem Asphalt und die rot aufglühenden Bremsleuchten. Etwa zehn Meter vor ihr kam der SUV zum Stehen. Die Spuren im Wasser schlossen sich; der Wagen stand da wie ein Phantom, aus dem Nichts gekommen und bereit, wieder ins Nichts zu verschwinden.

Dann ging die Fahrertür auf. Eine Gestalt stieg aus, ohne jede Hast. Die Innenbeleuchtung des Wagens ließ sie gelblich schimmern. In der rechten Hand der Gestalt blitzte etwas auf – ein langer schmaler Gegenstand.

Laura starrte wie paralysiert auf diesen Gegenstand. Sie spürte plötzlich jedes Haar und jede Pore an ihrem Körper. Die Gänsehaut brannte förmlich auf ihrer Haut. Der Gegenstand war ein schmales Rohr, etwa einen Meter lang, hatte jeweils in der Mitte und am Ende einen Handgriff, und über dem mittleren Griff war ein zweites, kürzeres Rohr angebracht.

Ein Zielfernrohr, dachte Laura. *Das ist ein Gewehr!*

Der Moment zwischen Erkenntnis und Loslaufen erschien ihr unfassbar lang, die Zeit dehnte sich, der Regen kam ihr vor wie ein glitzernder Vorhang aus messerscharfen Streifen, durch den sich die Rücklichter des Wagens brannten wie ein Paar giftiger Augen.

Sie drehte sich um und rannte los. Aus dem Augenwinkel sah sie noch, wie der Mann das Gewehr hob. Ihre Phantasie spann das Bild weiter, wie er auf sie anlegte, der hintere Griff an die Schulter gedrückt, die rechte Wange auf dem Kolben, das Auge direkt am Okular des Zielfernrohrs. Ihre Gummistiefel platschten unbeholfen über die Straße, ihr Hirn peitschte ihre Muskeln vorwärts. Es roch nach Erde, Salz und modriger Vegetation. Ich bin sportlich, dachte sie, durchtrainiert. Ich muss nur weit genug von ihm weg sein, dann schießt er vorbei.

Sie sah seinen Zeigefinger, der sich um den Abzug krümmte. Der Gegenwind riss ihr die Kapuze herunter.

Sie fühlte sich nackt, und der Regen peitschte ihr ins Gesicht, ohne dass sie ihn noch spürte. Es gab nur den Mann mit dem Gewehr hinter ihr und die schwarze Corniche vor ihr, breit und lang, ohne Schutz.

Ich sollte Haken schlagen, dachte sie, damit er nicht …

Dann kam das Geräusch. Ein Peitschen. Trocken, kurz, scharf.

Im gleichen Augenblick traf sie etwas am Hals. Durch ihren Körper zuckte ein stechender Schmerz. Sie taumelte, fiel aber nicht, sondern lief weiter.

Sie registrierte, dass ihre Beine langsamer wurden.

Nicht nachlassen!, dachte sie. Sonst erwischt er dich mit dem zweiten Schuss.

Doch ihre Muskeln schienen im vollen Lauf einzufrieren, als würde sie durch metertiefes Eiswasser rennen, und ihre Kraft schwand von Sekunde zu Sekunde.

Er hat die Halsschlagader getroffen, dachte sie panisch, deswegen habe ich keine Kraft mehr! Aber müsste dann nicht Blut aus ihrem Hals schießen?

Dann knickte sie ein, ließ sich auf die nasse Straße sinken. Sie drehte sich um, zwang sich, den Mann im Auge zu behalten, vielleicht würde sie ja seinem nächsten Schuss ausweichen können …

Ihr Gesicht lag mit der Wange auf der Straße. An ihrem Hals pochte es, sie spürte es fließen, wusste nur nicht, ob es ihr Blut war oder Wasser oder beides.

Und jetzt hatte sie diese Kopfschmerzen, und es machte keinen Unterschied, ob sie die Augen öffnete oder schloss. Alles war schwarz.

Plötzlich flammte Licht auf.

Jemand näherte sich.

Ein Stoß Atemluft wehte ihr ins Gesicht. Es roch nach Fäulnis und vergeblich benutztem Mundwasser.

Sie schlug die Augen auf.

Helle Lichtflecken brannten auf ihrer Netzhaut. Sie kniff die Lider zusammen, blinzelte und sah durch die Wimpern wie durch einen schützenden Filter. Alles war unscharf. Direkt vor ihr schwebte etwas Ovales, schwarz und weiß wie Zebrafell, und es kam näher – viel zu nah. Eine weitere Atemwolke stieß ihr ins Gesicht, der widerwärtige Geruch drang tief in ihre Nase. Ihre Lider flatterten, ihr Blick wurde schärfer.

Unmittelbar vor ihr, auf Augenhöhe, war ein Mund, männlich, blassrosa, leicht geöffnet, mit spröden Lippen. Kinn, Mundpartie und Wangen waren glatt rasiert und von einem symmetrischen Muster aus breiten schwarzen Tattoo-Streifen überzogen, als hätte jemand die Streifen aus einem Zebra geschnitten, sie akribisch neu geordnet, zurechtgebogen und mit dem eigenen Gesicht verschmolzen. Die blanken Hautstreifen zwischen den Ornamenten wirkten wie weiß angemalt.

Laura runzelte benommen die Stirn. Das hier war nicht real, sie war in einem Traum gefangen.

Sie wollte den Kopf heben, dem Mann in die Augen sehen, doch eine Art Lehne verhinderte, dass sie den Hals nach hinten beugen konnte. Die Nasenflügel des Mannes waren gebläht wie Nüstern, und er schien ihren Geruch durch die Nase zu inhalieren. Um die Mundwinkel spielte ein Lächeln, konzentriert, ekstatisch und entrückt.

Er hielt die Luft an – und stieß wieder Atem aus. Laura keuchte. Versuchte, sich zu bewegen. Aber es ging nicht. Sie saß nackt auf einem Holzstuhl mit Armlehnen und war wie festgewachsen. Straff gespannte Folie, die ihr nicht einen Millimeter Spielraum ließ, fixierte ihre Glieder.

Laura wollte aus dem Traum aussteigen. Einfach aufwachen, auf der staubigen Matratze in Frankreich, im

Haus von Jans Vater. Wo war eigentlich Jan? Plötzlich erinnerte sie sich an den Abend, an die Fahrt zum Supermarkt, an die Rückfahrt und …

Plötzlich wurde ihr eiskalt.

Der SUV.

Der Mann am Steuer, das groteske Gesicht.

Mit einem Ruck sprang ihr Verstand ins Gleis. *Das war kein Traum.* Schlagartig kam die Angst und verbiss sich in ihre Eingeweide.

Der Mann musste es bemerkt haben. Sein Lächeln wurde intensiver, und er atmete schneller. »Willkommen«, flüsterte er. »Willkommen in meiner Galerie.« Er trat beiseite und gab Laura den Blick frei auf einen großen fensterlosen Raum. Trotz weißer Wände herrschte Dämmerlicht. Unter der Decke hingen zig verschiedene Spotlights, die helle Punkte auf die umliegenden Wände warfen, auf mannshohe weißlich schimmernde Objekte, die links und rechts von ihr in die Wände eingelassen waren.

Der Mann trat wieder in ihr Blickfeld, in der Pose eines Galeristen bei einer Vernissage, der von seinem Publikum eine Reaktion erwartet.

Er war groß, ganz in Weiß gekleidet und hatte einen kahlrasierten Schädel. Die schwarzen Streifen erstreckten sich nicht nur über sein Gesicht, sondern auch über die Kopfhaut, wie bei einer Ganzkörpertätowierung.

Er breitete die Arme aus und zeigte auf die Wände. »Sieh sie dir an. Sind sie nicht atemberaubend?«

Erst jetzt hatten sich Lauras Pupillen so weit an die Lichtverhältnisse gewöhnt, dass sie Details erkennen konnte. Im Abstand von etwa eineinhalb Metern waren massive transparente Blöcke in die Wand eingemauert, insgesamt mehr als ein Dutzend. Sie hatten die Größe einer schmalen Tür, und die Ränder waren so verspachtelt, dass es aussah, als hätte jemand große Fenster in mit Reif überzogene Eisblöcke gekratzt, durch die man ins Innere der Blöcke sehen konnte. Und in jedem einzelnen schwebte eine Frau.

Die Frauen waren nackt und glichen ätherischen Erscheinungen, zumal eine Lichtquelle hinter den Blöcken den Körpern eine Aura verlieh. Ein magischer Schimmer drang an ihnen vorbei in den Raum, und Laura fühlte sich wie auf dem Grund eines beleuchteten Swimmingpools, umgeben von schwebenden Toten.

Die Frauen waren sich zum Verwechseln ähnlich. Sie alle hatten eine unnatürliche blasse Haut, sie waren jung, hatten eine ähnliche Figur, ihre Scham war rasiert, und sie alle hatten lange weißblonde Haare, die um ihren Kopf schwebten.

Laura wurde es eiskalt, als sie begriff, dass die Frauen noch eine weitere Gemeinsamkeit hatten: Sie sahen *ihr* ähnlich.

Sie hatte zwar keine blonden Haare, ihre Haut war nicht so weiß, und sie war älter als die Frauen um sie herum. Aber die Ähnlichkeit war dennoch unübersehbar.

»Ah«, flüsterte der Mann. »Du denkst über die Haare nach. Und die Haut. Hast du Angst? Es ist schwer, neben so viel Schönheit zu bestehen, oder? Man spürt, dass man nicht dazugehört. Aber mach dir keine Sorgen. Das kriegen wir hin. Ich kriege fast alles hin.« Seine Stimme war rau, wäre in jedem anderen Raum untergegangen. Hier, in dieser Totenstille, hörte Laura jedes Schmatzen der Zunge am Gaumen.

»Auch dass du älter bist, macht mir nichts.« Seine Zunge leckte über die trockenen Lippen. »Du bist perfekt, weißt du. Du weißt gar nicht *wie* perfekt. Sonst hätte ich auch nicht diesen weiten Weg für dich gemacht.«

Wofür perfekt?, dachte Laura. Verzweiflung machte sich in ihr breit, und sie kämpfte gegen die Tränen an. »Was … was wollen Sie von mir? Wer sind Sie?«

Der Mann zuckte zusammen. Für einen Moment weiteten sich seine Augen, sein Blick flackerte. Das Lächeln auf seinen Lippen erstarb. »Was … wer zum Teufel … «, flüsterte er und starrte sie an.

Laura biss sich auf die Lippen. Hatte sie etwas Falsches gesagt? Vielleicht durfte sie *gar nichts* sagen?

»Sag das noch mal«, flüsterte er heiser.

Laura presste die Lippen aufeinander. Das ist eine Falle, dachte sie. *Er ist verrückt.* Für alles, was ich jetzt sage, wird er mich –

»REDE«, brüllte der Mann.

Laura fuhr zusammen. Tränen schossen ihr in die Augen. »Ich … ich wollte wissen, wer Sie sind. Und was Sie von mir wollen.«

»Mehr.« Er fuchtelte mit der Hand. »Du sollst *mehr* reden!«

»Bitte … ich weiß nicht, was Sie von mir … ich weiß überhaupt nicht, was das alles soll«, stammelte Laura. »Wo bin ich hier?«

Der Tätowierte starrte sie mit offenem Mund an. Seine ohnehin schon weiße Haut war jetzt geradezu durchscheinend. Er stöhnte, legte den Kopf in den Nacken und fuhr sich mit der Hand über die Glatze. Eine der Deckenlampen strahlte ihm ins Gesicht. Für einen kurzen Augenblick glühten seine Pupillen rot auf, und er kniff die Lider zusammen, als hätte er sich versengt.

Laura stockte der Atem. Das kann nicht sein, dachte sie. Niemand hat rote Augen, niemand.

Der Mann senkte den Kopf. Er sah aus wie ein wildes Tier, das sich nicht entscheiden kann, ob es seine Beute reißen soll oder besser flieht. »Was machst du hier?«, fragte er fassungslos. »Was zum *Teufel* machst du hier?«

Was ICH hier mache? Laura begriff die Frage nicht. *Er* hatte sie doch hierher geschleppt.

»Sag schon!«, schrie er.

Seine Stimme löste etwas in ihr aus, das noch verstörender war als sein Anblick. Es war etwas Diffuses; eine Erinnerung kroch wie eine Schlange aus einem Erdloch, aber sie konnte sie nicht fassen, sie entglitt ihr.

Der Mann starrte sie an, als sei *sie* das Ungeheuer und nicht er. Dann stöhnte er laut auf, ballte die rechte Hand zur Faust und schlug sich gegen seinen nackten Schädel, mehrfach rasch hintereinander.

Schwer atmend hielt er schließlich inne. Schwankte kurz. Für einen Moment glaubte Laura, er würde zusammenbrechen.

Dann drehte er sich ruckartig um, ging mit steifen Schritten zur Tür, riss sie auf, löschte das Licht in der Galerie und warf die Tür krachend hinter sich ins Schloss.

Laura blieb in vollkommener Dunkelheit zurück und zitterte.

Das hier ist nicht wirklich, das hier gibt es nicht!, redete sie sich ein.

Doch das Bild vor ihrem inneren Auge wollte nicht verschwinden. Sie sah immer noch sein Gesicht und die roten Augen, die in der Dunkelheit nachglühten wie Zigaretten. Die bleichen Körper der jungen Frauen umgaben sie in der Dunkelheit wie Gespenster.

Kapitel 7

Berlin, 18. Oktober, 10:28 Uhr

Die Tür in seinem Rücken krachte wie ein Schuss. Sein Kopf schien zu platzen. Das kann nicht wahr sein, dachte er. Das – kann – nicht – wahr – sein!

Und doch saß Laura auf der anderen Seite.

Er schlug sich abermals mit der Faust gegen den Schädel. Es klang dumpf, und die Knochen vibrierten. Er hoffte, der Schmerz würde ihn ablenken. Aber der Schmerz erinnerte ihn nur daran, dass alles real war.

Er war *so* blind.

Er dachte an Jenny, wie sie gewesen war – damals. Eigentlich dachte er immer an sie. Immer und bei jeder Frau. Und die Erinnerung war so lebendig, dass er sie greifen konnte.

Der 31. Oktober 1977, das war der Tag der Tage gewesen. An diesem Tag hatte sich sein brennendster Wunsch erfüllt. Obwohl Wünsche sich *nie* erfüllten. Man bekam nicht einfach, was man wollte. Das war eine eiserne Regel.

Er hatte an diesem Tag die Regel gebrochen.

Er hatte Verkleidungen immer gehasst, von frühester Kindheit an, und ebenso sehr die Gelegenheiten, zu denen man sich verkleiden musste, wie zum Beispiel Karneval, wo jeder Idiot mit einem Kostüm und Schminke herumlief.

Der 31. Oktober 1977 war auch so ein Tag gewesen: Halloween.

Dass Halloween aus Amerika kam und es laut ›Buck‹

alias Bernhard Stelzer der neueste Schrei war, herumzulaufen wie ein Zombie, das hatte es keineswegs besser gemacht. Eigentlich sprach alles dafür, zu Hause zu bleiben. Nur ein einziges Argument sprach dagegen. Das Argument hieß Jenny. Jenny, die Unerreichbare. Sie war 17 und hatte runde feste Brüste, eine rosa Zunge, die so spitz war, dass er gar nicht daran denken durfte, und Hüften, die ihn hypnotisierten. Das war keine Übertreibung, ihm schwanden tatsächlich die Sinne, wenn er heimlich nach der Mitte ihres Körpers schielte, egal ob von der Seite, von hinten oder von vorne. Er konnte das stundenlang tun, ihr zusehen und sich dabei nach ihr verzehren.

Und natürlich war Jenny auch auf der Halloweenparty von Buck Stelzer, dem Sohn des Chirurgen Dr. Stelzer, der einen solchen Haufen Asche durch seine Patienten verdiente, dass einem nur schwindelig werden konnte. Chirurg, das war ein guter Beruf – Leute aufschlitzen und auch noch Geld dafür kassieren. Angeblich hatte Dr. Stelzer seine Schlitzerei in den USA perfektioniert, was es ihm möglich machte, noch mehr Geld als seine Kollegen dafür zu verlangen. Und da sein Sohn Bernhard nichts Besseres zu tun hatte, als mit der Kohle seines Vaters um sich zu werfen, hatte er seinen Spitznamen schnell weg. Er hieß so, wie die Amerikaner ihre Ein-Dollar-Note nannten: Buck.

Und jetzt also lud Buck zur Halloweenparty ein – mit Kostüm. Und Jenny würde auch dort sein. Nicht etwa, dass Buck ihn auch eingeladen hätte. Er bekam nie solche Einladungen. Aber wenn er mit einem Kostüm dort auflief, dann würde ihn ohnehin keiner erkennen. Er wäre ein Gespenst unter Gespenstern. Und wenn ihn keiner erkannte, dann würde ihn auch keiner hinauswerfen.

Die Frage war dann nur: Welches Kostüm?

Er hatte einfach keins.

Er rannte durchs Haus wie angestochen. Nervös und krank vor Eifersucht bei der Vorstellung, dass er vielleicht zu spät kommen könnte – wegen eines lausigen Kostüms – und alle anderen waren schon da und würden Jenny beim Tanzen begaffen.

Er fing an, jeden Raum im Haus zu durchwühlen. Das Arbeitszimmer seines Vaters, die Küche, den Kleiderschrank im Schlafzimmer, den Werkzeugkeller, den Hobbyraum, der gerade renoviert wurde. Sein Blick fiel auf die frisch geklebten Tapetenbahnen im Hobbyraum, mit dem auffälligen Muster. Auf dem Tapeziertisch lag ein abgeschnittener Tapetenrest. Genau in diesem Augenblick kam ihm die Idee. Plötzlich erschien ihm alles wie eine Reihe Perlen auf einer Kette. Schimmernd, logisch und brillant.

Er nahm das Tapeziermesser und folgte dem Muster der Tapete, bis er mehrere Schablonen für symmetrische Kurven und gezackte Geraden hatte. Anschließend eilte er ins Bad, band seine Haare zurück, dieses schwarze strohige Etwas, das er inzwischen ebenso hasste wie seine tatsächliche Haarfarbe, und glättete sie mit Gel. Dann nahm er alle schwarzen Schminkstifte seiner Mutter und probierte sie auf seiner Hand aus.

Der schwarze Eyeliner war der beste.

Mit ruhiger Hand übertrug er die Muster von der Tapete in sein Gesicht. Malen konnte er schon immer gut, nur spiegelverkehrt war es etwas schwieriger, so dass ihm einer der Striche ausrutschte. Aber das war der einzige Fehler. Nach zwanzig Minuten ließ er den Stift sinken, den er mehrmals hatte nachspitzen müssen, und starrte in den Spiegel.

Vor ihm stand ein unbekannter Mann mit dem Gesicht eines – ja was denn eigentlich? Eines Dämons? Eines Voodoo-Priesters? Es kam ihm fremd vor, aber dennoch gefiel es ihm plötzlich ganz und gar. Es war keine Notlösung, es war besser. *Er* war besser. Er war jemand anders. Das auffällige Muster legte sich über seine Gesichtszüge wie eine optische Täuschung.

Eine seltsame Erregung packte ihn. Zunächst wusste er nicht, was es war. Und er verschwendete auch keinen weiteren Gedanken daran. Die Party hatte Priorität. Jenny hatte Priorität. Er wollte schon los, da fiel ihm ein, dass die Bemalung verlaufen könnte. Rasch griff er nach einer Dose Haarspray, schloss die Augen, hielt den Atem an und sprühte sich den feinen Nebel ins Gesicht, so dass die Farbe fixiert wurde, ganz so, wie er es immer mit seinen Bleistiftskizzen gemacht hatte. Zuletzt nahm er aus seinem Kleiderschrank eine weiße Hose. Was fehlte, war ein weißes Hemd; die besaß nur sein Vater. Normalerweise hätte er sich niemals getraut, in den Kleiderschrank seines Vaters zu greifen. Doch heute war alles anders.

Er warf sich das weiße Hemd über, strich es glatt, dann zog er los.

In der Bahn beäugten ihn die Leute ängstlich, als wäre er irre und würde beißen. Ein gutes Gefühl.

Die Villa von Buck Stelzers Eltern war ein griechischer Palast, mit Säulen wie ein Tempel. Bucks Eltern waren verreist, und daher hatte Sohnemann die Chance genutzt und schmiss genau die Sorte Party, die Eltern um den Verstand brachte.

Überall im stockdunklen Garten brannten Fackeln, kleine Inseln aus Feuer. Die hohen Säulen der Villa lebten und flackerten im Schein von orangenen Kugeln. Wie immer hatte er Schwierigkeiten, scharf zu sehen, wenn die Dinge weiter entfernt waren. Als er näher kam, erkannte er, dass die Kugeln Kürbisse waren, von innen beleuchtete Köpfe mit abgeschlagener Schädeldecke und zahn- und freudlosem Grinsen. Eine Gänsehaut kroch an ihm empor, und er stellte sich vor, dass Jenny im Angesicht der Köpfe ja vielleicht auch diese Erregung überkommen hatte. Wie gerne hätte er dann ihre Brustwarzen gesehen.

Die Party tobte. Hundert Gespenster, und er war eins davon. Niemand erkannte ihn, niemand lachte ihn aus. Es roch nach Schweiß in billigen Kostümen, nach Zigaretten und Alkohol. Auf dem Parkett knirschten Glasscherben. Buck war ein Idiot. Was glaubte er, würden seine Eltern sagen? Was ging nur in seinem Kopf vor?

Plötzlich sah er Jenny. Mitten auf der Tanzfläche, da wo er sie hingewünscht hätte, wenn sie nicht schon da gewesen wäre. Nein, um genau zu sein, er hätte sie ganz woanders hingewünscht, aber das war aussichtslos.

Also blieb er stehen und verlor die Zeit.

Fünf Minuten, fünfzehn Minuten, fünfunddreißig Minuten.

Er hätte ewig da stehen und ihr beim Tanzen zusehen können. Irgendetwas hatte sie mit ihrer Haut gemacht. Sie schimmerte, war weiß wie Alabaster, bleich und verführerisch. Ihre blonden Haare waren zu einem Turm aufgesteckt und sahen aus wie weiß gepudert. Zwischen ihren rosa Lippen lief ein Blutstreifen an ihrem Kinn vorbei, über ihren Hals, als hätte sie gerade jemanden gebissen. Noch nie hatte er so viel betörende Schönheit in Vollendung gesehen. Tief in ihm schlug eine Saite an, zitterte und brachte alles in ihm zum Klingen. Urplötzlich sah sie ihn an und streckte ihren Arm nach ihm aus, wedelte, als wollte sie nach seiner Hand greifen. Ja, nach *seiner* Hand! Sie winkte *ihm*! Er bemühte sich, anders zu gucken, als er sich fühlte. Sicherer, selbstverständlicher. Unwillkürlich drückte er die Brust zwischen den Schultern hervor und lächelte stark.

Er war jetzt jemand. Jemand anders.

Wieder winkte Jenny. »Komm her«, zwitscherte ihre helle klare Stimme gegen die plärrende Musik. Ihre rosa Zunge blitzte zwischen ihren Lippen auf, und ihm wurde ganz heiß. Was das anging, war er wohl keinesfalls jemand anders. Oder dieser Jemand war Jenny ebenso erlegen wie er selbst. Langsam trat er auf die Tanzfläche.

Er lächelte.

Er war stark und sicher.

Was diese Maske alles machte!

Er übertraf sich selbst und nahm ihre Hand. Ihre Fingerspitzen waren kühl und etwas feucht. Geschickter, als er es von sich erwartet hätte, hob er ihre Hand mit seiner empor. Das hatte er einmal in einem Tanzfilm gesehen. Sie verstand die Aufforderung und tanzte unter seinem erhobenen Arm hindurch und drehte sich in ihn hinein, so dass ihr Rücken sich an seinen Körper schmiegte. »Wer bist du?«, flüsterte sie über ihre Schulter in sein Ohr.

Ein überwältigendes Ziehen jagte von seinem Ohr hinab bis in seine Zehenspitzen. Er hätte nie gedacht, dass es ein solches Gefühl geben könnte. Wie im Fieber sagte er heiser: »Spielt das eine Rolle?«

Sie lachte. Für einen Moment dachte er, dass es ein Lachen voller Alkohol war. Aber dafür stand sie doch zu sicher auf den Beinen, oder? »Vielleicht find ich's ja raus«, sagte sie aufreizend.

Bloß nicht, dachte er.

»Vielleicht findest du's ja raus, wenn wir hochgehen«, hörte er sich selbst sagen.

Eine Ohrfeige oder ein höhnisches Lachen hätte ihn nicht verwundert. Er rechnete fest damit, dass sie sich lachend hinwarf, sich auf dem Boden wälzte und brüllte: »Froggy, was bist du nur für eine arme Sau.« Und der ganze Saal würde einstimmen. Alle würden lachen, über Froggy, den Frosch, wie er vermutlich sein Leben lang genannt werden würde, weil ihn nie eine Prinzessin küssen wollte und weil er fast immer diese Brille mit den dunkelgrünen Gläsern trug.

Stattdessen drückte sie ihren Hintern an ihn. »Komm mit, ich weiß, wo.«

Als die Tür von Dr. Stelzers Schlafzimmer hinter ihnen zufiel, war er immer noch nicht ganz sicher, ob sie nicht vielleicht seinen Schwanz aus der Hose holte und ihn dann vor Lachen prustend stehen ließ. *Ich bin nicht ich*, redete er sich ein. Ich bin jemand anders. Froggy kann man verachten. Mich nicht!

Jenny starrte ihn an, ihre Blicke leckten förmlich über sein Gesicht. »Ich steh auf diesen Tattoo-Kram«, flüsterte sie. »Ist das Voodoo oder so?«

»Es macht mich stärker«, sagte er.

»Wie stark?«, fragte sie, halb betrunken und halb klar.

»Tausendmal stärker«, sagte er berauscht. Und das war noch nicht einmal gelogen.

Eine Sekunde später tat sie das Ungeheuerliche. Das, was er sich tausendmal vorgestellt hatte, aber was immer anderen vorbehalten gewesen war. Sie küsste ihn. Ihn! Ihre Zunge drang in seine Mundhöhle, und in seinem Kopf explodierte ein Feuerwerk. Wie von selbst griffen seine Hände nach ihr, und er fragte sich einmal mehr, wer *er* jetzt war, wer zum Teufel dieser *andere* war.

Er zog sie aus, kam sich dabei vor, als würde ein Tier in ihm stecken, und er drängte sie zum Bett. Sie riss ihm fahrig die Hose herunter, und sein Schwanz sprang ihr förmlich entgegen. Er stocherte mit seinem Glied unbeholfen zwischen ihren Beinen herum, bis er plötzlich spürte, wie er in sie glitt und ihm heiß wurde. Er biss in ihren Hals, krallte seine rechte Hand in ihren Po, dass seine Fingerspitzen brannten. Sie schrie auf, aber das waren nicht nur Schmerzen, das konnten nicht nur Schmerzen sein.

Es war perfekt. Es war gleich zu gleich, pure Magie. Und er hatte die Macht über dieses farblose Wesen vom anderen Stern.

Mit einem Schwall war es vorbei. Die Erregung war einfach zu viel. Seine Maske schien plötzlich zu schrumpfen, genauso wie sein Penis.

Gott, wie er sich schämte. Jenny sah ihn verblüfft an. »Junge, das ging aber schnell«, nuschelte sie. »Ist das immer so schnell bei dir vorbei?«

Ehrlicherweise hätte er ja sagen müssen. Es war ja sein erstes Mal. Und damit war es ›immer‹. Aber er sagte nichts.

Er stand auf, mit jagendem Herzen, und grinste. Ein beschissenes Grinsen, fand er. Aber besser als jeder blöde Satz.

»Wer bist du?«, fragte Jenny. Sie kniff prüfend die Augen zusammen und stand auf. Ihre Haut leuchtete weiß. Am Hals hatte sie schwarze Flecken von seiner Maske. Sie leckte sich mit der Zunge über ihre Fingerspitzen und streckte die Hand nach seinem Gesicht aus. »Deine Augen«, lallte sie. »Für einen Moment dachte ich, die sind rot.«

Er blinzelte und versuchte weiter zu grinsen, doch er musste hart darum kämpfen.

Mit ihrem Speichel begann sie die Maske aus seinem Gesicht zu reiben. Jenny hätte alles mit ihrem Speichel tun dürfen. Alles und überall. Aber nicht die Maske! Auf keinen Fall! Froggy war nicht hier, und das musste so bleiben.

Panisch riss er die Arme hoch und schlug ihre Hände beiseite. Sie schrie überrascht auf und stieß ihn vor die Brust. »Was soll das, verdammte Scheiße? Wer bist du?«

Wütend packte er sie am Hals, stieß sie zu Boden und

sprang auf sie. Er hatte keine Ahnung, wer zum Teufel er war. Die Erregung packte ihn wie eine Kernschmelze. Er nahm sie ein zweites Mal, die Hände um ihren Hals. Endlich einmal hatte er die Macht. Die Macht, Jenny zu beherrschen. Die Macht, über sich selbst zu herrschen. Und zugleich vollkommen aus sich herauszutreten.

Es dauerte nur wenig länger als beim ersten Mal, so schien es ihm wenigstens. Als es vorbei war, richtete er sich auf – und erstarrte.

Jenny bewegte sich nicht.

Warum zum Teufel bewegte sie sich nicht?

Er stand auf und sah sie an.

War sie ohnmächtig?

War sie die ganze Zeit schon ohnmächtig gewesen?

Die Ohnmacht gab ihr eine bezaubernde Schönheit. Auf dem dunklen Holzfußboden sah ihr Leib aus wie frisch gefallener Schnee, in dem man bis zum Hals hätte versinken mögen.

War sie etwa …?

Nein. Das konnte nicht sein. Das hätte er doch bemerken müssen. Irgendetwas musste man doch merken, wenn jemand …

Er sah auf sie hinab, und die Vorstellung bekam etwas Ungeheuerliches, etwas so Großes und Machtvolles, dass ihm schlecht wurde, wie von einer Droge, nach der der Körper schreit, aber an die er sich erst gewöhnen muss.

Langsam ging er rückwärts zur Tür. Schloss die Hose. Raus hier. Das warst nicht du. Das war nicht Froggy. Das war jemand anders.

Aber wer zum Teufel?

Er floh wie im Rausch aus dem Zimmer. Er hatte Angst, als er die Treppe ins Erdgeschoss hinabstieg. Aber niemand erkannte ihn. Froggy war nicht da. Er war unsichtbar.

Er verließ die Villa und die Straße, in der Stelzers Protzkasten stand, und schwor sich in der Dunkelheit, dass er sich nie wieder waschen würde. Er wollte ihren Geschmack für alle Ewigkeit an sich tragen. Und er wollte für alle Ewigkeit unsichtbar sein.

Zum ersten Mal in seinem Leben war sein Traum in Erfüllung gegangen.

Endlich bin ich frei, hatte er damals gedacht.

Und jetzt?

Jetzt saß plötzlich Laura auf der anderen Seite der Tür.

Er musste daran denken, wie er sie zwei Tage zuvor beobachtet hatte, vor dem Haus bei Èze. Wie sie diesen Typen geküsst hatte.

Geküsst?

Nein. Das war mehr als ein Kuss gewesen. Auch Jenny hatte immer wieder andere geküsst, und es hatte ihn rasend gemacht. Doch das mit Laura war noch etwas ganz anderes. Es fraß ihn förmlich auf, dass dieser Typ von ihr Besitz ergriff.

Er musste wissen, wo Laura stand.

Er drehte sich auf dem Absatz um. Seine weißen Schuhe knirschten auf dem Steinboden. Türklinke, Licht an, Puls runter.

Da saß sie, mit blinzelnden Lidern, an den Stuhl fixiert.

Langsam ging er auf sie zu.

Er wusste jetzt, was er tun musste. Endlich wieder ein klares Ziel. So klar wie schon seit vielen Jahren nicht mehr.

Nein, es war mehr als ein Ziel.

Es war eine *Mission*.

Er beugte sich zu ihr hinab.

Er lächelte. Öffnete den Mund.

Kapitel 8

Berlin, 18. Oktober, 10:39 Uhr

Laura schloss die Augen, als er näher kam. Das war das Einzige, was sie tun konnte, um sich zu verweigern. Sein Atem strich heiß über ihr Gesicht. Ihre Lider flatterten, und alles in ihr zog sich zusammen.

»Wie heißt er?«, flüsterte er.

»W… was?« Sie öffnete die Augen, verstand den Sinn der Frage nicht.

»Ich kann nichts für dich tun, wenn du mir nicht sagst, wie er heißt.« Er rückte noch näher heran, artikulierte jeden Laut seltsam überdeutlich. »Sag mir, wie er heißt, ich kann dich beschützen.«

Laura starrte ihn an. Das war verrückt. Vollkommen verrückt.

»Ich habe euch vor dem Haus gesehen, vorgestern Nacht.«

Jan! Er meinte den Abend mit Jan. Wie lange beobachtete er sie schon? Was wusste er noch alles über sie?

»Den Namen.« Er hob die rechte Hand, strich mit dem Finger über ihre Wange.

»Du kannst mir vertrauen. Sag mir nur seinen Namen.«

»Warum?«, flüsterte Laura.

»Ich muss die Dinge in Ordnung bringen. Dafür brauche ich deine Hilfe.«

In Ordnung bringen? Sie spürte, wie ihr die Tränen in

die Augen stiegen. Wütend presste sie ihre Lippen aufeinander.

»Verrat ihn mir«, rollte seine Stimme. »Verrat ihn, und ich lasse dich gehen.«

Ihr wurde schwindelig vor Hoffnung. Dennoch wollte sie sich eher die Zunge abbeißen, als Jans Namen preiszugeben. Es musste noch einen anderen Weg geben. »Was wollen Sie von ihm?«

Er sagte nichts. Lächelte nur.

»Sag mir seinen Namen, und du kannst gehen.«

Gehen. Das Wort war in ihrem Kopf wie eine Droge. Ihr Blick huschte über die Frauen in den Wänden.

Der Mann beugte sich weiter vor.

O Gott, nicht noch näher, dachte Laura. Komm mir bloß nicht *noch* näher.

Der Tätowierte brachte seinen Mund an ihr Ohr. Sie roch säuerlichen Schweiß an seinem Hals, sah seinen blütenweißen Hemdkragen. »Sei ehrlich«, hauchte er. »Du wirst ihn mir sowieso sagen, früher oder später.« Seine Stimme drang wie Rauch in ihr Ohr. »Aber da ist noch dieser innere Widerstand, nicht wahr? Gegen den kämpfst du an. Du glaubst, das bist du ihm schuldig. Du glaubst, dass du ihn nicht verraten darfst, ohne gelitten zu haben. Nur wenn du gelitten hast, wirst du dir selbst verzeihen können. Aber vielleicht denkst du ja auch darüber nach, mir einen falschen Namen zu sagen. Dir irgendetwas auszudenken …«

Laura erschrak. Ihre Gedanken standen für einen Augenblick still.

Der Tätowierte lehnte sich zurück und las aufmerksam in ihrem Gesicht. »Seinen Namen«, insistierte er. Im selben Moment schnellte er wieder vor, packte den Stuhl mit beiden Händen an den Lehnen, dort wo ihre Arme auflagen. Sein Griff war so heftig, so ruckartig, dass der Stuhl sich trotz Lauras Gewicht hätte bewegen müssen. Doch er zitterte nicht einmal, offenbar war er im Boden verschraubt.

»Sag ihn mir, und ich lasse dich gehen!« Seine schwarze Nasenspitze berührte fast die ihre.

Laura spürte seine körperliche Nähe wie einen schmerzenden Strom. Ihre Nerven vibrierten. Am liebsten hätte sie ihn geschlagen, ihn weggestoßen. Und wenn nicht?, dachte sie wütend. Was, wenn ich ihn dir nicht sage? Würde das etwas ändern?

»Warum kämpfst du so?«, fragte er. »Etwa für ihn?«

Sie biss die Zähne aufeinander. Rück mir nicht so auf die Pelle, verdammt …

»Sagst du mir jetzt seinen Namen?«

Einen Scheißdreck tue ich, dachte sie und spuckte ihm ins Gesicht.

Er prallte zurück, blinzelte. Seine Augen loderten kalt.

Laura versuchte, sich zu wappnen, für das, was jetzt kommen würde.

»Glaubst du, du hast gewonnen?« Seiner Stimme war deutlich anzuhören, wie schwer es ihm fiel, sich zu beherrschen. »Dann hör mir jetzt gut zu. Sein Name – dieser Name, den du mir ums Verrecken nicht sagen willst – ist Jan!«

Stille.

Einen Moment lang glaubte Laura, sich verhört zu haben. Hatte er tatsächlich Jan gesagt?

Auf seinem Gesicht lag ein triumphierendes Lächeln. »Und der Nachname auf der Klingel von diesem Haus in diesem französischen Kaff, das ist seiner, oder? *Floss!*« Er machte eine Pause, genoss Lauras Verwirrung. »Gehört das Haus ihm? Oder seinen Eltern? Eher seinen Eltern, richtig?«

Laura antwortete nicht.

»Du und ich«, sagte er leise, »wir teilen ein Geheimnis. Wusstest du das?«

Hätte sie den Kopf schütteln können, sie hätte es getan.

»Erinnerst du dich an die Nacht im Wald von Nordholm? Du warst fünfzehn damals.«

Laura erstarrte.

»Erinnerst du dich?«

Was für eine Frage. Natürlich tat sie das. Diese Nacht war grauenvoll gewesen. In ihren Alpträumen rannte sie immer noch durch den Wald von Nordholm. Nur wie konnte *er* davon wissen? Das war unmöglich. Vollkommen unmöglich!

Sie starrte ihn an.

Er lächelte zurück.

»Du bist nicht schuld daran«, sagte er.

Sie blinzelte, musste schlucken. Sie weigerte sich, das alles zu glauben.

Der Tätowierte machte einen Schritt zurück. Eines der Spotlights streifte seine blanke Kopfhaut. Ein brennender Fleck glitt über seine Stirn und ließ einen Moment seine Augen rot leuchten, bevor er sie zusammenkniff und aus dem Licht trat.

Niemand hat rote Augen, dachte Laura wieder. Das gibt es einfach nicht!

Plötzlich hörte sie ein leises, dumpfes Geräusch, als würde Metall gegen Stein schlagen. Und dann noch einmal. Und wieder und wieder. Ihr Blick flog nach rechts, von wo die Geräusche kamen. Doch da war nichts außer der Wand und den darin schwebenden Frauen.

Der Tätowierte stand regungslos da, seine Augen waren auf Laura gerichtet, doch sein Blick war leer, abwesend, als fordere etwas seine ganze Konzentration.

Zwischen den dumpfen Schlägen glaubte Laura noch andere Geräusche zu hören, eine Art Rasseln und etwas Helles, Klagendes, wie eine Stimme. Eine Frauenstimme.

Ihr lief es eiskalt den Rücken hinunter. Irgendwo hinter dieser Wand war eine Frau. Eine lebendige Frau.

Der Tätowierte griff in seine Hosentasche, zog einen Blister mit weißen Tabletten hervor, drückte drei heraus und hielt eine davon direkt vor Lauras Lippen.

»Was ist das?«

»Eine Vorsichtsmaßnahme.«

Sie presste ihre Lippen und Zähne so fest aufeinander, dass es schmerzte. Wieder hörte sie die Frauenstimme.

»Wenn du die Tabletten nicht schluckst, hole ich eine Spritze.«

Laura kapitulierte. Widerstrebend öffnete sie den Mund, und er steckte die Tablette hinein.

»Schlucken«, befahl er und sah auf ihren Kehlkopf.

Sie würgte die Tablette trocken hinunter.

Der Tätowierte nickte zufrieden, gab ihr die zwei restlichen Tabletten und beobachtete ihren Kehlkopf, wie er beim Schlucken hüpfte. Dann richtete er sich ruckartig auf, eilte zur Tür, schaltete das Licht aus und schloss hinter sich ab.

Die Frauenstimme drang noch eine Minute durch die Wand. Dann verstummte sie.

Kapitel 9

Deutschland, 18. Oktober, 19:38 Uhr

Jan saß auf der Rückbank des Cherokee und schielte in Richtung Tacho. Die Nadel zitterte bei 170 Stundenkilometern. Das Wasser auf der Autobahn bildete einen durchgehenden Film, in dem sich Regen und Wolken unwirklich spiegelten.

Der Sattelschlepper rechts neben ihm fing plötzlich an zu schlingern. Jan öffnete den Mund, aber bevor er schreien konnte, gab es eine Erschütterung. Der Sattelschlepper touchierte den Cherokee, der Jeep verlor die Bodenhaftung und geriet außer Kontrolle. Die Reifen heulten wütend in der Luft, der Wagen drehte sich lautlos um seine eigene Achse, und Jans Blick flog zum Kindersitz neben ihm. Er war riesengroß und leer, die beiden offenen Gurthälften wirbelten schwerelos umeinander. Noch wenige Sekunden zuvor hatte Laura in diesem Sitz gesessen. Der Wagen drehte sich immer noch in der Luft. Sein Vater und seine Mutter hatten sich auf den Vordersitzen umgedreht, starrten ihn vorwurfsvoll an.

Zentimeter bevor der Wagen wieder den Boden berührte, schrak Jan aus dem Traum hoch.

Sein Herz schlug wild, und er brauchte einen Moment, um sich zu orientieren. Neben ihm glitt die Landschaft am Fenster des ICEs vorbei, auf der Haut spürte er den Luftzug der Klimaanlage, und der Stoffsitz roch nach fremden Menschen.

Er warf einen Blick auf das Display seines Handys. Zwanzig vor acht. Um kurz vor neun würde der ICE 914 den Berliner Hauptbahnhof erreichen.

Am Vormittag war er noch in Èze gewesen, alleine mit Katy – Greg war nach Beaulieu zum Bäcker gefahren. Der Himmel hatte sich leergeregnet und sich zu einem Blassgrau herabgelassen; das Meer glänzte fahl hinter der Panoramascheibe. Auf dem Esstisch vibrierte Katys Handy. Sie tippte auf den Bildschirm, las kurz und hob die Brauen. Wortlos reichte sie das Handy an Jan weiter.

Am oberen Bildrand stand eine unbekannte Nummer, darunter eine SMS.

10:48
Hallo Jan. Hab es nicht mehr ausgehalten. Brauchte Abstand. Bin zurück nach Berlin. Mach dir keine Sorgen und grüß die anderen. Laura.

Jan spürte einen Stich im Magen.

»Sag ich doch«, murmelte Katy. »Das ist typisch.«

»Hm?«

»Das hat sie früher doch ständig gemacht. Wenn es ums Abhauen oder Schwänzen ging, war sie Spitzenreiter bei uns an der Schule.«

»Ehrlich? Habe ich gar nicht mitgekriegt.«

»Du hast so einiges nicht mitgekriegt.«

Jan verzog den Mund. An vieles aus seiner Schulzeit konnte er sich tatsächlich nur verschwommen erinnern. Nach Theos Tod und dem Verschwinden seiner Mutter hatte er die Welt oft in einer Art Wachkoma erlebt.

»Am Ende ist sie deswegen ja auch geflogen und musste aufs Internat.«

»Internat?« Jan stutzte. »Woher weißt du das?«

Katy schwieg – einen kleinen Moment zu lange.

»Oder wusstest du das damals schon?«, fragte Jan argwöhnisch.

Katy zuckte mit den Schultern. »Ich dachte, es ist nicht so wichtig.«

»Blödsinn. Du wolltest nicht, dass ich es weiß, richtig?«

Katy zuckte erneut mit den Schultern und sah störrisch drein, wie immer, wenn sie sich ertappt fühlte. »Du warst 14 und total labil. Und Laura war vollkommen durchgeknallt. Ich meine, ich mochte sie, aber Laura und du, das hätte dich umgehauen. Gerade nachdem … du weißt schon. Was hätte ich also deiner Meinung nach tun sollen, hm?«

»Mal nicht meine Mama spielen, zur Abwechslung.«

»Mir wär's auch lieber gewesen, Mama wäre nicht abgehauen. Die Rolle stand mir bis hier.« Katys Hand schnitt auf Augenhöhe durch die Luft.

Jan musste an ihren Mann Sören denken und die Zwillinge. Vermutlich stand ihr die Rolle immer noch ›bis hier‹. Im selben Moment wurde ihm noch etwas anderes klar. »Ach, deswegen«, murmelte er.

»Genau deswegen«, sagte Katy.

»Es ging um dein schlechtes Gewissen.«

»Was?«

»Du hast Laura zu unserem Beaulieu-Trip eingeladen, weil du immer noch ein schlechtes Gewissen wegen damals hast.«

»Jetzt mach aber mal einen Punkt«, sagte Katy und schob das Kinn vor. »Ich hab sie zufällig getroffen und dachte, es tut dir gut, nach der Geschichte mit Dad.«

»Du machst es schon wieder«, warnte Jan.

»*Was* mache ich?«

»Muss ich das wirklich erklären?«

Eine kurze, unangenehme Pause entstand. Katy atmete geräuschvoll ein und rang sichtlich um Geduld. »Ich hab's gut gemeint, okay?«

»Eben. Das ist ja das Problem. Hör auf damit.«

»Was ist los mit dir? Geht's um Laura? Bist du so gereizt, weil sie sich abgeseilt hat?«

»Blödsinn. Im Gegensatz zu dir bin ich hier nicht auf Partnersuche.«

»Jetzt fang bloß nicht damit an, ja!« Katys Wangen waren gerötet, ihre Stimme plötzlich schrill. Jan kochte innerlich, aber er wusste nur zu gut, wie das hier enden würde. Mit Tränen oder einem Wutausbruch seiner Schwester, und er wollte keins von beidem, am allerwenigsten die Tränen.

Ein Jahr nachdem ihre Mutter sich aus dem Staub gemacht hatte, Jan war gerade elf geworden, war er heimlich in Katys Zimmer geschlichen, voller Wut über ihr ständiges: *Tu dies! Lass das!* Außerdem nahm er ihr übel, dass sie weniger darunter litt als er, dass Mutter weg war. Ein paar Mal hatte sie sogar geschimpft, die blöde Kuh solle sich ja nicht einfallen lassen wiederzukommen.

Jan hatte ziellos das Zimmer seiner Schwester durchwühlt, auch ihr Schmuckkästchen, und einen goldenen Armreif gefunden, der seiner Mutter gehört hatte. Es fühlte sich falsch an, dass Katy diesen Armreif besaß.

Jan streifte ihn sich über die Hand. Er lag kühl auf der Haut, war zu groß und zu golden für seinen Arm. Trotzdem nahm er ihn mit. Er wusste, dass Katy wütend werden würde. Sie würde wissen, dass er ihn sich genommen hatte. Na und? Sie hatte ihn ohnehin nicht verdient.

Eine Stunde später rutschte ihm der Armreif vom Handgelenk, rollte klimpernd über die eisverkrustete Bordsteinkante, zwischen die Eisenstreben eines Gullys, und fiel in die Kanalisation.

Jan riss so lange an dem Eisendeckel, bis ihm Hände und Arme weh taten. Ohne Erfolg.

Am nächsten Abend entdeckte Katy, dass der Armreif fehlte. Jan hatte alles Mögliche erwartet. Drohungen, Beschimpfungen, was auch immer – er war gewappnet. Stattdessen brach sie in Tränen aus und weinte so heftig wie noch nicht einmal bei Theos Beerdigung.

Jan tat in der Nacht kein Auge zu. Bei Tagesanbruch hebelten sie mit einer Spitzhacke gemeinsam den Gully auf. Es fiel Schneeregen. Kaltes Schmutzwasser lief in den Kanal. Der enge Schacht schien Jan erdrücken zu wollen. Als er endlich den Armreif im eisigen Moder ertastete, waren seine Hände steifgefroren. Katys Gesichtsausdruck, als er ihr den Armreif gab, hatte er nie vergessen.

Dann war Gregs Cherokee vorgefahren und hatte Jan aus seinen Gedanken gerissen. Die Haustür ging, Greg kam die Treppe empor und platzte mitten in das betretene Schweigen. »Was ist denn hier los?«

»Du bist los«, knurrte Jan, und dann, zu Katy gewandt: »Mach, was du für richtig hältst. Aber lass wenigstens Anna und Nele nicht hängen.«

Gregs Blick pendelte zwischen ihnen hin und her. »Geschwisterliebe, was?«

»Blitzmerker.« Jan drängte sich an Katy vorbei ins Nebenzimmer und warf seine Kleidung in den Koffer.

»Wo willst du hin?«, rief Greg.

»Nach Hause. Wohin sonst.« Als er die Haustür hinter sich zuwarf, klirrten die Glasscheiben im Fensterkreuz.

Wenigstens saß er jetzt im Zug, hatte seine Ruhe und war auf dem Heimweg.

Er zog Lauras Handy aus der Jackentasche und versuchte, es einzuschalten. Aber nichts tat sich. Entweder der Akku war leer, oder das Handy war nass geworden.

Er nahm sein eigenes Telefon und wählte die Nummer, unter der Laura die SMS an Katy verschickt hatte. Vorsorglich hatte er sie notiert.

Nichts.

Da war es wieder. Das mulmige Gefühl. Er dachte an den Text der SMS. *Brauchte Abstand. Bin zurück nach Berlin.* So weit, so gut. Aber wieso schrieb sie *Mach dir keine Sorgen und grüß die anderen*? Warum sollte Laura Katy und Greg grüßen wollen? Die drei hatten gestritten.

Beunruhigt sah er aus dem Fenster, während die Bäume und Strommasten auf dem Weg zum Berliner Hauptbahnhof am ICE 914 vorbeijagten.

Kapitel 10

Berlin, 18. Oktober, 19:49 Uhr

Das heiße Wasser brannte auf seinem Rücken. Noch in dieser Nacht würde er handeln. Je früher, desto besser. Er legte den Kopf in den Nacken, so dass der glühende Strahl ihn im Gesicht traf. Der Schmerz gab ihm das Gefühl von Reinigung. Um seine geschlossenen Augen herum liefen schwarze Schlieren über sein Gesicht, dann seinen Körper hinab. Im Abfluss wurden sie zu einem dunklen Strudel.

Reinigung war Kontrolle.

Und Kontrolle bedeutete Macht.

Er dachte an Laura, daran, dass er Nordholm erwähnt hatte. Und an ihre weit aufgerissenen Augen.

Es dampfte, als er aus der Dusche trat. Noch war seine Haut gerötet. Später würde sie schimmern wie Marmor mit einem Geflecht kleiner Äderchen. Er betrachtete sich im Spiegel.

Froggy war unsichtbar. Genauso wie Peter. So hatten ihn seine Eltern genannt. Zwei beschissene Namen. Er hatte sie abgestreift wie eine alte Haut.

Jetzt gab es nur noch Fjodor.

Fjodor kam von Theodor und hieß so viel wie *Gottes Geschenk*. Laut Geburtsurkunde war das sein zweiter Vorname. Seine Eltern hatten ihn immer gemieden wie die Pest, auch im Ausweis hatte er nie gestanden. Irgendwann hatte er im Keller eine alte Blechschachtel gefunden, mit verblichenen Schwarzweißfotos. Eins zeigte seinen Großvater, einen hochgewachsenen, weißhaarigen Mann mit vornehmer Blässe. Auf der Rückseite stand in krakeliger Handschrift sein Name: Fjodor.

Ein Geschenk Gottes, wahrhaftig.

Der Name Jan dagegen bedeutete: *Er hat Gnade erwiesen*. Das klang nach Schwächling. Fjodor spuckte ins Waschbecken. Für Jan würde es keine Gnade geben.

Noch vor kurzem hätte er da weitermachen können, wo er aufgehört hatte. Einfach die Leitung reparieren, neues Harz und neuen Fixierer besorgen, die Becken reinigen und es zu Ende bringen. Doch das musste nun noch warten.

Die Prioritäten hatten sich verschoben.

Jan war im Weg, wie eine zu große Kröte auf einer zu kleinen Straße.

Er hätte gerne geglaubt, dass Jan ihr nichts bedeutete. Ja, er hatte ihr die Chance gegeben, es zu beweisen. Sie hätte nur Jans Namen verraten müssen. Stattdessen hatte sie ihn angespuckt.

Die Kröte musste weg von der Straße.

Zwei Stunden später bog er in Moabit in die Stephanstraße ab, parkte den Wagen, den er mit einem weiteren gestohlenen Kennzeichen versehen hatte, stieg aus und lief zielstrebig weiter, in seinem überlangen dunkelgrauen Mantel mit der weiten Kapuze, die sein Gesicht verschattete. Dabei trat er mit seinen blankgeputzten Schuhen immer zwischen die Fugen der Gehwegplatten, niemals darauf.

Innerlich musste er lachen. Es war unglaublich, wie einfach heute alles war. Ein Name, eine Telefonnummer, ein Computer. Wer sich nicht gerade versteckte, den fand man sofort. Besonders Leute wie diesen Jan Floss. Eitel, konsumgeil, oben auf der Welle. Das verrieten sein Karriereprofil bei Xing, die Verlinkungen, seine Vita und die Fotos.

Fjodor bog in die Stendaler Straße ein und schritt die Hausnummern ab, bis er vor einem frisch sanierten Altbau stand. Rote Ziegel mit grau gestrichenen Steinquadern, kein Unkraut zwischen den Ritzen des Bürgersteigs. Er drückte den Klingelknopf mit dem Namen Floss und wartete einen Moment ab.

Nichts.

Er las die übrigen Namensschilder, dann läutete er bei einer Wohnung im vierten Geschoss. In der Gegensprechanlage meldete sich eine Frauenstimme.

»'tschuldigung«, brummte er. »GLS-Kurier. Ich hab 'ne Sendung für Patiz. Da macht niemand auf, aber ich würd ungern später noch mal stören …«

»Um die Zeit?«, kratzte es aus dem Lautsprecher.

»War viel los heute. Können Sie aufmachen, dann leg ich's einfach vor die Tür.«

Aus dem Lautsprecher kam ein undefinierbares Gemurmel, dann summte der Türöffner, und er trat ein.

Im Flur blieb Fjodor einen Moment vor der Wohnungstür mit dem Namensschild Patiz stehen, dann ging er zurück zur Haustür, öffnete sie und ließ sie wieder zufallen. Nachdem er fünf Minuten still im Hausflur gewartet hatte, stieg er leise die Treppe empor, bis ganz nach oben in den fünften Stock. Drei Türen. Zwei davon mit nichtssagenden Namen.

Er zog das Lockpicking-Werkzeug aus seiner Manteltasche, ein Gerät von der Form und Größe einer elektrischen Zahnbürste. Schlösser zu knacken war nicht unbedingt sein größtes Talent, aber wer in der Lage war, im Internet zu recherchieren und zu bestellen, der brauchte auch kein Talent – nur etwas Übung. Vor allem dann, wenn man es mit einem banalen Standardschloss zu tun hatte. Behutsam schob er den dünnen Metallaufsatz in den Zylinderschlitz. Im Inneren des Schlosses klickte es kaum hörbar. Dann löste er den Schlagimpuls aus und drehte das Schloss.

Nicht einmal eine Minute. Er lächelte, trat in die dunkle Wohnung, drückte leise die Tür hinter sich zu und zog die Kapuze ab. Mit geschlossenen Augen und weit geöffneten Nasenflügeln sog er die Luft ein. Erdig, holzig, würzig und ein Hauch Frucht, vielleicht Zitrone. Und da war noch etwas anderes. Der Duft von Kaffee.

So also riechst du, Jan Floss.

Fjodor öffnete die Augen und tastete neben der Eingangstür nach dem Lichtschalter. Eine Reihe von Halogenstrahlern leuchtete auf und wurde weich vom Parkett reflektiert. Der Flur war überraschend klein und mündete linker Hand in einer gemauerten Treppe, die mit Parkett ausgelegt war und wie ein Schacht ins Dachgeschoss führte. Im Flur gab es einen weißen Einbauschrank, eine Ablage im Stil des Parketts, ansonsten nichts. Keine Bilder, keine Deko, nicht einmal einen Spiegel.

Du magst dich nicht, Jan Floss. Ist es wegen deines Feuermals?

Er musste wieder an die Côte d'Azur denken, an das Haus am Hang im strömenden Regen. Hätte er da schon alles gewusst, er hätte nicht gezögert und kurzen Prozess gemacht.

Fjodor stieg die Treppe nach oben und kam in einen großen Wohnraum mit Küche. Der offene Dachstuhl bestand aus alten Vierkant-Balken. Die Dachschrägen waren durchsetzt von Fenstern und großen Gauben.

In einem verglasten Erker stand ein alter einfacher Landhaustisch, darauf eine silberne Drahtschale mit Apfelsinen und Zitronen. Eine davon hatte einen kleinen Schimmelfleck.

Die Rückwand der offenen Küche bestand aus alten Ziegeln. Eine silbern schimmernde ECM-Espressomaschine stand auf der Arbeitsfläche, daneben ein überdimensioniertes Mahlwerk. Der Deckel saß nicht ganz fest auf dem Behälter, und das Aroma der Espressobohnen erfüllte den Raum.

Fjodor rümpfte verächtlich die Nase. Schimmel und offene Kaffeebohnen. Wie konnte jemand, der … er stutzte, und seine Augen wurden schmal. Jan Floss, dachte er, du liebst Kaffee. Jemand mit so einer Espressomaschine liebt Kaffee. Du würdest nie den Behälter für die Bohnen offen lassen. Sie würden ihr Aroma verlieren, und das weißt du.

Aber wenn *du* es nicht warst, wer war es dann?

Er sah sich um.

Horchte in die Stille.

Aber da war niemand.

Er betrat das Schlafzimmer. Das Bett war eins vierzig breit, das sah er sofort. Breit genug für zwei und dennoch so eng, dass man sich immerzu berühren würde, wenn man zu zweit darin schlief.

Er musste an Laura denken.

Immerzu berühren.

War Laura etwa schon einmal hier gewesen?

Der Gedanke machte ihn geradezu krank.

In diesem Moment hörte er das leise metallische Geräusch eines Schlüssels, der in ein Schloss geschoben wurde, dann das Klacken des Schnappers.

Seine Augen wurden zu Schlitzen, seine Nasenflügel weiteten sich. Er war bereit.

Kapitel 11

Berlin, 18. Oktober, 21:57 Uhr

Als die Haustür aufschwang, kläffte ein dürrer Pekinese mit fransigen Ohren Jan hysterisch an.

»Franzi, ssscht! Lass das.« Die alte Dame zog an der Leine, und der Hund hing mit den Vorderpfoten in der Luft, kläffte aber weiter. Umständlich schob sie sich an Jan vorbei auf die Straße, nicht ohne nach seinem Feuermal zu schielen. Ihr Mantel roch nach Mottenkugeln und altem Schweiß. Rasch trat Jan durch die offene Tür in den Hausflur.

Als er mit dem Schlüssel in der Hand vor der Wohnungstür stand, zögerte er einen Moment. Sah sich um. Es war still im Flur.

Das Öffnen der Tür hallte im Treppenhaus leise wider. In der Wohnung war es dunkel. Leise trat er ein, drückte die Tür hinter sich zu und hielt den Atem an. War da nicht etwas?

Sein Herz schlug so laut, dass er glaubte, man könne es in der Nachbarwohnung hören.

Er tastete nach dem Lichtschalter neben der Tür. Seine Finger stießen an Plastik. Ein Luftzug strich über seinen Nacken, als hätte jemand hinter ihm ausgeatmet. Im Hausflur schlug eine Tür zu.

Schnell drückte er den Schalter.

Eine schummrige japanrote Papierlampe flammte auf, mit asiatischen Schriftzeichen und goldenen Fäden. Der

Flur von Lauras Wohnung war schlauchartig und spärlich möbliert, es gab nur eine schmale Kommode mit einem Telefon. Die Wände dagegen waren geradezu überladen. Links und rechts hingen hundert, vielleicht auch zweihundert Fotos, alle ohne Rahmen, dicht an dicht, dazwischen Postkarten und Zettel mit kleinen Notizen.

Jan starrte auf das Sammelsurium und hatte das ungute Gefühl, dass es Laura nicht recht sein könnte, wenn er hier stand.

Eine halbe Stunde zuvor hatte er Katy angerufen und sie nach Lauras Adresse gefragt. »Moabit, Bremer Straße 10«, war Katys Antwort. Wenn es um Adressen ging, war Katy penibel. Sie schrieb nie einfach nur eine Telefonnummer auf, sondern immer gleich sämtliche Kontaktdaten, als hätte sie Angst, die Leute könnten sonst verschwinden.

Nachdem er an der alten Dame vorbei in den Hausflur geschlüpft war, hatte er zunächst noch einmal an Lauras Wohnungstür geklingelt, ohne Erfolg, dann unter der Fußmatte nachgesehen und schließlich mit den Fingern über der Türzarge entlanggetastet. In einer kleinen Vertiefung hatte ein einzelner Schlüssel gelegen.

Er drehte sich einmal um die eigene Achse und betrachtete die Fotosammlung. Es waren Bilder aus der Obdachlosen-Szene in Berlin. Viele wirkten etwas verwaschen, als wären sie aus großer Entfernung aufgenommen worden. Immer wieder gab es große unscharfe Flecken im Vordergrund. Ungelenke Schnappschüsse aus der Nähe fehlten.

Alle Fotos hatten ein und dasselbe Motiv. Ein pummeliges Mädchen mit wechselnder Haarfarbe – von Giftgrün bis Dunkelrot. Ihre Frisur war asymmetrisch, auf der einen Seite ein kurzer Igelschnitt, auf der anderen Seite lange verfilzte Haare, die ihr über das halbe Gesicht hingen. Im freiliegenden Ohr trug sie eine Reihe von fünf Piercings, der linke Nasenflügel war von einem Ring durchbohrt. Auf mehreren Fotos hielt sie eine Flasche in der Hand, ihr Gesicht wirkte aufgedunsen, und ihre Augen … was war mit ihren Augen?

Jan sog scharf die Luft ein. Ungläubig ging er noch näher an die Fotos heran. Erst jetzt erkannte er, wessen Augen das waren.

Noch vor zwei Tagen hatte er sich in ihnen verloren.

Die Obdachlose auf den Fotos war Laura.

Jan erinnerte sich noch gut an Laura, wie sie in der Schulzeit ausgesehen hatte. Sie war immer recht mager gewesen. Meistens trug sie dieselben Klamotten, obwohl ihre Eltern Geld wie Heu hatten. Dennoch sah sie darin immer großartig aus. Er war weiß Gott nicht der Einzige gewesen, der ihr verstohlen hinterhergesehen hatte.

Was zur Hölle war nur mit ihr passiert?

Laura erschien ihm immer rätselhafter, als hätte sie drei verschiedene Leben. Die schmale kindliche Laura aus der Schulzeit. Die Laura, die offenbar auf der Straße gelebt hatte und aussah wie ein Punk. Und die erwachsene Laura, die so gar nichts mit den anderen beiden zu tun zu haben schien – zumindest äußerlich.

Ihm fiel wieder ein, dass Katy erwähnt hatte, Laura wäre damals von der Schule geflogen und im Anschluss auf ein Internat gegangen. Aber was war *danach* mit ihr passiert? Und warum hingen all diese Fotos in ihrem Flur?

Er begann die Bilder systematisch durchzugehen. Auf einigen schien Laura gerade einmal fünfzehn zu sein, auf anderen vielleicht Anfang zwanzig. Die Fotos zeigten also einen Zeitraum von etwa fünf, höchstens acht Jahren, in denen Laura auf der Straße gelebt hatte.

Nach einer Weile entdeckte er ein Bild, das Laura schlafend unter einer Brücke zeigte, nah an eine Mauer gedrückt. Direkt daneben eins am Spreeufer, Laura, sitzend, ins Wasser starrend. Mit schwarzem Edding war ein Stern aus fünf gekreuzten Strichen auf das Bild gekritzelt, dahinter stand 7. 8., vermutlich ihr Geburtstag.

Andere Menschen waren selten auf den Fotos zu sehen, hin und wieder entdeckte Jan einen ungepflegten älteren Mann mit langem grauen Vollbart.

Plötzlich hörte er Schritte auf der Treppe im Hausflur. Sein Puls beschleunigte jäh.

Die Schritte wurden lauter.

Unwillkürlich wich er vom Eingang zurück und öffnete leise eine Tür am Ende des Flurs, ohne den Blick vom Eingang zu lösen.

Die Schritte waren jetzt direkt davor.

Lautlos huschte er in das dunkle Zimmer und drückte sich an die Wand.

Die Schritte wurden leiser, stiegen weiter die Treppe empor. Er schloss die Augen und atmete auf. Sein Puls wurde ruhiger, und zugleich machte sich Enttäuschung in ihm breit. Auf einmal dachte er, ihm wäre es vielleicht doch lieber gewesen, von ihr ertappt zu werden. Hauptsache, sie war wieder da.

Er schaltete das Licht an und blinzelte überrascht. Das Schlafzimmer war hell und freundlich, mit einer Fensterfront, die beinah die ganze Wand zum Hof einnahm. Im Gegensatz zum morbiden und überladenen Flur gab es hier nur zwei Rothko-Kunstdrucke an der Wand. Das Bett bestand lediglich aus einer Futonmatratze, der Kleiderschrank dagegen war ein alter, reich verzierter Bauernschrank.

Er setzte sich auf den Futon. Erst jetzt fiel ihm die Nachttischlampe auf, die am Boden direkt neben dem Bett stand. Es war die gleiche Lampe, die Katy für Nele gekauft hatte und die seit Jahren bei seiner Nichte am Bett stand. Drei kleine Kugeln als Füße, darauf ein roter Lampenschirm mit zierlichen Blüten in Gelb, Hellblau und Rosa. Einmal hatte er Nele ins Bett gebracht und sie gebeten, die Lampe auszupusten. Nele hatte gekichert und ihn angesehen, als ob er nicht ganz dicht wäre. »Versuchs«, hatte Jan gesagt. Nele pustete – und die Lampe ging aus.

Jan war sich sicher, dass sie irgendwann durchschaut hatte, dass er dabei heimlich den Schalter am Kabel drückte. Trotzdem blieb Lampe auspusten jahrelang ihr Lieblingsritual.

Er lächelte, vergrub die Hände in seinen Jackentaschen. In der rechten steckte noch Lauras Handy. Er zog es hervor und versuchte es noch einmal anzuschalten.

Wider Erwarten blinkte das Display auf, und das Handy forderte die Eingabe einer PIN. Jan runzelte die Stirn. Dann gab er aufs Geratewohl 0708 ein, Lauras Geburtsdatum.

Falsche PIN-Eingabe, noch zwei Versuche, meldete das Handy. Wäre ja auch zu einfach, dachte er enttäuscht.

Er überlegte kurz, dann drehte er die Ziffernfolge um. 8070.

Falsche PIN-Eingabe, noch ein Versuch.

Jan fluchte leise.

Wenn er jetzt danebenlag, wie sollte er Laura erklären, dass er ihr ein gesperrtes Handy zurückgab? Ich hab's nur gut gemeint? Ich hab mir Sorgen gemacht?

Aber genauso war es ja. Also weiter. Welche Möglichkeiten gab es noch? Eine 78 und dann das Geburtsjahr? Oder gab es noch andere Schreibweisen für Daten? Die amerikanische vielleicht. War nicht Lauras Großvater jahrelang in den USA gewesen?

Er tauschte Tag und Monatsangaben miteinander, so

wie in den Staaten üblich, und gab 0807 ein. Dann drückte er die OK-Taste.

Treffer!

Postwendend kehrte sein schlechtes Gewissen zurück. Dennoch überflog er die wichtigsten Dinge, die SMS, die letzten Anrufe, den Ordner mit den Fotos, in dem nicht mehr als ein halbes Dutzend belanglose Bilder waren, und dann fiel ihm ein Videoclip auf, mit dem Datum vom Vortag: 17. 10. 2011, 22:09 Uhr.

Das war doch, kurz bevor Laura verschwunden war! Wie elektrisiert drückte er auf Play.

Das Bild wackelte und rauschte. Er erkannte Greg auf dem Fahrersitz und Katy neben ihm. Laura saß offenbar hinten und filmte. Die Kamera schwenkte nach draußen. Schemenhaft konnte man einen Wagen in der Dunkelheit erkennen. Groß und schwarz. Für einen Augenblick rückte das Kennzeichen ins Bild. Jan erkannte ein B für Berlin, mehr nicht.

Seltsamerweise schien der Wagen eine Weile parallel zu Gregs Cherokee zu fahren. Jan versuchte den Fahrer zu erkennen, aber da war nicht mehr als eine dunkle Gestalt und ein heller Fleck, vermutlich das Gesicht. Sie schien direkt in Lauras Handykamera zu sehen.

»Greg …« Das war Katys Stimme. Unsicher. Warnend. Vielleicht wegen der Geschwindigkeit? Der Wagen schien zu rasen. Helles Rauschen drang aus dem Lautsprecher. Und dann, ganz plötzlich, Lauras Stimme: »O Gott.«

Jan ging ein Stück in der Timeline des Films zurück. Da war es wieder. »O Gott.«

Er ging abermals zurück, starrte aufmerksam auf das Display. Da war ein Lichtblitz, unmittelbar vor Lauras »O Gott«. Er scrollte hin und her, versuchte den Lichtblitz als Standbild zu erwischen, um den Fahrer erkennen zu können, doch die Steuerung des Videoplayers war zu grob ausgelegt. Dann wurde mit einem Mal der Bildschirm dunkel. Jan fluchte, drückte mehrmals den On/Off-Schalter, doch der Akku war offenbar vollständig entladen. Und ein Netzgerät für das Nokia hatte er nicht.

Er stand auf. Aus dem Flur drang rötliches Licht. Die Fransen am Lampenschirm wehten im Luftzug und warfen zitternde Schatten auf die Wände. Das alles wurde immer unheimlicher. Lauras Verschwinden. Die seltsame SMS. Ein Video mit einem unbekannten schwarzen Wagen und Berliner Kennzeichen. Lauras »O Gott«. Und dann diese Fotos.

Er nahm sein Handy, ging zurück in den Flur und begann, die Wände systematisch zu fotografieren. Vor dem Bild mit Lauras Geburtsdatum hielt er inne. Löste die Reißzwecken. Nahm das Foto von der Wand und schob es in seine Jackentasche.

In der Wand blieb ein Loch zurück. Eine leere Stelle, wie damals, als Laura mir nichts, dir nichts von der Schule verschwunden war. Auch damals hatte er gesucht. Er konnte sich noch an das schwarze Gittertor in der Finkenstraße erinnern und wie er dort geklingelt hatte.

Sie ist verreist, hatte es geheißen. Nicht einmal das Tor hatten sie geöffnet.

Morgen früh würde er dort noch einmal klingeln. Diesmal würden sie ihm das Tor öffnen. Schließlich ging es um ihr Kind.

Kapitel 12

Berlin, 18. Oktober, 23:58 Uhr

Nachdem Laura die Tabletten geschluckt hatte, war sie weggesackt. Die Welt um sie herum gab es nicht mehr; sie war in ihrem eigenen Kopf eingesperrt. Alles war finster. Gespenstisch leuchtende Frauenkörper traten aus der Dunkelheit, gefangen in einer zähen durchsichtigen Masse. »Flieh«, flüsterten sie. »Flieh!«

Laura wollte antworten, aber ihre Zunge war geschwollen. Mitten in ihrem Kopf wuchsen Bäume, hoch und schwarz. Durch die knotigen Äste schimmerte der Mond, und irgendwo hinter den Stämmen glitzerte das Wasser eines Sees. Jemand hob sie empor, obwohl sie es nicht wollte. Es war ihr zuwider.

Sie nahm einen Stein vom Boden, schlug um sich, doch es half nichts. Starke Arme hoben sie über einen Beckenrand und ließen sie hinab. Dann war es totenstill.

Das ist kein Becken, dachte sie, das ist ein Grab. Ein senkrechtes Grab. Und sie stand mitten darin. Sie wollte schreien, aufspringen, wegrennen. Doch sie war wie gelähmt, und um sie herum ragten spiegelglatte Wände empor.

Ihr nackter Körper schimmerte bleich im Mondlicht. Wieder hörte sie die Stimmen. *»Flieh. Flieh!«*

Verzweifelt sah sie nach oben. Ein Tropfen fiel auf sie herab, landete auf ihrer Wange. Sie wischte ihn mit dem Zeigefinger ab.

Es war eine zähe, durchsichtige Masse.

Dann setzte der Regen ein. Er kam aus einem Duschkopf. Tausende und Abertausende Tropfen dieser zähen Masse.

Das klebrige Zeug lief an ihrem Körper hinab, sammelte sich zu ihren Füßen und stieg immer höher. Erst die Schienbeine, dann die Knie, die Oberschenkel. An ihrer Scham wurde es kalt, dann kletterte es ihren Bauch, ihre Arme und Brüste empor.

Sie versuchte, ihre Beine zu bewegen, und musste feststellen, dass die Masse dort unten bereits geronnen war. Sie schnappte nach Luft und spürte, wie es an ihrem Hals kalt wurde. Dann das Kinn. Dann die Unterlippe.

Sie kniff den Mund zusammen. Schloss die Augen.

Alles wurde dunkel, still und kalt.

Sie wollte schreien, riss den Mund auf, und die Kälte kroch in sie hinein, füllte sie aus.

»Lory«, hörte sie plötzlich jemand flüstern. Stimmen, dachte sie, immer höre ich Stimmen.

»Lory, bist *du* das?«

Sie wollte »ja« schreien, aber ihr Mund war voll von diesem Zeug. Der betörende Geruch von Whiskey stieg ihr in die Nase – und fauliger Atem. Dann schmeckte sie Whiskey auf ihren Lippen, Jack Daniels, unverkennbar, dachte sie, und er rann ihr die Kehle hinab. Das klebrige Zeug schmeckte tatsächlich nach Jack Daniels. Sie musste husten und spucken. Es brannte heiß in ihrem Innern, als wäre das Zeug ätzend.

Sie hörte das sanfte Fließgeräusch von Wasser. Und das leise Klickern auf den Steinen, als säße sie am Teltowkanal unter der Brücke und würde kirschkernspucken, wie früher. Aber wie konnte sie kirschkernspucken, wenn sie tot war, nackt, eingegossen wie ein Insekt in ein durchsichtiges Etwas, das von Sekunde zu Sekunde härter wurde.

Kapitel 13

Berlin, 19. Oktober, 9:41 Uhr

Jan stieg aus dem Taxi. Ein frischer Wind schob graue Wolken über den Grunewald. Wenigstens regnete es nicht. Er sah die Finkenstraße hinunter. Eine Straße weiter, Am Hirschsprung, wohnte Karl Eisner – der Mann, der die Agentur seines Vaters gekauft hatte – in einer 450-qm-Altbauvilla mit englischem Rasen, blickdichter Hecke und überdachtem Pool.

Auch in der Finkenstraße standen solche Villen. Die Nummer 71 schien allerdings etwas vernachlässigt. Die das Grundstück umlaufende Mauer war zum Teil von Efeu überwuchert. Das grazile schwarze Gittertor zeigte Spuren von Rost, und der Rasen vor der Villa hatte etliche braune Stellen.

Er wollte gerade klingeln, da summte sein Handy.

»Katy?«

»Hey. Du hattest heute früh angerufen?« Sie klang genervt und lustlos.

»Wo bist du?«

»Auf der Rückfahrt. Ist Laura wieder aufgetaucht?«

»Eben nicht.«

Katy seufzte. Im Hintergrund war ein gleichmäßiges Rauschen zu hören. Autobahn. »Was willst du?«, fragte sie.

»In der Nacht, als sie verschwunden ist, da –«

»Sie ist nicht verschwunden, Jan. Sie ist abgehauen. Du hast die SMS doch selbst gelesen.«

»Und wenn die SMS nicht von ihr ist?«

Katy schwieg einen Moment. »Wie kommst du darauf?«

»In der Nacht hat euch ein Wagen verfolgt, oder? Ein großer schwarzer Geländewagen. Laura hat ihn gefilmt. Ich glaube, sie hat den Fahrer erkannt und sich erschreckt.«

»Das war ein Spinner. Wir haben uns alle erschreckt, weil er gefahren ist wie der letzte Henker. Bis wir geblitzt worden sind. Danach hatte er offenbar keine Lust mehr auf Spielchen.«

»Kommt dir das nicht merkwürdig vor?«

Statt einer Antwort raschelte es im Hörer.

»Hör mal. Mir reicht's langsam.« Das war Gregs Stimme. »Kannst du uns einfach mal in Ruhe lassen? Das Thema ist doch jetzt erledigt.«

»Gib Katy das Telefon wieder«, sagte Jan beherrscht.

»Damit du uns auch noch den Rest von unseren Ferien versaust? Vergiss es.«

»Euren Ferien?«

»Zufällig mag ich deine Schwester. Und das beruht auf Gegenseitigkeit. Was man wohl von dir und deiner Laura nicht behaupten kann. Sonst wäre sie ja wohl kaum abgehauen.«

»Sie ist nicht abgehauen«, zischte Jan.

»Laura ist ihr ganzes Leben lang abgehauen. Wann kapierst du's endlich.« Es knackte, und die Leitung war tot.

»Arschloch«, knurrte Jan. Wütend steckte er das Handy ein, obwohl ihm eher danach war, es gegen die Mauer zu werfen. Was bildete sich dieser Mistkerl ein? Er atmete tief durch und wandte sich wieder der Villa zu. Über der versilberten Klingel war eine Kamera hinter einer dunklen Wölbung eingelassen. Neben dem Briefschlitz, aus dem ein Umschlag lugte, stand eine kleine 71, sonst nichts. Der Brief war adressiert an Frau Ava Bjely.

Jan klingelte.

»Hallo?«, kratzte eine Stimme aus der Gegensprechanlage.

»Guten Morgen. Frau Bjely?«

»Wer will das wissen?«

»Mein Name ist Floss. Ich bin ein Freund Ihrer Tochter Laura und –«

»Meine Tochter wohnt nicht mehr hier.«

»Hätten Sie trotzdem kurz Zeit für mich? Es ist wichtig. Ich glaube, Ihre Tochter –«

Ein leises Knacken unterbrach ihn.

»Hallo?« Jan klopfte mit dem Finger gegen die Sprechanlage.

Keine Antwort.

Er zog den Umschlag aus dem Briefschlitz und klingelte ein zweites Mal, wartete eine Weile und klingelte erneut.

Endlich knackte es in der Gegensprechanlage. »Verschwinden Sie endlich!«, knurrte die Stimme.

»Ich hab hier einen Brief für Sie. Von Laura.« Jan wedelte mit dem Umschlag vor der Kamera.

Für einen Moment herrschte Stille.

»Schön. Stecken Sie ihn in den Briefkasten.«

»Nein«, erwiderte Jan.

»Wie bitte?«

»Ich sagte: Nein!«

Wieder Stille.

»Sind Sie alleine?«, schnarrte es schließlich argwöhnisch aus dem Lautsprecher.

»Ja. Warum?«

»Na schön. Kommen Sie rauf.« Der Türöffner summte und gab den Weg frei.

Die Villa lag etwa dreißig Meter vom Tor entfernt, ein weißer, dreigeschossiger Altbau mit grauem Ziegeldach und vier klassizistischen Säulen, die den Balkon über dem Eingang trugen. Jan fröstelte. Lauras Elternhaus war so farblos wie der graue Himmel. Selbst die grünen Stellen des Rasens und das bunte Herbstlaub an den Bäumen wirkten seltsam blass; er konnte sich kaum vorstellen, dass Laura jemals unbefangen auf diesem Rasen gespielt hatte.

Unwillkürlich musste Jan an seine eigenen Eltern denken. Die Villa kam ihm vor wie sein Vater. Groß, stolz und kalt. Wer darin wohnte, war unweigerlich zu klein. So wie seinem Vater nie etwas gut genug war. Eine Zeitlang hatte Jan gedacht, es würde ihm nichts mehr ausmachen. Die letzten Halbjahreszahlen der Agentur hatten schließlich belegt, wozu er imstande war. Bis sein Vater verkaufte und er an die Luft gesetzt wurde. Plötzlich war alles wieder beim Alten. Er war der Kleine. Der, der den Sicherheitsgurt von Theo nicht richtig geschlossen hatte. Der, der Schuld daran hatte, dass die Familie zerbrochen war. Und jetzt hockte sein Vater in diesem Altenheim, und Jan hatte sämtliche seiner Telefonnummern gelöscht.

Jans Schritte knirschten auf dem Schotter der Zufahrt. Eine dreistufige Treppe führte zum Eingangsbereich. Seitlich davon gab es eine sanft ansteigende Rampe, die bis vor die Haustür führte. Die massive, grau lackierte Tür schwang weit auf. Eine Frau in einem Rollstuhl fuhr über die Schwelle und fixierte Jan. Er schätzte sie auf Mitte fünfzig; sie trug ein schwarzes Kostüm, ihre grauen Haare waren streng zurückgebunden, ihr Gesicht schmal, mit stark ausgeprägten Wangenknochen. Die Ähnlichkeit mit Laura war unverkennbar.

»Junger Mann, hat Ihnen schon einmal jemand gesagt, dass eine Erpressung denkbar ungeeignet als Gesprächseinstieg ist?«

»Sie wollten gar kein Gespräch«, entgegnete Jan. »Das ist auch kein guter Einstieg.«

Ava Bjely musterte ihn, dabei blieb ihr Blick kurz an seinem Feuermal hängen. »Für einen Postboten sind Sie jedenfalls nicht auf den Mund gefallen.« Sie streckte die Hand nach dem Brief aus. Jan reichte ihn ihr.

»Berliner Gaswerke?« Sie sah vom Umschlag auf.

Er lächelte entschuldigend.

»Alles in Ordnung, Frau Bjely?« Hinter der Frau im Rollstuhl tauchte eine etwa sechzigjährige kleingewachsene Frau auf, mit kurzen Haaren, erstaunlich breiten Schultern, gekleidet mit einer weißen groben Bluse und einer grauen Cargohose, die nicht so recht ins Bild passen wollte.

»Ist gut, Fanny, danke. Ich mach das selbst.«

Die Frau nickte und verschwand.

Ava Bjelys Blick ruhte immer noch auf Jan. »Was wollen Sie?«

»Ich suche Ihre Tochter Laura. Sie ist verschwunden, seit vorgestern Nacht –«

»Ich nicht«, sagte Ava Bjely brüsk.

»Bitte?«

»Mag sein, dass *Sie* meine Tochter suchen. Ich nicht.«

Jan sah sie perplex an.

Ava Bjely seufzte wie jemand, der gezwungen ist, einen allzu offensichtlichen Umstand zu erklären. »Junger Mann, ich bin krank genug. Und ich sehe keinen Grund, meine Kraft an weitere Krankheiten zu verschwenden. Denn genau das ist meine Tochter – eine Krankheit.«

Jan blieb der Mund offen stehen. »Eine Krankheit?« Er spürte, wie Wut in ihm aufstieg. Mit einem Mal war er wieder der kleine Junge, der am offenen Fenster steht, während seine Mutter mit einem Koffer das Haus verlässt.

»Sie gehen jetzt besser.« Ava Bjely fasste die Greifräder

ihres Rollstuhls und wendete geübt auf der Stelle. Das Gespräch war beendet, wenn ihm nicht schnell etwas einfiel.

»Sie sind nicht die Einzige, die ein Problem mit Laura hat«, sagte er leise.

Ava Bjely blieb in der Tür stehen, drehte sich um, sah ihn aus schmalen wasserblauen Augen an. »Was soll das werden? Die sympathische Tour? Von wegen ›wir haben etwas gemeinsam‹? Wären Sie doch bloß bei Ihrer Post-Strategie geblieben. Die war wenigstens unverschämt und direkt.«

»Warum bezeichnen Sie Laura als Krankheit?«

»Ha!«, lachte Ava Bjely auf. Es klang wie trockener Husten, freudlos und zynisch. Sie taxierte Jan, schließlich deutete sie auf sein Gesicht. »Haben Sie das schon lange?«

»Was? Das Feuermal?«

Ava Bjely nickte.

»Von Geburt an. Feuermale hat man von Geburt an.«

Sie nickte abermals. Dann glitt sie mit ihrem Rollstuhl zurück, gab die Tür frei und winkte Jan herein. An ihrem sehnigen Arm klimperten zwei schlichte Silberreife, an ihrem Ringfinger blitzte ein goldener Siegelring auf, mit einem dunklen Wappen in einem hellblauen Oval.

»Kommen Sie jetzt rein?«, fragte Ava Bjely. »Oder haben Sie Ihre Meinung geändert?«

Jan trat ins Haus und schloss die Tür hinter sich. Der Flur war mit weißgrauem Marmor ausgelegt. Das Gummi der Rollstuhlräder quietschte leise auf dem glatten Stein. Ava Bjely fuhr an einer Treppe vorbei durch eine breite Flügeltür, hinter der der Wohnbereich lag. Ein Hauch von Verdauung und Fäkalien stach Jan in die Nase.

Als er den Raum betrat, sah er sich irritiert um. Das ganze Erdgeschoss bestand offenbar aus diesem einen Raum, der die Eingangshalle wie ein Hufeisen umschloss.

Die Wände waren so weiß wie der opulente Stuck an der hohen Decke, der Boden bestand aus hellgrauem gekälkten Parkett. Das eine Ende des Hufeisens mündete in eine offene Küche, weiß und hochglänzend mit Armaturen aus Edelstahl, das andere Ende des U's konnte er nicht einsehen. Der Esstisch vor dem Küchenbereich hatte das gleiche Grau wie die Bodendielen, die Stühle waren mit grauen Hussen verkleidet. Es schien, als hätte jemand die Farbe aus der Welt gewaschen. Die Bilderrahmen silbern, die Vorhänge weiß, das Kaminsims grau, die Buchrücken grau mit schwarzer Schrift. Egal, wohin er sah, es gab nur Weiß- und Grautöne.

»Ihr Feuermal«, sagte Ava Bjely und rollte an den Esstisch. »Hätten Sie sich manchmal gewünscht, Sie könnten es entfernen lassen?«

Jan setzte sich auf den Stuhl, den sie ihm zuwies. »Oft«, gab er zu. »Aber früher war das nicht möglich. Inzwischen gibt es eine Laserbehandlung, aber die ist langwierig und schmerzhaft.«

»Mein Feuermal ist Laura. Egal was ich tue, ich werde sie nicht los. Sehen Sie sich um. Dieses Haus, dieser Rollstuhl«, ihre Hand schlug auf die Armlehne, dann auf ihre Beine, »diese beiden nutzlosen Dinger hier, und auch dieser Geruch – der ist Ihnen schon aufgefallen, oder? –, das alles ist Laura. Sie wird mich nie wieder loslassen. *Sie* können eine Laserbehandlung machen, um Ihr Mal loszuwerden. Ich müsste schon sterben oder zumindest das Gedächtnis verlieren.«

»Soll das heißen, Laura ist schuld daran, dass Sie im Rollstuhl sitzen?«

Ava Bjely verzog den Mund. »Haben Sie Kinder?«

Jan schüttelte den Kopf.

»Dann haben Sie keine Ahnung.«

»Ich habe zwei Nichten.«

»Sie haben keine Ahnung«, wiederholte Ava Bjely. Demonstrativ legte sie die Hände in den Schoß und verschränkte die Finger. »Was ist Ihr Problem mit Laura? Was hat sie Ihnen angetan?«

Angetan. Ihre Wortwahl ging Jan gehörig gegen den Strich. »Sie ist verschwunden, wie schon gesagt.«

»Verschwunden. Das ist alles?«

»Die Umstände sind seltsam. Es … es sieht fast so aus, als hätte sie vielleicht jemand …« Er verstummte.

Ava Bjely sah ihn fragend an.

»Na ja, als hätte sie jemand verfolgt. Oder entführt.«

»Entführt?« Ava Bjely hob die Brauen.

»Ich bin nicht sicher«, räumte Jan ein. »Sie wurde von einem schwarzen Geländewagen verfolgt, mit Berliner Kennzeichen, und als sie den Fahrer erkannt hat, war sie ziemlich schockiert. Seitdem ist sie verschwunden.«

Ava Bjely wandte den Blick ab und sah schweigend zum Fenster hinaus. Ihre Lippen waren bleich und schmal geworden. »Woher wissen Sie das?«

»Ich habe Lauras Handy gefunden. Sie hat es gefilmt.«

»Kann ich den Film sehen?«

»Der Akku ist leer.«

Ava Bjely hob die Brauen. »Leer. Aha. Und was soll ich jetzt tun? Durch die Straßen rollen und sie suchen? Die Polizei anrufen? Oder etwa Lösegeld zahlen?«

»Nein, nein«, wehrte Jan ab. »Es geht nicht um –«

»Ich sag Ihnen, was ich in der Sache tun werde: Nichts. Gar nichts! Bei der Polizei würde ich mich nur lächerlich machen. Die kennen sie schon. Und wenn es um eine Entführung gehen sollte: Ich zahle keinen Cent.«

Jan war sprachlos. Er versuchte in ihren Augen zu lesen, ob sie wirklich meinte, was sie da sagte. Doch sie mied seinen Blick. »Ich denke nicht, dass es hier um Geld geht«, sagte er. »Eher um … na ja, etwas Persönliches. Irgendetwas aus ihrer Vergangenheit. Wie gesagt, sie schien den Fahrer zu kennen. Sie hat doch mehrere Jahre auf der Straße gelebt, oder?«

»So wie ich Laura kenne, ist sie nicht entführt worden, sondern einfach abgehauen. Offenbar mögen Sie meine Tochter, halten Sie vielleicht sogar für einen guten Menschen. Sie sehen aus wie einer, der an das Gute im Menschen glaubt. Aber da gibt es eine Seite von Laura, die kennen Sie nicht. Von der haben Sie nicht die geringste Ahnung. Und wenn Laura verschwunden ist, dann *wollte* sie verschwinden. Sie wusste schon immer, wie man sich in Luft auflöst, wenn es Schwierigkeiten gibt.« Einen Moment lang hielt sie inne und schien plötzlich ganz weit weg.

»In der Schule ist sie aus dem Unterricht abgehauen, hat ständig blaugemacht. Später ist sie mehrfach aus dem Internat getürmt, irgendwann hat sie die Polizei in der Nähe vom Straßenstrich eingesammelt, mit einer akuten Alkoholvergiftung. Ich habe sie in eine Klinik gebracht, glauben Sie mir, nicht nur einmal. Sie hat sich mit dem letzten Pack rumgetrieben. Irgendwann habe ich sie in eine Spezialklinik für Alkohol- und Drogenentzug gesteckt. Drei Wochen später war sie wieder weg. An dem Tag, wo sie abgehauen ist, wurde hier eingebrochen. Sie hat Schmuck von mir geklaut, eine Menge Bargeld – und das nicht zum ersten Mal. Es gibt vieles, das Sie nicht von ihr wissen. Glauben Sie mir, wenn sie verschwunden bleibt, dann ist das besser so.«

Jans Augen funkelten wütend. Was auch immer Laura angestellt haben mochte, es erschien ihm nichts gegen die Kälte und Lieblosigkeit ihrer Mutter, und er fragte sich, was wirklich dahintersteckte.

»Habe ich Sie schockiert?«, fragte Ava Bjely.

Jan schwieg.

»Ich glaube, Sie gehen jetzt besser.«

»Das ist wohl wirklich das Beste«, erwiderte Jan eisig. Er war schon bei der Tür, als ihm noch etwas einfiel. »Eine Frage noch. Die Fotos in Lauras Wohnung, wissen Sie, wer die gemacht hat?«

»Was für Fotos?«

»Aus der Zeit, als sie auf der Straße gelebt hat.«

»Sehe ich etwa aus, als fahre ich durch Berlin und fotografiere Penner-Quartiere?«, zischte Ava Bjely.

»Das war nicht die Frage«, sagte Jan. »Und nein, Sie sehen nicht so aus. Aber Sie könnten jemanden beauftragt haben und –«

»Unfug! Ich habe kein Bedürfnis nach Fotos meiner Tochter. Würden Sie etwa Ihr Feuermal fotografieren und es hübsch gerahmt auf Ihren Nachttisch stellen, damit Sie schon beim Aufstehen daran erinnert werden, wie sehr es Sie verunstaltet?«

Jan schluckte mühsam seine Wut herunter. Was für eine Kindheit musste Laura mit dieser Mutter erlebt haben. Ob ihr Vater genauso war? »Sie nehmen wirklich kein Blatt vor den Mund«, sagte er bitter.

»Blätter hindern am Sprechen.«

»Oder sie filtern das Gift.«

Draußen auf dem Schotterweg spürte Jan Ava Bjelys Blick wie einen Eishauch im Rücken. Wie eine schwarze Witwe in ihrem Netz, mit Siegelring, Rollstuhl und einem künstlichen Darmausgang.

Er dachte an seine eigene Mutter. Fragte sich, wo sie jetzt wohl war und ob sie überhaupt noch lebte.

Wenn jemand zu ihr käme und sie nach mir fragen würde, was würde sie wohl sagen?

Kapitel 14

Berlin, 19. Oktober, 14:01 Uhr

Regen trommelte wie rasend gegen das Fenster. Jan lag in Lauras Bett, in ihrem Kinderzimmer in der Villa, und Laura streckte ihre Hand nach ihm aus. So viel Sehnsucht.

Er war dreizehn. Aber warum sah Laura so viel älter aus? So viel erwachsener?

Als sie sein Hemd aufknöpfte, atmete er schneller. Hatte sie nicht eben noch etwas angehabt? Ihr Brustkorb pumpte, zitterte. Ihre Brüste waren voller, als er gedacht hatte.

Sie nahm seine Hand und presste seine Finger zwischen ihre Beine, schob seinen Zeige- und Mittelfinger in sich hinein. Alles war nass. Er zog die Finger zurück, sie nahm sie und saugte daran, um ihn sofort darauf zu küssen. Der Kuss schmeckte nach Nikotin und Tabak und seinen Fingern und ihr.

Der Regen drang durch die Fensterritzen, und das Zimmer lief voll wie ein sinkendes Schiff. Das Wasser leckte bereits an der Matratze.

Als er es endlich bemerkte, war es zu spät. Er wollte aufspringen, aber Laura saß auf ihm. »Hast du Angst?«, flüsterte sie.

Angst? Nackte Panik! Er starrte sie an.

Plötzlich hatte sie graue Haare, Falten und fleckige graue Haut. Auf ihm saß nicht Laura, sondern Ava Bjely.

Er spürte kaltes Wasser an seinem Rücken. Wollte sich aufbäumen, doch ihr Gewicht drückte ihn auf die

Matratze. Ihre eingefallenen Brüste schwebten über ihm. Ihre Hüfte kreiste. Sein Glied verschwand zwischen ihren Schamlippen und den grau wuchernden Haaren, die dunkel und feucht auf ihrer schlaffen Haut klebten.

»Nein«, keuchte er.

Sie lachte, beugte sich über ihn, ihre Zunge drang schmatzend in sein Ohr. Das Wasser stieg unaufhörlich, lief ihm in die Augen, schwappte in seinen offenen Mund. Er rang nach Luft, seine Lungen schrien nach Sauerstoff, aber es kam nur Wasser. Ava Bjely riss ihren Mund auf, entblößte zwei Reihen spitzer scharfer Zähne, schlug sie in seinen Hals und riss einen Teil heraus.

Jan schlug die Augen auf, fuhr hoch und schnappte nach Luft.

Er war allein.

In seinem Bett.

Das Laken war schweißnass.

Die Erleichterung, zu Hause zu sein, in seiner eigenen Wohnung, ließ ihn etwas ruhiger atmen.

Er stand auf. Das Baumwollhemd, in dem er eingeschlafen war, klebte nass an seinem Rücken, er fühlte sich wackelig und ausgelaugt. Er brauchte dringend etwas zu essen. Vielleicht eine Fertigpizza, dachte er. Salami.

Er verzichtete darauf, Hose und Socken anzuziehen, die verknotet neben dem Bett lagen, und ging in die Küche.

Bei jedem Schritt verfolgte ihn Ava Bjely. Er schauderte und fragte sich, wie Lauras Vater wohl mit dieser Frau zurechtkam. Wahrscheinlich, indem er sich in seine Arbeit flüchtete und dauerabwesend war. Jan konnte ein Lied davon singen.

Er fasste nach dem Griff des Tiefkühlschranks. Mit einem Schmatzen öffnete sich die Tür. Kalte Luft drang ihm entgegen. Automatisch, ohne hinzusehen, griff er ins oberste Fach, nach den Tiefkühlpizzen. Sein Blick fiel auf das Mahlwerk der Espressomaschine. Der Bohnenbehälter war erstaunlich leer. Seine Hand tastete nach den vertrauten Pizzakartons, aber stattdessen war da etwas seltsam Geformtes, steinhart und pelzig.

Er sah in den Tiefkühlschrank.

Der Anblick ließ sein Herz stillstehen. Er keuchte, wich zurück. Seine Knie versagten den Dienst, und er sank zu Boden.

Im Tiefkühlschrank kauerte eine zierliche Frau, nackt, Arme und Beine unnatürlich eng an den Körper gepresst, mit blassblau gefrorener Haut. Eiskristalle bedeckten vereinzelt ihren Körper. Ihre Augen waren offen, die Pupillen wie Eiskugeln, stumpf und leer.

Jan erkannte sie sofort. Es war Nikki Reichert aus dem vierten Stock. Er hatte sie gebeten, die Blumen zu gießen, während er in Frankreich war. Auf ihrer Stirn stand in dunkelroten, wie mit Fingerfarbe geschmierten Buchstaben: NICHT LAURA.

Jan übergab sich auf den Fußboden. Anschließend saß er auf dem Parkett, zitternd, die Beine an die Brust gezogen. »Ruhig«, flüsterte er. »Beruhig dich und denk nach.«

Er starrte die Tote an. Erkannte das Küchenmesser – *sein* Küchenmesser –, dessen Griff unterhalb der linken Brust aus der Leiche ragte. Gefrorenes Blut hatte eine dunkle Spur hinterlassen, vom Herz bis zum weißen Plastikboden des Tiefkühlschranks. Nikki Reichert war mit Gewalt in den Innenraum gequetscht worden. Die unnatürliche Haltung zeugte von etlichen gebrochenen Gelenken. Er würgte erneut. Schluckte. Atmete.

NICHT LAURA.

Wer um alles in der Welt hatte das …

Ein lautes Schrillen an der Wohnungstür ließ ihn zusammenfahren.

Stille.

Nur ein dumpfes Pochen in seinem Kopf.

Dann ein zweites Klingeln.

Jan rührte sich nicht. Das hört gleich auf, versuchte er sich zu beruhigen.

Es klingelte wieder, diesmal länger. Hartnäckiger.

Jan stand auf. Schlich die Treppe zur Tür hinab, nur mit Unterhose und Hemd bekleidet. Auf dem Flur hörte er Stimmen. »Er *muss* da sein. Er ist irgendwann nach elf gekommen und seitdem nicht mehr rausgegangen.« Das war unverkennbar Norbert, Nikkis Freund.

»Sind Sie sicher, dass sie hier ist?«, ertönte eine andere, dunklere Stimme. »Ich meine, sie könnte ja auch woanders hingegangen sein.«

»Im Schlafanzug? Wohin denn? Wir haben uns DVDs angesehen. *Lost*, Staffel VI, das Finale. Da steht man nicht einfach auf und haut ab. Sie wollte nur eben nebenan das Grünzeug gießen.«

Jan hielt den Atem an, während er lauschte. Es klingelte erneut, direkt neben seinem Ohr. Drängend und schrill.

»Ist doch komisch, dass er nicht aufmacht, oder? Können Sie nicht irgendwie die Tür öffnen?«

»Jetzt aber mal langsam«, beschwichtigte die dunkle Stimme.

»Aber sie ist da drinnen, hundertprozentig.«

»Mag sein. Aber vielleicht ist sie ja auch freiwillig hier.«

»Was wollen Sie denn damit sagen?«

»Phil, so ganz koscher ist das nicht«, sagte eine dritte Männerstimme. »Die beiden sitzen um 22:00 Uhr gemeinsam auf der Couch, gucken fern, und sie geht im Schlafanzug rüber und ist seitdem verschwunden. Das ist inzwischen 16 Stunden her. Und sie hat keine Schuhe dabei, keine Jacke, kein Handy, kein Portemonnaie …«

Lautlos trat Jan an die Tür und linste durch den Spion. Draußen standen drei Männer. Der eine war Norbert, rundlich, mit seinem immer roten schwammigen Hals und den engstehenden Augen.

Die beiden anderen Männer waren uniformierte Polizisten. Einer von ihnen schlug mit der flachen Hand gegen die Tür. »Herr Floss? Polizei. Wir wissen, dass Sie da sind. Bitte machen Sie auf.«

Kapitel 15

Berlin, 19. Oktober, 14:22 Uhr

Fjodor verdrängte die Frage, ob er mit Laura nicht einen Fehler gemacht hatte.

Es war, wie es war.

Er richtete den Schlauch auf den Boden. Das Wasser dampfte, und er trieb die roten Pfützen mit dem Strahl Richtung Abfluss. Der Stahltisch glänzte bereits wieder, die Schläuche waren entsorgt, der elektrische Stapler sauber geparkt und die Becken geleert, gereinigt und versiegelt. Dreck und Staub waren die schlimmsten Feinde eines perfekten Präparats. Nur Lufteinschlüsse waren noch hässlicher.

Er hatte noch Lauras Gesicht vor Augen. Blass und friedlich. Ein Gesicht für die Ewigkeit. Ganz im Gegensatz zu dem Bild auf Lauras Pass, der in ihrem Portemonnaie gesteckt hatte. Auf dem biometrischen Passfoto blickte sie ernst, hart, und ihre Haut wirkte grünlich. Er hasste biometrische Bilder.

Erinnerungen an sein eigenes erstes Passfoto schossen ihm in den Sinn. Mutter hatte alles noch genauer genommen als sonst. Teureres Make-up. Besseres Färbemittel. Härteres Zupacken. Ihr Griff in seinem Nacken war eisern gewesen, als sie seinen Kopf ins Waschbecken presste, unter den heißen Strahl. Seine Augen waren kaum fünf Zentimeter über dem Abfluss, wo das Wasser giftschwarz in den Siphon strudelte und nach dieser Mischung aus Färbemittel, Haarresten und Hautpartikeln roch.

Danach war ihm der Blick in den Spiegel immer vorgekommen wie der Blick auf ein fremdes Wesen, das zudem auch noch rote Druckstellen am Hals hatte. Für das Passfoto hatte er einen Schal tragen müssen. Der Fotograf hatte ihn die ganze Zeit angestarrt. Aber wie alle anderen hatte auch er seinen Mund gehalten und sich auf seinen Job konzentriert.

Fjodor hatte Lauras Pass sorgfältig ins Portemonnaie zurückgesteckt – und noch etwas anderes dazu, ein mehr als deutliches Signal. Ein Signal, das sie verstehen würde. Sie sollte wissen, dass er auf ihrer Seite war. Sie sollte sich sicher fühlen.

Er hatte gelernt, wie wichtig Signale waren. So wie die Frau im Tiefkühlschrank. Und die Schrift auf ihrer Stirn.

Ob er die Tür bereits geöffnet hatte?

Wenn nicht, gab es ja noch ein weiteres Signal. Mit Zeitzünder gewissermaßen. Die Abstellkammer.

Kapitel 16

Berlin, 19. Oktober, 14:24 Uhr

»Worauf warten Sie denn noch?«, drängte Norbert.

»Hören Sie ...«, der Polizist hatte Mühe, sich zu beherrschen. »Ich kann verstehen, dass Sie aufgebracht sind, aber wenn Sie uns hier nicht in Ruhe unsere Arbeit machen lassen, dann muss ich Sie bitten, woanders zu warten.«

Norbert stieß einen undefinierbaren Laut aus.

Der Beamte klingelte erneut. »Herr Floss? Polizei. Bitte öffnen Sie.«

Jan hielt den Atem an. Durften sie die Tür aufbrechen? Wohl kaum. Außer es war Gefahr im Verzug. Aber machte er sich nicht verdächtig, wenn er die Tür nicht öffnete? Vielleicht kamen sie früher oder später auch auf die Idee, beim Hausmeister nach dem Generalschlüssel zu fragen. Und dann?

Plötzlich piepte es durchdringend. Jan zuckte zusammen. Das Geräusch kam von oben, aus der Küche. Wenn die Tür des Tiefkühlschranks zu lange offen stand, gab er einen lauten hohen Warnton von sich.

»Hören Sie das?«, fragte Norbert.

»Vielleicht ein Wecker«, meinte einer der Beamten.

»Ich sag doch, der ist da.«

Wieder die Klingel.

»Herr Floss?«

Kreidebleich wich Jan von der Tür zurück, hastete auf Zehenspitzen die Treppe hoch. In der Küche trat er beinah in sein eigenes Erbrochenes. Der säuerliche Geruch stach ihm in die Nase. Rasch schloss er die Tür des Tiefkühlschranks. Das Piepen verstummte mit einem Seufzen.

Unten ging erneut die Klingel.

Jan griff sich in die Haare, zerwühlte sie, dann stampfte er lautstark die Treppe hinunter. »Ja doch. Ich komm ja schon.«

Sein Puls galoppierte, als er die Tür öffnete. Norbert starrte ihn argwöhnisch an, blonde dünne Haare fielen ihm ins hochrote Gesicht.

»Was ist denn los?«, fragte Jan mit dem besten Mir-geht's-elend-Blick, den er zustande bringen konnte.

Der Beamte, der direkt vor ihm stand, musterte ihn von oben bis unten. Er war ein vierschrötiger Mittvierziger, dessen hellwache Augen durch die Gläser seiner dicken Brille seltsam verkleinert wirkten. »Sind Sie Herr Floss?«

Jan nickte und musste husten.

Der Polizist verzog das Gesicht, als ihm Jans säuerlicher Atem entgegenschlug.

»Entschuldigung«, murmelte Jan. »Mir geht's nicht gut. Ich hab mich gerade übergeben.«

»Verstehe«, sagte der Polizist. »Herr Floss, mein Name ist Schüssler, das hier ist mein Kollege Peters. Wir sind auf der Suche nach Frau Reichert, Ihrer Nachbarin. Sie ist seit gestern verschwunden, und Herr Weinrich hier«, er deutete auf Norbert, »ist der Meinung, sie sei gegen 22:00 Uhr in Ihre Wohnung gegangen, um Ihre Pflanzen zu gießen. Seitdem ist sie nicht mehr gesehen worden.«

Jan hob die Augenbrauen. »Ich … verstehe nicht ganz.«

»Mann, jetzt red nicht rum«, platzte es aus Norbert heraus. »Sie muss hier sein.«

»Zehn Uhr gestern Abend?« Jan kratzte sich am Kopf. »Also ehrlich, ich bin gestern erst aus Frankreich zurückgekommen. Etwa gegen halb zwölf. Und da war niemand hier.« Erst jetzt wurde ihm klar, wie knapp er den Mörder verpasst haben musste.

Für einen Moment sagte niemand etwas.

Jan sah von einem zum anderen. »Glauben Sie mir etwa nicht?«

Schüssler räusperte sich. »Also, Frau Reichert ist *nicht* bei Ihnen in der Wohnung, richtig?« So wie er es sagte, hörte es sich an, als hätte er langsam die Faxen dicke und wollte nichts lieber, als diese leidige Angelegenheit abschließen.

»Nein, wie schon gesagt.«

»Das ist doch Blödsinn«, echauffierte sich Norbert. »Wo soll sie denn sonst sein?«

»Herr Weinrich, bitte!«, unterbrach ihn Schüssler. »Halten Sie sich da raus.«

Gut so, dachte Jan. Norbert war auf dem besten Weg, die Beamten gegen sich aufzubringen. »Hattet ihr mal wieder Krach?«

Die Polizisten wechselten einen Blick.

Norberts Mundwinkel zuckten. »Was weißt denn du schon.«

Jan zuckte mit den Schultern. »Na ja, halt das, was sie mir erzählt hat«, log er. »Dass du regelmäßig heimlich losziehst, um zu spielen, zum Beispiel. Sie war ziemlich fertig deswegen.« Jan wusste, dass er hoch pokerte, aber er war sich ziemlich sicher, dass Norbert tatsächlich spielte. Er deutete auf Norberts linkes Handgelenk, wo eine helle Stelle zu erkennen war. »Sie meinte, dabei wäre inzwischen sogar die Breitling draufgegangen.«

Instinktiv griff sich Norbert ans Handgelenk, ließ es

aber sofort wieder los. »Blödsinn. Die liegt unten. Was soll der Scheiß?«, schoss er wütend zurück.

»Na, na«, brummte Peters, der zweite Beamte, ein schlaksiger Mann mit Schnauzbart, der jederzeit bereit schien, sich mit ein paar routinierten Handgriffen Respekt zu verschaffen. »Jetzt beruhigen Sie sich mal, alle beide.«

»Beruhigen? Ich mich beruhigen?« Norbert war puterrot geworden. »Soll das etwa heißen, Sie glauben ihm?«

»Bisher glaube ich gar nichts«, entgegnete Peters brüsk.

Ein unangenehmes Schweigen breitete sich aus.

Schüssler räusperte sich. »Vermutlich ist das alles nur ein Missverständnis, Herr Floss. Aber wir müssen dem nachgehen. Die ganze Sache wäre sicher schnell erledigt, wenn Sie uns einen raschen Blick in Ihre Wohnung werfen lassen.«

Jans Herz setzte für einen Moment aus. »Ich nehme an«, sagte er beherrscht, »dafür brauchen Sie eigentlich einen Durchsuchungsbefehl. Richtig?«

Schüsslers Augen wurden schmal, und er fixierte Jan. »Einen Durchsuchungsbefehl?«

Jan biss sich auf die Lippen. Er ahnte, was jetzt kommen würde.

»Herr Floss«, seufzte Schüssler, »natürlich können Sie sich weigern. Bisher hatte ich allerdings den Eindruck, Sie haben ein Interesse daran, dass das hier möglichst rasch vorbei ist. Also sollten Sie uns helfen. Immerhin geht es darum, dass jemand vermisst wird. Das ist eine ernste Sache, finden Sie nicht?«

Peters, der Beamte mit dem Schnäuzer, assistierte mit einem Nicken.

Jan schwieg. Sein Puls trommelte. Das Bild der blaugefrorenen Leiche drängte sich ihm auf, ließ ihn nicht los.

Schüssler zog die Brauen hoch und wartete sichtlich ungeduldig auf eine Antwort. »Hören Sie, wir können das auch anders lösen. Ich bleibe hier vor Ihrer Haustür, mein Kollege geht ins Präsidium und besorgt uns den Durchsuchungsbefehl. Und wenn wir dann wieder klingeln, dann mit einer ganzen Menge Leute und ziemlich schlechter Laune.«

»Also schön«, murmelte Jan. »Wenn Sie ungemachte Betten und Erbrochenes in der Küche nicht stören.« Er öffnete die Tür und gab den Flur frei.

»Erbrochenes«, murmelte Norbert und runzelte die Stirn. Schüssler und Peters, mit Norbert im Schlepptau, betraten die Wohnung. Ihre Schritte auf der Treppe polterten in Jans Ohren wie die eines ganzen Spurensicherungsteams. In einem Sekundenblitz sah Jan Menschen in weißen Overalls, mit straff gespannten Handschuhen und einem Haufen kleiner Plastiknummern, die überall in seiner Küche zur Beweissicherung aufgestellt wurden.

»Ich seh mich um«, kündigte Schüssler an und warf einen Blick auf den gelblichen brockigen Auswurf auf dem Parkett. Sein Kollege blieb mit Jan in der Küche. Norbert stand herum wie Falschgeld.

Jan lehnte sich mit dem Rücken an den Tiefkühlschrank. So konnte ihn wenigstens sein Blick nicht verraten. »Nur zu«, murmelte er. Er überlegte, ob er vielleicht einen Espresso anbieten sollte, um abzulenken. Dann fiel ihm auf, dass seine Hände zitterten.

Rasch verschränkte er die Arme und musterte den Fußboden, während er Schüssler in seinem Schlafzimmer schnaufen hörte. Offenbar ging er auf die Knie, um unters Bett zu sehen. Dann wurden die Schranktüren geöffnet, Kleiderbügel klimperten.

»Schlafzimmer ist sauber.«

Norbert grunzte und trat von einem Fuß auf den anderen.

Jan sah zu Boden und überlegte angestrengt, wie er verhindern konnte, dass die Küche ähnlich genau durchsucht wurde, als sein Blick plötzlich auf einen Fleck auf dem Parkettboden fiel. Er war dunkelrot und etwa einen halben Zentimeter lang, direkt am Fuß des Mittelblocks der Küche, da, wo Norbert stand.

Jan brach der Schweiß aus.

»Was ist das denn hier?«, fragte Schüssler, der im Flur vor dem Schlafzimmer stand, und pochte an eine schmale Tür.

»Abstellkammer«, brachte Jan mit rauer Stimme hervor.

»Und warum läuft da Wasser raus?«

Wasser? In der Abstellkammer? Jan stutzte.

Im selben Moment schrillten alle Alarmglocken in seinem Kopf, seine Nackenhaare stellten sich auf, und er spürte, wie seine Beine zu Pudding wurden.

Die Klinke zur Abstellkammer wurde heruntergedrückt. Die Türscharniere quietschten kurz und hoch.

»Jetzt sieh sich einer *die* Sauerei an«, sagte Schüssler.

Peters und Norbert setzten sich gleichzeitig in Bewegung.

»Tiefkühlpizza«, tönte es aus der Abstellkammer. »Und Hähnchen und Eiswürfel. Alles abgetaut!«

So leise wie irgend möglich glitt Jan an der Küchenzeile längs, an seinem Erbrochenen vorbei, in Richtung Treppe und hoffte, seine Beine würden nicht versagen.

»Wer macht denn so was?«, schnaubte Peters, der jetzt offenbar neben seinem Kollegen stand.

Jan setzte den ersten Fuß auf die Treppe, dann den zweiten.

»Sag ich doch, der Kerl ist nicht ganz dicht«, meinte Norbert.

»Sie halten jetzt endlich mal den Mund.«

Die Treppe schien Jan elend lang. Am Fuß angekommen, nahm er mit zitternden Händen seine Lederjacke vom Haken, griff nach seinem Portemonnaie, Lauras und seinem Handy und seinem Schlüsselbund.

Scheiße!, dachte er. Keine Hose! Die war noch im Schlafzimmer.

»Hat der Kerl denn keine Tiefkühltruhe?«, hörte er von oben die Stimme von Peters.

»Tiefkühltruhe?«, wiederholte Schüssler gedehnt. Man konnte ihn denken hören, und er dachte offenbar schnell. »Herr Floss?«

Jan öffnete die Tür, stieß mit dem Fuß seine Converse-Turnschuhe in den Hausflur und schlüpfte hinaus.

»Herr Floss? *Hallo?*«

Die Tür fiel hinter Jan zu. Seine Hand bebte, als er versuchte, den Schlüssel ins Schloss zu schieben. Warum zur Hölle waren die Scheißdinger so winzig?

Endlich glitt der Schlüssel in den Schlitz. Jan drehte ihn zweimal um und zog ihn heraus. Drinnen polterten Schritte auf der Treppe. Jan griff nach seinen Turnschuhen. Panik stieg in ihm auf, heiß und lähmend. Wie in Zeitlupe wich er von der Tür zurück.

»HEY! HALLO!« Das war Schüssler, direkt hinter der Tür. Innen wurde die Klinke rasend schnell auf und ab gedrückt. Schüssler riss an der Tür, dass sie in den Angeln bebte.

Jan nahm die Beine in die Hand und stürzte barfuß die Treppe hinab. Im vierten Stock stolperte er und knallte mit dem Kopf an Nikki Reicherts Tür.

Er stand auf, schwankte weiter. An seiner Stirn pochte

es dumpf. Faustschläge krachten durch das Treppenhaus. Er warf sich die Jacke über, steckte die Handys und das Portemonnaie ein.

Im Erdgeschoss riss er die Haustür auf, wandte sich nach links, rannte die Stendaler Straße hinunter und bog dann nach rechts in die Havelberger. Seine Lungen schienen zu platzen, und die Sonne stach ihm in die Augen.

Der Eingang der U-Bahn-Station Westhafen war ein gähnendes schwarzes Loch. Er hastete die Treppe hinab. Hauptsache weg von der Straße. Am Bahnsteig donnerte die gelbe U9 aus der Röhre. Er stieg ein und warf sich auf den weinroten Sitz.

Eine ältere Frau mit wirren Haaren sah ihn befremdet an. Er trug immer noch keine Hose, war barfuß und hielt sich mit beiden Händen an seinen Turnschuhen fest. Er versuchte sie anzulächeln, erntete aber nur einen noch strengeren Blick. Als ob sie wüsste, dass in seiner Tiefkühltruhe eine Tote lag.

Mit einem scharfen Ruck setzte sich die Bahn in Bewegung; er hatte noch nicht einmal eine Ahnung, in welche Richtung.

Nikki ist tot, pochte es in seinem Schädel. Sie steckt in meinem Tiefkühlschrank, erstochen, mit meinem Küchenmesser. Und die Nachricht auf ihrer Stirn war zweifellos für ihn bestimmt.

NICHT LAURA.

Was um Himmels willen sollte das bedeuten? Eine Warnung? Sollte er aufhören, nach Laura zu suchen?

Seine Hand krampfte sich in der Tasche seiner braunen abgewetzten Jacke um Lauras Handy. Ich muss mir das Video noch einmal ansehen, dachte er. Noch ein paar Stationen, dann würde er aussteigen und sich ein passendes Nokia-Ladegerät besorgen. Und eine Hose.

An diesem Gedanken hielt er sich fest und schloss die Augen, damit die Welt für einen Moment verschwand. Es war ihm egal, dass er immer noch barfuß war. Es war gut, die Kälte des Waggonbodens zu spüren, die Vibration des Zugs, das Schlagen der Gleise.

Kapitel 17

Berlin, 19. Oktober, 15:06 Uhr

Laura war bereits wach, schlug aber die Augen nicht auf. So wie früher, wenn sie mit bohrenden Kopfschmerzen unter der Brücke aufgewacht war, den Tag nicht an sich heranlassen wollte und sich wünschte, etwas intus zu haben, das alles erträglicher machte.

Ihre Glieder waren steif. Ihr Kopf dröhnte. Vor ihrem inneren Auge sah sie den tätowierten Mann. Blassrosa Lippen, rissig, umgeben von schwarzen Streifen auf weißer Haut, dazu sein tonloses Flüstern: »Erinnerst du dich an die Nacht im Wald von Nordholm?«

Ein Sekundenblitz. Wasser glitzert zwischen Baumstämmen, ein Dreiviertelmond, die Zweige werfen Schatten. Wind, dicht über dem Waldboden. Der Geruch von Moos, Erde und Laub in ihren Haaren, wo verdammt ist hier nur ein Stein –

Sie riss die Augen auf.

Ihr Herz raste.

Die Erinnerung war so greifbar gewesen, dass sie gemeint hatte, wirklich im Wald zu sein.

Aber das hier war kein Wald.

Es war auch nicht die Galerie.

Sie lag unter einer Brücke. Über ihr rauschten vereinzelt Autos entlang, und das vertraute Murmeln des Wassers fing sich unter den massiven Trägern der Betondecke. Das war nicht irgendeine Brücke, das war Gandalfs Brücke!

Ich träume, dachte sie. Schloss die Augen. Öffnete sie wieder.

Sie lag immer noch unter der Brücke.

Ihr Herz machte einen Sprung. Mit einem Ruck richtete sie sich auf. Die jähe Bewegung ließ ihren Kreislauf augenblicklich absacken. Sterne tanzten vor ihren Augen.

Sie war nackt, in einen Schlafsack eingewickelt. Ihre Klamotten hingen in den Zweigen bei der Brücke. Unter ihr lag eine zerschlissene Isomatte. Links von ihr stapelten sich ein paar alte Plastiktüten, von denen der Aufdruck stellenweise abgerieben war, dazwischen stand ein uraltes Transistorradio mit abgeknickter Antenne.

Gandalfs Radio. Sie war wirklich bei Gandalf!

Aber weshalb? Das Letzte, woran sie sich erinnern konnte, war, dass sie Tabletten geschluckt hatte. Er musste sie freigelassen haben.

Sie verstand nur nicht, warum. Gehörte das etwa alles zu einem grausamen Spiel? In ihrem Kopf wirbelte alles durcheinander, wie ein Mobile im Sturm. Außerdem hatte sie höllischen Durst.

Sie durchwühlte die erstbeste Tüte und fand eine zerbeulte Plastikflasche mit Wasser sowie eine fast leere Flasche Johnny Walker. Laura setzte das Wasser an die Lippen und trank so gierig, dass die Flasche sich knackend nach innen beulte. Danach kam der Johnny Walker – bis zum Boden. Leider nicht mehr als vier Zentimeter. Der Whiskey brannte wohlig in ihrer Kehle, bevor er in ihrem Magen versickerte wie in einer trockenen Pfütze.

Das Mobile wollte und wollte sich nicht beruhigen. Nichts als verhedderte Fäden. Für einen Moment fragte sie sich, ob die Galerie nur ein Hirngespinst gewesen war. Das alles kam ihr vor wie ein grotesker Alptraum.

»Biste endlich wach«, ertönte eine kehlige Stimme hinter ihr.

Laura fuhr herum. Der Mann hatte tiefe Furchen im Gesicht und einen grauen Vollbart, man hätte ihn leicht auf Mitte sechzig schätzen können, dabei war er gut zehn Jahre jünger. Er trug einen grünen Parka, eine um die Beine schlotternde Bundfaltenhose mit bräunlichem Fischgrätenmuster und einen fleckigen beigen Pullover. In den Falten seines Gesichts und seiner Kleidung sammelte sich Schmutz, seine Augen waren stumpf, so wie seine schütteren langen grauen Haare.

»Gandalf«, stöhnte Laura.

»Hab dich erst gar nich erkannt«, nuschelte Gandalf. »Die Haare und so …«

»Warst du das?« Laura nickte in Richtung ihrer Klamotten.

»Hast gezittert«, brummte Gandalf. »Hat ja geschifft wie Sau.«

Laura nickte, obwohl sie sich nicht im Geringsten erinnern konnte. »Danke.«

Gandalf zwirbelte an seinem Bart, der ihm seinen Spitznamen eingebracht hatte; Gandalf der Graue.

»Wie bin ich hierhergekommen?«

»Hab dich gefunden. Im Unigarten.«

»Ah.« *Unigarten.* Immer noch nichts. Nicht der kleinste Fetzen Erinnerung. »War da noch jemand? Hast du jemand gesehen?«

»Nee.«

Laura zog die Stirn kraus.

»Alles klar?«

Sie schüttelte den Kopf.

Gandalf kratzte sich am Hals und wartete, ob noch mehr kam. Falls nicht, würde er es dabei belassen. Lauras Blick strich nervös über die Einkaufstüten. Ihr Magen brannte, und ihre Kehle verlangte nach mehr. Ob Gandalf wohl …

Sie schluckte und zwang sich, den Gedanken beiseitezuschieben. »Mich hat einer entführt.«

Gandalfs Augen wurden groß. »Wegen Kohle?«

Laura musste wohl oder übel lachen. Es klang heiser und mitgenommen. »Das wär's noch. Ich stell mir vor, wie das arme Schwein bei meinen Eltern anruft und Geld haben will, und meine Mutter sagt: ›Behalt sie doch, ist mir ohnehin lieber‹, und dann legt sie auf.«

Gandalf kicherte. Er kannte die Geschichten von Laura zur Genüge. Das Internat, die Diebstähle, das Heim, die Klinik.

»Nee«, sagte Laura und wurde wieder ernst. »Das war ein Psycho.«

»Psycho«, wiederholte Gandalf. Die stumpfen Augen in seinem müden Gesicht waren plötzlich wach. »Ein *gefährlicher* Psycho?«

Laura nickte. Die Frage war, weiß Gott, berechtigt. Auf der Straße gab es fast nur Psychos, doch die meisten waren relativ ungefährlich, wie Gandalf zum Beispiel. »Einer, der Frauen umbringt. So einer.«

»Und du bist abgehauen.«

»Das ist ja das Komische. Ich weiß es nicht.«

Gandalf runzelte die Stirn.

»Er hat mir irgend so ein Zeug gegeben, Tabletten. Und auf einmal bin ich hier.«

Gandalf nickte und schwieg eine ganze Weile. Das Erzählte zu hinterfragen kam ihm nicht in den Sinn. Dafür hatte er selbst zu viel erlebt. »Und jetzt? Was willste machen?«

»Weiß nicht, nach Hause vielleicht, in meine –« Sie stockte plötzlich. »Gandalf?«

»Hm?«

»Hast du mein Portemonnaie gefunden, in meinen Klamotten?«

Gandalf überlegte kurz. Dann schüttelte er den Kopf.

»Scheiße«, flüsterte Laura. »Scheiße, Scheiße, *Scheiße.*«

»War viel drin?«

Laura rollte mit den Augen. »Nicht wegen dem Geld, Gandalf. Mein Perso! Der Typ hat meinen Ausweis. Jetzt weiß er, wo ich wohne.«

»Oh«, sagte Gandalf und sah zu Boden.

Laura zog die Knie an und umschlang sie mit ihren Armen. Eigentlich sollte sie sich freuen, dass sie frei war, wieder frische Luft atmete und hier mit Gandalf unter der Brücke saß, statt eine nackte Leiche im Horrorkabinett eines Verrückten zu sein. Aber irgendetwas war verkehrt. Das spürte sie ganz deutlich. Und sie war zutiefst beunruhigt darüber, dass er von Nordholm wusste.

»Vielleicht ist's ja am besten«, sagte Gandalf gedehnt, »mal bei den Bullen vorbeizugehen?«

Laura starrte auf ihre Knie. »Die kennen mich doch«, meinte sie. »Wenn ich denen das erzähle, denken die, ich hatte einen Vollrausch oder einen Trip oder so.« Ihr graute davor, dass all die anderen Dinge wieder hochkochten. Die Diebstähle, die Anzeigen ihrer Mutter – und Nordholm. »Am Ende«, sagte sie, »stecken die mich nur wieder in irgendeine Entzugsklinik. Und wer sagt mir, dass der Psycho mich da nicht findet.«

»Ist deine Sache, aber ich würd's tun. Ich kann die Bullen ja auch nicht leiden, aber bei so was …«

»Das verstehst du nicht.«

»Nee«, brummte Gandalf. »Tu ich auch nicht.«

Stille.

»Hast du was zu essen?«

Wortlos hielt Gandalf ihr eine halbvolle Packung Brot hin, billiges abgepacktes Schwarzbrot aus dem Supermarkt. Laura griff gierig danach und begann zu essen.

»Gandalf?«, fragte sie nach einer Weile. »Kann ich eine Zeitlang hierbleiben?«

Er nickte. »Ich teil mir den Platz aber manchmal mit Benny.«

»Schon okay, ich werd sie auch fragen.«

Gandalf brummte. »Und was glaubst du, macht der jetzt, der Psycho?«

Genau das ist die Frage, dachte Laura.

Sie dachte an die blassen Lippen, den kahlen Kopf und daran, wie er sich selbst geschlagen hatte, als müsste er sich bestrafen. Und dann dieser Moment, als er den Kopf in den Nacken gelegt hatte und die Augen rot aufgeleuchtet hatten. Was hatte er gesagt, als er danach wieder hereinkam?

Sie erstarrte.

Jan! Er hatte sie doch nach Jan gefragt. Weil er meinte – wie hatte er sich ausgedrückt? –, er müsse sie beschützen.

Die Vorstellung, dass der Tätowierte es nun vielleicht auch auf Jan abgesehen hatte, drehte ihr den Magen um. Sie musste Jan finden und ihn warnen. Die Frage war nur, wie. Sie hatte keine Ahnung, wo er wohnte, geschweige denn, ob er bereits wieder in Berlin war. Ihr Handy war weg, und damit alle gespeicherten Telefonnummern und Adressen, auch die von Katy. Sie hatte noch nicht einmal mehr Geld. Was, wenn der Tätowierte wieder auftauchte, so wie in Èze? Sie erschauderte. Die Erinnerung war so lebendig wie unwirklich. Der strömende Regen, der schwarze Wagen, das Gewehr in seinen Händen, der Schuss in ihren Nacken. Sie wusste, dass es kein gewöhnliches

Gewehr gewesen sein konnte, vielleicht eine Waffe zum Betäuben. Doch Gewehr blieb Gewehr. Sie hatte nichts, was sie dem entgegensetzen konnte.

»Meinst du, der kommt noch mal wieder?«, fragte Gandalf.

Laura sah ihn an. In seinen Augen lag ein Anflug von Furcht. Gandalf war weiß Gott kein Held, und das Letzte, was sie jetzt gebrauchen konnte, war, dass er sie fortschickte. »Mach dir keine Sorgen«, log sie, und gleichzeitig wünschte sie sich eine Waffe, am besten eine Pistole. Im selben Moment fiel ihr ein, wo sie zuletzt eine Pistole gesehen hatte. »Gandalf«, sagte sie leise, »ich muss los.«

Gandalf schwieg, beobachtete, wie sie nackt aus dem Schlafsack stieg, ihre noch feuchte schmutzige Kleidung von den Ästen zupfte und sie überzog.

»Dahinten sind noch ’n paar alte Stiefel. Kannste haben, wenn du willst.«

»Bennys?«

»Nee, meine.«

Laura lächelte ihm zu und stieg in ein Paar abgewetzte Caterpillar. Sie waren mindestens vier Nummern zu groß, aber besser als nichts. »Ich hab den Rest von deinem Johnny Walker getrunken.«

Gandalf nickte gleichmütig.

Laura zögerte kurz. »Hast du noch mehr davon?«

Gandalfs Augen wurden schmal. Sein Kopfschütteln kam einen Moment zu spät.

»Geizhals«, meinte Laura und schickte einen Fluch und ein Stoßgebet gen Himmel.

Gandalf zuckte nur mit den Schultern und grinste breit. Seine Zahnlücken waren so groß wie Würfelzucker.

»Trotzdem. Danke. Hast echt was gut bei mir. Ich muss jetzt los.«

Gandalf grinste immer noch.

»Ach, Gandalf, noch was. Leihst du mir dein Taschenmesser?«

Das Grinsen verschwand. Gandalfs Taschenmesser war sein Ein und Alles.

»Bitte«, flüsterte Laura. »Morgen hast du's wieder, versprochen.«

Gandalf griff mit säuerlicher Miene in seinen Parka. Es war ein altes Schweizer Messer, mit Schraubenzieher, kleiner Säge und allen möglichen anderen Tools. »Bis morgen«, sagte er knapp.

Laura nickte. »Und noch zwei oder drei Euro?«

Gandalf tat einen Stoßseufzer, griff erneut in seinen Parka und zählte drei Euro ab.

»Du bist der Beste.« Sie nahm das Messer und die Münzen entgegen.

Zum Abschied hob sie die Hand, trat unter dem Schutz der Brücke hervor und stieg an der Flanke der Brücke hoch, in Richtung Königsberger Straße. Ein Lastwagen donnerte an ihr vorbei, und der Fahrwind riss an ihrer Kleidung. Der Himmel spannte sich wie eine milchig graue Haut über ihr.

Sie lief die Drakestraße hinunter und hielt nach einem Münztelefon Ausschau, aber es war weit und breit keins zu sehen. Klar, dachte sie, warum auch, wenn inzwischen alle Welt mit Handy telefoniert.

Dann fiel ihr ein Schild auf. Hostage – Tabledance. Es hing über der Tür einer schlichten kastigen Villa, die in einem ehemals fröhlichen Gelb gestrichen war. Laura steuerte direkt auf die Haustür zu und klingelte.

Eine etwa sechzigjährige Frau in einem weißen Frotteebademantel öffnete die Tür. Ihre Füße steckten in glänzenden schwarzen Boots, die Schnürsenkel hingen offen bis zum Boden. Der Bademantel gab den Blick auf ein tiefes faltiges Dekolleté zwischen zwei schweren Brüsten frei. Unter den scharf gezogenen schwarzen Brauen funkelte ein Paar spöttischer brauner Augen, die Laura musterten und an ihren zerschlissenen Caterpillar hängenblieben. »Hast du einen Termin, Schätzchen?«

Laura schüttelte den Kopf. »Mein Handy ist geklaut worden. Ich müsste mal telefonieren.«

»Sieht das hier aus wie 'ne Telefonzelle?«

»Hier gibt es leider keine Telefonzelle.«

Die Frau hob die Brauen. »Und da klingelst du ausgerechnet hier.«

Laura zuckte mit den Schultern.

»Hast du Geld?«

»Drei Euro. Ich brauch aber vielleicht länger.«

Die Frau musste lachen. Es klang wie ein raues Bellen. »Und da hast du dir gedacht, wenn mich in dem Aufzug überhaupt einer reinlässt, dann in *dem* Laden.«

Sie hatte ins Schwarze getroffen und wusste es. Laura lächelte entschuldigend. Die feuchte Kleidung klebte an ihrem Körper, und sie fror.

»Wenn du irgendwas klaust«, sagte die Frau, »dann reiß ich dir deinen hübschen kleinen Arsch auf. Und glaub mir, ich hab hier alles, was dafür nötig ist.« Dann gab sie den Weg ins Haus frei.

»Danke.«

Lauras erster Anruf galt der Auskunft. Die Handynummer von Jan war erwartungsgemäß nicht hinterlegt, auch nicht die von Katy oder Greg. Dafür gab es in der Stendaler Straße einen Festnetzanschluss auf den Namen Jan Floss.

Ihr Herz schlug schneller, als sie die Nummer wählte und das Telefon ans Ohr drückte. Sie hoffte inbrünstig, dass er da war. Weil sie ihn warnen musste, aber auch weil –

»Bei Floss.«

Sie stutzte. »Hallo? Wer ist denn da?«

»Wer sind *Sie* denn, wenn ich fragen darf?« Die Stimme klang seltsam steif und hölzern.

»Eine Freundin von Jan. Kann ich ihn sprechen? Oder ist er noch nicht zurück aus Frankreich?«

»Frankreich?« Laura hörte Getuschel im Hintergrund. Irgendetwas stimmte da nicht. »Nein. Er ist wieder zurück. Haben Sie eine Ahnung, wo er sich gerade aufhalten könnte?«

»Ich … äh … nein.«

»Sagen Sie mir doch bitte Ihren Namen.«

Meinen Namen? Lauras sechster Sinn schlug Alarm. Es gab nur eine Sorte Mensch, die andere immerzu nach dem Namen fragte. Mit einem Schlag war ihr eiskalt. »Ist ihm … etwas passiert?«

Stille.

Dann ein Seufzer. »Hier ist Kommissar Berendt, Kriminalpolizei Berlin. Ich frage Sie jetzt noch mal: Wissen Sie, wo Herr Floss ist?«

»Nein«, sagte Laura mit belegter Stimme. »Was ist denn passiert?«

»Das darf ich Ihnen nicht sagen. Würden Sie mir jetzt bitte Ihren Namen –«

Ohne ein weiteres Wort legte Laura auf.

Kripo.

Wie paralysiert sah sie auf die Wand vor ihr. Jan war offenbar zurück nach Berlin gekommen. Und irgendetwas war ihm passiert.

»Schätzchen. Was ist denn los?«

Sie fuhr herum. Vor ihr stand die Frau mit dem Frotteebademantel.

»Du bist ja weiß wie die Wand.«

Laura schluckte. Sie wollte losrennen, Jan suchen. Doch ihre Beine streikten. In ihrem Herzen breitete sich ein alter dunkler Fleck aus, und in ihrem Kopf schrie Mister Walker nach mehr. Nur ein Glas lang nichts spüren, wie früher. Keine Angst, keine Einsamkeit, kein Nordholm. Und ein Glas war ja schließlich auch nicht der Boden der Flasche.

Kontrolle, dachte sie.

Ich muss nur kontrollieren, wie viel.

Und sie konnte sich ja bestens kontrollieren. Schließlich hatte sie seit Jahren keinen Tropfen mehr getrunken. »Haben Sie …«, Laura stockte, räusperte sich. »Haben Sie vielleicht einen Drink?«

Kapitel 18

Berlin, 19. Oktober, 15:12 Uhr

Jan sah durch sein Spiegelbild im Waggonfenster auf die vorbeifliegenden Wände des U-Bahn-Schachts. An den Stationen öffneten und schlossen sich rumpelnd die Türen. Er blieb jedes Mal sitzen, auch an der Endhaltestelle Rathaus Steglitz, bis die U9 in die Gegenrichtung weiterfuhr. Er wünschte sich seinen alten Kleiderschrank zurück, in dessen stickige dunkle Abgeschiedenheit er sich nach Theos Tod so oft gerettet hatte. Nichts sehen, nichts hören, nichts fühlen. Bloß, dass das mit dem Nichts-Fühlen nie so recht aufgegangen war.

Inzwischen hatte Jan seine Converse-Turnschuhe angezogen. Die hellen Schnürsenkel zu binden hatte gutgetan. Wenigstens ein paar Sekunden Normalität in all dem Wahnsinn.

Ständig hatte er Nikki Reicherts Leiche vor Augen, mit der blutigen Schrift auf der Stirn. Er hatte noch nie eine Leiche gesehen, geschweige denn angefasst, und dieser kurze Moment, in dem seine Finger die gefrorenen Haare und die Haut berührt hatten, war in seiner Erinnerung erschreckend lebendig.

Nicht Laura.

Was um alles in der Welt hatte das zu bedeuten? Dass er sich von Laura fernhalten sollte?

Sein Blick blieb an der Waggondecke hängen, an einer kompakten Kamera. Er hatte keine Ahnung, wie schnell die Polizei eine umfassende Fahndung auf die Beine stellen konnte, aber im Zweifelsfall gab er ein dankbares Ziel ab: ein Mann ohne Hose und mit einem auffälligen Feuermal auf der linken Wange.

An der nächsten Station stieg er aus der Bahn aus.

In unmittelbarer Nähe der Station gab es eine Reihe von Geschäften, und er betrat das erstbeste. Ein höchstens zwanzigjähriger Verkäufer im Stil eines David-Beckham-Klons scannte ihn mit feindseligem Blick, während er eine dunkelblaue Jeans in der Größe 32 vom Stapel nahm, ein Paar warme Socken und dazu noch eine Schirmmütze. An der Kasse fing er sich weitere argwöhnische Blicke. Erst als das Elektronische Cash-System den Zettel mit *Bezahlung erfolgt* ausspuckte, gab es ein flüchtiges Verkäuferlächeln. Jan eilte in die Umkleidekabine und zog Socken, Hose und Schirmmütze an. Ein paar Geschäfte weiter fand er ein Nokia-Ladegerät für Lauras Telefon.

Kaum hatte er den Handy-Shop verlassen, blieb er wie angewurzelt auf dem Gehweg stehen.

Er hatte mit EC-Karte bezahlt!

Was für ein verdammter Leichtsinn. Das Erste, was die Polizei im Rahmen einer Fahndung überprüfen würde, das war die Spur seiner Kartenabrechnungen.

Er steuerte die nächste Bank an und hob am Automat den höchstmöglichen Betrag ab: 1800 Euro. Ab sofort würde er nur noch mit Bargeld bezahlen.

Und was jetzt?

Wo sollte er bloß hin? In Hotels oder Pensionen musste man sich in der Regel ausweisen, und das kam im Moment wohl kaum in Frage. Zu Katy? Dort würde die Polizei sicher auch bald aufkreuzen, um nach ihm zu fragen. Dann fiel ihm Lauras Wohnung ein. Das erschien ihm vorläufig die beste Möglichkeit.

Vorsichtshalber mied er öffentliche Verkehrsmittel sowie Taxen und ging zu Fuß. Knapp zwei Stunden später stand Jan vor Lauras Wohnungstür. Seine Finger tasteten über den oberen Rand des Türrahmens und fanden den Schlüssel. Er sperrte die Tür auf und betrat die Wohnung.

Es war dunkel, wie beim letzten Mal, und er drückte den Lichtschalter. Die rote Lampe mit den japanischen Schriftzeichen flammte auf.

Entgeistert starrte er in den Flur.

Im ersten Augenblick glaubte er, in der falschen Wohnung zu sein. Aber es passte alles. Die Farbe der Wände, der Boden, die Türen, die rote Lampe mit den goldenen Fäden, die noch im Luftzug seines Hereinkommens schwangen.

Nur die Fotos waren weg. Alle. Ausnahmslos.

Irgendjemand war hier gewesen, oder war es immer noch. Sein Herz schlug schneller. »Laura?«

Keine Antwort.

»Ist da jemand? Hallo?«

Die Stille war drückend und unheimlich. Aus der Wohnküche drang das leise Sirren des Kühlschranks.

Beruhig dich, dachte er. Hier ist niemand.

Er strich mit den Fingerspitzen über die kahle Wand. Dünne Schmutzränder, Reste von Tesafilm und winzige Löcher markierten die Stellen, wo die Fotos gehangen hatten.

Er ging ins Schlafzimmer. Dann in die Wohnküche und ins Bad. In der Stille erschien ihm jeder Schritt und jedes Rascheln seiner Kleidung viel zu laut. Auf den ersten Blick war alles unverändert. Das Waschbecken war trocken. Eine Zahnbürste war nicht vorhanden. Die Mülleimer waren leer.

Das Klingeln des Telefons fuhr ihm wie ein Messer ins

Ohr. Das Geräusch kam aus dem Flur, vom Festnetzapparat auf der Kommode. Ein satinierter Knopf blinkte rot auf, und der Anrufbeantworter sprang an. Aus dem Lautsprecher drang ein leises Atmen. Zehn Sekunden. Fünfzehn Sekunden. Dann knackte es, und der rote Knopf verlosch.

Jan atmete tief durch, bis sein Pulsschlag sich etwas beruhigt hatte. Von irgendwoher drang das weit entfernte Jaulen eines Martinshorns durch die Fenster, und sofort beschleunigte sein Puls wieder. Sie mussten nur Katy ausfindig machen, sie wegen ihres flüchtigen Bruders befragen und dann nachhaken, ob ihr der Name Laura etwas sagte. Dann hatten sie ihn.

Vielleicht würde es ihn sogar entlasten, wenn Katy ihren Teil der Geschichte erzählte. Immerhin konnte sie bezeugen, dass Laura unter merkwürdigen Umständen verschwunden war. Doch das eigentliche Problem befand sich in seinem Tiefkühlschrank, ermordet mit seinem Messer, auf dem vermutlich seine Fingerabdrücke waren.

Nein. Katy konnte ihm herzlich wenig helfen. Das Beste, was sie für ihn tun konnte, war, den Mund zu halten und Lauras Adresse nicht preiszugeben. Dann hatte er wenigstens einen Unterschlupf.

Rasch griff er zu seinem Handy und wählte Katys Nummer. Erst beim sechsten Freizeichen nahm sie ab. »Hallo, Sherlock«, witzelte sie anstelle einer Begrüßung.

»Hi«, entgegnete er knapp. Nach Geplänkel war ihm so gar nicht zumute.

»Was macht dein aktueller Fall?«

Immerhin, dachte Jan, wenn sie so locker ist, dann war die Polizei bestimmt noch nicht bei ihr. »Du musst mir einen Gefallen tun.«

Katy seufzte. »Lass mich raten, es hat was mit Laura zu tun.«

»Versprich mir, dass du niemandem etwas von Laura erzählst, egal, wer dich fragt. Okay?«

»Was meinst du damit?«

»Wenn irgendjemand zu dir kommt und nach mir oder Laura fragt, dann tu bitte einfach so, als würdest du keine Laura kennen und –«

»Jan, was soll das?«, unterbrach ihn Katy. »Kannst du bitte mal Klartext reden? Wer soll denn kommen und mich nach dir fragen?«

Jan stöhnte – und ärgerte sich über sich selbst. »Die Polizei«, sagte er leise.

Stille. Natürlich.

Draußen auf der Straße hupte jemand.

»Katy? Bist du noch dran?«

»Die Polizei? Was ist denn passiert?«

»Versprichst du es mir?«

»Jan, ich verspreche dir gar nichts. Nicht, wenn ich nicht weiß, worum es geht.«

Jans Hand krampfte sich um das Handy. Es zerriss ihn förmlich; es hätte ihn mehr als erleichtert, Katy alles zu erzählen. Aber wie würde sie reagieren, wenn die Polizei bei ihr auftauchte und sie mit dem Mord konfrontierte? Er bezweifelte, dass es ihr gelingen würde, echte Überraschung oder Entsetzen zu heucheln. Die wenigsten Menschen waren dazu in der Lage. Und die Ermittler waren sicher keine Dummköpfe. Es reichte schon, wenn Katy sie in Bezug auf Laura belügen musste. »Bitte, Katy. Frag nicht«, sagte er. »Du musst einfach nur so tun, als ob dir der Name Laura nichts sagt, okay?«

»Und warum?«

Jan schwieg.

»Hast du Mist gebaut?«

»Nein.«

»Ehrlich?«

»Ich schwör's dir. Du kennst mich. Gib mir einfach ein oder zwei Tage. Dann melde ich mich bei dir und erkläre dir alles.«

Wieder Stille.

»Also gut«, sagte Katy schließlich.

Jan atmete auf. »Ich dank dir.«

»Was man nicht alles für seinen kleinen Bruder tut, hm?«

»Wie erreiche ich dich in den nächsten Tagen?«

»Nur über Handy.«

»Ich ruf dich an.«

Sie zögerte. »Jan?«

»Was?«

»Pass auf dich auf.«

»Mach ich.« Rasch legte er auf und seufzte. Wenigstens musste er jetzt nicht mehr befürchten, dass die Polizei ihn in Lauras Wohnung fand.

Wenig später setzte er sich in die Küche, zog den Netzstecker des Toasters und schloss stattdessen das Nokia an. Dann gab er den PIN-Code ein und rief den Videoclip auf.

Wieder sah er die Passage mit dem schwarzen Geländewagen, hörte Lauras entsetztes »O Gott«, stoppte und scrollte zurück. Es war eine Geduldsprobe, bis er endlich das Bild mit dem Lichtblitz erwischte. Unwillkürlich hielt er den Atem an, beugte sich über das kleine Display.

Das Einzelbild zeigte einen hellerleuchteten Fahrer und ein paar Details des Innenraums. Alles andere soff ins Schwarze ab. Jan lief eine Gänsehaut über den Rücken.

Ein Mann sah ihn an, mit einer grotesken Maske. Seine Gesichtshaut sowie sein ganzer Schädel waren mit schwarzen Streifen überzogen, und seine Augen glühten rötlich.

Im Flur klingelte erneut das Telefon. Jan schrak auf.

Wieder sprang der Anrufbeantworter an. Niemand sprach. Nur das leise Atmen war zu hören. Dann klickte es.

Jan lehnte sich zurück. Kam sich vor wie im Film. Der Holzstuhl protestierte knarrend. Sein Blick blieb am Kühlschrank hängen, einem großen bauchigen Smeg, die Imitation eines Fünfziger-Jahre-Klassikers.

Irgendetwas sagte ihm, dass Laura nicht zufällig in das Visier dieses Menschen geraten war. Warum sonst sollte der Mann ihm diese eindringliche Warnung hinterlassen haben. *Nicht Laura.*

Und ganz plötzlich kam ihm noch ein Gedanke. Ein Gedanke, bei dem er sich sofort fragte, warum er ihn erst jetzt hatte. Sein Herz zog sich zusammen, als ob eine kalte Faust es umschloss.

Wahrscheinlich hatte der Mann es ursprünglich gar nicht auf Nikki Reichert abgesehen. Wahrscheinlich hatte er gar nicht vorgehabt, ihn zu warnen, im Gegenteil. Dieser Typ war in seine Wohnung eingedrungen, weil er *ihn* hatte töten wollen.

Erneut klingelte das Telefon. Er beugte sich vor, sah durch die offene Tür in den Flur, wo der Anrufbeantworter ansprang. Wartete auf das Atemgeräusch.

Aus dem Lautsprecher schnarrte eine unsichere Stimme. »Laura? Hier ist Katy. Bist du da? – Wenn ja, dann geh doch mal ran – wir … also wir machen uns langsam Sorgen und fragen uns, wo du steckst – wenn du das hörst, melde dich doch mal …«

Klick.

Ein schwaches Lächeln huschte über Jans Gesicht. Sein Magen gab ein lautes Knurren von sich und erinnerte ihn daran, dass er lange nichts mehr gegessen hatte.

Sein Blick wanderte zurück zur Kühlschranktür.

Kapitel 19

Berlin, 20. Oktober, 00:52 Uhr

Laura blickte zwischen den schwarzen Gitterstäben hindurch auf ihr früheres Zuhause. Wie lange war es her, dass sie hier gewesen war? Eine Ewigkeit. Trotzdem schien sich nichts verändert zu haben. Der Rasen lag wie ein riesiger dunkler Teppich vor der Villa, deren Umrisse sich im Nebel abzeichneten. Die Bäume waren dunkelgraue Klumpen. Nicht ein einziges Fenster der Villa war erleuchtet.

An einer mit Efeu überwucherten Stelle kletterte sie über die Mauer. Ihre Kleidung wurde nass, als sie sich über die bewachsene Mauerkrone schwang. Das Gefühl von Schwindel flammte in ihrem Kopf auf. Zu viel Mister Walker. Oder zu wenig.

Ronda – die Frau im Bademantel – hatte ihr nach dem vierten Glas Bowmore Single Malt wortlos die Flasche abgenommen. Vielleicht weil sie es gut mit ihr meinte, vielleicht aber auch nur, weil sie verhindern wollte, dass Laura ihr teuerstes Zeug leer soff.

Laura schwankte ein wenig, als Ronda ihr den Wäschetrockner für ihre nasse Kleidung zeigte. Im Bullauge der danebenstehenden Waschmaschine schleuderte Wäsche. Beim Anblick der rotierenden Trommel wurde ihr schlecht. Alles in ihrem Kopf wirbelte durcheinander; nichts war mehr an seinem Platz.

Warum suchte die Polizei nach Jan? Ihre Gedanken

schwammen davon. Wie ein Dämon tauchte immer wieder der Tätowierte auf, eine verzerrte rotäugige Fratze. Hatte er Jan bereits etwas angetan? Immer wieder wollte sie losrennen, Jan warnen. Doch der Schwindel war zu stark.

Die Pizza, die Ronda ihr in den Ofen schob, machte es kaum besser. Laura würgte ein Viertel davon hinunter. Hätte sich beinah erbrochen. Wurde irgendwie in ein Bett verfrachtet. Schlief ein.

Als sie wieder aufwachte, hörte sie leise Musik.

Im Zimmer stand ein billiger weißer Digitalwecker. Beim Blick auf die Uhrzeit erschrak sie. Beinah Mitternacht.

Sie schlüpfte in ihre getrockneten Sachen und stieg in Gandalfs Caterpillar. Dann öffnete sie die Zimmertür. Über den Gang hallten die gedämpften Geräusche einer Clubparty. Leise stahl sie sich hinaus. Auf der Treppe vor dem Haus stolperte sie und wäre beinah hingeschlagen. Die Nachwehen von Mister Walkers Mind-Blow.

Und jetzt?

Jetzt stand sie vor ihrem Elternhaus und wünschte sich nichts mehr als ein paar Schlucke, um die Erinnerungen zu ertränken, die ihr beim Anblick der Villa hochkamen.

Sie dachte an den Klang der hellgrauen Rollstuhlbereifung ihrer Mutter, wenn die Räder über den Marmor quietschten. An Fanny mit ihrem Putzeimer und das ständige Fauchen des Staubsaugers. Wie alt mochte Fanny jetzt sein? Anfang fünfzig? Ob sie immer noch jeden Tag kam? Oder schaffte sie es nicht mehr, ihre Mutter aus der Badewanne zu hieven?

Laura mied den Eingangsbereich mit den hohen protzigen Säulen und ging zur linken Seite der Villa, immer darauf bedacht, nicht auf den knirschenden Schotter zu treten, der die Hauswand säumte, sondern auf dem Rasen zu bleiben. Dem Rasen, den sie als Kind nicht hatte betreten dürfen, damit er keine kahlen Flecken bekam.

Sie spähte an der dunklen Hauswand empor, wohl wissend, dass die Fenster im Erdgeschoss und im ersten Stock tabu waren, wegen der Alarmanlage, die ihre Mutter hatte anbringen lassen. Im zweiten Stock jedoch waren die Fenster nicht gesichert. Neun Meter Höhe schreckten ohnehin die meisten Einbrecher ab.

Ganz rechts im zweiten Stock stand ein Fenster auf kipp. Das Badezimmer ihres Vaters. Jedenfalls war es das früher gewesen. Und von dort trennten sie nur noch zwei Zimmertüren von ihrem Ziel!

Sie huschte dicht am Gebäude entlang, zur linken Ecke der Hauswand, wo das Regenrohr hinunterlief, schloss ihre Finger um das kalte Zink und rüttelte daran. Es schien zu halten.

Einen Moment lang stand sie vor dem Regenrohr und versuchte sich zu sammeln. Einatmen. Ausatmen. Einatmen. Ausatmen. Aber es half nichts. Ein Rest Schwindelgefühl blieb. Wie gerne hätte sie jetzt ein Seil und Karabinerhaken gehabt. Doch ihre Ausrüstung lag in ihrem Schlafzimmerschrank.

Rasch zog sie die Caterpillar aus, packte das Rohr, stemmte ihre Füße gegen die Wand und kletterte in die Höhe.

Kurz über dem Fries, der Erdgeschoss und erste Etage voneinander trennte, knirschte es. Die Halterung der Schelle, die das Rohr hielt, brach aus der Wand. Steinbröckchen sprangen ihr ins Gesicht, während das Rohr sich nach außen bog. Lauras Finger krallten sich in das Loch, aus dem eben noch die Verankerung herausgebrochen war. Gleichzeitig umklammerte sie mit Füßen und Schenkeln das Fallrohr.

Es knackte metallisch. Doch das Rohr hielt.

Langsam zog sie sich weiter empor, bis zum Fries an der zweiten Etage, und setzte ihre nackten Füße auf den Ziervorsprung, der rund um die Villa lief. Rechts von ihr, etwa sieben Meter entfernt, lag das gekippte Badezimmerfenster. An die Hauswand gepresst, balancierte sie über den Fries bis zum ersten Fenster und spähte durch die Scheibe in das dunkle Zimmer. Leer. Nicht ein einziges Möbelstück. Ein leises Rascheln im Garten ließ sie aufhorchen. Ihr Blick ging nach unten, an ihren Füßen vorbei. Plötzlich schien ihr der Fries viel zu schmal und viel zu hoch über dem Rasen zu sein.

Sie schnappte nach Luft, hielt sich am Fenstersims fest und presste die Lider zusammen.

Zur Hölle, Mister Walker!

Normalerweise stand sie schwindelfrei auf einem 60 Meter hohen Bungee-Kran – und jetzt bekam sie schon bei neun Metern Schiss?

Sie öffnete die Augen, zwang sich, nicht nach unten zu sehen. Bewegte sich weiter, Stück für Stück. Dachte an die Typen, die sie immer anseilte, wie blass sie oft waren, mit ihren schmalen Lippen, den fahrigen Blicken. Trotzdem waren fast alle von ihnen gesprungen.

Wenn die es geschafft haben zu springen, dann schaffst du jetzt die paar Meter auch!

Als sie endlich beim Badezimmerfenster ankam, zog sie Gandalfs Schweizer Messer aus der Jackentasche. Ihr schmales Handgelenk passte gerade so durch den Spalt des gekippten Fensters, und es gelang ihr, die Verschraubung der Messingstrebe zu lösen, die das Fenster im Rahmen hielt. Als sie ins Bad einstieg, zitterten ihre Beine.

Nur einen Moment ausruhen, dachte sie und setzte sich auf den Rand der ovalen Badewanne. Die weißen Fliesen unter ihren Füßen waren warm von der Fußbodenheizung, über dem Waschbecken hing immer noch der rechteckige große Spiegel, auf dessen grauen Holzrahmen silberne, orientalisch anmutende Arabesken aufgesetzt waren.

In der Luft hing ein Hauch von Parfüm, ein Herrenduft, etwas holzig und irgendwie altmodisch. Sie fragte sich, ob ihr Vater diesen Duft früher schon benutzt hatte. Er war immer oft und lange im Bad gewesen. Sie hatte dann dem Rauschen des Duschwassers hinter der verschlossenen Tür gelauscht. Ein Mal vergaß er nach dem Verlassen des Badezimmers die Tür wieder abzuschließen, wie er es sonst tat. Sie schlüpfte ungesehen hinein, gerade als noch die letzten Reste des Wasserdampfes aus dem gekippten Fenster zogen, und wunderte sich darüber, dass es nach gar nichts roch. Später hatte sie gedacht, dass diese Generation von Männern Düfte wohl für überflüssigen Firlefanz hielt.

Sie sah in den Spiegel über dem Waschbecken, versuchte sich vorzustellen, wie er dort stand. Wie er wohl heute aussah? Hatte er dünne Haare? Grau? Und Ringe unter den Augen? Sie versuchte, sich ihren Vater vorzustellen, aber es gelang ihr nicht. Das Einzige, was ihr einfiel, war, dass er nie da gewesen war. Arbeit, Arbeit, Arbeit. Als wäre er ständig auf der Flucht. Meistens reiste er nach Wien oder in andere Städte in Österreich. Mit fünf oder sechs hatte sie angefangen zu fragen, warum. »Immobilien«, hatte ihre Mutter geantwortet.

»Was sind Immobilien?«

»Häuser, Laura. Er kümmert sich um Häuser und Wohnungen.«

»Sind das viele Häuser?«

Ihre Mutter hatte die Stirn gerunzelt. »Warum fragst du?«

»Weil er so viel weg ist«, meinte Laura.

Ihre Mutter hatte gelächelt. »Ja. Viele. Einige wirklich große Häuser mit vielen Wohnungen.«

»Und ist das anstrengend?«

Ihre Mutter hatte nur genickt.

Für Laura war schnell klar gewesen, dass jemand, der etwas so Anstrengendes zu tun hatte, nicht noch mehr Anstrengung gebrauchen konnte. Und von ihrer Mutter hatte sie oft genug gehört, dass sie ein anstrengendes Kind sei. Also versuchte sie, nicht zu nerven, sobald er im Haus war. Trotzdem kam er nicht öfter.

Vielleicht lag es ja auch daran, dass er sich nicht mehr mit Mutter verstand.

Eine Zeitlang hatte sie den Eindruck, es wäre egal, ob sie da sei oder nicht. Später glaubte sie oft, es wäre besser, es hätte sie nie gegeben. Das waren die Tage, an denen ein unsichtbarer Stachel ihre Mutter quälte und sie ihr mit Eiseskälte, ja manchmal sogar mit Hass begegnete. Dennoch gab es auch die guten Momente mit ihr. Geburtstage, Weihnachten, Karten spielen und lachen, gemeinsam fernsehen, das erste Mal ihre Mutter im Rollstuhl den Weg bis zum Tor schieben. Da war sie neun. Und plötzlich wichtig.

Seitdem hatte sie oft geschoben. Manchmal gab es ein Danke. Manchmal Hass. Immer häufiger hatte sie das Gefühl, verrückt zu werden, weil sie nie wusste, was von beidem sie erwartete. Bis ihre Mutter eine endgültige Entscheidung traf.

Nordholm.

Bei dem Gedanken wurde ihr kalt ums Herz.

Schluss jetzt mit Erinnerungen!, schalt sie sich. Denk an den Revolver.

Sie erhob sich vom Wannenrand, drückte leise die Türklinke und trat in den dunklen Flur.

Rechts lag die Treppe, mit einem grauen Läufer, direkt gegenüber war das Arbeitszimmer ihres Vaters. Ihre Füße drückten sich in den weichen Flor des Teppichbodens. Das Haus schien jedes Geräusch zu schlucken. Die Klinke der Arbeitszimmertür ging wie frisch geölt, und die Angeln gaben keinen Laut von sich, als sie ins Zimmer schlüpfte. Durch das vergitterte Fenster drang nächtliches Licht und gab den Möbeln Konturen. Der schwarze Schreibtisch stand immer noch an derselben Stelle, mit derselben alten Stehlampe darauf, dem gleichen schweren Montblanc-Füller wie früher, denselben Büchern in denselben Regalen. Es war, als beträte sie ein Museum.

Zielstrebig ging sie zum Regal, nahm ein Buch mit breitem dunkelrotem Rücken heraus und klappte den Buchdeckel auf. Das Innere des Buches war hohl, und es lag eine Schachtel Patronen darin, halb voll.

Was fehlte, war der Revolver.

Kapitel 20

Berlin, 20. Oktober, 01:21 Uhr

Laura fluchte lautlos. Am liebsten hätte sie das Buch vor Enttäuschung in die Ecke geworfen. Stattdessen legte sie es auf den Schreibtisch. Die Patronen klimperten leise in der Packung.

Wo sonst könnte er die Pistole versteckt haben?

Ihr Blick fiel auf die Etruskervase, die auf Augenhöhe in der Mitte des Regals stand. Sie war ein Erbstück von ihrem Großvater, oben und unten schwarz, mit schwarzen Figuren auf einem verblichenen gelben Grund.

Mit spitzen Fingern hob sie die Vase aus dem Regal und fasste hinein.

Kein Revolver.

Dafür ein Bündel Scheine. Er bewahrte also immer noch Geld darin auf. Sie zählte knapp 3000 Euro, stopfte das Bündel in die Hosentasche ihrer Jeans und stellte die Vase zurück ins Regal.

Im selben Moment hörte sie die Türklinke hinter sich, laut, als hätte sie jemand ungeschickt heruntergedrückt und versehentlich wieder emporschnellen lassen.

Sie fuhr herum, sah, wie sich die Tür öffnete und das Licht aus dem Flur über die Schultern einer Gestalt im Rollstuhl fiel.

»Du!«, keuchte Laura.

»Wen hast du erwartet?« Ava Bjelys Gesicht lag im Dunkeln. Ihre streng nach hinten gebundenen Haare dagegen glänzten hellgrau im Licht. »Deinen Vater etwa? Der ist nicht da.«

Wie immer, dachte Laura.

»Hast du geglaubt, ich würde es nicht hier hochschaffen, mit dem Rollstuhl?«

Laura schwieg.

»Wir haben einen Lift einbauen lassen, deinem Vater gefiel es nicht, aber am Ende hat er zugestimmt.«

»Er konnte dir ja noch nie etwas abschlagen.«

»Das klingt beinah, als hättest du Mitleid mit ihm.«

Laura sagte nichts.

»Ich habe ihn gebeten. Warum sollte er mir das abschlagen?«

»Fragen? Wohl eher verlangen, oder?«

»Wie auch immer. Besser als gar nichts zu sagen. So wie er. Oder du.« Ava Bjelys Blick deutete auf die geöffnete Buchattrappe auf dem Schreibtisch. »Der Revolver ist das beste Beispiel. Glaubst du, ich hätte gewollt, dass so ein Ding in meinem Haus herumliegt?« Ihre Mutter sah sie herausfordernd an. »Ich habe ihn an mich genommen. Du brauchst gar nicht weiterzusuchen.«

Laura biss die Zähne aufeinander.

»Hast du gedacht, du kannst einfach hier einsteigen und dich bedienen? Na ja, wen wundert's. Du warst als Kind schon so. Nie fragen. Einfach nehmen.«

»Wann hättest du mir denn je etwas freiwillig gegeben?«

»Vielleicht hättest du mehr Geduld haben müssen«, entgegnete ihre Mutter eisig.

Laura schnaubte.

»Stattdessen bist du lieber hier eingebrochen und hast geklaut. Und er hat's auch noch zugelassen.«

»Was meinst du damit?«

»Glaubst du, ich weiß nichts von der Vase?«

Laura stockte der Atem. Unwillkürlich trat sie einen Schritt zurück und stieß mit dem Rücken ans Regal.

»Wie oft bist du schon hier gewesen und hast Geld aus dieser Vase geholt? Zwanzig Mal? Dreißig Mal? Hast du dich nie gewundert, dass er immer wieder Geld in die Vase getan hat? Aber immer öfter war die Vase leer, oder?«

Laura lief es kalt den Nacken hinunter. Tatsächlich. Ein paar Mal war die Vase leer gewesen.

»*Ich* hab das Geld rausgenommen«, sagte ihre Mutter. »Ich hab ihm nichts davon gesagt, aber als ich verstanden hatte, was da läuft, hab ich es rausgenommen. Ich habe gedacht, dann hört das auf, wenn du nichts mehr findest. Bis ich begriffen habe, dass er es immer wieder nachgefüllt hat.«

Laura starrte ihre Mutter ungläubig an. Ihr Vater hatte das Geld absichtlich in die Vase getan? Weil er wollte, dass sie es dort fand?

»Irgendwann«, fuhr ihre Mutter fort, »ist mir dann klargeworden, dass der alte Narr wahrscheinlich jedes Mal, wenn ich das Geld weggenommen habe, gedacht hat, du wärst da gewesen. Da hab ich das Geld drinnen gelassen. Und ein paar Mal hab ich dich gehört, so wie heute. Dann bin ich später hoch, und dann habe ich das Geld nachgefüllt.«

»Du? Warum?«

Ihre Mutter schwieg einen Moment. Obwohl Laura ihr Gesicht nicht erkennen konnte, hätte sie geschworen, dass sie lächelte, dieses kalte schmallippige Lächeln, das ihr Gesicht jeder Schönheit beraubte, die einmal darin gewesen sein mochte. »Ist das so schwer zu erraten? Ich wollte nicht, dass er glaubt, dass du zu ihm kommst. Ich wollte, dass es aufhört.«

»Da hatte er immerhin mehr Herz als du«, sagte Laura leise.

»Herz? Dass ich nicht lache.« Ihre Mutter verzog die Lippen. »Wenn er Herz hätte, dann hätte ich all das nicht tun müssen. Weißt du, was es mich gekostet hat, jedes Mal hier raufzukriechen. Da gab es den Lift noch nicht, und ich habe immer gewartet, bis er weg war, dann bin ich raus aus dem verdammten Stuhl und hab mich bis hierher geschleppt …«

Laura sah förmlich vor sich, wie ihre Mutter, die Beine hinter sich herziehend, verbissen die Treppe hinaufrobbte. Vermutlich hatte sie sich am Regal emporziehen müssen, sich vielleicht auf den Schreibtischstuhl gesetzt und mit spitzen Fingern nach der Vase geangelt.

»Herz!« Ihre Mutter hieb mit der linken Hand auf die Rollstuhllehne, und ihre Armreifen klirrten. »Als wenn dein Vater Herz hätte. Schlechtes Gewissen! Das ist alles, was er hat.«

»Und du?«, fragte Laura. »Du hast noch nicht mal das.«

»Ich hatte die Verantwortung. Das wiegt schwerer als ein schlechtes Gewissen. Wer Verantwortung hat, kann sich ein schlechtes Gewissen nicht leisten.«

Laura schnürte es die Kehle zu. Verantwortung. Das hier war absurd. »Nein«, sagte sie leise. »Du hast kein schlechtes Gewissen, weil …«, sie brach ab und schluckte, »… weil du mich hasst. Schon von Anfang an war das so. Ich weiß nicht, was ich dir getan habe, aber …«

»Halt den Mund«, sagt Ava Bjely mit brüchiger Stimme.

»… aber kein Kind kann so furchtbar sein, dass man es so behandelt.«

»Du hast ja keine Ahnung«, sagte Ava Bjely. »Fast alles,

was ich getan habe, habe ich getan, weil ich dich geliebt habe – trotz allem.«

»Mir reicht's«, erwiderte Laura. »Ich verschwinde.« Sie löste sich vom Regal und ging um den schwarzen Schreibtisch herum, auf ihre Mutter zu. »Lass mich durch.«

»Nur unter einer Bedingung.«

»Bedingung? Hast du wirklich Bedingung gesagt?«

»Ich will auch, dass du verschwindest. Ich meine, dass du *wirklich* verschwindest.«

Laura starrte ihre Mutter an. »Was meinst du damit? Wirklich verschwinden?«

»Genau das, was ich sage. Verschwinde aus meinem Leben. Tauch hier nie wieder auf, verschwinde aus Berlin, verschwinde aus Deutschland.«

»Warum sollte ich das tun?«

»Ich … würde dir«, Ava Bjely zögerte und blickte zu Boden, »Geld geben.«

»Du würdest *was*?«

»Eine Million. Auf ein Konto. Für ein neues Leben, irgendwo. Die Bedingung ist, dass wir, dein Vater und ich, dich nie wiedersehen.«

Laura starrte ihre Mutter fassungslos an. »Das … das ist nicht wahr, oder? Das kann nicht sein. Das hast du nicht wirklich gesagt.«

Ava Bjely starrte auf den Teppichboden und schwieg.

»Weißt du was«, sagte Laura wütend. Tränen stiegen ihr in die Augen, und sie hasste sich dafür. »Du kannst mich mal! Behalt dein scheiß Geld. Ich geh da hin, wo es mir passt. Und ich werde ganz sicher nicht aus Berlin weggehen.«

Ava Bjely atmete lang und schwer aus, als hätte sie nichts anderes erwartet.

»Und jetzt mach verdammt noch mal Platz«, forderte Laura. »Ich will hier durch.«

Ava Bjely regte sich nicht. Mit kerzengeradem Rücken thronte sie in ihrem Rollstuhl und versperrte die Tür.

Zornig packte Laura die Armlehnen des Rollstuhls und schob, doch Ava Bjely stemmte sich gegen die Bremshebel, so dass die Räder blockierten. Laura versuchte ihre Hände von den Bremsen loszureißen, doch ihre Mutter war zäh; vom jahrzehntelangen Training im Rollstuhl hatte sie eine ungeheure Kraft in den Armen.

Mit aller Gewalt zerrte Laura an ihrer Mutter. Ihre Unterarme zitterten vor Anstrengung, ebenso wie die ihrer Mutter. Sie roch den künstlichen Darmausgang, der Atem ihrer Mutter schlug ihr heiß ins Gesicht, sie ächzten beide, dann plötzlich löste sich die Linke ihrer Mutter von der Bremse. Der Rollstuhl gab ruckartig nach. Laura fiel nach vorne, knallte mit dem Kopf hart gegen den Türrahmen und ging zu Boden. Der Teppich fing sie auf. Vor ihren Augen tanzten Sterne, und über ihrem Ohr brannte der Schmerz lichterloh.

Sie spürte etwas Hartes an ihrer Schulter, die Trittbretter des Rollstuhls, mit denen ihre Mutter versuchte, sie ins Zimmer zurückzuschieben, weg von der Tür.

Ihr Körper gab nach und rollte von der Seitenlage in die Bauchlage. Sie sah jetzt den Rollstuhl im Schein des Flurlichts, die Räder hatten Furchen in den weichen Flor des Teppichbodens gegraben. Sie streckte noch den Arm aus, wollte verhindern, dass ihre Mutter die Tür schloss, doch es war zu spät. Die Tür knallte zu, und es war finster. Im Schloss knirschte ein Schlüssel, so wie früher oft der Schlüssel geknirscht hatte, wenn ihre Mutter sie in ihrem Zimmer eingesperrt hatte.

Tränen schossen ihr in die Augen.

In ihrem schmerzenden Kopf schoss alles kreuz und quer; ihre Mutter, die Augen des Tätowierten, die Galerie mit den schwebenden weißen Frauenleichen. Sie dachte an Jan und an die Stimme des Tätowierten: *Ich kann dich nur vor ihm beschützen, wenn du mir seinen Namen sagst.*

Wie sollte sie Jan vor diesem Wahnsinnigen warnen, wenn sie hier eingesperrt war?

Ich muss hier raus, dachte sie benommen.

Sie wollte sich aufrichten. Erst auf alle viere. Dann auf die Knie. Doch ihre Muskeln weigerten sich. Im schwarzen Arbeitszimmer ihres Vaters tanzten Sterne, dicht an dicht. Ihre Lider flatterten. In ihrer Ohrmuschel kratzte der Flor des Teppichbodens, und an ihr Trommelfell drang ein dumpfes Rumpeln.

Tür auf. Rollstuhl rein. Tür zu. Fahrstuhl nach unten.

Sie wünschte, sie hätte den Revolver ihres Vaters zur Hand. Wollte durch die Wand schießen, auf die Fahrstuhlkabine oder das Halteseil.

Dann verlor sie das Bewusstsein.

Kapitel 21

Berlin, 20. Oktober, 11:13 Uhr

Es krachte. Jan schrak aus dem Schlaf hoch und brauchte einen Moment, um sich zu orientieren.

Er lag in Lauras Bett, und das laute Geräusch aus dem Innenhof des Mietshauses hallte nach. Vielleicht eine Mülltonne, die umgestoßen worden war, oder eine wütend zugeworfene Haustür. Jan rieb sich die Stirn. Kopfschmerzen. Auch das noch. Er sank zurück ins Kissen, in dem noch ein Hauch von Zitrus hing. Es roch wie das Parfüm, das an Lauras Waschbecken stand. Fahrenheit von Dior, ein Klassiker – eigentlich für Männer. In ihrem Bett zu liegen und dabei ihren Geruch um sich zu haben war ein zwiespältiges Gefühl. Nichts wies deutlicher darauf hin, dass sie nicht da war.

Jan setzte sich auf und griff nach seinem Handy. Das Display zeigte 11:13 Uhr. Er hatte miserabel geschlafen und immer wieder in die Dunkelheit gestarrt. Erst am frühen Morgen hatte ihn die Müdigkeit endgültig überwältigt. Er gähnte, ging in die Wohnküche und öffnete den Kühlschrank, wie schon am Abend zuvor. Keine Leiche, nur Schwarzbrot, Margarine, Dosenananas und Wasser.

Während er aß, drängten sich erneut all die Fragen auf, die ihn in der Nacht umgetrieben hatten. Laura war in Gefahr. Und er selbst aller Wahrscheinlichkeit nach auch. Der Mann mit den roten Augen schreckte vor nichts zurück, auch nicht vor Mord.

Seine einzige Chance war es, Laura zu finden. Aber wo, verdammt, konnte sie sein? Er zwang sich, seinen brummenden Schädel zu ignorieren und logisch vorzugehen.

Also gut, dachte er. Möglichkeit eins: Der Mann mit den roten Augen hatte Laura in seiner Gewalt. Dann hatte er kaum eine Chance, sie zu finden. Er hatte nicht die geringste Ahnung, wer dieser Typ war, geschweige denn wo er sich aufhielt.

Möglichkeit zwei: Laura wurde von dem Mann verfolgt – aus welchem Grund auch immer – und musste sich vor ihm verstecken. Und das würde sie an einem Ort tun, an dem sie sich sicher fühlte.

Die Fotos kamen ihm in den Sinn. Laura hatte doch lange auf der Straße gelebt. Gab es ein besseres Versteck als einen anonymen Schlafplatz unter einer Brücke, in einem unbewohnten Gebäude, einer Industriebrache oder einem stillgelegten U-Bahn-Schacht?

Er nahm sein Smartphone und rief die Bilder auf, die er von Lauras Flur gemacht hatte. Jedes zeigte ein Stück Wand mit dreißig bis vierzig Fotos, zumeist Nahaufnahmen. Er zoomte die einzelnen Motive heran, versuchte Details zu betrachten, scheiterte jedoch ständig an der Auflösung seiner Handykamera. Die einzelnen Bilder waren einfach zu klein, zu unscharf, zu pixelig. Immer wieder musste er Pausen machen, da ihm die Augen brannten.

Nichts. Keine Hinweise, keine Plätze, die ihm bekannt vorkamen oder zu denen Laura eine besondere Verbindung zu haben schien. Gegen zwei begann das Telefon wieder zu klingeln. Jan stellte es entnervt auf lautlos.

Kurz nach vier stand er im Flur vor den leeren Wänden.

Wo verdammt bist du hin?

Plötzlich fiel ihm das Foto in seiner Jacke ein. Er ging hinüber ins Schlafzimmer, wo seine Belstaff neben dem Futon lag, griff in die Innentasche und betrachtete den Papierabzug. Laura saß an einem Flussufer, unter irgendeiner Brücke. Im Hintergrund zeichneten sich ein unscharfes Gebäude und drei Schornsteine vor einem grauen Himmel ab. Soweit er sich erinnern konnte, hatte neben diesem Bild ein weiteres an der Wand gehangen, das Laura an demselben Platz schlafend zeigte. Und dann waren da noch das mit Edding gekritzelte Sternchen und ihr Geburtstag, der 7. August, rechts unten in der Ecke.

Jan stutzte.

Sein Herz schlug schneller. Wo würde wohl jemand, der auf der Straße lebte, an seinem Geburtstag sein wollen? An seinem Lieblingsplatz.

Er betrachtete die drei in den Himmel ragenden Schornsteine. Dann zog er sich seine Lederjacke über, steckte das Foto sowie die beiden Handys ein. Die Spree lag gerade einmal 500 Meter von Lauras Wohnung entfernt, und er brannte darauf, das Ufer abzusuchen. Vielleicht war sie ganz in der Nähe.

Draußen war es diesig. Der Himmel hatte sich in eine graue Suppe verwandelt, und die feuchte Luft kroch ihm in den Nacken. Fröstelnd zog er den Reißverschluss hoch und lief die Bremerstraße entlang in Richtung Fluss. Hinter ihm jaulte eine Polizeisirene, die näher kam und plötzlich verstummte. Er warf einen Blick über die Schulter und sah auf Höhe von Lauras Wohnung das zuckende Blaulicht.

Das konnte nur eines bedeuten. Die waren wegen ihm hier. Er beschleunigte seine Schritte, bog nach links in die Turmstraße ein und rannte los, kaum dass er um die Ecke war. Beim Überqueren der vierspurigen Straße hupte jemand, ein BMW machte einen hektischen Schlenker und wich gerade noch rechtzeitig aus. Nur ein paar Meter weiter, vor einer großen Kirche, rannte er nach rechts in die Krefelder Straße.

Sofort verlangsamte er seinen Schritt. Bloß nicht auffallen jetzt! Mit etwas Glück hatten ihn die Polizisten nicht gesehen, sondern waren auf dem Weg zu Lauras Wohnung.

Sein Herz jagte. Wie hatten sie ihn so schnell gefunden?

Mit strammen Schritten ging er weiter, in Richtung Ufer. Erst jetzt fiel ihm auf, dass er die neue Schirmmütze in Lauras Wohnung hatte liegenlassen. Mist. Mist. Mist. Er benahm sich wie ein Dummkopf.

Er sah noch einmal über die Schulter zurück, doch von der Polizei keine Spur.

Nach zweihundert Metern erreichte er das Spreeufer. Der Fluss wand sich wie eine Schlange. Links und rechts lagen Brücken, hinter denen sich das Wasser bald schon seinen Blicken entzog.

Jan fluchte leise. Auf dem Foto war der Fluss schnurgerade, und das Ufer war dicht bewachsen mit Büschen und Bäumen. Der Abschnitt, den er suchte, lag vermutlich viel weiter draußen.

Er zog das Foto aus seiner Jackentasche, warf einen letzten Blick über die Schulter – und wäre beinahe gestolpert. Keine hundert Meter hinter ihm schob sich die Schnauze des Polizeiwagens im Schritttempo aus der Krefelder Straße und schickte sich an, in seine Richtung abzubiegen.

Hektisch flog sein Blick umher. Links das Spreeufer mit Gebüsch, vor ihm die Straße. Er entschied sich für die Straße, die zehn Meter weiter in eine T-Kreuzung mündete.

Kaum war er um die Ecke, sprintete er los. Auf dem Gehweg parkte ein Taxi, ein schmutziger beiger Mercedes. Eine alte Dame stieg umständlich aus dem Fond, stellte eine Einkaufstüte auf den Bürgersteig und griff nach einer zweiten, die noch im Wagen lag.

Jan kam ihr zuvor. »Darf ich?«, fragte er atemlos.

Verwirrt sah die Frau ihn an. Jan stellte die Tüte auf den Bürgersteig, sprang auf die Rückbank und zog die Tür zu. Der Fahrer, noch das Portemonnaie in den Händen, drehte sich verdutzt zu ihm um. Er hatte eine Glatze, kleine träge Augen hinter einer Nana-Mouskouri-Brille und einen enormen Bauch.

»Zum Hauptbahnhof«, sagte Jan. »Ich hab's eilig, mein Zug fährt in fünfzehn Minuten.« Etwas Besseres fiel ihm nicht ein, um es dringlich zu machen.

»Is'n Katzensprung«, nuschelte der Glatzkopf. Seine wurstigen Finger klappten das Portemonnaie umständlich zu. »Machen Se sich ma kene Sorgen. Ick bring Sie rechtzeitig hin.«

Jan sah zum Heckfenster hinaus. Der Polizeiwagen konnte jeden Moment an der Kreuzung auftauchen. »Entschuldigung, ich hab's *wirklich* eilig. Ich muss ja irgendwie auch noch hoch zum Bahnsteig.«

Der Fahrer brummte, verstaute das Portemonnaie im Handschuhfach, dabei fiel ihm eine Packung Kaugummis in den Fußraum, und er bückte sich ächzend. Auf der Mittelkonsole lag das Handy des Taxifahrers. In diesem Augenblick setzte Jans Gehirn die Puzzleteile zusammen. Sein Handy! Sie hatten ihn über die SIM-Karte seines Telefons geortet. Gott, wie hatte er nur so dämlich sein können.

Sein Blick flog zur Heckscheibe. Nichts. *Noch* nichts.

Ohne die Kreuzung aus den Augen zu lassen, zog er

sein Handy aus der Jackentasche und schob den Plastikdeckel von der Rückseite ab. Das Taxi fuhr mit einem Ruck an, genau in dem Moment, als der Polizeiwagen die Kreuzung erreichte. Jan schüttelte den Akku aus dem Handy, pulte mit zitternden Fingern die SIM-Karte aus der Metallspange im Inneren, kurbelte die Scheibe einen Spalt herunter und warf die kleine Chipkarte aus dem Fenster. Der Polizeiwagen bog im Schritttempo auf die Straße ein, blieb plötzlich stehen und wurde rasch kleiner im Heckfenster. Ein paar hundert Meter weiter bog der Taxifahrer ab, in eine mehrspurige Straße, und der Polizeiwagen verschwand ganz. Jan atmete auf und ließ sich in die schwarzen Lederpolster fallen.

Im Rückspiegel streiften ihn die Augen des Fahrers. Jan wich seinem Blick aus, draußen flogen die Häuser nur so vorbei.

Ein Klingeln in seiner linken Jackentasche ließ ihn zusammenfahren.

Lauras Handy.

Hektisch kramte er es hervor. Die Nummer auf dem Display war ihm nur allzu bekannt. Sofort beschlich ihn ein ungutes Gefühl. »Hallo Katy«, sagte er gepresst.

»Scheiße. Jan?«

»Warum rufst *du* denn auf Lauras Handy an?«

»Ich hab es gerade auf deiner Nummer versucht, aber da ist nur die Mailbox. Und ich wusste doch, dass du Lauras Handy hast.«

»Alles klar. Irgendwelche besonderen Vorkommnisse?«

»Sag mal, weißt du eigentlich, was hier los ist? Die fahnden nach dir. Gerade so, als wärst du ein Schwerverbrecher.«

Jan spürte, wie ihm das Blut in den Kopf schoss. Er

presste das Telefon dicht ans Ohr, warf einen besorgten Blick auf den Taxifahrer und hoffte, dass Katys Stimme nicht bis zu ihm nach vorne durchdrang.

»Die standen hier mit vier Mann vor der Tür und haben mir ein Loch in den Bauch gefragt. Du kannst von Glück sagen, dass Greg nicht da war, der hätte mit Sicherheit was von Laura erzählt und –«

»Greg? Ich dachte, du bist wieder zu Hause?«

»Sag mal, geht's noch? Das ist doch jetzt vollkommen unwichtig. Bei mir stand gerade die Polizei vor der Tür und hat behauptet, mein Bruder wird wegen Mordes gesucht. Die haben gesagt, sie hätten eine Leiche in deiner Wohnung gefunden. Stimmt das?«

»Katy – bitte! Beruhige dich. Ich erklär dir das später, im Moment kann ich nicht …«

»Scheiße«, stöhnte Katy wieder. »Also ja. Ist es Laura?«

»Laura?«, fragte Jan begriffsstutzig. »Wie kommst du denn darauf?«

»Was weiß denn ich? Die Polizei wollte mir nichts Genaues sagen, laufende Ermittlungen und so. Die haben nur gefragt, ob mir der Name Laura etwas sagt.«

Der Taxifahrer warf einen Blick in den Rückspiegel, und Jan hatte kurz das Gefühl, dass er jedes Wort verstand.

»*Nein.* Das war nicht Laura, sondern meine Nachbarin. Katy, das ist furchtbar kompliziert, mehr kann ich dir im Moment auch nicht sagen, wirklich.«

»Bei Papa waren sie auch schon, der hat mich vorhin angerufen.«

Jan erstarrte. Auch das noch. Trotz der Wut auf seinen Vater meldete sich sofort das schlechte Gewissen. »Lass Papa da raus«, sagte er heiser.

»*Ich?* Ihn rauslassen? *Du* reitest uns hier gerade alle rein. Er hat ein Herzproblem. Schon vergessen?«

»Bitte, Katy. Ich kann dir jetzt nicht alles erklären …«

»Ist dir eigentlich klar, was du da machst?«

»Ich weiß«, flüsterte Jan. »Aber ich … ich hab was rausgefunden.«

Stille. Nur das leise Fahrgeräusch des Mercedes war zu hören, ein Knacken im Funkgerät des Fahrers und ein knisternder Funkspruch.

»Vertraust du mir?«

Immer noch Stille.

»Katy, bitte!«

»Ich … in letzter Zeit bist du so …« Sie brach ab und seufzte. »Scheiße. Warum hast du mir gestern nichts davon erzählt?«

»Wenn ich's getan hätte, wie hättest du da wohl reagiert, als die …«, er sah nach vorne zum Taxifahrer, »… als die vor deiner Tür standen.«

»Ich …« Sie brach ab. Schwieg einen Moment. »Okay. Verstanden.«

Jan atmete auf.

»Also – was hast du rausgefunden? Weißt du, wo Laura ist?«

»Nicht direkt. Aber ich hab eine Idee. Du kennst dich doch aus in Berlin, oder?«, fragte Jan.

»Jedenfalls besser als du.«

»Eben. Ich suche eine Stelle an der Spree. Eine Brücke, da ist das Flussufer ganz gerade, mit Büschen bewachsen, und ganz in der Nähe sind drei Schornsteine, alle gleich hoch, alle gleich weit voneinander entfernt. Sagt dir das was?«

»Hm. Eher in der Stadt? Oder weiter draußen?«

»Weiß nicht, ich glaub eher draußen. Von der Stadt ist nicht viel zu sehen.«

»Direkt an der Spree, meinst du? Ehrlich gesagt fällt mir da gerade nichts ein, wart mal …«

Jan sah nach vorne, durch die Frontscheibe. Direkt vor ihm ragte ein riesiges Glasgebäude empor, und das Taxi hielt. Der Glatzkopf drehte sich halb zu ihm um. »Hauptbahnhof. Da sind wir. Pünktlich wie die Maurer.«

»Äh – ja. Moment«, murmelte Jan. »Katy? Können wir gleich noch mal telefonieren?« Ohne die Antwort abzuwarten, legte er auf.

»Det macht acht fuffzig.«

Jan steckte das Handy ein, wühlte in der linken Hosentasche seiner Jeans und zog einen Zehner heraus, den er dem Fahrer in die Hand drückte. Dann riss er die Tür auf und schwang die Beine aus dem Mercedes.

»Ach, Ihre Schornsteine …«, sagte der Fahrer.

Jan drehte sich um. »Ja?«

»Ich will ja nicht indiskret sein oder so. Hab's halt gerade mitgekriegt.«

»Ja, und?«, drängte Jan. »Wissen Sie, wo das ist?«

»Na ja. Bestimmt nicht an der Spree. Hört sich für mich nach dem Teltowkanal an, weil die Schornsteine, das könnte das Heizkraftwerk Lichterfelde sein.«

Jan blieb der Mund offen stehen. *Kanal.* Natürlich! Das schnurgerade Ufer hatte viel mehr nach Kanal als nach Fluss ausgesehen! »Wissen Sie, wie weit das von hier weg ist?«

Der Glatzkopf zuckte mit den Schultern. Seine kleinen Augen hinter der Nana-Mouskouri-Brille blinzelten. »Ist schon ein ganzes Stück. Vielleicht zehn Kilometer oder so.«

Jan glühte förmlich vor Erregung. Er zog die Beine zurück ins Taxi und zog die Tür wieder zu. »Fahren Sie mich doch bitte dahin.«

»Und Ihr Zug?«

»Nicht so wichtig.«

Der Glatzkopf hob die haarlosen Brauen, stellte das Taxameter auf null und fädelte den Mercedes in den regen Verkehr längs des Bahnhofs ein.

Kapitel 22

Berlin, 20. Oktober, 17:13 Uhr

Jan sah dem Taxi nach, das sich auf der Königsberger Straße in den Verkehr einreihte und auf der Brücke über den Teltowkanal fuhr. Kaum hundert Meter vor der Brücke war eine Tankstelle. Geschickt gewählt, dachte er. Ein Schlafplatz mit Mini-Supermarkt um die Ecke, der zudem auch noch rund um die Uhr geöffnet hat.

Die Brücke war ein seelenloser Zweckbau. Zwei Fahrstreifen in jede Richtung, Bogenlampen links und rechts, Fahrradweg, Bürgersteig, und alles in einer leichten Rechtskurve. *Emil-Schulz-Brücke* stand in geschmiedeten Buchstaben am graublauen Geländer. Erst von der Brücke aus war der Teltowkanal zu sehen. Die Wasseroberfläche wirkte wie flüssiges Blei, in ein schnurgerades Bett gegossen. Nebel kroch herauf zwischen den von Büschen und Bäumen bewachsenen Ufern. In gar nicht allzu großer Entfernung zeichnete sich die Silhouette der drei Schornsteine des Heizkraftwerks Lichterfelde ab, das direkt am Kanalufer lag.

Jan überquerte die Brücke, schaute von der anderen Seite über den Kanal und verglich den Blick mit dem Foto aus Lauras Wohnung. Die Perspektive stimmte, doch das Foto war direkt vom Ufer aus aufgenommen worden.

Ein mannshohes Baustellengitter am Ende des Geländers versperrte den Weg zum Wasser. Ein Schild verbot Unbefugten den Zutritt.

Er hob eins der Zaunelemente aus dem Betonsockel, schlängelte sich zwischen den Metallstangen hindurch und drückte sich längs der Brücke entlang. Ein Trampelpfad führte durch dichtes Gebüsch zum Kanal. Vorsichtig stieg er die steile Böschung hinab, dabei griff er nach jedem Halt, der sich ihm bot. Auf halbem Weg brach ein Zweig, er fiel und rutschte im Sitzen einige Meter abwärts.

Jan rappelte sich auf und rieb sich das Steißbein. Der Brückenkopf endete hier, und der Pfad führte durch dichtes Buschwerk unter die Brücke. Er bog das Astwerk beiseite und spähte um die Ecke.

Der Platz unterhalb der Brücke war größtenteils betoniert und leicht abschüssig. Auf der anderen Seite des Brückenkopfes, vor einem dichten Gebüsch, lagen eine Matte, ein Schlafsack – oder waren es Decken? –, mehrere Plastiktüten und einiges andere Zeug.

Sein Herz schlug schneller. War das Lauras Schlafplatz?

Jan zögerte. Über ihm, auf der vierspurigen Brücke, rauschte der Verkehr. Das Kanalwasser floss lautlos Richtung Südwesten, am Kraftwerk vorbei. Es war vollkommen windstill, und der Nebel schien hier unten, direkt am Wasser, noch etwas dichter zu sein.

Er sah nach oben, von wo er gekommen war, und dann wieder zum verlassenen Schlafplatz.

Langsam trat er hinter der Mauer hervor und ging unter der Brücke hindurch. Unter seinen Sohlen knirschten kleine Steinchen. Ansonsten war der Boden überraschend sauber, kaum alte Blätter, keine Äste, kein Müll.

Ein lautes Klingeln ließ ihn zusammenschrecken. Hastig zog er Lauras Handy es aus der Jackentasche.

»Hallo?«, flüsterte er.

»Du wolltest mich doch anrufen«, beschwerte sich Katy im besten Große-Schwester-Ton.

»Katy!« Jan stöhnte und blieb mitten unter der Brücke stehen. Sein Blick ruhte auf dem Schlaflager und dem Buschwerk dahinter. »Verdammt. Kannst du nicht mal –« Jan verstummte. Hatte sich da nicht gerade etwas bewegt?

»Jan? Hallo?«

Er ließ das Handy sinken.

»Ja–an!«, quäkte Katys Stimme aus dem Telefon.

Er drückte sie weg, schaltete das Handy aus, ohne das Gebüsch aus den Augen zu lassen.

»Laura?«

Keine Antwort. Mit langsamen Schritten näherte er sich dem Schlafplatz.

»Hallo? Bist du da?«

Kein Geräusch, keine Bewegung. Nur die Autos über ihm und der still fließende Kanal.

Er bückte sich nach einer der Plastiktüten und streifte das rote Gummi ab, das sie zusammenhielt. Das Plastik knisterte laut. In der Tüte lagen ein Ballen zerknüllte Alufolie, ein Päckchen Tabak, eine halbvolle Flasche Johnnie Walker ›Red Label‹, ein Sturmfeuerzeug – und ein Portemonnaie, das aussah wie Lauras.

Jans Herz schlug schneller. Er sah hinein, um sich zu vergewissern. Im Innern steckten Lauras EC-Karte, ihr Ausweis und ein überraschend dickes Bündel Geldscheine. Frische grüne Hunderter, vielleicht zwanzig oder mehr.

»Pfoten weg von meinen Sachen!«, ertönte plötzlich eine raue Männerstimme hinter ihm. Im selben Moment explodierte ein dumpfer Schmerz zwischen seinen Schulterblättern, ein zweiter Schlag traf ihn seitlich in die Nierengegend. Jan ging zu Boden, und jemand warf sich auf ihn. Eine Hand packte grob in seine Haare und drückte sein Gesicht auf den Boden.

»Hab ich dich, du Scheißkerl.«

Jan ächzte. Kleine Steinchen drückten sich wie Reißzwecken in sein Gesicht, seine Stirn brannte.

»Rühr dich nicht vom Fleck, sonst dreh ich dir den Hals um, klar?«

»Ja«, stieß Jan hervor. Angst kroch ihm in die Glieder. War *er* das etwa? Der Mann mit den Tätowierungen im Gesicht?

»Was willst du hier? Was soll das?«

»Wo … wo ist Laura? Was haben Sie mit ihr gemacht?«, keuchte Jan.

»Laura? Du meinst Lory. Woher kennst du sie?«

»Lory?«

»Ich hab dich was gefragt«, bellte die Stimme. Es klang heiser, und Jan roch Alkohol.

»Ich … ich suche Laura, sie ist –«

»Warum? Was willst du von ihr?« Die Hand riss Jans Kopf an den Haaren in den Nacken, so dass er kaum atmen konnte.

»Sie ist verschwunden, ich –«

»Bist du das Schwein, das sie entführt hat?«

»Was?«

»Verkauf mich nich für dumm, ja! Sie hat mir alles erzählt.«

»Scheiße, nein!«, stöhnte Jan. »Ich hab sie nicht entführt. Ich bin ein Freund von ihr. Ich such seit Tagen nach ihr.«

Der Griff in seinen Haaren lockerte sich ein wenig. »Und das soll ich dir glauben?«

Jan schnappte nach Luft. »Verdammt, wenn Sie mich einfach loslassen würden … dann könnt ich's Ihnen ja erklären.«

»Und warum wühlste dann hier in meinen Sachen?«

»Ich dachte, das sind Lauras Sachen. Ich mach mir Sorgen.«

Der Mann schnaufte, dann ließ er von Jans Haaren ab und stand schwerfällig auf. Jan stöhnte erleichtert und setzte sich. Vor ihm stand ein Stadtstreicher mit tiefen Furchen im Gesicht und einem buschigen grauen Vollbart. Er war um die sechzig, erstaunlich kräftig und trug einen grünen Parka, eine um die Beine schlotternde braune Bundfaltenhose und einen fleckigen Pullover. Jan erkannte ihn sofort. Er hatte ihn auf mehreren Fotos in Lauras Wohnung gesehen.

»Nix für ungut«, knurrte der Mann und setzte sich neben Jan. »Ich bin Gandalf.«

»Gandalf? Wie in ›Der Herr der Ringe‹?« Jans Blick wanderte über die langen grauen Haare und den Bart.

»Hat sich so festgesetzt.«

»Ich bin Jan. Jan Floss.«

Gandalf kniff kurz die Augen zusammen, als müsste er sein Gegenüber neu betrachten oder als würde ihm der Name etwas sagen, aber schon im nächsten Moment war sein Blick wieder nach innen gerichtet.

»Habe ich das gerade richtig verstanden? Laura war hier?«, fragte Jan. »Geht es ihr gut?«

Gandalf wiegte den Kopf. »Lory is hart im Nehmen. Aber das mit der Entführung …«

»Was für eine Entführung? Was hat sie Ihnen erzählt?«

»Du.«

»Was?«

»Du. Nich Sie«, meinte Gandalf. »Sonst krieg ich noch so 'n Gefühl, als würdste mich mit spitzen Fingern anfassen …«

»Okay«, sagte Jan hastig. »Aber was für eine Entführung? Wann war sie hier?«

»Na gestern. Ich hab sie die Nacht davor gefunden, hierher gebracht. Sie hat erst mal nur geschlafen. Und dann hat sie's erzählt, dass sie entführt worden ist, von irgend so einem Psycho. Einer, der Frauen umbringt.«

Also doch. Jan musste schlucken und dachte an Nikki Reichert. »Und sie ist ihm entkommen?«

Gandalf zuckte mit den Schultern. »Sie wusste nicht, wie sie hergekommen ist.« Er schnippte mit den Fingern. »Ist einfach so passiert.«

»Einfach so? Was soll das denn heißen?«

»Keine Ahnung, musst du Lory fragen.«

»War sie verletzt?«

»Hab nichts gesehen«, meinte Gandalf.

»Und wo ist sie jetzt? Zur Polizei?«

»Wär schlau, hab ich ihr auch gesagt. Aber mit der Polizei wollte sie noch nie was zu tun haben. Kann's ihr nich verdenken. Hat gesagt, sie hätte noch was zu erledigen. Dann is sie weg, gestern Abend. Hat sich mein Taschenmesser geliehen.«

»Na großartig«, seufzte Jan. »Und warum hat sie ihr Portemonnaie hiergelassen?«

»Was weiß denn ich«, sagte Gandalf unwirsch. »Sie hat's eben hiergelassen. Ich pass solange drauf auf.«

Jan sah ihn schweigend an und entschied sich, es vorläufig bei dieser Antwort zu belassen. Er hatte nichts davon, wenn er Gandalf gegen sich aufbrachte. »Und sie hat nicht gesagt, *was* sie erledigen will? Oder wohin sie will?«

Gandalf schüttelte den Kopf. »Nee. Sie meinte …« Er brach kurz ab, suchte nach Worten. »Also, sie meinte, dieser Typ wüsste, wo sie wohnt. Sie könnte nicht nach Hause zurück. Deswegen wollte sie ja eine Weile bei mir bleiben.«

»Aber warum ist sie dann noch nicht wieder hier?«

Gandalf zuckte mit den Achseln.

Jan seufzte und rieb sich erschöpft übers Gesicht. »Vielleicht ist sie doch zur Polizei.«

»Nicht Lory. Hat viel zu viel Angst, dass sie sie wegstecken.«

»Wegstecken?« Jan hob die Brauen. Die Haut auf seiner Stirn brannte. »Was meinst du damit?«

Gandalfs Augen wurden schmal. »Scheinst ja nich viel zu wissen über Lory. Stellst ganz schön viele Fragen.«

Jan spürte, dass er rot wurde. »Ich kenne sie noch von früher, aus der Schule. Aber sie ist irgendwann auf ein Internat gegangen. Dann haben wir uns 'ne Weile aus den Augen verloren und haben uns erst vor kurzem wiedergetroffen.«

»Wiedergetroffen. Ach so.«

Jan nickte.

Gandalf war seine Gesichtsfarbe nicht entgangen, und er grinste in seinen Bart. »Hat dich ganz schön erwischt, oder?«

Jan verzog das Gesicht. *Erwischt.* Das traf es wohl am besten.

Gandalf grinste noch breiter, die Falten in seinem Gesicht wurden zu dunklen Furchen. »Hab nich das Gefühl, dass du weißt, auf wen du dich da eingelassen hast …«

»Scheint mir auch so.«

»Haste Geld?«

»Geld?«

»Na ja«, brummte Gandalf. »Da oben«, er deutete mit der Hand über ihre Köpfe, »da is 'ne Tanke. Neulich hatten die noch so'n Einmalgrill und Würstchen.« Er grinste listig. »Wenn ich was von Lory erzählen soll, brauch ich was im Bauch. Und wärmer is es dann auch.«

Jan nickte. Er sah an Gandalf vorbei, in den immer dichter werdenden Nebel, und fröstelte. »Ist 'ne gute Idee«, sagte er. Als er aufstand, spürte er die Schmerzen in der Nierengegend, da, wo Gandalfs Schlag ihn getroffen hatte.

»Und Johnnie Walker noch, Red Label«, rief Gandalf ihm nach.

Kapitel 23

Berlin, 20. Oktober, 19:32 Uhr

Laura horchte auf. Waren da nicht Stimmen? Ganz leise? Sie ging hinüber zur Kellerwand und legte ihr Ohr an die Mauer. Die Ziegel waren kalt und ein wenig feucht. Direkt vor ihren Augen lief ein dickes Abflussrohr senkrecht an der Wand hinunter.

Vor einigen Stunden war sie aufgewacht, auf einer dünnen Matratze, mit Kopfschmerzen, Übelkeit und einem süßlichen Geruch in der Nase. Sie lag mitten in einem leeren Raum auf dem nackten Steinboden. Das einzige Licht drang durch eine Reihe dicker Glasbausteine knapp unterhalb der Decke herein. Die gegenüberliegende Tür war aus einer anderen Zeit. Altes, massives Holz, grau gestrichen, die Klinke silbern, abgewetzt, die Form kam ihr merkwürdig bekannt vor, wie überhaupt alles in diesem Kellerraum. Plötzlich wusste sie, wo sie war.

Im Keller ihres Elternhauses.

Dieselben Ziegelwände, dieselben Türen, die seltsamen, für einen Altbau unpassenden Glasbausteine, der Geruch. Das hier war der hintere Abstellraum. Sie hatte es nur nicht sofort bemerkt, weil er früher immer mit Kisten und Kartons vollgestellt gewesen war. Jetzt war er leer, bis auf ein paar PET-Flaschen mit Wasser, einen Heizlüfter, einen Eimer, mehrere Dosen, Keksschachteln und eine Zehnerpackung Toilettenpapier.

Sie versuchte, sich zu konzentrieren. Das Bedürfnis

nach einem Drink wurde plötzlich so groß, dass es drohte, alles andere zu verdrängen. Doch der einzige Drink in diesem Raum schien das Wasser zu sein. Die Ereignisse der letzten Tage sprangen wild in ihrem Kopf umher, wie Perlen einer gerissenen Kette: die Galerie mit den Frauenleichen, das Arbeitszimmer ihres Vaters, der Tätowierte, das Haus von Jans Vater in Èze, Gandalf und die Brücke …

Sie tastete ihren Schädel ab und zuckte zusammen, als ihre Finger die schmerzende Beule berührten.

Sofort war alles wieder da. Der Einbruch bei ihren Eltern. Der Revolver, der nicht an seinem Platz war. Ihre Mutter, die sie erwischt hatte, die ihr sogar Geld geboten hatte, damit sie aus ihrem Leben verschwand. Und schließlich war sie nach einem Handgemenge mit ihr gegen den Türpfosten geknallt.

Wie aber hatte sie es dann geschafft, sie hier runterzubringen? Hatte Fanny ihr etwa geholfen? Wenn sie tatsächlich noch hier arbeitete, dann musste sie doch inzwischen fast sechzig sein. Oder war Vater etwa zu Hause und hatte ihr geholfen?

Plötzlich fiel ihr Jan ein, und dass sie ihn hatte warnen wollen. Bitte lass ihm nichts passiert sein! Die Stimme des Tätowierten klang immer noch in ihren Ohren nach. *In Ordnung bringen*. Bei ihm hatte sich das eher angehört wie *umbringen*. Sie dachte an die gespenstischen Toten in ihren Lichtkäfigen und schüttelte sich. Was um Gottes willen wollte dieser Kerl von ihr? Sie beschützen, hatte er gesagt. Hatte er all die anderen Frauen auch ›beschützt‹?

Sie musste hier raus und Jan finden. Sie nahm alle Kraft zusammen, richtete sich auf und wankte zur Tür. Abgeschlossen. Natürlich, dachte sie. Gandalfs Taschenmesser fiel ihr ein, sie tastete ihre Hosentaschen ab, aber das Messer war weg. Das Geld aus der Vase ebenfalls.

Wütend schlug sie gegen die Tür. Einmal. Zweimal. So lange, bis ihr die Hand weh tat.

Sie saß fest. Ausgerechnet im Keller ihrer Eltern. Unweigerlich stiegen ihr Tränen in die Augen. Sie presste die Lippen aufeinander und verbot sich zu weinen.

Um besser denken zu können, aß sie ein paar Kekse und trank etwas Wasser. Wieder kam ihr Mr Walker in den Sinn. Ein paar Minuten später begann ihre Blase zu drücken. Da es keine Toilette gab, nahm sie den Eimer.

Ihr war immer noch hundeelend, was sie auf die Betäubung schob, nicht auf die Drinks. Und der Geruch des Urins machte es nicht besser. Früher oder später würde es hier unten stinken wie in einer Kloake. Ihr Blick fiel auf das dicke Fallrohr an der Wand. In Bodennähe hatte das Abwasserrohr eine Verzweigung, ein totes Ende, vermutlich ein Abwasserstutzen für eine Waschmaschine oder etwas Ähnliches.

Sie versuchte, den Deckel am Rohrende abzudrehen, und geriet ins Schwitzen. Ihre Knöchel waren weiß vor Anstrengung und schmerzten. Sie wollte gerade aufgeben, da gab der Deckel knirschend nach. Ein unangenehmer Geruch schlug ihr entgegen. Rasch schüttete sie den Inhalt des Eimers hinein und verschloss den Stutzen.

Sie wusste, dass es albern war, aber dennoch: Es war ein winzig kleiner Sieg. Auch wenn sie den Geruch des Urins gegen den des Abwasserkanals getauscht hatte.

Sie legte sich wieder auf die Matratze und starrte auf die Glasbausteine, hinter denen die Nacht heraufkroch. Sie hätte die Deckenlampe einschalten können, es gab ja Strom, sogar eine Steckdose für den Heizlüfter, aber irgendwie wollte sie so lange wie möglich das Tageslicht sehen.

Als es dunkel wurde, hörte sie plötzlich Stimmen.

Keine einzelnen Worte, nur den gedämpften Widerhall eines Gesprächs, irgendwo im Haus.

Sie legte das Ohr an die Wand, doch die Stimmen wurden kaum deutlicher. Was lag eigentlich über dem Abstellkeller? Die Küche? Lauras Blick fiel auf den Abwasserstutzen. Rasch ging sie auf die Knie, löste den Deckel und hielt ihr Ohr an die Öffnung.

Jetzt waren die Stimmen besser zu hören. Die eine gehörte unverkennbar ihrer Mutter, die andere einem Mann. »… glaubst du, du kannst mich einfach so herbeipfeifen wie einen Hund, ohne bitte und danke?« Seine Stimme klang heiser, kehlig, eine verbrauchte Stimme. Sie war sich nicht sicher, ob sie den Mann kannte.

»Was willst du?«, fragte ihre Mutter.

»Das, was alle wollen. Ein kleines Haus, ein paar Quadratmeter Garten, was zu essen, einen Strandkorb am Meer.«

Ihre Mutter lachte – ihr Ava-Bjely-Gutsherrinnen-Lachen. »Du? Ausgerechnet du? Eine nette kleine Spießer-Idylle? Das kauf ich dir nicht ab. Ich gebe dir drei Monate, dann verhurst du wieder alles, wie eh und je. Sieh dich doch an, du hast doch jetzt schon wieder eine Flasche in der Hand.«

Laura hörte Schritte und dann, ganz nah, ein Glucksen und Prasseln. Nur einen Moment später lief eine Flüssigkeit das Fallrohr hinab, direkt an Lauras Ohr vorbei.

»Zufrieden?«, fragte der Mann.

Ihre Mutter schwieg.

»Hör mal, ich kann auch wieder gehen. Was machst du dann, hä? Willst du Fanny fragen?« Er schnaubte verächtlich. »Du bist ein Krüppel, sieh dich doch an. Du kommst ja gerade mal alleine auf die Toilette. Aber in den Keller runter? Wie willst du das anstellen?«

»Glaubst du etwa, du bist weniger verkrüppelt als ich?«

»Du hast schon immer auf einem scheiß hohen Ross gesessen«, erwiderte der Mann. »Glaubst du denn ernsthaft, dass ich für'n Appel und 'n Ei hierherkomme, deinen Keller leer räume, deine Kleine da runterschleife, den Schlüssel umdrehe und dann einfach nett lächle und gehe?«

Lauras Herz schlug schneller. Das war der Typ, der sie hier runtergebracht hatte. Ihre Mutter hatte irgendjemanden angerufen, den sie von früher kannte. Aber wer konnte das sein?

»Wie stellst du dir das überhaupt vor? Wie soll das alles weitergehen?«, fragte er.

Lauras Mutter räusperte sich. »Zerbrich dir nicht meinen Kopf. Sie wird hier nicht ewig bleiben können. Irgendwann kommt er zurück. Es würde ihm auffallen.«

»Siehst du, was ich meine? Was machst du dann?« Der Mann zog geräuschvoll die Nase hoch und spuckte dann ins Waschbecken.

»Sag mir, was du willst«, forderte ihre Mutter kalt.

»Gib mir das Herrenhaus.«

Für einen Moment herrschte Stille.

Herrenhaus?, dachte Laura. Welches Herrenhaus?

»Du hast deinen Teil bekommen, und noch mehr. Warum sollte ich dir das auch noch in den Rachen werfen?«

»Jetzt komm schon«, sagte der Mann und musste husten. Es klang rau, hart und ungesund. »Das ist über dreißig Jahre her.«

»Es waren fast 17 Millionen. Bei anderen Menschen reicht das ein Leben lang«, entgegnete ihre Mutter.

»Ich hab meine Lektion gelernt. Wenn alles weg ist, dann ist man plötzlich auf dem Boden der Tatsachen. Dann wird man bescheiden.«

»Bescheiden, ja? Das Herrenhaus!«

»Komm schon, der alte Kasten, der steht doch seit einer Ewigkeit leer. Ich will ja nicht einziehen. Ich will's verkaufen. Dann kauf ich mir ein kleines Häuschen, nicht in Amsterdam, irgendwo weiter oben, an der Küste, und vom Rest des Geldes kann ich leben, bis ich in die Kiste gehe. Ich meine, guck dich an, hier in diesem riesigen Protzkasten. Du hast deine feine Villa und dein Vermögen. Gib mir doch diesen alten leerstehenden Kasten. Dafür halt ich dann auch meinen Mund und helfe dir.«

Helfen? Wobei eigentlich?, fragte sich Laura. Ihr wurde eiskalt. Was haben die mit mir vor?

Ihre Mutter schwieg eine Weile, dann räusperte sie sich. »Na schön. Unter einer Bedingung.«

»Und die wäre?«

»Du bringst Laura ins Herrenhaus.«

Laura erstarrte. Ihre Mutter lieferte sie diesem Typen aus?

»Was?«, fragte der Mann. »In *mein* Haus?«

»Es ist nicht dein Haus.«

»Jetzt schon.«

»Erst, wenn du Laura mitnimmst.«

»Wie, mitnehmen? Wie lange denn? Was soll ich mit ihr machen, verdammt?«, fragte der Mann hitzig. »Wie stellst du dir das vor?«

»Buck, jetzt beruhig dich gefälligst«, sagte ihre Mutter.

Laura stutzte. Buck? War *das* sein Name?

»Beruhig dich, Buck«, äffte der Mann sie nach. »Wie soll ich mich beruhigen, bei diesem ganzen Wahnsinn, hä?«

Es entstand ein drückendes Schweigen.

»Gut«, hörte Laura ihre Mutter sagen. »Dann fahr zurück nach Amsterdam, geh zurück in dein Loch. Ich finde eine andere Lösung.«

Laura hörte ein leises Schleifen und fragte sich, was das sein konnte, bis ihr klar wurde, dass es vermutlich der Rollstuhl ihrer Mutter war. Das war schon immer ihr letztes Druckmittel gewesen: hocherhobenen Hauptes aus dem Zimmer zu rollen.

»Hey. Warte«, sagte der Mann. »Wart mal einen Moment.«

Laura hörte wieder die Stimme ihrer Mutter, doch diesmal so leise, dass sie nicht verstehen konnte, was sie sagte.

»Würdest du bitte verdammt noch mal warten … *hey* …«, rief der Mann. Offensichtlich lief er ihrer Mutter nach, denn seine Stimme wurde leiser. Laura hörte noch ein paar Wortfetzen, dann war es still. Die beiden hatten anscheinend die Küche verlassen.

Laura lauschte noch eine Weile, dann legte sie den Deckel wieder auf den Stutzen des Rohrs, schraubte ihn jedoch nicht fest.

Wer war dieser Buck? Woher kannten er und ihre Mutter sich? Und warum um alles in der Welt hatte er 17 Millionen bekommen? Wofür?

Doch das Allerschlimmste war, dass ihre Mutter sie offenbar von ihm fortschaffen lassen wollte, in dieses sogenannte Herrenhaus. Was sollte dort aus ihr werden?

Sie sank auf die Matratze, zog die Knie an die Brust und umschlang sie mit ihren Armen. Tränen liefen ihr die Wangen hinab. Wäre sie doch bloß nicht in dieses verfluchte Haus gekommen. Wie hatte sie nur so dumm sein können?

Dieser verdammte Revolver und die Vase mit dem Geld waren ihr vorgekommen wie ein letztes Stück Zuhause. Und auch das hatte ihre Mutter ihr genommen.

Kapitel 24

Berlin, 20. Oktober, 20:23 Uhr

Jan sah Gandalf zu, wie er den letzten Bissen Bratwurst mit einem Schluck Johnnie Walker hinunterspülte und anschließend die Flasche wieder zuschraubte. Seine fettigen Finger hinterließen Abdrücke auf dem Glas.

Es war Nacht geworden; die Welt jenseits der Brücke existierte nicht mehr. Nur die Lichtkegel der Autos, die an ihrem Rand wie Geister durch den Nebel huschten, erinnerten daran, dass es da oben noch etwas gab.

Nach dem Grillen hatte Gandalf die Glut aus der Grillschale auf den Boden geschüttet und ein paar trockene Hölzer darübergeschichtet. Das Feuer war mickrig, zumal die Luft so feucht war, doch hier, unter der Brücke, war es das Zentrum der Welt.

Gandalf beugte sich vor, hielt seine knotigen Hände näher an die spärlichen Flammen und grunzte. Die Schatten in seinem Gesicht tanzten. »Wirklich nichts?«, fragte er und deutete mit einer Kopfbewegung auf die Johnnie-Walker-Flasche.

»Nein.«

»Wie lange is das schon so, dass du immer an sie denken musst?«

»Eigentlich seit … seit ich dreizehn bin.«

Gandalf hob die Brauen.

»Zwischendurch gab es mal so was wie eine längere Pause.«

»Pause. Hm?« Gandalf wiegte den Kopf. »Ich bin geschieden. Ist auch ’ne Art Pause.« Er grinste schief. »Mein Vater war Bauunternehmer. Burger, kennste vielleicht noch …«

Jan schüttelte den Kopf.

»War wahrscheinlich vor deiner Zeit. War ’ne große Nummer. Große Knete und so. Hab bei ihm gearbeitet. Er hat ein paar Leute bestochen, nichts Besonderes, haben die anderen auch gemacht. Aber er ist aufgeflogen. Danach ist alles den Bach runter …«

Jan nickte. »Und Laura, wie lange kennst du sie schon?«

»Is ewig her. Weiß nicht mehr, welches Jahr, so was merk ich mir nicht. Das erste Mal, dass ich Lory hier auf der Straße gesehen hab, da war sie sechzehn, glaube ich. Is mir sofort aufgefallen, die kam aus so ’ner stinkfeinen Familie. Von der Sorte gibt’s nicht so viele.«

Jan runzelte die Stirn. »Ich hab ein paar Fotos von ihr aus der Zeit gesehen. Hatte sie nicht damals schon diese Punk-Frisur? Und die Piercings?«

»Schon. Die sind später auch noch mehr geworden. Aber ist eh alles Blödsinn«, brummte Gandalf. »Ich meine, sie hätte zehnmal so viele Piercings haben können. War trotzdem klar, wo sie herkommt. War viel zu wohlerzogen.«

Wohlerzogen. Jan dachte an seinen Besuch bei Ava Bjely und versuchte sich vorzustellen, wie Laura und ihre Mutter miteinander klargekommen waren. Es gelang ihm nicht. »Hat sie was erzählt, warum sie abgehauen ist?«

»So richtig erzählt hat sie nie was. Immer nur stückchenweise. Manchmal hatte man den Eindruck, es war eher andersrum, ich meine, dass die Mutter *sie* rausgeschmissen hat. Mit vierzehn, hat Lory gesagt, da hieß es plötzlich, von einem Tag auf den anderen, dass sie aufs Internat soll. Das hat sie ziemlich umgehauen.«

»Und ihr Vater? Was war denn mit dem? Wollte der das auch?«

Ein Funke flog knisternd in die Luft. Gandalf sah ihm kurz nach und zuckte mit den Schultern. »Der hatte, glaube ich, nicht viel zu melden. War ja nie da, hat sich immer fein in Richtung Arbeit verdrückt. Das war das Einzige, was Lory von dem erzählt hat, dass der nie da war.«

Jan starrte ins Feuer. Er sah sie immer noch vor sich: blass, lange dunkle Haare, dabei wirkte sie immer verloren und hatte zugleich diese Energie, wie ein stilles Feuer. Dass sie ständig schwänzte, wie Katy ihm kürzlich erzählt hatte, das war ihm nie aufgefallen. Aber er war ohnehin damals viel zu sehr mit sich selbst beschäftigt gewesen. Mit Theos Tod, dem Fortgehen seiner Mutter, aber auch damit, dass er sich hässlich fand. Sein Körper war ihm wie ein zu großer Anzug erschienen, nichts passte. Und dann auch noch sein Feuermal.

»Hast du irgendeine Ahnung, warum Laura so plötzlich aufs Internat sollte?«, fragte Jan.

Gandalf seufzte und kratzte sich mit den fettigen Fingern die Barthaare. »Nee. Hatte sie ja selber auch nicht. Das war im November, hat sie erzählt.« Er schwieg einen Moment, sah ebenfalls ins Feuer. »Weiß ich noch so genau, weil Lory immer gesagt hat, wie sehr sie den November hassen würde. ›In diesem November damals, da war alles vorbei‹, hat sie immer gesagt. ›Da hat mir meine Mutter endgültig das Leben versaut.‹«

November. Jan rechnete nach; Laura war jetzt 34, wenn sie damals vierzehn gewesen war, dann wäre das der November 92. Irgendetwas musste im November 1992 passiert sein. »Und wie ging's dann weiter?«

Gandalf griff nach dem Whiskey, schraubte bedächtig den Verschluss der Red-Label-Flasche auf. »Alles Mögliche halt, wie das eben ist auf so 'nem Internat.«

»Alles Mögliche? Was soll das heißen?«

»Na ja. Lauter schwierige Kinder auf einem Haufen halt, die von den Eltern abgeschoben werden, weil sie's nicht hinkriegen, ihre Brut zu erziehen.«

»Ich wollte jetzt keine Definition von ›Internat‹, ich wollte wissen, was da abgelaufen ist.«

Statt zu antworten, nahm Gandalf einen tiefen Schluck. Der Whiskey glühte rotgolden im Schein des Feuers. Lichtreflexe brachen sich in der Flasche und strichen über Gandalfs Gesicht. Er setzte sie ab und schwenkte sie vor Jans Augen. »Na, weißt schon. Alkohol, Drogen, Partys, Mobbing ...«

Jan wandte den Blick ab, sah in den Nebel. Weit entfernt war ein Krankenwagen zu hören.

»Gib mir die Flasche«, sagte Jan schließlich.

»Willste jetzt doch was?« Gandalf grinste.

Jan nickte nur, griff nach dem Whiskey, den Gandalf ihm reichte, und trank einen Schluck. Es brannte in seiner Kehle, seidig und kratzig zugleich, und schmeckte nach Torf, Rauch und Wacholder. Für 20 Euro durchaus trinkbar. Nur dass sie ihm an der Tankstelle fast 40 Euro dafür abgeknöpft hatten. Er hob die Flasche und neigte sie betont langsam, bis etwas Whiskey auf den Boden rann.

Gandalf starrte ihn mit offenem Mund an.

»Ich hab dir das Zeug nicht besorgt, damit du mir hier irgendwelchen halbgaren Kram erzählst. Da kann ich mit dem Zeug genauso gut das Unkraut gießen.«

Gandalf machte ein grimmiges Gesicht. »Gib mir die Flasche, Jungchen, sonst hol ich sie mir, und das wird verdammt unangenehm ...«

»Nur diesmal wirst du mir dabei in die Augen sehen müssen.«

Gandalf sah abwechselnd die Flasche an, dann wieder Jan. Sein Gesicht nahm einen zutiefst mürrischen Ausdruck an. »Schon gut, schon gut. Weiß nicht, ob's Lory recht ist, deswegen … Musst es ja nicht gleich auf die Tour versuchen.«

»Ach ja?«

Schweigen. Über ihnen hupte ein Auto.

»Also, was jetzt?«, fragte Jan.

»Na ja«, sagte Gandalf, »im Internat, da ist wohl einer – gestorben.«

»Ein Schüler?«

»Nee, 'n Lehrer.«

»Ja und?«

»Ist nur so'n Gefühl gewesen«, sagte Gandalf zögerlich, »Lory hat immer gesagt, das wär'n Schwein, er hätt's verdient. Und wie sie das so gesagt hat … na ja …«

»Was denn? Was willst du damit sagen?«

Gandalf warf ihm einen Blick zu, der schwer zu deuten war. Dann kratzte er sich am Hals. »Der Typ ist erschlagen worden. Im Wald, hinter der Schule, also dem Internat, meine ich.«

»Erschlagen?« Jan ließ die Flasche sinken.

Gandalf nickte.

»Du … du meinst … Laura hatte damit etwas zu tun?«, fragte Jan konsterniert.

»Das hab ich nicht gesagt.«

»Aber gedacht.«

Stille.

»Wie alt war sie da?«, fragte Jan.

»So fünfzehn, sechzehn. Danach ist sie wohl abgehauen von da, also aus diesem Internat. Zu der Zeit hab ich sie dann auch zum ersten Mal hier auf der Straße gesehen. Erzählt hat sie's mir aber erst später. Viel später. Erzählt ja nich so schnell was von sich …«

Jan blies die Wangen auf und ließ die Luft laut entweichen. Dann nahm er einen weiteren Schluck aus der Flasche. »Wie hieß denn das Internat?«

»Ich weiß nicht mehr genau. Nordland … Nordschloss … irgendwas mit ›Nord‹ jedenfalls.«

»Nordland«, flüsterte Jan. Der Whiskey stieg ihm zu Kopf. Die Halogenscheinwerfer eines Autos durchschnitten den Nebel und flogen am Rand der Brücke entlang. Für eine Sekunde meinte er, eine Gestalt im Dunkeln zu sehen, hinter Gandalf, dort, wo die Büsche wuchsen.

Deine Phantasie geht mit dir durch, beruhigte er sich. »Was weißt du noch über Laura? Wie lange war sie im –« Jan hielt inne. Hatte es da nicht gerade im Gebüsch geknackt?

»Gibst du mir mal die Flasche?«, fragte Gandalf.

»Hast du das auch gehört?«

»Was denn«, fragte Gandalf, »die Autos? Das ist immer so.« Er lehnte sich vor und griff am Feuer vorbei nach der Flasche in Jans Hand.

Hinter Gandalfs Rücken löste sich eine Gestalt aus der Dunkelheit, großgewachsen, schwarz gekleidet, mit einer Kapuze, darin das Gesicht wie ein Muster heller Flecken zwischen streifenartigen schwarzen Ornamenten. Jans Finger klammerten sich um die Flasche.

»Gib schon her«, murrte Gandalf und zog an dem Whiskey.

Jan war wie gelähmt.

»Komm schon, Mann.« Gandalf rüttelte an der Flasche, die goldene Flüssigkeit darin schwappte hin und her. Die

Gestalt packte in seine grauen strähnigen Haare und zog seinen Kopf hoch.

»He!« Gandalfs Protest hallte unter der Brücke wider. Die andere Hand der Gestalt fuhr über Gandalfs Kehle. Etwas blitzte im Feuerschein. Gandalfs Hals klaffte dunkel auf. Blut pulste aus der Halsschlagader wie aus einem löchrigen Gartenschlauch. Gandalfs Finger glitten von der Flasche. Ein entsetzliches Geräusch quoll aus seiner offenen Kehle, im verzweifelten Versuch, nach Luft zu schnappen.

Der Mann mit dem Messer ließ Gandalfs Haare los. Mit weit aufgerissenen Augen fiel der Stadtstreicher um und schlug dumpf auf den Boden.

Der Mann ragte jetzt in voller Höhe vor Jan auf. Die Tätowierungen – oder war es eine Bemalung – gaben dem Mann ein fremdartiges und teuflisches Aussehen. Die Lippen in seinem Gesicht waren blass, trocken und rissig.

Aber was war mit den Augen?

Jan hatte rote Augen erwartet, doch sie waren einfach nur blass und grau, mit einem rötlichen Schimmer durch das Feuer.

»Hallo, Jan Floss«, flüsterte der Mann. Jan konnte nicht anders, als auf die trockenen rissigen Lippen zu starren, das einzig Echte in diesem Gesicht.

Kapitel 25

Berlin, 20. Oktober, 20:51 Uhr

Das Messer lag warm in seiner rechten Faust, die Klinge zeigte zu Boden. Fjodor sah auf Jan herab. Wie er da hockte! Sich an seiner Flasche festhielt. Klein, schmal, wie die beschissene Unschuld in Person.

Er lächelte grimmig. Genoss die Angst in Jans Augen. Für einen Moment dachte er an den Chefarzt, damals, in dessen Garage. Wie er da gestanden hatte, zwischen seinem scheißteuren Benz und dem Porsche. Dieser aufgeblasene Pinsel hatte ihn genauso angesehen. Sein Verstand hatte sich geweigert, zu begreifen, was offensichtlich war. Dass er sterben würde. Genau hier und jetzt.

Wie viele Jahre war das her? Mehr als ein halbes Leben.

Er legte den Kopf etwas schief. Atmete. Starrte auf das Feuermal in Jans Gesicht. Auf dem Foto im Internet hatte er es ja schon gesehen, aber so groß und dunkel hatte er es sich nicht vorgestellt. Er fand es hässlich.

Laura musste es doch auch hässlich finden. Und trotzdem rannte sie diesem Schwächling hinterher?

»Wer … wer sind Sie?«, stammelte Jan.

»Ich bin der, der alles wieder in Ordnung bringt.«

Jan öffnete den Mund – und schloss ihn wieder.

»Was willst du hier?«, zischte Fjodor.

»Ich suche … Laura.«

»Hab ich dich nicht gewarnt?«

»Wo ist sie? Was haben Sie mit ihr gemacht?«

»Das sollte ich *dich* fragen!«

Stille.

Im Feuer knackte es.

Fjodor beugte sich unmerklich vor, machte eine blitzschnelle Bewegung mit der linken Hand, packte Jan am Schopf, zog ihn zu sich heran, über die Flammen, und drückte die Messerspitze an sein Feuermal, direkt unterhalb des Auges.

Jan schielte nach der blutigen Klinge. »Was wollen Sie von Laura?« Plötzlich hob er den Blick, sah Fjodor an, fast herausfordernd, mit Augen, die in der Dunkelheit beinah schwarz wirkten, und einem unruhigen Widerschein des Feuers darin.

Der Blick eines Lügners, dachte Fjodor. Wegen ihm hatte Laura ihn angespuckt.

Hass loderte in ihm auf. Er sog Speichel zusammen und spuckte Jan ins Gesicht.

Der Lügner blinzelte. Fjodor drückte die Klinge fester gegen die rote Haut, fragte sich, was für ein Geräusch das Blut machen würde, wenn es ins Feuer spritzte. Und wie es wohl roch. Er starrte auf das Mal, und es juckte ihn plötzlich in den Fingern, es herauszuschneiden.

»Nur du und ich, Jan Floss. Hier, unter dieser Brücke. Mehr gibt es nicht. Mehr wird niemals sein. Vergiss Laura. Sie wird dir niemals gehören.«

»Gehören?« Jans Stimme war ein heiseres Flüstern. »Ich will nicht, dass sie mir gehört.«

»Du lügst. Du hast schon deine Finger nach ihr ausgestreckt. Aber das ist vorbei. Ich schneide sie dir ab und lasse dich dran ersticken.«

Kapitel 26

Berlin, 20. Oktober, 21:02 Uhr

Die seltsamen Augen des Mannes bohrten sich förmlich in sein Innerstes. Jans Puls raste. Seine Sinne feuerten Eindrücke wie ein Maschinengewehr. Die Klinge in seinem Gesicht. Die vom Blut klebrige Spitze. Die sengende Hitze des Feuers unter seinem Kinn. Der beißende Rauch, der Nebel.

Zugleich war er vollkommen erstarrt. Nichts ging mehr, als könnten diese seltsamen Augen lähmen.

Keine Wimpern. Blasses Grau. Oder Blau. Plötzlich ein leichtes Flattern der Iris. Oder? Nein. Jetzt war es weg.

Warum hatten seine Augen geflattert?

Jans Gedanken sprangen an wie ein stotternder Motor.

Seine Finger waren kalt, die Johnnie-Walker-Flasche in seiner rechten Hand ein fremdes glattes Etwas.

»Weißt du, womit ich anfangen werde?«, fragte der Mann und beugte sich zu ihm herab, so dass sein Gesicht direkt vor Jans war.

Seine Finger packten die Flasche noch fester.

Der Tätowierte fuhr mit der Messerspitze über Jans Mal. Ein Reflex fing sich in der Klinge, warf einen hellen Fleck auf die Augenpartie des Mannes, und die Iris wechselte die Farbe. Mit einem Mal waren seine Augen rot.

Jan starrte ihn an.

Der Mann starrte zurück.

Nicht wegsehen, dachte Jan und hielt dem Blick stand.

Seine linke Hand glitt unter den Flaschenboden. Die Rechte hielt die obere Flaschenhälfte so fest, dass seine Knöchel schmerzten.

Dann stieß er mit aller Kraft die Flasche nach oben und rammte seinem Gegner den Flaschenhals unters Kinn. Jan hörte Zähne aufeinanderschlagen. Der Kopf des Mannes flog in den Nacken, er ließ Jan los, taumelte zurück und stürzte über Gandalfs Leiche.

Jan rannte los, den Weg, den er gekommen war, quer unter der Brücke durch, dann um die Ecke des Brückenkopfes.

Schlagartig war es finster. Eine graue, taube Finsternis. Kein Feuerschein mehr, nur Gebüsch und Nebel, und irgendwo weit oben der diffuse Fleck einer Straßenlampe. Jan hastete den steilen Pfad hoch, so schnell es ging, zwischen den kratzenden Büschen hindurch, rutschte aus und schlug mit dem Gesicht voran auf die festgetretene Erde am Hang.

Unter der Brücke hallte ein wütender Schrei wider, dann Schritte. Jan versuchte, mit den Füßen Halt zu finden, kletterte auf allen vieren den Pfad empor.

Die Straßenlampe.

Geschafft!

Hinter sich hörte er das Keuchen seines Verfolgers, das Rutschen von Sohlen auf der Böschung.

Er durfte keine Sekunde verlieren. Jan rannte, die Brücke im Rücken, auf dem Bürgersteig die Straße entlang. Der Nebel verschluckte die gesamte nähere Umgebung: Autos, Menschen, Häuser. Straßenlampen schwebten über ihm wie stumpfe Sonnen, Scheinwerfer wurden zu gespenstischen Irrlichtern. Die Schritte hinter ihm waren immer noch da. Scheinbar mühelos, schnell und unbeirrbar.

Jans Beine wurden schwer, als ob jemand mit einem Strohhalm die Kraft aus ihnen saugte. Seine Lungen begannen zu brennen. Zu wenig Sauerstoff, zu schnelles Atmen. Warum zur Hölle hatte er nur aufgehört, Sport zu treiben?

Er lief nach rechts. Hundert Meter weiter, dann wieder nach links. Er rannte einen Mann um, dessen Hund bellte, fiel über ihn, stand wieder auf, lief weiter. Seine Lungen wollten zerreißen. Die Schritte hinter ihm wollten nicht verklingen.

Wieder nach rechts.

Da war eine offene Hofdurchfahrt, kurz vor der nächsten Straßenlaterne.

Er lief hinein. Die Durchfahrt war finster wie ein Loch. Ein paar Meter vor dem Innenhof blieb er stehen, den Rücken an die feuchtkalte Wand gepresst und das offene Tor im Blick, das sich vor dem erleuchteten Nebel abzeichnete. Sein Atem pumpte verräterisch, sein Puls dröhnte in den Ohren, und die Beine zitterten vor Anstrengung.

Er wartete, dass die Schritte näher kamen, dass der Mann vorbeilief. Doch es kam niemand.

Langsam wich Jan Richtung Hof zurück, den Blick weiter aufs Tor gerichtet. Lautlos trat eine Gestalt in den Lichtschein der Straßenlampe, ein unscharfer Schattenriss, aber Jan erkannte ihn sofort an der Kapuze.

Er hielt den Atem an, betete, dass der Mann ihn im dunklen Durchgang nicht sah, und tastete sich rückwärts an der Wand entlang bis zum Ende der Durchfahrt. Dann schob er sich um die Ecke. Der Innenhof war eine Sackgasse, vier Stockwerke rundherum, die Dächer verschwanden im Nebel. Hinter mehreren Fenstern brannte Licht. In einer Wohnung flackerte der typisch blaue Schimmer eines Fernsehers.

Hier drinnen war er geliefert. Es gab keinen zweiten Ausgang.

Jans Blick flog von den Mülltonnen über die geparkten Autos zu den Fenstern im Souterrain. Überall Gitter. Aber direkt über einer Treppe zum Souterrain stand ein Fensterflügel im Hochparterre offen. Das untere Drittel des Fensters war mit eingemauerten Querstangen vergittert, doch darüber war genug Platz, um einzusteigen. Sofern er überhaupt so hoch kam. Das Fenstersims lag zwar nur zwei Meter oberhalb des gepflasterten Hofs, doch die Treppe machte es nicht einfacher. Er musste springen, über sie hinweg.

Jan rannte los, direkt auf die Hauswand zu, sprang und warf die Arme hoch. Er bekam die unterste Querstange der Vergitterung zu fassen, prallte aber so heftig gegen die Hauswand, dass er beinah sofort wieder losgelassen hätte. Sein Körpergewicht riss an seinen Armen. Er spannte die Bauchmuskeln, zog die Beine an, um irgendwo Halt zu finden.

Die Gummisohlen seiner Converse schabten über die Fassade, und etwas Putz bröckelte ab. Das Geräusch hallte im Innenhof wider. Wie an einer Sprossenwand zog er sich an den Gitterstäben hoch, keuchte, hörte Schritte in der Einfahrt, bekam die Füße auf das Fenstersims, stieß den Fensterflügel ganz auf, schob einen schweren Vorhang beiseite und stieg über die Gitterstäbe ins Zimmer.

Sofort verriegelte er das Fenster und zog die Vorhänge zu.

Sein Herz schlug wie verrückt.

Im Zimmer war es stockdunkel. Es roch muffig, nach Ausdünstungen und irgendetwas, das er nicht einordnen konnte.

Im selben Augenblick prallte etwas gegen die Hauswand. Jan hörte das Schaben von Schuhsohlen auf Putz. Instinktiv wich er vom Fenster zurück und stieß dabei mit dem Ellenbogen gegen etwas Hartes. Es klang nach Plastik, mit einem metallischen Nachhall, und irgendetwas raschelte hektisch.

Ein Keuchen drang gedämpft durch die Fensterscheibe, dann pochte es laut. Eine Faust auf Glas. Jan sah den Tätowierten vor sich, wie er auf dem Fenstersims stand, sich mit einer Hand am Gitter festhielt und versuchte, das Fenster aufzudrücken.

Was kam als Nächstes? Würde er versuchen, die Scheibe –

Ein lauter dumpfer Schlag erschütterte das Glas. Jan stockte der Atem.

Er streckte die Arme aus und tastete nach der Wand. Da! Wo eine Wand war, musste doch auch irgendwo eine Tür sein.

Ein weiterer dumpfer Schlag erschütterte die Scheibe.

Jans Finger stießen an eine Kante, etwas fiel klirrend zu Boden. Wo verdammt war hier eine Tür?

Plötzlich war es still.

Dann gab es einen lauten scharfen Knall, gefolgt von splitterndem Glas.

Das Messer!, schoss es Jan durch den Kopf. Er hat das Fenster mit dem Messergriff eingeschlagen. Der Vorhang bauschte sich ein wenig auf und öffnete sich einen Spalt.

Noch mehr Glas klirrte.

Jan stürzte auf den Vorhang zu, prallte mit dem Oberschenkel gegen ein schweres Hindernis und schlug mit dem Oberkörper auf eine Tischplatte. Mehrere Gegenstände polterten zu Boden.

»He!«, hallte eine Stimme durch den Hinterhof. »Was soll das? Was machen Sie da?«

Das klang nach einem der oberen Stockwerke. Jan richtete sich langsam auf, schob sich am Tisch vorbei. Zwischen den Vorhanghälften hindurch sah er eine Hand durch das Loch in der Scheibe greifen.

»Hey, Sie!«, schallte es durch den Hof. »Kommen Sie da runter. Ich rufe die Polizei!«

Die Hand tastete nach dem Hebel. Jan riss den Vorhang auf, griff nach der Hand des Tätowierten, wollte sie in die scharf gezackten Glasränder stoßen, doch im letzten Moment zog der Mann vor dem Fenster die Hand zurück. Für Sekunden standen sie sich in der Dunkelheit direkt gegenüber.

»Haben Sie mich gehört! Ich rufe die Polizei. Verdammtes Pack!«

Im nächsten Augenblick glitt der Mann vom Sims, hielt sich noch einen Moment mit den Händen am Gitter fest und ließ sich fallen.

Ein dunkler Schatten eilte über den Hof und verschwand im Durchgang.

Rasch zog Jan den Vorhang wieder zu. Seine Hände waren schweißnass, und er zitterte.

Wieder hörte er das hektische Rascheln und fragte sich, ob noch jemand in der Wohnung war.

Jetzt, bei geöffnetem Vorhang, erkannte er die Umrisse der Zimmertür. Direkt daneben fand er einen Lichtschalter. Er kniff die Augen zusammen, als über ihm drei Halogenstrahler aufleuchteten. Das Zimmer war ein Schlaf- und Arbeitszimmer, mit einem ungemachten Bett an der Wand, einem alten Esstisch, auf dem ein wüstes Durcheinander von Papier, Fachbüchern, einem Laptop und schmutzigen Tassen lag. Einiges davon war zu Boden gegangen.

Auf einer schlecht erhaltenen Biedermeier-Kommode

stand ein Hamsterkäfig, mit einer Bodenschale aus gelbem Plastik und einem aufgesetzten Metallgestell. In der Holzwolle flitzten drei aufgeregte Mäuse umher. Eine von ihnen blieb in der Mitte des Käfigs stehen, blickte ihn an. Ihre dünnen Barthaare zitterten, als sie seinen Geruch aufnahm. Im Gegensatz zu den beiden anderen Tieren war ihr Fell schneeweiß und ihre Augen rot. Ein Albino, dachte Jan.

Im selben Augenblick stockte ihm der Atem.

Natürlich! Die roten Augen. Die bleiche Haut zwischen den schwarzen Ornamenten. Ein Albino.

Kapitel 27

Berlin, 20. Oktober, 22:13 Uhr

Laura hörte Schritte und fuhr aus dem Halbschlaf hoch. Ein Schlüssel wurde ins Schloss geschoben und gedreht, dann ging die Klinke. Im Türrahmen stand ein Mann mit Sturmhaube und einer Bohrmaschine.

Buck, dachte Laura.

Er trug eine zerschlissene ockerfarbene Cargo-Hose mit ausgebeulten Taschen und ein grün-blau kariertes Flanellhemd, das etwas zu kurz war und am Bauch spannte. Zwischen Gürtel und Hemd lugte ein Streifen behaarter Haut hervor.

Laura war verwirrt. Der Aufzug des Mannes kam ihr irgendwie lächerlich vor, doch die Sturmhaube und die Bohrmaschine machten aus ihm eine furchteinflößende Erscheinung.

Im Nachhinein hätte sie nicht sagen können, warum sie tat, was sie tat. Es war purer Instinkt, von Verzweiflung und Adrenalin gesteuert.

Sie stürzte sich auf ihn.

Buck war kaum größer als sie und schrie wütend auf. Die Bohrmaschine polterte zu Boden, Laura rang mit ihm, seine Arme unter dem Flanellhemd waren überraschend dünn. Sie nahm Maß und riss ihr rechtes Knie hoch, zwischen seine Beine. Doch sie traf nur halb. Buck stöhnte auf, krümmte sich, griff aber gleichzeitig nach ihren Armen und hielt sie fest. Im Gerangel bekam Laura die Sturmhaube zu fassen und riss sie ihm vom Kopf. Tiefliegende schwarze Augen funkelten sie an. Sein Mund war verzerrt von der Anstrengung. Laura versuchte sich aus dem Griff zu winden, als plötzlich sein Kopf auf sie zuschoss und Buck mit der Stirn gegen die ihre schlug, genau auf die Stelle, mit der sie wenige Stunden zuvor gegen den Türrahmen geknallt war.

Sie schrie auf und sah augenblicklich Lichter vor den Augen tanzen. Buck stieß sie zurück auf die Matratze, zog eine Rolle Klebeband aus einer der Taschen seiner Cargo-Hose und umwickelte damit ihre Arme und Beine.

Keuchend stand er auf. »Verdammtes Miststück.« Er wühlte in seinen Hosentaschen und brachte einen Bohrer, Dübel und zwei stabile Ösen zum Vorschein, holte noch einen Hocker aus dem Kellerflur und bohrte direkt über ihr, mitten im Raum, ein Loch in die Decke. Der Staub rieselte ihr ins Gesicht, und sie musste husten.

Dann schraubte er eine der Ösen in die Decke, bohrte ein weiteres Loch direkt neben der Tür und schraubte die zweite Öse hinein. Er sprach kein Wort, stattdessen begann er leise zu pfeifen, Janis Joplin, *Oh Lord, won't you buy me a Mercedes Benz …* Dann legte er ihr Handschellen an, zusätzlich zum Klebeband, fädelte ein Kunststoffseil durch das mittlere Kettenglied, führte es durch die Öse über ihrem Kopf und von dort zur Öse an der Tür.

Neben der Tür blieb er stehen, die Stirn und die beginnende Halbglatze glänzten vom Schweiß. Laura schätzte ihn auf Mitte fünfzig. Er sah genauso verlebt aus, wie seine Stimme geklungen hatte, während des Gesprächs mit ihrer Mutter. »Gut, Schätzchen«, sagte er. »Es läuft so: Immer wenn ich reinkomme, wirst du aufstehen. Klar?«

Laura presste wütend die Lippen aufeinander. Ihre Stirn schmerzte immer noch von dem Kopfstoß, und freiwillig aufstehen war sicher das Letzte, was sie für diesen Typen tun würde. Abgesehen davon, dass sie gerade ohnehin nicht alleine hochkam.

Buck nickte, als hätte er nichts anderes erwartet. Er griff nach dem Seil, das neben der Tür durch die Öse lief, zog daran, und Laura spürte, wie ihre Arme in die Höhe gingen. Ihr an Armen und Beinen gefesselter Körper wurde wie ein nasser Sack emporgehoben und streckte sich. Die Handschellen schnitten schmerzhaft in ihre Arme. Erst als sie aufrecht stand und ihre Arme fast gestreckt zur Decke zeigten, hörte Buck auf zu ziehen und knotete das Seil an der Öse neben der Tür fest.

»Deine Mutter hat mir gesagt, dass ich mich um dich kümmern soll.«

»Hat sie Ihnen auch gesagt, dass Sie mich hier so aufhängen sollen?«

Er zuckte mit den Achseln, doch ein Lächeln umspielte seine Lippen. »Das hast du dir selbst eingebrockt. Hättest es auch anders haben können.«

»Ich glaub Ihnen kein Wort.«

Wieder zuckte Buck mit den Achseln. Sein Blick glitt an ihr hinab und wieder hinauf. Sie fragte sich, ob er sie sofort wegbringen würde, ins Herrenhaus – wo auch immer das war –, entschied sich aber nicht zu fragen. Es war besser, wenn er nicht wusste, dass sie ihn belauscht hatte. »Was wollen Sie von mir?«, fragte sie stattdessen.

»Was *ich* von dir will?« Er schien einen Moment zu überlegen, als hätte er darüber noch gar nicht nachgedacht. »Na, wie gesagt, deine Mutter hat gesagt, dass ich mich um dich kümmern soll.«

»Indem Sie mich hier so hängen lassen? Ich glaube kaum, dass sie das damit gemeint hat. Also lassen Sie mich jetzt runter.«

Er hob die Augenbrauen. »Schau an, schau an. Der gleiche Tonfall wie deine Mutter. Liegt wohl in der Familie.« Er lachte, was wie ein trockenes Bellen klang.

Laura schwieg.

»Also wenn ich's mir genau überlege, dann hat deine Mutter gar nicht so viel über das *Wie* gesagt. Insofern bleibt das wohl mir überlassen. Zumal du hier unten sicher keine Hilfe von ihr erwarten kannst«, sagte er leise.

Bisher war Laura nur wütend gewesen, auf ihre Mutter und darauf, dass sie hier eingesperrt war, doch jetzt beschlich sie plötzlich ein anderes, ganz und gar ungutes Gefühl. Buck erschien ihr mit einem Mal unberechenbar. »Warum bin ich hier?«, fragte sie. »Was will meine Mutter von mir?«

»Ich soll dir eine Frage stellen«, sagte Buck.

Laura wusste sofort, worum es ging. Sie würde Berlin niemals freiwillig verlassen, aber so wie die Dinge lagen, hatte sie keine Wahl. »Was ist, wenn ich die Frage mit ›Ja‹ beantworte?«

Buck kniff die Augen zusammen und taxierte sie. »Ich bin mir gar nicht sicher«, sagte er gedehnt, »ob ich dir die Frage schon stellen will. Das geht mir alles etwas schnell.«

Laura glaubte im ersten Moment, sich verhört zu haben. »Meine Mutter will eine Antwort, und ich kenne sie, sie will die Antwort so schnell wie möglich. Also, hier ist meine Antwort: Ja. Ich mach's.«

Buck kam langsam auf sie zu. »Ein ›Ja‹ auf eine Frage, die ich noch gar nicht gestellt habe?«

»Meine Mutter hat mir die Frage selbst schon gestellt. Ich sage ja. Und jetzt machen Sie mich endlich los.«

»Da ist sie ja wieder, Avas Töchterchen«, sagte Buck und ging um sie herum. »Jeder Zoll eine Gutsherrin.

Weißt du eigentlich, dass ich das noch nie an ihr leiden konnte?«

»Wer sind Sie überhaupt? Woher kennen Sie meine Mutter?«

»Ha!«, machte Buck. »Das sieht ihr ähnlich. Sie hat nie von mir erzählt, oder? Na, du wirst es noch früh genug erfahren.«

Früh genug? Sie schluckte. Wie lange sollte das denn hier noch dauern? »Wer auch immer Sie sind, machen Sie mich bitte los. Wie gesagt: Meine Antwort ist ja. Sagen Sie ihr das bitte.«

Buck wischte sich mit der Hand über die Nase, strich an ihr vorbei, und sein Blick glitt über ihre Brüste. »Weißt du, es ist nie gut, wenn Ava zu früh bekommt, was sie will. Ich sage ihr erst mal, du hast nein gesagt.«

Laura wurde eiskalt. Sie war ihm ausgeliefert, ihm und seinem offenbar seit langem schwelenden Hass auf ihre Mutter. »Früher oder später erfährt sie, dass Sie gelogen haben.«

Buck schnaubte. »Und? Deal ist Deal. Ich muss hier nicht um Sympathiepunkte kämpfen.« Er blieb hinter ihr stehen. »Und je länger es dauert, desto sicherer kann ich sein, dass *ich* bekomme, was ich will.«

Plötzlich spürte sie seine Hände auf ihren Hüften. Sie erstarrte, als seine verschwitzten Finger in ihren Hosenbund griffen. Mit einem Ruck zog er ihr Hose und Slip bis zu den Klebestreifen an ihren Knöcheln hinunter. Laura hielt die Luft an. Presste die Beine und Lippen zusammen. Sie wollte schreien, hoffte, dass vielleicht ihre Mutter sie hören würde. Und zugleich wusste sie, wie absurd es war, ausgerechnet von ihr Hilfe zu erwarten.

»Hast du Angst?« Buck stand direkt hinter ihr, atmete ihr in den Nacken. Sie hörte das Klirren seiner Gürtelschnalle. Das Metall berührte ihren Po, und sie zuckte zusammen. Sie versteifte sich so sehr, dass es weh tat, spürte plötzlich etwas Warmes, Fleischiges, das zwischen ihren Gesäßhälften abwärts fuhr.

»Du hast einen zuckersüßen Arsch. Benimm dich gefälligst, sonst kommt der Onkel alle paar Stunden hier runter. Und dann stecke ich dir mehr rein als nur den Finger.«

Kapitel 28

Berlin, 20. Oktober, 22:34 Uhr

Jan hatte das Licht rasch wieder ausgeschaltet, nachdem er sich im Zimmer orientiert hatte. Er schien alleine in der Wohnung zu sein – bis auf die Mäuse, die schneeweiße hatte sich wie ihre grauen Kumpane unter ein dickes Knäuel Holzwolle geflüchtet.

Er war leise in den winzigen Flur hinausgetreten, hatte das Licht kurz eingeschaltet und ein Bad und eine schlauchartige Küche ausmachen können. Im Küchenfenster hing eine knallbunte Lichterkette aus Herzchen. In der Ferne ertönte ein Martinshorn.

Rasch durchwühlte er die Garderobe. Am brauchbarsten erschien ihm ein blauer Damen-Trenchcoat und dazu eine Schiebermütze aus Tweed, die er tief ins Gesicht zog. Seine Belstaff stopfte er hastig in eine Plastiktüte.

Mit klopfendem Herzen trat er auf die Straße. Der Nebel hüllte ihn ein, und als kurze Zeit später der Polizeiwagen an ihm vorbeijagte, dankte er im Stillen dem Mann, der die Polizei alarmiert hatte. Freiwillig hätte Gandalfs Mörder wohl die Jagd nach ihm nicht aufgegeben.

Dann rief er Katy an.

Wenige Minuten später stand er vor Gregs Haustür. *Gregor Wilke* stand in sauberen handgeschriebenen Druckbuchstaben auf einem Papierschnipsel, der mit Tesafilm an dem Klingelschild befestigt war. Jan sah sich noch einmal nach allen Seiten um, bevor er die Klingel drückte.

Im Hausflur atmete er Neubau-Atmosphäre. Glatt und frisch, passend zum All-American-Surfer-Boy, dachte Jan und nahm die Treppe in den zweiten Stock. Katy öffnete ihm die Tür, barfuß, in viel zu großen Boxershorts und einem Hollister-T-Shirt von Greg.

Mit einer Kopfbewegung bedeutete sie ihm reinzukommen. Im Flur umarmte sie ihn. Es fühlte sich gut an. Das letzte Mal war lange her. »Du zitterst«, stellte sie fest.

Jan verzog das Gesicht.

»Hat dich jemand gesehen?«

»Glaub nicht. Bist du sicher, dass die dich nicht überwachen dürfen?«

»Ganz sicher«, meinte Katy und lotste ihn in die Küche. Die Wohnung wirkte kahl. Greg war vor sechs Wochen eingezogen, und im Flur standen immer noch aufeinandergestapelte Kartons, nur die Küche war nahezu fertig, mit einem stabilen Kiefernholztisch in der Mitte.

»Woher weißt du das?«

»Greg«, sagte Katy. »Der kennt sich da ein bisschen aus.«

Jan hob zweifelnd die Brauen.

»Jetzt guck nicht so. Greg ist in Ordnung.«

Jan erwiderte nichts. Seine Beine versagten ihm plötzlich den Dienst. Er stützte sich auf den Tisch und ließ sich auf einen der Stühle sinken.

Katy beobachtete ihn besorgt. »Ehrlich. Mach dir da keinen Kopf. Ich müsste schon einen sogenannten ›Beschuldigten-Status‹ haben, damit die Polizei mich oder mein Handy überwachen darf. Die Tatsache, dass du mein Bruder bist, reicht nicht aus. Mit deinem Handy ist das natürlich was anderes.«

»Die SIM-Karte hab ich weggeworfen.«

Katy nickte und nahm eine Wasserflasche aus dem Kühlschrank. Mit der linken Hand zupfte sie Gregs Boxershorts zurecht. »Na, dann erzähl mal. Oder willst du warten, bis Greg da ist?«

»Wo ist er eigentlich?«

»Holt Bier bei der Tankstelle.«

Jan stutzte. »Ach. Bist du sicher?«

Katy warf ihm einen langen Blick zu. »Hör mal, das ist doch jetzt Quatsch.« Sie stellte die Wasserflasche vor Jan auf den Tisch. »Denkst du ernsthaft, er verpfeift dich?«

Jan zuckte mit den Schultern. Seine Stirn tat weh, seine Arme, Schultern und Knie ebenfalls. Jetzt, wo der Adrenalinspiegel sank, kamen die Schmerzen. »Ich weiß nicht mehr, was ich glauben soll.«

»Er kommt gerade von der Arbeit. Ich hab ihn angerufen und gebeten, dass er Bier mitbringt. Deswegen ist er noch nicht hier.«

Jan nickte und sah sich um. »Schon gut. Als ich dich angerufen habe, hab ich gedacht, du bist … zu Hause.«

»Jan, bitte!«

»Was denn, *bitte*?«, fragte Jan unwirsch.

»Dass du so tust, als ob ich dir eine Erklärung schuldig wäre, nur weil ich hier bin. Wenn überhaupt, dann schuldest du mir eine Erklärung. Immerhin hab ich für dich die Polizei belogen.«

»Mir geht's um die Mädchen. Für die ist das Mist«, brummte er.

Katy holte tief Luft, als gäbe es dazu eine Menge zu sagen, was sie sich jedoch verkniff. »Ich kann die beiden im Moment nicht um mich haben.«

»Wie meinst du das? *Du* nimmst dir 'ne Auszeit, und deine Kinder sollen gefälligst alleine klarkommen? Ich will mich ja nicht einmischen, aber –«

»Tust du aber.« Katys Gesichtsausdruck wurde feindselig.

»Hast du vergessen, wie das war? Oder ist damals nur *meine* Mutter abgehauen?«

Katy biss sich auf die Lippen. Mit einem Mal war die Feindseligkeit wie weggewischt. »Ich kann die zwei im Moment nicht um mich haben«, sagte sie leise, »weil sie mich so an *ihn* erinnern.«

Jan brauchte einen Moment, bis er verstand, was das bedeutete. »So schlimm?«

Katy konnte ihm nicht in die Augen sehen. Ihr Blick blieb auf den Boden geheftet, ihre Augen füllten sich mit Tränen. »Sören ist der Falsche für mich. Einfach der Falsche, Jan. Ich kann's dir jetzt nicht erklären, aber –« Sie brach ab und schwieg.

Plötzlich kam sich Jan schäbig vor. »Tut mir leid, ich –«

»Schon okay«, sagte Katy. »Schon okay.« Sie wischte die Tränen mit dem Handrücken ab. »Aber deswegen bist du nicht gekommen, oder?«

»Nein.«

Im Flur ging die Wohnungstür, einen Moment später kam Greg in die Küche, mit Cord-Sakko, Jeans und dunkelbraunen Chucks. Er hatte Ringe unter den Augen und sah abgespannt aus. Müde stellte er ein Sixpack auf den Küchentisch. Das Geräusch klang seltsam in der Stille. Jan fiel plötzlich auf, dass er noch nicht einmal wusste, was eigentlich Gregs Beruf war.

»Da ist ja der Flüchtige«, stellte Greg ohne jede Ironie fest. Er reichte Jan und Katy jeweils eine Dose und öffnete sich selbst eine. »Dann erzähl mal.«

Jan räusperte sich. Und erzählte. Katys Augen wurden immer größer. Als er fertig war, merkte er, dass er noch keinen Schluck getrunken hatte. Er öffnete die Dose, und die Luft entwich mit einem lauten Zischen. Das kalte Bier tat gut.

»Aber was soll das für einen Sinn haben, erst jemanden zu entführen und ihn dann wieder freizulassen?«, fragte Katy.

»Ehrlich gesagt, ich habe nicht die geringste Ahnung. Das mit dem Freilassen ist ja auch nur eine Spekulation. Vielleicht hat ihr ja auch jemand geholfen, da rauszukommen.«

»Hört sich ziemlich unwahrscheinlich an«, murmelte Greg.

Katy nickte. »Denkst du, er ist auf der Suche nach ihr?«

»So einer sucht nicht. Der jagt«, meinte Jan.

»Vor allem jagt er jetzt auch noch dich«, stellte Katy fest.

Für einen Moment herrschte Schweigen.

»Es geht ihm um Laura, nicht um mich«, sagte Jan schließlich. »Er will, dass ich mich von ihr fernhalte.«

»Was du ja nicht tust.«

»Was willst du damit sagen?«

»Hast du mal daran gedacht, dich zu stellen?«

»Und Laura?«

»Mir geht's gerade nicht um Laura«, sagte Katy.

»Mir schon.«

»Wenn dein Bruder sich stellt«, warf Greg ein, »dann hat er über kurz oder lang zwei Morde am Hals. Erstens die Nachbarin und zweitens diesen Gandalf. Sowohl an der Grillschale als auch an der Flasche dürften seine Fingerabdrücke sein. Das dauert nicht lange, dann hat die Polizei das abgeglichen.«

»Und das reicht als Beweis?«, fragte Katy. »Ich meine, die Geschichte sollte der Polizei doch zu denken geben.

Immerhin ist Laura verschwunden, auf der Stirn dieser – wie hieß sie noch?«

»Nikki.«

»Auf der Stirn dieser Nikki steht: Nicht Laura. Dann gibt es noch das Video auf dem Handy und uns als Zeugen. Bei der Kripo sitzen doch intelligente Leute, die hören einem doch zu.«

Greg zuckte mit den Schultern. »Das ist alles ziemlich dünn. Und bisher sprechen alle relevanten Tatsachen gegen Jan. Also, ich weiß nicht, ob ich das im Moment riskieren würde.«

Katy schwieg betreten.

»Ich muss vor allem Laura finden«, sagte Jan. »Und das kann ich nicht, wenn die Polizei mich festhält. So wie die Dinge stehen, komme ich mit Sicherheit erst mal in U-Haft. Dann sitze ich fest, und dieser Psychopath kann mit Laura sonst was veranstalten.«

»Wer ist dieser Typ? Was glaubst du, was will er von Laura?«, fragte Katy.

»Ich weiß es nicht.« Jan schwieg einen Moment, überlegte. »Aber ich glaube, dass er Laura kennt, vielleicht sogar schon lange. Es ist was Persönliches. Irgendetwas, das mit Lauras Vergangenheit zu tun hat. Ich weiß nur nicht, was.«

»Ich versteh noch nicht«, meinte Katy, »warum Laura nicht zur Polizei geht.«

»Anscheinend vertraut sie der Polizei nicht. Das hat jedenfalls Gandalf behauptet. Sie hat mehrere Jahre auf der Straße gelebt. Wer weiß, was da alles passiert ist. Und dann noch diese Geschichte im Internat.« Jan schüttelte den Kopf. »Irgendwie werde ich das Gefühl nicht los, das hängt alles zusammen.« Er setzte die Dose an die Lippen und trank sie leer. Müdigkeit kroch ihm in die Augen, und er blinzelte.

»Dieser Typ, dieser Albino«, sagte Katy, »der muss doch vollkommen durchgeknallt sein, sonst läuft man doch nicht so durch die Gegend, oder?«

Jan nickte still. Etwas ging ihm nicht aus dem Kopf. »Wisst ihr, was er unter der Brücke zu mir gesagt hat? Er meinte: ›Vergiss Laura. Sie wird dir niemals gehören.‹«

»Und?«

»Also erstens finde ich das seltsam, dass er von ›gehören‹ spricht. Und er hat es nicht einfach so dahingesagt. Es war ernst gemeint. In seiner Vorstellung ist das ganz normal, dass jemand einen anderen Menschen ›besitzt‹. Er glaubt, dass Laura ihm gehört. Deshalb ist er ja auch so wütend auf mich, weil er glaubt, dass ich sie ebenfalls besitzen will.«

Katy schwieg nachdenklich.

»Und zweitens?«, fragte Greg.

»Zweitens wissen wir doch, dass gerade Laura auf Besitzansprüche total allergisch reagiert. Sie ist viel zu eigensinnig, als dass jemand auch nur fünf Minuten lang auf die Idee kommen könnte, sie ›gehöre‹ ihm.«

Greg verzog den Mund. »Ich sag nur: Dreißig Minuten Egotrip auf der Supermarkt-Toilette, ohne Bescheid zu sagen.«

»Der springende Punkt ist«, fuhr Jan fort, »wenn er sie schon länger kennt, und da bin ich ziemlich sicher, dann sollte er das eigentlich wissen. Es interessiert ihn aber nicht. Er geht einfach darüber hinweg. Er will Laura für sich. Sie gehört ihm. Obwohl er sicher sein kann, dass *sie* das nicht will.«

»Okay. Aber ich sehe noch nicht, dass uns das jetzt weiterbringt«, meinte Katy.

»Nicht direkt«, gab Jan zu. »Aber es verrät uns, wie er tickt. Er ist vermutlich extrem dominant. Für ihn scheint es normal zu sein, jemand anders zu besitzen und zu beherrschen. Das spricht für ein exzessives Dominanz- und Kontrollstreben. Vielleicht sogar für einen Kontrollzwang. Dafür spricht auch sein Äußeres. Und sobald ihm die Kontrolle zu entgleiten droht, ist er sogar bereit zu töten. Das ist pathologisch.«

»Pathologisch?« Greg runzelte die Stirn.

»Krankhaft«, übersetzte Katy. »Eins von Jans Lieblingswörtern seit dem Studium.«

Für einen Moment schwiegen alle drei. »Sag mal, mit dem Albino«, fragte sie schließlich, »bist du dir da eigentlich sicher?«

»Na ja. Sicher ist relativ. Aber rote Augen gibt es eigentlich nur bei Albinismus.«

»Hast du nicht gesagt, die Augen wären nur kurz rot gewesen?«

»Menschen haben normalerweise auch keine roten Augen. Selbst Albinos nicht, soweit ich weiß. Ihnen fehlt ein Farbstoff in der Iris, das heißt, wenn Licht direkt ins Auge fällt, dann dringt es gewissermaßen ungefiltert ins Augeninnere hinein und wird rot reflektiert. Das ist ähnlich wie der Blitzlichteffekt, nur intensiver. Außerdem hatte ich für einen Moment den Eindruck, dass die Pupillen gezittert haben.«

»Gezittert?«

»Hast du mal ein Laptop?«, wandte Jan sich an Greg.

Greg nickte und ging ins Nebenzimmer. Als er zurückkam, reichte er Jan ein iPad. »Ich nehme an, das tut es auch.«

Jan nickte, öffnete den Browser, gab Albinismus ein und klickte sich durch die Suchergebnisse. »Hier steht's«, meinte er schließlich. »Augenzittern. Der Fachbegriff heißt okularer Nystagmus. Die meisten Menschen mit stark ausgeprägtem Albinismus leiden darunter. Mal mehr und mal weniger stark. Wegen des fehlenden Farbstoffs kommt zu viel Licht ins Auge, und die Augen können nicht mehr richtig fokussieren. Deswegen zittert die Pupille hin und her und versucht sich quasi pausenlos scharf zu stellen.«

»Aber das würde ja bedeuten, dass er schlecht sieht, oder?«

»Hier steht, dass meistens nur eine Sehschärfe von 0,1 bis 0,5 erreicht wird. Das ist gerade mal genug, um noch Rad fahren zu können – wenn überhaupt. Pfeiler oder Poller kann man da leicht mal übersehen. Und an Auto fahren ist damit nicht zu denken.«

»Aber in Frankreich ist er Auto gefahren, denk an das Video auf Lauras Handy«, warf Greg ein.

Jan dachte einen Moment nach. »Eigentlich schien er mir auch ganz gut zu sehen.« Er scrollte im Beitrag auf dem iPad weiter nach unten. »Hier steht auch, dass es bei Albinismus ganz unterschiedliche Formen und Ausprägungen gibt, auch was die individuelle Sehschärfe und den Nystagmus angeht. Aber so oder so, irgendeine Form von Sehbehinderung müsste er eigentlich haben.«

»Hm.« Katy sah von Greg zu Jan. »Wenn er wirklich Albinismus hat, dann könnte uns das doch helfen, ihn schneller zu finden. Er hat ja auch noch diese auffälligen Tattoos, oder was auch immer das ist.«

»Und wie willst du das machen?« Greg öffnete sich eine zweite Bierdose. »Es gibt doch keine Datenbank für Albinos.«

»Vielleicht in irgendeiner Universität? Irgendjemand, der eine Studie macht?«

Jan gähnte und schüttelte den Kopf. »Viel zu kompliziert. Erstens kriegen wir dann Probleme mit dem Datenschutz, zweitens müssen wir erst mal rauskriegen, welche Uni das sein könnte, und drittens: Wer weiß schon, ob unser Mann sich überhaupt an so etwas wie einer Studie beteiligt.« Er nahm sich ebenfalls eine zweite Dose, öffnete sie und trank. »Wenn er wirklich einen solchen Kontrollzwang hat, wie ich vermute, dann würde er sich nie in eine so unsichere und ergebnisoffene Situation wie eine Studie begeben. Ich an seiner Stelle würde eher im Verborgenen leben, in einem festen Rahmen, den ich nach meinen Vorstellungen gestalten kann.«

»Puh«, machte Katy und sah ihn an.

»Was, *puh*?«

»Manchmal bist du mir unheimlich.«

»Warum?«

»Na, diese Sherlock-Nummer.«

Jan zuckte mit den Achseln. »Ich mochte klinische Psychologie, jedenfalls an der Uni. Ich konnte es nur nicht ertragen, in einer Klinik zu arbeiten.«

»Ist das nicht vielleicht eine Idee?«, meinte Greg. »In psychiatrischen Kliniken zu suchen?«

»An die Patientendaten kommen wir niemals ran. Und wer weiß, aus welcher Ecke von Deutschland er kommt.«

»Und jetzt?«, fragte Greg.

Jan gähnte erneut und rutschte auf seinem Stuhl hin und her. Doch egal, wie er saß, irgendein Körperteil tat immer weh.

»Und jetzt legt Jan sich hin«, sagte Katy. »Du siehst total erschossen aus.«

Da ist sie wieder, die große Schwester, dachte Jan. Doch im Gegensatz zu sonst fühlte es sich gut an. »Erst will ich noch wissen, wie dieses Internat heißt, in dem Laura war.« Er nahm das iPad, ging zurück zu Google und gab die Silben ›Nord‹ und ›Internat‹ in die Suchmaske ein. »Diese

Geschichte mit dem Toten im Internat, die lässt mir keine Ruhe«, murmelte er. »Ich glaube, ich muss morgen noch mal zu ihr.«

»Zu ihr? Wen meinst du?«, fragte Katy.

»Ava Bjely«, sagte Jan. Kaum hatte er den Namen ausgesprochen, musste er erneut gähnen. Er merkte, dass er plötzlich fror, und das nicht nur wegen der Müdigkeit.

Kapitel 29

Berlin, 21. Oktober, 02:05 Uhr

Verfluchtes, beschissenes Chaos! Fjodor pickte mit spitzen Fingern einen der schwarzen Schminkstifte aus dem Glas. Noch *niemals* hatte sich sein Gesicht so angefühlt und so ausgesehen. Schwellungen, schmerzende Zähne, schwarze Schmiere, zerstörte Linien! Heute Nacht hätte er alles in Ordnung bringen können. Und danach hätte er sich gewaschen und einen strahlenden Sieg gefeiert. Und jetzt das! Es machte ihn schier rasend.

Der Reiniger brannte auf der wunden Haut. Die Schmierstellen am Kinn hatte er weggewischt, und mit dem Stift zog er nun die Linien über der gesäuberten Hautpartie nach. Was hatte es für einen Sinn, sich zu waschen, wenn nicht vorher alles richtig war und jede Linie an ihrem Platz saß?

Rituale waren Rituale.

Wie er diesen Schwächling hasste!

Doch noch schlimmer war, dass Laura nicht wieder auftauchte. Er hatte so fest damit gerechnet, dass Laura wieder in ihre Wohnung zurückkehren würde. Aber aus irgendeinem Grund tat sie es nicht. Zweimal hatte er dort bereits nachgesehen, in regelmäßigen Abständen auf ihrem Festnetzapparat angerufen und jedes Mal darauf gewartet, gewartet, gewartet, dass sie den Hörer abhob. Einfach nur abhob. Mehr wollte er ja gar nicht.

Aber sie war nicht da.

Dabei wusste sie doch, dass ihr keine Gefahr mehr drohte. Er hatte es ihr mit dem Portemonnaie doch mehr als deutlich zu verstehen gegeben.

Also war er zur Brücke am Teltowkanal gefahren. Und war dort plötzlich auf *ihn* getroffen.

Was für eine Gelegenheit.

Zuerst hatte er den Abfall beseitigt. Wie nicht anders zu erwarten, hatte der Schwächling begriffsstutzig dagehockt und auf das Blut gestarrt.

Ein Schwächling eben. Unfähig zu handeln.

Und dann?

Er konnte von Glück sagen, dass die Flasche nicht auch noch zerbrochen war. Es hätte ihm den Hals aufschlitzen können. Fast hätte er sich selbst die Zunge abgebissen. Sein Kiefer schmerzte noch vom Aufeinanderschlagen der Zähne.

Im Nachhinein fragte er sich, ob es daran lag, dass er nicht alles gesehen hatte. Dabei sah er doch hervorragend. Besser als all die anderen, mit denen die Ärzte ihn immer in einen Sack hatten stecken wollen.

Er konnte sich noch gut an den Besuch beim Augenarzt erinnern, obwohl er damals nicht älter als acht oder neun gewesen sein konnte. Arztbesuche waren früher immer etwas Besonderes gewesen. Ärzte trugen weiße Kittel. Und zum Arzt durfte er ungeschminkt hinein. Meistens gab es allerdings komische Blicke wegen seiner schwarz gefärbten Haare. Seine Mutter zuckte dann immer mit den Achseln. »Der Junge wünscht sich das halt.«

Der Augenarzt war ein schlaksiger Mann mit schütterem Haar und einer Hornbrille. Er hatte sich damals gefragt, ob jemand mit einer solchen Brille überhaupt Augenarzt sein durfte. Wie konnte man die Augen anderer Leute untersuchen, wenn man selbst so schlecht sah?

Ärzte wurden ihm mehr und mehr zuwider. Trotz ihrer schönen weißen Kittel.

Während der Untersuchung hatte der Arzt ständig vor sich hin gemurmelt. »Das gibt es doch nicht. Das kann nicht sein.« Oder: »Höchst seltsam.«

Am Ende hatte er seine Brille abgenommen und sich mit seinen Spinnenfingern die müden Augen gerieben. »Wissen Sie, Ihr Sohn hat Glück gehabt. Er hat zwar Albinismus, aber die üblichen Sehfehler, die damit einhergehen, die kann ich bei ihm nicht feststellen, oder sagen wir, nur marginal. Das ist … nun ja … also diese geringe Ausprägung ist mehr als ungewöhnlich. Wie gesagt, er hat Glück gehabt.«

Glück gehabt? Wieso denn Glück gehabt, hatte er sich gefragt. Das Gegenteil war doch der Fall. Er hatte Pech. Das Pech, falsch auf die Welt gekommen zu sein. Dass er ganz brauchbar sehen konnte, vor allem wenn die Dinge etwas weiter weg waren, das änderte schließlich auch nichts daran.

Gut. Später hatte er verstanden, was der Augenarzt gemeint hatte. Seine Augen zitterten nur selten, und wenn, dann nur minimal. Und Probleme beim räumlichen Sehen? Die waren ebenfalls selten. Seine Sehschärfe lag bei über 75 Prozent.

Die restlichen 25 Prozent dachte er sich einfach dazu. Kompensation. Antizipation.

Aber warum zum Teufel hatte er dann die Flasche übersehen? Waren das etwa die fehlenden 25 Prozent?

Er spürte seinen Hass wachsen, von Minute zu Minute. Dieser elende Parasit!

Im Spiegel betrachtete er die Schwellung unter seinem Kinn.

Das alles schrie nach Ordnung.

Lange genug hatten andere über ihn bestimmt, bis er das Heft in die Hand genommen hatte. Er erinnerte sich noch gut daran, wie er damals nach Hause geschlichen war, nachdem das mit Jenny passiert war.

Er hatte sich im Badezimmer eingeschlossen, hatte vor dem Spiegel gestanden, in der weißen Hose seines Vaters, mit dem weißen Hemd und den schwarzen Ornamenten im Gesicht. Im Spiegel berauschte er sich an seiner Erektion, so lange, bis er leergepumpt war. Dann wusch er sich den anderen vom Leib, und Froggy schälte sich wieder hervor. Und mit ihm die Zweifel, die Angst, die Scham, die Bestürzung.

Am Morgen entdeckte seine Mutter schwarze Schlieren im Waschbecken und fragte nach ihrem schwarzen Eyeliner. Er hatte keine Antwort, auch nicht, als sie die weiße Hose seines Vaters in der Wäsche fand, und dann noch das weiße Hemd.

Die schwarzen Schlieren im Waschbecken waren gar nicht so schlimm. Schließlich gab es auch beim Haarefärben immer schwarze Schlieren. Und Haare färben war ja richtig.

Wirklich schlimm war die weiße Kleidung. Denn seine Mutter hasste weiße Kleidung. Als Kind hatte er einmal einen Arztkittel aus einem Spielzeugset übergezogen. Er war glücklich und beseelt gewesen von der Vorstellung, dass jemand so Wichtiges wie ein Arzt etwas ganz und gar Weißes trug. Eine Zeitlang hatte er jeden Nachmittag Arzt gespielt. Der Kittel war wie eine zweite Haut. Doch als seine Mutter das entdeckte, schnitt sie den Kittel in Stücke, und er bekam zwei Tage lang kein Essen.

Auch sonst war das mit dem Essen immer wieder schwierig, was daran lag, dass sich Essen und Schminke nicht vertrugen. Jedenfalls nicht bei Kindern. Als er mit vier Jahren in den Kindergarten kam, da begann seine Mutter, ihn zu schminken. Er sollte normal aussehen. Sich fühlen dürfen wie die anderen Kinder, hatte sie gesagt.

Doch wenn er im Kindergarten tobte, aß oder trank und sich anschließend das Gesicht mit dem Ärmel oder den Fingern abwischte, dann geriet jedes Mal sein Make-up in Unordnung. Ihm selbst fiel es nie auf, aber seine Mutter hatte dafür einen scharfen Blick.

Also durfte er im Kindergarten nichts mehr essen oder trinken. Auch toben und im Sandkasten spielen war zu riskant. Kam er mit verschmiertem Make-up nach Hause, dann gab es kein Essen, bis zum nächsten Mittag.

Erst am Abend konnte er duschen und sich weißwaschen. Danach durfte er das Haus nicht mehr verlassen. Und er lernte schnell, dass er auch besser das Zimmer nicht verließ. Es gefiel seiner Mutter nicht, wenn er ihr so unter die Augen trat. Eine Zeitlang hatte er heimlich auf der Treppe gelegen und ferngesehen. Bis zum 26. Dezember 1969, als sein Vater ihn dort entdeckte.

Danach sperrten sie seine Zimmertür abends ab, und ihm blieb nichts, als auf die kahle Wand zu starren. Erst drei Jahre später entdeckte er im Keller die Zeitschriften, versteckt in einem großen Karton. Die meisten der Mädchen darin waren nackt. Die blassen Blonden gefielen ihm besonders. Nach und nach schnitt er ein paar von ihnen aus, heftete sie nachts an seine Zimmerwände und richtete seine Schreibtischleuchte darauf, so dass sie in der Dunkelheit strahlten.

Strahlten wie er.

So war er weniger alleine gewesen.

Es war höchste Zeit, Jan ein für alle Mal aus dem Weg zu räumen. Er würde sorgfältig überlegen und dann planen müssen. Und das konnte er am besten in der Abgeschiedenheit und im Kreis seiner engsten Familie.

Er beeilte sich. Als er die Tür öffnete, herrschte in seinem Herzen Ruhe und Frieden. Jedenfalls beinahe. Beim Betreten der Galerie war ihm, als ginge ein Flüstern durch die Reihen. Ehrfürchtig. Ängstlich. Er machte Licht, und sie alle traten förmlich aus den Wänden hervor. Weiß und hellblond. Demütig und folgsam.

Überall um ihn herum schwebten die Seinen.

Kapitel 30

Berlin, 21. Oktober, 09:47 Uhr

Der Morgen war freundlich, mit blauem Himmel und tiefstehender Sonne, als hätte der Nebel über Nacht alles Übel mitgenommen. Selbst die eisige Villa lag da wie ein strahlendes Schlösschen. Das Gegenlicht fiel durchs Gittertor und warf scharf konturierte Schatten auf die Straße.

Jan öffnete die Beifahrertür, stieg aus dem Cherokee und nickte Katy zu, die am Steuer saß. Greg hatte ihnen den Wagen überlassen.

»Hast du das Handy laut gestellt?«, fragte Katy.

Jan nickte. »Denk dran, es ist Lauras Handy.«

»Und du bist immer noch sicher, dass du das riskieren willst?«

»Katy, das hatten wir doch schon. Solange nicht öffentlich nach mir gefahndet wird, kann sie auch nicht wissen, dass ich gesucht werde. Warum sollte sie also bei der Polizei anrufen?«

Katy zuckte mit den Schultern. »Ich bin nur vorsichtig.«

»Alles gut, große Schwester.« Jan lächelte, obwohl ihm nicht so recht danach war. »Ruf einfach an, wenn dir irgendetwas komisch vorkommt.«

»Stehen sonst nicht immer die Kleinen für die Großen Schmiere?«

»Ich *bin* groß«, erwiderte Jan. Er schlug die Beifahrertür zu, etwas heftiger als nötig, und sah zur Villa. Ava Bjely und ihre Herzenskälte waren ihm zuwider. Aber es war einen Versuch wert.

Er trat ans Gitter und klingelte.

Nach einer Weile knackte es. »Ja, bitte?« Es war nicht Ava Bjelys Stimme. Vermutlich die Haushaltshilfe, dachte Jan.

»Guten Morgen. Jan Floss. Ich möchte zu Ava Bjely. Ich war neulich schon mal hier. Es geht um ihre Tochter Laura.«

»Einen Moment.«

Knacken. Stille. Ein leichter Wind fuhr zwischen den Gitterstäben hindurch und trieb ein paar welke Blätter vor sich her.

»Frau Bjely ist nicht zu sprechen«, meldete sich die Stimme zurück.

»Sagen Sie ihr, es gibt noch mehr Tote.«

»Wie bitte?«

»Der Tote damals im Internat, sagen Sie ihr, ich weiß davon. Und jetzt gibt es noch mehr.«

Schweigen.

Dann knackte es wieder.

Laura war froh, dass die Nacht zu Ende war. Sie lag auf der Matratze in der Mitte des Kellerraums. Diffuses Morgenlicht drang durch die Glasbausteine. Sie wäre gerne etwas auf und ab gelaufen, doch Buck hatte dem Seil gerade so viel Spiel gegeben, dass sie sich hinlegen konnte. Um bis zur Wand oder zur Tür zu kommen, war das Seil zu kurz. Ihr Bewegungsspielraum blieb auf einen Kreis in der Mitte des Raums beschränkt.

Die ganze Nacht über hatte sie kein Auge zugetan. Ihre Gedanken kreisten darum, wie sie sich befreien und

Jan warnen konnte. Dazu kam das Bedürfnis nach einem Drink, das immer wieder aufflackerte.

Zwischendurch war sie fast erleichtert, dass sie hier festsaß. Wer weiß, was sie sonst getan hätte.

Kurz nach Sonnenaufgang hatte sie quälender Hunger überkommen. Sie hatte probiert, an die Kekse und das Wasser heranzukommen, doch auch dafür war das Seil zu kurz. Erst als sie es mit den Füßen versuchte, gelang es ihr. Nur den Eimer für die Notdurft bekam sie nicht zu fassen. Sie selbst hatte ihn zuletzt neben dem Rohr abgestellt, und Buck hatte ihn genau dort stehengelassen.

Aus diesem Grund trank sie nun so wenig wie möglich, obwohl sie brennenden Durst hatte. Sehnsüchtig blickte sie hinüber zum Eimer, als sie plötzlich, ganz leise, Stimmen hörte.

»Nein. Er soll sich wegscheren. Ich will ihn nicht sehen.« Das war ihre Mutter. Unverkennbar. Sie musste gerufen haben, sonst wäre ihre Stimme nicht bis zu Laura durchgedrungen. Nur zu gerne hätte sie den Deckel vom Stutzen des Fallrohrs abgeschraubt, um besser hören zu können, doch das Seil machte es unmöglich. Also hielt sie den Atem an und lauschte.

Eine Weile war es still.

Dann hörte sie eine zweite Stimme, weiter weg, ein unverständliches Murmeln.

»Was hat er gesagt?«, rief ihre Mutter.

Wieder die andere Stimme. Laura fragte sich, woher sie kam. Vielleicht von der Haustür?

»Na schön«, antwortete ihre Mutter. »Mach auf und sag diesem Floss, er soll …« Der Rest des Satzes ging unter, doch der Name traf Laura wie ein Stromschlag. *Floss.* Jan war hier! Sie rückte näher an das Fallrohr, so nah, wie es das Seil erlaubte.

Das Schloss des Tors summte, und Jan betrat das Grundstück. An der offenstehenden Haustür der Villa wartete Ava Bjely in ihrem Rollstuhl, kerzengerade wie die Säulen links und rechts von ihr. Sie trug Schwarz, wie bei seinem letzten Besuch, die gleichen Ringe ums Handgelenk und die gleiche straffe Frisur. Dieses Haus war wie eine Konserve. Hinter ihr stand die Haushaltshilfe. Fanny, soweit Jan sich erinnerte.

»Das muss ich Ihnen lassen, junger Mann. Sie wissen, welche Knöpfe Sie drücken müssen«, meinte Ava Bjely.

»Sie lassen mir ja keine Wahl«, erwiderte Jan.

»Es gibt Leute, die behaupten, das könnte ich besonders gut. Folgen Sie mir.«

Fanny machte Anstalten, Ava Bjely in den Wohnraum zu rollen, doch Ava Bjely winkte ab und machte sich selbst auf den Weg. »Geh nur. Du kannst dich um die Etage meines Mannes kümmern. Ich brauche dich hier nicht.«

Fanny nickte und verschwand wortlos.

»Gehen wir dort hinüber«, sagte Ava Bjely zu Jan, der ihr gefolgt war. Sie deutete ans andere Ende des Zimmers, wo eine graue Übereck-Couchgarnitur stand. Jan ließ sich auf dem Sofa nieder. Alcantara, dachte er. Abwaschbar und weich wie Wildleder.

Ava Bjely rollte an den niedrigen Couchtisch heran. »Was für Tote?«, fragte sie übergangslos.

»Hab ich Sie erschreckt?«

Ava Bjely schnaubte verächtlich. »Sehe ich so aus, als könnte man mich erschrecken? Also: Was für Tote?«

»Ich frage mich, warum Sie das interessiert.«

»Junger Mann, wenn Sie weiterhin gedenken, jede Frage mit einer Gegenfrage zu beantworten, dann sollten Sie jetzt schleunigst mein Haus verlassen.«

Laura wagte kaum zu atmen. Warum hörte sie nichts? Wo war Jan? Und wo ihre Mutter? Vielleicht sprachen sie ja auch nur leise. Oder standen noch an der Tür. Sie war wie elektrisiert. Das Seil war gespannt wie eine Bogensehne, während sie so nah wie möglich am Abflussrohr stand. Sie überlegte zu schreien, in der Hoffnung, dass Jan sie früher oder später hören musste. Gerade noch rechtzeitig fiel ihr ein, dass auch Buck die Schreie hören könnte, sofern er in der Nähe war. Und wenn Buck sie *vor* Jan hörte, dann würde er sie zum Schweigen bringen.

Sie presste die Lippen aufeinander. Nein. Sie musste warten, bis sie Jans Stimme hörte. Erst dann hatte sie eine Chance, dass ihre Rufe auch wirklich zu ihm durchdrangen. Vorher durfte sie nicht schreien.

Sie hielt den Atem an und lauschte. Nichts als das dumpfe Pochen ihres Pulsschlags in den Ohren.

»Wie wäre es«, schlug Jan vor, »wenn wir uns gegenseitig ein paar Fragen beantworten? Erst Sie, dann ich.«

Ava Bjely musterte ihn abschätzig. Die Situation gefiel ihr ganz und gar nicht, aber Jan spürte, dass sie neugierig, vielleicht sogar beunruhigt war.

»Dann fragen Sie mal.«

»Warum haben Sie Laura damals aufs Internat geschickt?«

Ava Bjely fuhr sich mit der Zunge über ihre Schneidezähne, als gäbe es dort unliebsame Speisereste beiseitezuwischen. »Was glauben Sie denn? Warum schicken Eltern ihre Kinder wohl aufs Internat? Weil sie schwierig sind. Laura *war* schwierig. Das war sie schon immer. Aber als sie in die Pubertät kam, hatte ich sie nicht mehr im Griff. Sie schwänzte den Unterricht, streunte herum, und ich war sicher, dass sie Drogen ausprobierte. Sie geriet auf die schiefe Bahn, wie man so schön sagt.«

»Deshalb haben Sie sie nach Nordholm geschickt? Wegen ein paar Mal schwänzen und Drogen ausprobieren?«

»Sie tun ja geradezu so, als wäre Nordholm ein Gefängnis. Waren Sie mal dort?«

»Ich habe das Gelände auf Fotos gesehen, im Internet. Aber darum geht es nicht. Selbst wenn es das schönste Internat der Welt wäre. Laura wollte dort nicht hin.«

»Manchmal muss man Kinder zu ihrem Glück zwingen.«

»Glück? Wissen Sie, was Laura dazu gesagt hat? ›Meine Mutter hat mir damit das Leben versaut.‹«

»Wer hat Ihnen das erzählt? Laura?«

»Ein Freund.«

»Glauben Sie nicht alles, was Sie hören. Die meisten Menschen versauen sich das Leben immer noch selbst. ›Jeder ist sein eigener Teufel, und wir machen uns dieses Leben zur Hölle.‹ Oscar Wilde. Aber es ist immer hübsch einfach, den anderen die Verantwortung dafür zu geben. Die Entscheidung, Laura aufs Internat zu schicken, war unumgänglich.«

»Und warum so plötzlich?«, fragte Jan.

»Wie meinen Sie das?«

»Na ja, normalerweise findet ein Schulwechsel doch zum Ende des Schuljahrs statt, oder vielleicht auch mal zum Halbjahr. Aber Laura hat im November 92 gewechselt, also mitten im Schuljahr. Warum?«

Ava Bjely sah an Jan vorbei ins Leere, als müsste sie dort die Antwort suchen.

Die Stille summte in Lauras Ohren. Jan, wo bist du!, flehte sie. Die Handschelle schnitt ihr in die Haut. In ihrer Kehle steckte schon der Schrei. Sie verfluchte den Moment, in dem sie den Deckel wieder auf den Stutzen gesetzt hatte. Vielleicht war Jan schon längst im Haus, und sie hörte ihn nur nicht? Ihr Blick fiel auf die Wasserflasche. Vielleicht war das ja eine Möglichkeit? Sie hob sie auf, wandte sich dem Abflussrohr zu, zielte auf den Deckel – und warf.

Die Flasche verfehlte den Deckel nur knapp und knallte gegen das Rohr. Ein dumpfer hohler Ton hallte durch den Raum.

Jans Blick flog zur Küche, von wo ein Geräusch gekommen war. Ava Bjely, die mit dem Rücken zur Küche saß, regte sich nicht. Nur ihre Augen verrieten, dass sie es auch gehört hatte.

Schließlich zuckte sie mit den Schultern und murmelte: »Fanny ist nicht mehr die Jüngste. Hin und wieder geht ihr etwas zu Bruch.«

Jan hob die Brauen und fragte sich kurz, wie Ava Bjely wohl mit ihrer Hausangestellten verfuhr. Ob sie ihr so etwas vom Lohn abzog? »November 92«, erinnerte er und nahm damit das Gespräch wieder auf. »Warum haben Sie Laura mitten im Schuljahr wechseln lassen?«

»Es schien mir wohl einfach der richtige Zeitpunkt zu sein. Einen speziellen Anlass gab es nicht, soweit ich mich erinnern kann.«

Jan schwieg. Es war offensichtlich, dass sie log. Irgendetwas musste passiert sein. »Und warum kein Internat in Berlin? Nordholm ist über 300 Kilometer entfernt.«

»Ich wollte, dass sie einen Neustart hat, glaube ich. Neue Leute kennenlernt. Außerdem gab es im Berliner Umland kein adäquates Internat. Das war 1992, relativ kurz nach dem Mauerfall.«

Jan nickte. Es klang plausibel, trotzdem war er sicher,

dass sie etwas verschwieg. »Letztes Mal haben Sie gesagt, Laura ist eine Krankheit, und wenn sie verschwindet, dann würde es Sie nicht interessieren.«

Ava Bjely sah ihn mit ausdrucksloser Miene an. »Ich habe nicht gesagt, es interessiert mich nicht. Ich habe gesagt, wenn sie nicht wieder auftaucht, dann ist das besser so.«

Jan brauchte einen Moment, bis er die Antwort verdaut hatte. Was ging nur in dieser Frau vor? »Mir will nicht in den Kopf, warum Sie Laura so hassen.«

»Hassen? Nein. Ich hasse meine Tochter nicht.«

»Was dann?«

»Das würden Sie nicht verstehen.« Ava Bjely starrte auf den Tisch. Ihre Miene war hart geworden.

»Wenn Sie sie nicht hassen, warum behandeln Sie sie dann so?«

»Hassen Sie Ihr Feuermal?«

Jan zögerte einen Moment. »Nein.«

»Aber Sie würden es gerne loswerden.«

Jan schwieg.

»Weil es wie ein Mal ist, das Ihnen der Teufel ins Gesicht gespuckt hat, und alles, was in Ihrem Leben wirklich mies gelaufen ist, klebt daran fest, habe ich recht?«

Jan schluckte. Plötzlich begriff er. Vielleicht war Laura gar nicht die Ursache für Ava Bjelys Verbitterung. Katy fiel ihm ein, die ihre beiden Töchter nicht um sich haben wollte, weil die beiden sie so sehr an Sören erinnerten.

Er musterte Ava Bjely, wie sie dasaß, mit zusammengekniffenen Lippen. »Um wen geht es hier eigentlich? Ihren Mann?«

Es war plötzlich still im Raum.

Über ihnen rumpelte es leise, dann hörte Jan das stark gedämpfte Geräusch eines Staubsaugers.

»Lassen Sie meine Ehe aus dem Spiel«, sagte Ava Bjely kalt.

»Warum bestrafen Sie Laura für etwas, das Sie Ihrem Mann übelnehmen?«

»Gott, sind Sie selbstgerecht«, zischte sie. »Was ist denn mit Ihren Eltern? Was glauben Sie, warum Ihre Mutter abgehauen ist?«

Jan saß da, wie vom Donner gerührt.

»Weil Ihr Vater ein Schwein ist? Glauben Sie, es ist so einfach?«

»Lassen Sie meine Familie aus dem Spiel«, presste Jan hervor.

»Sie haben doch damit angefangen, den Finger auf die Wunde zu legen. Also, was denken Sie, weshalb ist sie gegangen? Weil Ihr kleiner Bruder gestorben ist?«

»Hören Sie auf.«

»Weil Sie ihn nicht angeschnallt haben? Oder ist es komplizierter?«

»Es reicht!«, brüllte Jan.

War das nicht gerade Jans Stimme? Laura hielt den Atem an.

»Ich versuche gerade Ihrer Tochter den Arsch zu retten, verdammt! Warum kapieren Sie das nicht.«

Ja! Das war Jan. Ganz eindeutig.

»Jan«, schrie sie. »Jaaaaaan! Ich bin hier! Hilfe!«

»Ich kann selbst auf meine Tochter aufpassen«, hörte sie ihre Mutter, laut und schrill. »Ich brauche keinen scheiß Moral-Apostel, der mir sagt, was …«

»Jaaaaaan!«, schrie sie erneut aus Leibeskräften.

»Ihre Tochter ist entführt worden, und Sie interessiert das einen Scheißdreck?«

»JAAAAN! HILFE! ICH BIN HIER!«

»Sie ist nicht entführt worden. Sie wissen nicht das Geringste über meine Tochter.«

»Eins weiß ich! Jemand wie Sie hätte nie ein Kind bekommen dürfen. Was ist passiert? War es zu spät für eine Abtreibung?«

»Raus!«

»JAAAN! Hilfe!«

»Verschwinden Sie. Auf der Stelle!«

Nein!, dachte Laura. Bitte nicht. Geh jetzt nicht!

»JAAAN!« Sie riss am Seil. Hangelte nach der Wasserflasche, warf sie mit aller Kraft gegen das Rohr. »JAAAAANNN!« Ihr Herz raste. Ihre Stimmbänder brannten. Aber sie hatte keine Wahl, sie hatte nur diese eine Chance. »JAAAAN!« Ihre Stimme überschlug sich. Verhallte.

Sie lauschte in die Stille.

Hoffte auf eine Antwort.

Aber da war nichts. Kein Laut. Nur ihr eigener Pulsschlag.

»JAAAAAAN.«

Dann kam die Panik, dass er einfach so gehen könnte, ohne sie zu hören. Sie schrie weiter, bis ihre Stimmbänder weh taten. Dann sank sie zu Boden und begann, haltlos zu weinen.

»Jan«, schluchzte sie, zog die Knie an und vergrub das Gesicht in den Händen.

Plötzlich hörte sie das Türschloss. Voller Hoffnung hob sie den Blick.

Die Tür schwang auf.

Im Türrahmen stand Buck.

Er zog sie am Seil empor. Sie hatte keine Kraft, sich ihm zu widersetzen. Mit bis an die Schmerzgrenze gestreckten Armen stand sie da, wehrlos und verlassen.

»Was soll das? Warum schreist du so?«, fragte Buck.

Sie verbot sich, weiter zu schluchzen, doch es gelang ihr kaum. Sie hätte ihn gerne angebrüllt und beschimpft, doch ihre Kraft reichte nicht aus.

»Hatte ich dich nicht gewarnt?«

Sie erwiderte nichts, spürte nur bodenlose Verzweiflung.

Kapitel 31

Berlin, 21. Oktober, 10:19 Uhr

Jan stieg in den Cherokee und schlug die Beifahrertür zu. »Fahr los, bitte. Schnell!«

Katy warf ihm einen besorgten Blick zu und trat das Gaspedal. Der Dieselmotor brüllte, und der Wagen machte einen Satz nach vorne. »Was ist los? Hat sie die Polizei gerufen?«

»Nein. Hat sie nicht.«

»Warum dann die Eile?«

»Ich will einfach nur weg von hier, okay?«

Katy atmete lautstark aus, schwieg aber. Jan starrte auf die vorbeiwischenden Mauern, Zäune und Häuser. Ab und an ertönte das monotone Klicken des Blinkers. Jan registrierte zwar, dass Katy nicht zu Greg zurückfuhr, sagte jedoch nichts. Ava Bjely beherrschte immer noch seine Gedanken, und er fragte sich, was alles passieren musste, damit jemand so werden konnte.

»Tu mir bitte einen Gefallen, ja«, sagte er schließlich. »Meld dich bei Anna und Nele. Besuch sie.«

»Jan, ich hab dir doch gestern gesagt –«

»Erspar's mir. Mach's einfach, ja?«

Aus dem Augenwinkel sah er, wie sich ihr Kiefer verspannte. Ihre Hände umklammerten das Lenkrad, und Tränen traten ihr in die Augen. Es war ihm herzlich egal.

Er konnte sich immer noch nicht vorstellen, wie Laura diese Mutter überlebt hatte. Die Psychiatrien waren voll von Patienten, die unter ihren Eltern gelitten hatten. Manche weniger schlimm als Laura, andere noch schlimmer.

Irgendwie war Laura da rausgekommen, und das anscheinend sogar mit einer halbwegs gesunden Psyche. Andere wären daran zugrunde gegangen. Noch vor kurzem hatte er einen Artikel in *Psychologie Heute* dazu gelesen. *Immun gegen das Schicksal?*, hatte es da geheißen. Es ging um Resilienz, so etwas wie eine innere Stärke, die manche Menschen hatten und die sie selbst die schlimmsten Situationen überstehen ließ. Offenbar gehörte Laura zu dieser Gruppe. Er nahm sich vor, den Artikel noch einmal zu lesen. Aber vor allem musste er mehr über Lauras Vergangenheit und ihre Zeit im Internat herausfinden.

Der Cherokee ruckte, und Jan schrak aus seinen Gedanken auf. Katy hatte den Wagen an der Bordsteinkante geparkt, öffnete die Tür und stieg aus.

»Was machst du?«, fragte Jan.

»Schminke kaufen. Außerdem brauche ich gerade mal frische Luft.«

Schminke? Jetzt? Noch bevor er protestieren konnte, warf Katy die Tür zu. Verärgert sah Jan ihr nach. Als sie nach einer Viertelstunde noch nicht zurück war, beschloss er, die Zeit zu nutzen und zu telefonieren. Es dauerte einen Moment, die Telefonnummer herauszufinden und sich verbinden zu lassen. Das eigentliche Gespräch dauerte nicht einmal fünf Minuten.

Anschließend versuchte er, Katy zu erreichen. Erfolglos.

Erst eine weitere Viertelstunde später tauchte sie wieder auf, mit einer weißen Hochglanztüte mit hellblauem Douglas-Schriftzug. Jan schloss kurz die Augen und zählte bis drei, um seine Verärgerung im Zaum zu halten.

»Und?«, fragte Katy spitz. Sie hatte wieder auf dem

Fahrersitz Platz genommen. »Willst du mir vielleicht *jetzt* erzählen, was los war? Gibt's was Neues?«

Jan verzog den Mund. »Ich erzähle es dir auf der Fahrt.«

»Auf welcher Fahrt?«

»Wir müssen nach Schleswig-Holstein.«

»Wohin?«

»Nach Schleswig-Holstein, an die Ostsee, in die Nähe von Flensburg.«

»Das sind doch mindestens 500 Kilometer!«

»300«, korrigierte Jan. »Wenn du nicht willst, du kannst gerne aussteigen.«

»Und mir das Vergnügen deiner Gesellschaft entgehen lassen? Vergiss es. Außerdem ist das Gregs Wagen. Er hat ihn mir geliehen. Nicht dir. Wir fahren also entweder zusammen oder gar nicht.«

Jan lächelte, auch wenn ihm nicht danach war.

»Ich nehme an, du willst zu dem Internat?«, fragte Katy.

»Das macht Geschwisterliebe aus, oder?«

»Was?«

»Dass man manchmal nicht viel sagen muss.«

Katy sah ihn lange an, mit einem Blick, den er nicht einordnen konnte.

»Warum hast du Schminke gekauft?«, fragte Jan.

»Für dich.«

»Für mich?«, fragte Jan verblüfft.

Katy seufzte. »Das mit der Geschwisterliebe scheint wohl manchmal etwas einseitig zu funktionieren.«

»Versteh ich nicht.«

»Guck mal in den Spiegel, Jan. Was glaubst du, worauf werden die zuerst schauen, wenn wir zufällig in eine Polizeikontrolle geraten?«

Sie suchten das nächstbeste größere Café und gingen in die Herrentoilette. Als sie gemeinsam in der WC-Kabine verschwanden, streifte sie der befremdete und zugleich neidische Blick eines Mittfünfzigers. Jan setzte sich auf den Toilettendeckel, legte den Kopf in den Nacken. Katy band ihm die Haare aus der Stirn und begann mit Camouflage und Fixierpuder zu hantieren. Es war ein irritierendes Gefühl auf der Haut, und es fiel Jan schwer, still zu sitzen, zumal ihm der Geruch von Ammoniak und WC-Stein in die Nase stieg.

Als Jan vor den Spiegel am Waschbecken trat, sah er sich einem Fremden gegenüber. Das Feuermal war verschwunden, und die Symmetrie seiner Gesichtszüge trat in den Vordergrund, ebenso wie seine Augen. Sein Feuermal war ihm manchmal erschienen wie ein lästiger Magnet. Bei Gesprächen zuckten die Pupillen seines Gegenübers oft abwärts. Doch jetzt gab es nichts mehr, wohin der Blick zucken konnte. Der ebenmäßige Teint gab ihm ein seltsames glattes Äußeres. Zum ersten Mal im Leben war er das Mal in seinem Gesicht los – und kam sich fremd vor.

Außerdem fühlte sich seine Haut steif und klebrig an. Am liebsten hätte er sich gekratzt. Doch sich ins Gesicht zu fassen war tabu. Er musste an die schwarzen Streifen des Albinos denken und fragte sich, ob die sich genauso anfühlten – sofern es keine Tattoos waren.

»Was passiert, wenn ich schwitze?«, fragte er.

»Die Frau in der Parfümerie meinte, das Make-up in Verbindung mit dem Fixierpuder wäre sogar wasserfest. Aber duschen gehen würde ich damit nicht.«

Jan nickte. »Danke.«

Wenige Minuten später fuhren sie Richtung Norden und dann auf die A10 in westlicher Richtung. Jan erzählte von seiner Begegnung mit Ava Bjely.

Nach knapp drei Stunden wechselten sie kurz hinter Kiel auf eine Bundesstraße. Die Landschaft war flach, und die Sonne ließ das Herbstlaub leuchten. In der Eckernförder Bucht lag die Ostsee still unter leicht bewölktem Himmel. Postkartenwetter. Hinter Eckernförde hielten sie sich links. Nach einem kurzen Waldstück sahen sie ein grünes Schild mit goldenem Emblem und der Aufschrift *Nordholm*, das nach links wies.

Die schmale Privatstraße führte Richtung Ostsee. Links und rechts säumten Bäume die Straße, zwischendurch blitzte ein Sportplatz auf, Nebengebäude, Tennisplätze. Der Cherokee wirbelte goldenes Laub auf.

Als auf der rechten Seite das Schloss mit seiner frühklassizistischen Fassade auftauchte, blies Katy die Backen auf. »Ganz schön nobel hier.«

»Eines der bekanntesten Internate in Deutschland«, sagte Jan. »Und eins der teuersten. Ich hab ein bisschen im Internet recherchiert.«

»Was kostet es, wenn man seine Sprösslinge hier unterbringen möchte?«

»Zwischen 40 000 und 45 000 pro Kind und Jahr«, meinte Jan.

Katy hob die Brauen. »Da haben Lauras Eltern ja ganz schön tief in die Tasche gegriffen.«

»Geld war nie das Problem«, sagte Jan bitter. »Davon hatten sie mehr als genug.«

Der helle Kies knirschte unter den Reifen, als Katy den Cherokee auf den Parkplatz lenkte und hielt. »Und jetzt?«

Jan sah auf die Uhr. »Kurz vor drei. In einer guten halben Stunde haben wir einen Termin mit Dr. Breitner, dem Direktor von Nordholm.«

Katy sah ihn verdutzt an. »Du hast einen Termin? Wann hast du den denn gemacht?«

»Vorhin, als du die Schminke gekauft hast.«

»Und du hast auch sofort einen bekommen?«

Jan lächelte. »Ich habe gesagt, wir überlegen, unsere Kinder hier anzumelden, würden uns aber gerne vorher einen persönlichen Eindruck verschaffen. Da ich aber morgen für länger ins Ausland verreisen muss, geht es eben nur jetzt.«

»Ich wusste gar nicht, dass du Kinder hast.«

»Ich nicht, aber du. Ich hab mich mit deinem Namen vorgestellt. Ich hoffe, das ist in Ordnung.«

Katy blieb der Mund offen stehen. »Mein kleiner Bruder«, murmelte sie und warf ihm einen Blick zu, von dem er nicht ganz wusste, was überwog, Verärgerung oder Respekt.

Dr. Peer Breitner war ein großgewachsener Mann mit manikürten Fingern, vornehmem Teint und einem energischen schweren Kinn. Jan schätzte ihn auf Ende vierzig. Seine Haltung verhieß, dass er selbst im heißesten Sommer Anzug und Krawatte nicht ablegen würde.

»Herzlich willkommen auf Nordholm.« Seine blassblauen Augen musterten sie aufmerksam, als er ihnen die Hand reichte. Jan wunderte sich, warum er sie nicht mit Namen ansprach. Eigentlich gehörte das zum guten Ton. »Bitte setzen Sie sich doch.«

Jan und Katy nahmen vor einem Schreibtisch aus geweißter Eiche Platz, der Direktor auf seinem wuchtigen Ledersessel. Hinter ihm stapelten sich nach Farbe und Größe sortierte Bücher in einem wandhohen, fast fünf Meter breiten Regal. Vor ihm lagen ein paar wohlsortierte Unterlagen neben einer Designerleuchte aus den Siebzigern und der Bronzeskulptur eines gebeugten Mannes, der die Weltkugel auf dem Rücken trug.

»Ich schlage vor«, begann der Schulleiter, »Sie sparen sich Ihr Ammenmärchen und kommen direkt zum Punkt. Warum sind Sie hier?«

Jan, der gerade etwas hatte sagen wollen, hielt verblüfft inne. Er überlegte kurz. Seine einzige Chance war offenbar die Flucht nach vorn. »Ich habe ein paar Fragen zu einer ehemaligen Schülerin.«

»Sie meinen die Schülerin, die Sie in unserem Telefonat als Referenz erwähnt haben?«

»Ja. Laura Bjely«, antwortete Jan. Im selben Moment hatte er das Gefühl, dass es ein Fehler gewesen war, Laura überhaupt zu erwähnen. Vielleicht hatte genau das ihre Deckung torpediert.

»Ehrlich gesagt«, der Direktor schürzte die Lippen, »ich kann mich kaum an sie erinnern. Aber das Beste ist wohl ohnehin, wenn Sie sich an Laura Bjely direkt wenden. Als ehemalige Schülerin kennt sie sich hier ja bestens aus.«

»Das würde ich ja gerne tun«, entgegnete Jan. Er machte eine kleine Pause. »Aber sie ist verschwunden.«

Dr. Breitner ließ sich nicht aus der Ruhe bringen. In seinem Gesicht war weder Überraschung noch Neugier zu lesen, nur Reserviertheit. »Dann wiederum würde ich es für angezeigt halten, dies der Polizei mitzuteilen.«

»Das hätte ich schon getan.« Jan lehnte sich demonstrativ vor. »Aber dann habe ich von einer Sache erfahren, die hier auf Nordholm passiert ist.«

Der Direktor runzelte kaum merklich die Stirn. »Welche Sache?«

»Es ist etwa 20 Jahre her.«

»Aha. Ich kann mich an keinen Vorfall erinnern.«

»Erinnern Sie sich wirklich nicht an Laura Bjely? Braune lange Haare, schlank, fast dünn, hübsches Gesicht. Sie war 14 Jahre alt, als sie hierherkam. Eine Anmeldung außer der Reihe. Sie hat im November in Berlin die Schule verlassen und ist hierher.«

»20 Jahre sagten Sie? Hören Sie, junger Mann, das ist viel Zeit. Seitdem waren viele Schüler und Schülerinnen hier. Ich war damals noch nicht einmal Direktor. Erwarten Sie im Ernst, dass ich mich an alles und jeden erinnere?«

Jan lächelte eisig. »Sehen Sie das Regal in Ihrem Rücken?«

»Bitte?«

»Die Bücher. Sie sind nicht alphabetisch geordnet, sondern nach Größe und Farbe.«

»Ich verstehe nicht ganz, worauf Sie hinauswollen.«

»Ganz einfach«, sagte Jan. »Jemand mit einem schlechten Gedächtnis ist darauf angewiesen, seine Bücher nach Alphabet zu sortieren. So findet man sie zuverlässig und schnell. Dagegen muss jemand, der seine Bücher nach Größe und Farbe sortiert, eine höhere Merkfähigkeit haben. Er kennt vermutlich nicht nur Autor oder Titel, sondern auch noch die ungefähre Größe, die Form und die Farbe des Buches. Wenn es um Romane ginge, wäre das vielleicht nicht besonders bemerkenswert. Aber das Regal hinter Ihnen ist voller Fachliteratur. Lauter ähnliche Formen und Farben und Titel.«

Dr. Breitner taxierte Jan schweigend.

»Ich bin mir sicher, Sie können sich erinnern. Immerhin ging es um einen Toten auf dem Schulgelände.«

»Mag sein«, räumte der Direktor ein. »Trotzdem werde ich nicht mit Ihnen darüber reden.«

»Offenbar haben Sie mir meine Geschichte von den Zwillingen, die ich hier anmelden will, nicht geglaubt. Richtig? Warum wollten Sie uns denn dann sehen?«

»Es ist nicht meine Art, Dinge von vorneherein abzulehnen. Ich verschaffe mir immer gerne erst mal einen Überblick.«

Jan nickte. »Es geht ja schließlich um Ihren guten Ruf, nicht wahr? Da hört man lieber erst einmal zu, bevor man etwas riskiert. Und genau das ist der Punkt.«

Dr. Breitner hob eine Augenbraue und sah ihn skeptisch an.

»Vor 20 Jahren ist hier ein Lehrer erschlagen worden, und kurz darauf ist eine Ihrer Schülerinnen verschwunden. Das gibt viel Anlass zu Spekulationen. Stellen Sie sich vor, ich gehe heute nach Hause, ohne von Ihnen meine Antworten bekommen zu haben, und bin so verärgert, dass ich im Internet Gerüchte in die Welt setze, über das, was damals passiert ist. Unangenehme Gerüchte. Gerüchte, die auf Sie als Schulleiter zurückfallen.«

Dr. Breitners Augen waren schmal geworden. »Wollen Sie mich etwa erpressen?«

»Mir ist egal, wie Sie das nennen. Ich brauche einfach nur ein paar Antworten. Eine Frau ist verschwunden, und wir versuchen herauszufinden, was passiert ist.«

»Sie werden nicht viel erreichen. Unser Ruf ist wirklich untadelig.«

»Ich befürchte, Herr Dr. Breitner, Sie unterschätzen das Internet. Nehmen Sie nur United Airlines, eine amerikanische Fluglinie. 2008 gab eine Zeitung eine Falschmeldung im Internet heraus. Daraufhin ging der Aktienkurs der Airline in den Keller, innerhalb weniger Minuten um 75 %.«

»Wir sind keine Airline«, entgegnete der Schulleiter trocken. Dennoch war er blass geworden.

»Sicher. Der Vergleich hinkt. Zumal die Zeitung die Falschmeldung bemerkt hat und sie zurücknahm. Der Aktienkurs hat sich dementsprechend auch wieder erholt. Aber die Gerüchte, die ich über Ihre Schule verbreite, die vervielfältigen sich im Netz an Stellen, wo sie sich *nicht* mehr zurücknehmen oder kontrollieren lassen. Und ich bin sicher, das wollen Sie nicht riskieren.«

Dr. Breitner sah ihn mit steinerner Miene an. Plötzlich war Jan sich nicht mehr sicher, ob er die Situation richtig eingeschätzt hatte. Was, wenn der Schulleiter die Polizei rief?

»Also gut. Fragen Sie.«

Jan atmete auf. Er spürte, wie auch Katy im Sitz neben ihm sich etwas entspannte. »Was ist damals genau passiert?«

»Wenn ich es Ihnen sage, werden Sie nichts darüber verbreiten?«

»Nichts. Kein Wort.«

Der Schulleiter seufzte. »Laura Bjely war eigentlich ein ziemlicher Wildfang. Auf den ersten Blick sah man nur das scheue und zurückhaltende Mädchen aus gutem Hause. Aber sie hat sich nichts sagen lassen. Sie hat sich die Regeln zwar immer brav angehört, doch wenn ihr etwas nicht gepasst hat, dann hat sie es einfach stillschweigend ignoriert. Als wäre sie es leid, sich an irgendetwas zu halten. Ich mochte sie, aber sie war … na ja, eigentlich war sie ein Alptraum. Sie hat zugehört, man hat gedacht, in Ordnung, sie hat es verstanden, und dann hat sie das genaue Gegenteil gemacht. Eigentlich hätte sie nicht hier angenommen werden dürfen. Wir hatten auch damals schon eine beträchtliche Warteliste. Doch der damalige Direktor hat dem Bitten der Eltern nachgegeben und ist vom normalen Verfahren abgewichen. Das passiert schon mal.«

»Vermutlich, wenn die Eltern etwas mehr Geld auf den Tisch legen, richtig?«

Dr. Breitner schwieg.

»Haben Sie die Eltern kennengelernt?«

»Ich habe Frau Bjely auf Bitten des damaligen Direktors durch die Schule geführt, damit sie sich einen Überblick verschaffen kann.«

»Und? Was hatten Sie für einen Eindruck von ihr?«

»Sie schien mir recht besorgt.«

»Besorgt?«, fragte Jan. Das war nun wirklich das Letzte, was ihm zu Ava Bjely eingefallen wäre.

»Frau Bjely hat ungewöhnlich viele Fragen gestellt. Über die Sicherheit des Geländes, die Toröffnungszeiten, ob die Schülerunterkünfte nachts abgeschlossen seien, ob die Betreuer auch nachts ein Auge auf die Schüler hätten … alles Mögliche. Sie schien ihre Tochter ganz gut zu kennen.«

»Wie meinen Sie das?«

»Nun, wie gesagt, Laura hielt nicht viel von Regeln. Sie ist häufiger mal … abwesend gewesen.«

Abwesend. Eine hübsche Umschreibung für ausreißen oder davonlaufen, dachte Jan. »Und was ist mit dem Todesfall in Ihrem Kollegium?«

»Todesfall.« Dr. Breitner seufzte und kratzte sich im Nacken. »Tja, so würde ich das nicht unbedingt nennen.«

»Wie meinen Sie das?«, fragte Jan verblüfft.

»Nun ja.« Direktor Breitner stemmte seine Arme auf die Lehnen und rückte sich in seinem Stuhl zurecht. »Genau genommen ist der Kollege verschwunden.«

»Was heißt denn ›genau genommen‹?«

»Die Dinge liegen in diesem Fall etwas kompliziert.« Er räusperte sich. »In der Nacht, in der unser Kollege verschwand, hat sich ein Schüler unerlaubt vom Gelände entfernt.«

»Sie meinen, er ist *ausgerissen*.«

Dr. Breitner wand sich sichtlich. »Sehen Sie, ein Ausreißer, wie Sie das nennen, ist jemand, der sich unerlaubt vom Gelände entfernt und nicht mehr wiederkommt. Das setzt eine längere Zeitspanne voraus. Benno Fröhlich, so hieß der Schüler, hat nur einen nächtlichen Ausflug unternommen. Das ist natürlich schon schlimm genug, aber …«

»Okay. Verstanden«, unterbrach ihn Jan. »Bevor wir uns mit Haarspalterei aufhalten – vielleicht erzählen Sie einfach, was passiert ist.«

»Nun ja, dieser Benno Fröhlich kam mitten in der Nacht zurück, vollkommen aufgelöst. Das muss so gegen zwei gewesen sein. Er roch nach Zigaretten und Bier, und es sprudelte nur so aus ihm heraus. Er hätte Herrn Nolte, besagten Kollegen, im Wald gefunden, tot, mit einer großen blutenden Wunde am Kopf. Jemand hätte ihm den Schädel eingeschlagen, sagte er immer wieder. Er stand sichtlich unter Schock. Ich bin dann sofort mit ein paar Kollegen los. Benno hat uns zu der Stelle geführt, aber da war nichts.«

»Warum haben Sie nicht die Polizei gerufen?«

»Benno war betrunken. Ich war nicht ganz sicher und wollte nicht … nun ja, aber wir haben dann festgestellt, dass Herr Nolte nicht in seinem Bett lag. Er war weder im Haus noch irgendwo sonst. Und seine Kleidung lag unberührt in seinem Schrank. Selbst sein Portemonnaie war noch da.

Und Benno hat Stein und Bein geschworen, er würde die Wahrheit sagen. Als Herr Nolte am nächsten Tag immer noch nicht wieder da war, sind wir doch zur Polizei gegangen. Seitdem gilt Herr Nolte als vermisst. Er ist tatsächlich nie wieder aufgetaucht.«

»Und es gab keine Spur?«

»Nicht die geringste.«

Jan schwieg einen Moment und sah Katy an.

»Und wo ist jetzt der Zusammenhang mit Laura?«, fragte Katy.

»Mit Laura Bjely meinen Sie?« Der Direktor sah sie verwundert an. »Da gibt es keinen Zusammenhang.«

Jan dachte an das, was Gandalf ihm erzählt hatte, und an die Reaktion von Ava Bjely, als er den Toten erwähnt hatte. »Es muss einen geben.«

»Ich wüsste nicht, welchen.«

»Kannten sich Laura und Herr Nolte?«

»Was für eine Frage. Natürlich. Hier kennt eigentlich jeder Schüler jeden Lehrer – und umgekehrt.«

»Was war Herr Nolte denn für ein Lehrer?«

»Er war … er hat Kunst und Sport unterrichtet, und Segeln.« Dr. Breitner sah zum Fenster hinaus, wo in einiger Entfernung ein paar Segelboote am Steg des Schlosses im Wasser lagen.

»Aparte Mischung«, sagte Jan. »Ich meinte aber eher, *wie* er so war. Ob er Marotten hatte, gefürchtet war oder beliebt bei den Schülern …«

»Beliebt …« Dr. Breitner schien einen Moment nachzudenken. Einen Moment zu lang, wie Jan fand. »Soweit ich mich erinnere schon.«

Jan sah den Direktor skeptisch an. »Aber?«

»Warum aber?«

»Hören Sie, Dr. Breitner. Irgendetwas passt hier nicht zusammen. Sie sagen, dass Herr Nolte verschwunden ist. Laura dagegen sagt, wie Benno Fröhlich ja auch, dass er erschlagen wurde. Und wissen Sie, was sie noch gesagt hat?«

»Nein.«

»Sie sagte: Er hätte es verdient.«

Dr. Breitner wurde blass. Er öffnete den Mund, schloss ihn dann aber wieder.

»Warum sollte sie so etwas sagen, wenn Herr Nolte wirklich beliebt war?«

Der Schulleiter sah wieder hinaus auf den Ostseearm und die weißen Leiber der Boote. Dann seufzte er. »Sie bekommen es ja doch heraus, früher oder später. Herr Nolte … er hat ein paar Mal Schülerinnen belästigt.«

»Er hat *was*?«

Dr. Breitner wich seinem Blick aus. »Wie ich schon sagte: Er hat Schülerinnen belästigt.«

»Ich bin mir nicht sicher, ob ich das wirklich verstanden habe«, meinte Jan. »Was heißt denn *belästigt* bei Ihnen? Reden wir hier von kleinen verbalen Grenzüberschreitungen, von Grapschen oder sogar von Missbrauch?«

Das Wort Missbrauch ließ Dr. Breitners Miene zu einer Maske erstarren. Dennoch wiedersprach er nicht.

Jan lief es kalt den Rücken herunter. War das etwa die Verbindung zu Laura? War Nolte ihr zu nahe gekommen? Plötzlich packte ihn die Wut angesichts des permanenten Mauerns des Schulleiters. »Das heißt also, Sie hatten einen Lehrer unter Ihrem Dach, der Schülerinnen missbraucht hat. Und Sie haben nichts dagegen unternommen?«

»Das ist so nicht richtig«, sagte Dr. Breitner heiser. »Erstens war ich ja damals nur stellvertretender Schulleiter. Und zweitens wussten wir nichts davon. Ich habe das vier Jahre später erfahren, durch eine frühere Studienkollegin, eine Psychologin. Herr Nolte war bei ihr in Behandlung, bevor er hierher kam.«

»Er war in Behandlung? Wegen seiner sexuellen Neigungen zu Minderjährigen? Und *das* hat sie Ihnen erzählt, trotz Patientengeheimnis?«

Peer Breitner bekam rote Flecken auf den Wangen. »Herr Nolte war bereits seit Jahren vermisst. Im Grunde genommen …«

»… dachten Sie beide, er wäre tot«, vollendete Jan den Satz. »Da schien es also nicht weiter schlimm. Richtig?«

Breitner nickte widerwillig.

»Haben Sie vielleicht noch ein Foto von Herrn Nolte hier?«

Der Schulleiter starrte ihn einen Moment lang an, dann stand er wortlos auf, ging zum Regal, wo er in ein Fach auf Hüfthöhe griff und aus einer Reihe von gleich aussehenden Büchern eins hervorzog. Es war ein Jahrbuch mit einer golden geprägten 95 unter dem Logo von Nordholm.

Er blätterte ein paarmal um, dann legte er das Buch aufgeschlagen vor Jan und Katy auf den Tisch. Auf einer Doppelseite waren etwa zwei Dutzend Fotos zu sehen, die Jugendliche beim Segeln zeigten, daneben waren noch ein paar Fotos einer nächtlichen Feier. »Die jährliche Eröffnung der Segelsaison im März«, sagte Dr. Breitner. »Das wird bei uns immer entsprechend gefeiert. Und das hier ist Peter Nolte.« Er tippte mit dem Zeigefinger auf eins der Partyfotos.

Jan beugte sich vor und erstarrte. Er spürte, dass es Katy neben ihm genauso erging. Nolte war Anfang dreißig, ein sportlicher Typ, nicht unbedingt gutaussehend, aber dennoch irgendwie attraktiv, mit einem blässlichen Teint, was natürlich auch an dem Blitzlicht liegen konnte. Seine rechte Wange war von zwei parallel verlaufenden gebogenen Narben gezeichnet.

Doch das Markanteste an ihm waren seine Augen. Sie stierten direkt in die Kamera – und sie waren rot.

Für einen Augenblick war Jan wie elektrisiert. Dann kam die Ernüchterung. Natürlich waren die Augen rot. Schließlich war das Foto mit Blitzlicht aufgenommen, und Peter Nolte sah direkt in die Kamera. Also hatte das eigentlich nichts zu bedeuten. Oder etwa doch?

Jans Blick glitt zu dem Mädchen, das direkt vor Peter Nolte stand. Ihr Gesicht war schmal und verletzlich, zugleich voller Trotz. Dieses Gesicht hatte ihn in seinen Träumen über Jahre begleitet.

Es war Laura.

Jan hob den Blick und sah Dr. Breitner an. »Wissen Sie, ob Peter Nolte zufällig an Albinismus litt?«

»Albinismus?« Dr. Breitners Augen wurden schmal. »Wie kommen Sie darauf?«

»Nur so ein Gedanke.«

»Albinismus …« Breitner schüttelte den Kopf. »Nicht dass ich wüsste.« Er zögerte, und für einen ganz kurzen Augenblick hatte Jan den Eindruck, ihm sei etwas eingefallen. Doch schon im nächsten Moment war sein Gesicht wieder leer. »Ehrlich gesagt, das glaube ich nicht. Das hätte mir doch auffallen müssen, oder?«

Kapitel 32

Berlin, 21. Oktober, 16:11 Uhr

Lauras Bauch schmerzte immer noch. Buck hatte ihr bei seinem letzten Besuch mit aller Kraft in den Magen geschlagen.

Seitdem lag sie zusammengekrümmt auf der Matratze, erschöpft, aufgewühlt und zutiefst niedergeschlagen. Sie konnte nicht fassen, dass Jan so nah bei ihr gewesen war und ihre Schreie dennoch nicht gehört hatte. Trotzdem gab es etwas, das ihre Verzweiflung ein wenig linderte: Jan lebte.

Was auch immer der Tätowierte mit ihm vorgehabt hatte – er hatte es nicht in die Tat umsetzen können, und das löste eine ungeheure Erleichterung in ihr aus. Sie hätte es sich nicht verziehen, wenn Jan wegen ihr etwas zugestoßen wäre. Immer wieder hatte sie in den letzten Stunden die Augen geschlossen, nicht schlafen können und stattdessen die Momente mit Jan in Èze heraufbeschworen. Seine braunen Augen. Sein Feuermal. Seine Lippen. Ihre eigene innere Hitze und zugleich der kalte Regen in ihrem Nacken. Und dann dieses fremde Gefühl von Vertrautheit und Aufgehobensein, das sie empfand, wenn sie an ihn dachte.

Mitten in diese Gedanken drang das Geräusch des im Türschloss knirschenden Schlüssels.

Die Tür ging auf.

Die Realität war zurück.

Laura bereitete sich auf das vor, was kommen würde, und setzte sich auf.

Buck betrat den Raum und zog am Seil, so dass sie sich aufrichten musste, bis sie stand, mit nach oben gestreckten Armen. Buck knotete das Seil an der Öse neben der Tür fest und inspizierte den Raum mit Blicken.

Das Abflussrohr hatte er schon beim letzten Mal entdeckt und mit Dämmmaterial verkleidet, so dass Laura inzwischen gar nichts mehr von den Gesprächen in der Küche mitbekam – und vor allem sichergestellt war, dass niemand sie hörte, wenn sie um Hilfe schrie.

Buck war offensichtlich jemand, der schnell lernte. Und er schien immer noch genug Respekt vor ihrer Mutter zu haben, so dass er es nicht gewagt hatte, sich an ihr zu vergreifen – bis auf den Schlag in die Magengrube.

Zum ersten Mal empfand Laura so etwas wie Dankbarkeit für die Anwesenheit ihrer Mutter.

»Haben Sie mit ihr gesprochen?«, fragte Laura. Ihre Stimme war von den Schreien rau wie ein Reibeisen.

»Natürlich habe ich das.«

»Und?«

»Sie bedauert sehr, dass du dich nicht in ihrem Sinne entschließt«, sagte Buck spöttisch.

»Verdammtes Arschloch«, presste Laura zwischen den Zähnen hervor.

Buck lächelte verkniffen, griff mit der Hand nach dem gespannten Seil und zog einmal kräftig daran. Die Handschellen schnitten Laura in die Haut, ihre Schultern schienen aus den Gelenken zu springen, und sie schrie vor Schmerz laut auf.

»Hast wieder Oberwasser, hä?«, meinte Buck.

Laura keuchte, als der Schmerz nachließ.

Dann sah sie, wie Buck eine kleine dunkelbraune Flasche mit rotem Deckel aufschraubte. »Es wird Zeit, dass wir umziehen.«

O nein, dachte Laura, nicht in dieses Herrenhaus.

»Ich freue mich darauf, das Privileg zu genießen, etwas freier mit dir umspringen zu können. Ich gebe zu, solange wir hier sind, bin ich etwas … gehemmt.«

»Egal, was Sie vorhaben, meine Mutter wird es mitbekommen, auch wenn Sie mich in dieses Herrenhaus bringen.«

Buck hob die Augenbrauen. »Sieh an, sieh an. Du weißt vom Herrenhaus?« Sein Blick wanderte zum Abflussrohr. »Hast gelauscht, nicht wahr? Aber helfen wird's dir auch nicht. Glaubst du ernsthaft, dass deine Mutter nach all den Jahren, in denen sie es gemieden hat wie die Pest, dort vorbeikommen wird?«

Laura biss sich auf die Lippen. Woher wusste er so viel über ihre Mutter? Und vor allem Dinge, von denen sie selbst noch nie gehört hatte. »Lassen Sie mich gehen«, sagte sie. »Wenn Sie das tun, dann gebe ich Ihnen das Geld, das mir meine Mutter versprochen hat.«

»Ein wirklich anständiger Vorschlag.« Buck nickte anerkennend und schürzte die Lippen. »Geld is gut. Wirklich. Ich bin da sehr empfänglich. Ist nur leider nicht alles. Und, weißt du, mein Ding war es schon immer, dass ich *alles* haben will.« Sein Blick strich über ihren Körper. »Warum sollte ich mich mit dem Geld zufriedengeben? Tagein, tagaus hat sie mich herumkommandiert. Tu dies, lass das. Gott war ich froh, als sie den Unfall hatte. Querschnittsgelähmt. Ich dachte, jetzt ist es aus mit ihrer Selbstherrlichkeit. Scheiße, war ich naiv. 17 Millionen, damit bin ich abgespeist worden. Und den ganzen Rest für sie. Die Immobilien waren das Dreifache wert. Als ich ihr vorgeschlagen habe, mit in die Verwaltung einzusteigen, hat sie gelacht. Ich verstünde was von Huren, da könne ich doch mein Geld investieren.«

Laura wurde schwindelig. Sie begriff nicht, was er meinte, aber offenbar ging es ihm um mehr als Geld. »Ich ... ich kann nichts dafür, wenn Sie ein Problem mit meiner Mutter haben. Ich habe selbst eins mit ihr, ich meine ...«

»Wen interessiert schon, wer wofür etwas kann. Steht das hinterher auf irgendeinem Grabstein?« Er legte den Kopf schief. »Ich nehme dich jetzt mit. Und mache einfach eine Weile mit dir, was ich mag, verscharre dich dann irgendwo im Wald oder mauere dich irgendwo ein, und dann sage ich meiner beschissenen Schwester, dass du endlich zur Vernunft gekommen bist, damit ich das Geld bekomme.«

Laura starrte Buck mit offenem Mund an. *Schwester?* Unter Laura tat sich der Boden auf. Buck war der Bruder ihrer Mutter? Sie hatte nicht einmal gewusst, dass ihre Mutter überhaupt einen Bruder hatte. Deswegen das Geld, die Immobilien. Die beiden hatten geerbt.

In aller Seelenruhe benetzte Buck ein Tuch mit dem Inhalt der braunen Flasche. Es roch süßlich.

Laura wich zurück, doch es war zwecklos. Mit einem Lächeln drückte Buck ihr den mit Chloroform getränkten Lappen vor Mund und Nase. Unmittelbar bevor sie das Bewusstsein verlor, donnerte eine Welle von Panik vor ihre Brust und nahm ihr den Atem. Ihre Zukunft flackerte wie eine verlöschende Flamme vor ihren Augen.

An einem fremden Ort aufwachen.

Ausgeliefert sein.

Sterben.

Kapitel 33

Berlin, 21. Oktober, 17:18 Uhr

Jan blinzelte. Die Sonne stand tief und strahlte ins Wageninnere. Katy kniff die Augen zusammen und klappte die Sonnenblende herunter. Sie saß am Steuer, und ihr Blick war stur geradeaus gerichtet, auf die A24. Bis Berlin waren es noch gut 100 Kilometer, und der V8-Diesel des Cherokee brummte gleichförmig bei 140 Stundenkilometern.

»Meinst du, Nolte ist unser Psychopath?«, fragte Katy.

Jan musterte Noltes Gesicht auf der Fotokopie. Auch von Benno Fröhlich hatte er ein Foto mitgenommen, dazu seine frühere Adresse. Seine Eltern hatten in der Nähe von München gelebt. Zusätzlich hatte er noch Name und Telefonnummer von Dr. Breitners ehemaliger Studienkollegin notiert, bei der Nolte in Behandlung gewesen war. »Ich weiß nicht«, sagte Jan. »Von der Gesichtsform her, und wenn man sich die Haare wegdenkt, vielleicht.«

»Es würde jedenfalls einiges erklären«, meinte Katy und warf einen Blick in den Rückspiegel.

»Stimmt. Vielleicht hat er tatsächlich Laura nachts im Wald aufgelauert. Laura könnte sich gewehrt haben, und kurz darauf findet Benno Fröhlich Nolte und hält ihn für tot. Er rennt in die Schule, alarmiert Breitner, und alle machen sich gemeinsam auf die Suche. Aber Nolte ist gar nicht tot. Trotzdem kann er nicht zurück. Er muss Angst haben, dass Laura geredet hat, also nimmt er die Beine in die Hand und verschwindet auf Nimmerwiedersehen.«

»Und Jahre später«, fuhr Katy fort, »findet er Laura und entführt sie. Aber warum erst nach so langer Zeit?«

»Weil sie abgetaucht war. Laura ist kurz nach dieser Nacht ausgerissen, dann zurück nach Berlin und hat da, laut Gandalf, auf der Straße gelebt. Selbst wenn er sie gesucht hat, dürfte er sie nicht gefunden haben.«

»Meinst du, es war Zufall, dass er ihr wieder begegnet ist?« Wieder sah Katy in den Rückspiegel.

»Ein bisschen viel Zufall, oder?«

»Hm«, machte Katy. »Vor allem, warum entführt er sie erst und lässt sie dann frei?«

»Wir wissen ja nicht, ob er Laura freigelassen hat. Vielleicht war auch alles ganz anders. Gandalf meinte, Laura konnte sich daran nicht erinnern.«

»Verstehe«, murmelte Katy. »Und was ist mit deiner Theorie vom Albino?«

»Albinismus«, sagte Jan.

»Bitte?«

»Man sagt Albinismus.«

Katy stöhnte. »Mein Bruder wird von einem mordenden Psychopathen verfolgt, aber möchte ihm gegenüber unter allen Umständen politisch korrekt bleiben. Ihr Psychologen habt echt 'ne Meise.« Abermals glitt ihr Blick hinauf zum Rückspiegel, dann wieder nach vorne.

Jan quittierte ihre Bemerkung mit einem Achselzucken. »Wenn Nolte an Albinismus gelitten hat, dann hätte Breitner eigentlich irgendetwas auffallen müssen.«

»Außer Nolte hat sich wirklich permanent geschminkt, quasi zu jeder Tages- und Nachtzeit.«

Jan betrachtete nachdenklich die Schwarzweißkopie. Nolte sah ernst in die Kamera. Seine Haut war glattrasiert, sein Teint ebenmäßig. Dennoch ließ sich nicht erkennen, ob er geschminkt war oder nicht. »Zum Muster unseres

Psychopathen würde es jedenfalls passen«, murmelte er, und dann lauter: »Der Mann, den wir suchen, stellt kategorische Besitzansprüche an andere, beziehungsweise an Laura. Er hat ein exzessives Dominanz- und Kontrollstreben. Dass er dabei sexuell übergriffig ist, liegt auf der Hand. Er denkt, was mir gehört, darf ich auch benutzen.«

»Das passt zu dem, was vermutlich im Wald mit Laura passiert ist«, meinte Katy.

Jan nickte.

»Aber warum meintest du eben, dass das Schminken zu ihm passen würde?«

»Na ja. Eigentlich ist es das gleiche starre Kontrollmuster, das er auf andere anwendet – nur auf sich selbst bezogen. Er hat vermutlich eine ganz konkrete Idealvorstellung, wie alles zu sein hat. Die anderen – und er selbst. Und das zieht er durch. Exzessiv, bis ins letzte Detail. Er kann gar nicht anders. So jemand wäre auch in der Lage, sich Tag für Tag perfekt zu schminken, kritische Situationen zu meiden, darauf zu achten, dass die Schminke nicht verschmiert – denn wenn, dann wäre es für ihn unerträglich.«

»Und das nennt man dann eine Zwangsstörung?«, fragte Katy und setzte zum Überholen eines Lastwagens an.

»Ich glaube, er hat eher eine zwanghafte Persönlichkeitsstörung. Das ist etwas ganz anderes. Als Zwangskranker leidest du sehr unter deinen Zwängen. Du bist sozusagen der Sklave deiner Zwänge und empfindest das als quälend. Bei einer zwanghaften Persönlichkeit dagegen bist du eins mit dem, was du für richtig hältst. Du bist stolz darauf. Und kannst nicht verstehen, warum andere das nicht genauso sehen. Eine zwanghafte Persönlichkeit ist kein Sklave, sondern eher ein Missionar.«

»Ein Missionar«, murmelte Katy geistesabwesend. Wieder glitt ihr Blick zum Rückspiegel.

»Sag mal, ist irgendwas?«, fragte Jan.

»Hm?«

»Weil du die ganze Zeit in den Rückspiegel schaust.«

»Ich bin nicht sicher«, meinte Katy. »Aber der schwarze Geländewagen dahinten, der folgt uns, glaube ich, schon seit Nordholm.«

»Was?« Jan blickte nach rechts, in den Außenspiegel. »Ich sehe nichts. Kannst du mir den Spiegel etwas nach außen stellen?«

Katy drückte zielsicher auf einen kleinen Wipp-Schalter in der Türverkleidung. Jan nahm an, dass sie Gregs Wagen nicht zum ersten Mal fuhr, und er fragte sich, wie lange das mit den beiden wohl schon ging. Der Spiegel ruckte kurz, dann schwang er surrend nach außen und fing die Straße hinter ihnen ein.

Jan sah den Wagen sofort. Ein großer schwarzer SUV, gut hundert Meter hinter ihnen. Der Geländewagen in Lauras Video hatte ganz ähnlich ausgesehen. »Seit Nordholm? Das sind fast zwei Stunden. Warum sagst du denn nichts?«

»So richtig aufgefallen ist es mir erst vorhin, während wir geredet haben.«

»Okay«, sagte Jan. »Vielleicht sehen wir ja Gespenster. Nehmen wir doch die nächste Abfahrt und gucken mal, was er macht. Aber blink auf keinen Fall und fahr erst im letzten Moment in die Ausfahrt.«

Katy nickte beklommen, nahm den Fuß vom Gas und verringerte die Geschwindigkeit auf 100 km/h.

Der SUV hielt den Abstand.

Schweigend fuhren sie weiter. Nach zwei Minuten kündigte ein Schild die Ausfahrt Herzsprung in 1000 Metern an.

Katy fuhr zunächst mit unverminderter Geschwindigkeit weiter, ohne zu blinken oder einzuscheren. Erst im allerletzten Moment trat sie auf die Bremse und lenkte abrupt nach rechts, direkt in die Kurve am Ende der Ausfahrt.

Mit quietschenden Reifen gehorchte der Cherokee. Jan wurde von der Fliehkraft nach links geworfen. Aus dem Augenwinkel sah er, wie der schwarze Geländewagen ihnen folgte. Ohne zu blinken. »Scheiße«, flüsterte er.

Am Ende der Ausfahrt kam der schwarze Wagen so nah heran, dass sie ihn deutlich erkennen konnten. Ein Range Rover mit Berliner Kennzeichen.

Katys Hände krampften sich ums Lenkrad. »Und jetzt?«

»Links, über die Brücke.«

Sie nickte und bog auf die L18 Richtung Fretzdorf. Der Range Rover folgte ihnen.

»Was will der von uns?«

»Ich habe keine Ahnung«, sagte Jan.

»Glaubst du, das ist er?«

»Ich hoffe nicht«, sagte Jan. »Erkennst du ihn wieder?«

»Du meinst, ob es der aus Frankreich ist? Ich bin nicht sicher. Es war dunkel, und es hat wie verrückt geregnet.«

Sie umfuhren Fretzdorf in einem weiten Rechtsbogen. Vor ihnen lag eine lange freie Gerade, links und rechts Wald. Der Tacho kletterte auf 130. Jan sah in seinen Außenspiegel. Der schwarze Wagen war weg. Ungläubig drehte er sich über die linke Schulter um. Der Anblick ließ ihm den Atem stocken.

Der Range Rover hatte zum Überholen angesetzt, fuhr auf der linken Spur, schräg hinter ihnen, und kam rasch näher. Die tiefstehende Sonne blitzte zwischen den Bäumen hindurch, Licht peitschte blendend hell in den Wagen. Das Gesicht des Fahrers war von der hellgrauen Kapuze eines Pullovers verschattet. Dennoch meinte Jan zu erkennen, dass er keine schwarzen Ornamente im Gesicht hatte. Für einen Sekundenbruchteil hoffte Jan, alles würde sich in Luft auflösen, das alles sei ein absurdes Versehen, ihre Befürchtungen nur ein Zerrbild ihrer Ängste.

Dann sah er, dass auf der Beifahrerseite des Rovers die Scheibe herunterfuhr. Der Wagen war jetzt fast neben ihnen, und der Mann griff nach etwas, das auf dem Beifahrersitz lag.

»FAHR!«, brüllte Jan. »Gib Vollgas! Schnell!«

Katy zuckte zusammen, der Wagen machte einen kleinen Schlenker – und dann einen Satz nach vorne. Die Tachonadel schoss auf 180, und der Range Rover fiel ein paar Meter zurück. »Der hat irgendwas auf seinem Sitz liegen«, sagte Jan. »Lass ihn bloß nicht neben uns kommen!«

»Was meinst du damit? *Was* hat der da liegen?«

»Ich hab keine Ahnung. Der hat irgendetwas vor!«

Katy war leichenblass, ihre Fingerknöchel traten weiß hervor, und sie presste die Zähne zusammen. Sie rasten in eine sanfte Linkskurve, dann flog ein Ortsschild auf sie zu. Rossow.

»Scheiße«, sagte sie leise, zog in die Mitte der Fahrbahn und stieg auf die Bremse. Mit fast 100 Stundenkilometern preschten sie in den Ort. Katy bremste weiter ab. Erst 90, dann 80. Der Geländewagen blieb dran, ließ sich aber ein paar Meter weiter zurückfallen.

»Er legt es drauf an, uns außerhalb der Ortschaft zu kriegen«, sagte Jan.

»Zu kriegen. Was meinst du denn mit kriegen?«

»Verdammt, ich weiß es doch nicht, ich weiß nur, der hat irgendwas vor.«

Die Häuser flogen vorbei, dann das Schild am Ortsausgang. Vor ihnen lag die nächste lange Gerade, und Katy trat entschlossen aufs Gaspedal. 160, 180, 200 … Die Landstraße schrumpfte bei dieser Geschwindigkeit zu einem schmalen Nadelöhr. Jans Magen krampfte sich zusammen. Erinnerungen stürzten auf ihn ein, der Unfall von damals, der leere Kindersitz, Theos kleiner Körper.

Vor ihnen flog das Heck eines roten Mazdas heran. Sie schossen links an ihm vorbei, ordneten sich wieder ein, als wäre er ein stehendes Hindernis. Auf der Gegenfahrbahn wischten zwei Autos an ihnen vorbei. Jan musste an die Aufprallgeschwindigkeit denken. Wir 200, der andere 100, also insgesamt 300 Stundenkilometer.

Der Range Rover klebte förmlich an ihrem Heck, aber Katy gab ihm keine Gelegenheit, zu überholen oder neben sie zu kommen.

»Was, glaubst du, hat der da? Was hat der vor?«, fragte Katy noch einmal.

»Ich weiß nicht, vielleicht eine Pistole?«

Sie rasten auf den nächsten Ort zu. Rägelin. Katy trat scharf auf die Bremse, so dass Jan fürchtete, der Rover würde in sie hineinfahren. Doch nichts passierte. Wie schon im letzten Dorf hielt der Rover Abstand. Mit 80 ging es durch die verschlafene Ortschaft, als Jan plötzlich die Kamera sah. Sie stand rechts am Straßenrand, auf einem Stativ, halb verdeckt von einer Autotür.

»Brems, da ist ein –«

Ein grellroter Blitz flammte auf. Der schwarze Wagen hinter ihnen wurde jäh langsamer. Zweihundert Meter weiter stand ein Streifenwagen. Ein Beamter in Uniform trat auf die Straße und schwenkte eine rot leuchtende Polizeikelle.

Katy blies die Wangen auf, prustete, bremste und fuhr rechts ran. Der Range Rover kam näher und näher, dann zog er links an ihnen vorbei, ohne angehalten zu werden. Das schwarze Heck verschwand in der nächsten Kurve der Dorfstraße wie ein böser Geist. Jan stellte sich vor, wie er in einer Seitenstraße hielt und sich dort auf die Lauer legte, auf dem Beifahrersitz irgendeine Waffe.

Durch die Windschutzscheibe sah Jan den Polizisten näher kommen. »Ist die Schminke noch okay?«

Katy musterte ihn rasch und nickte. Als sie den Wahlhebel des Automatikgetriebes auf Parken stellte, sah Jan, dass ihre Hand zitterte. Sie ließ die Scheibe herab, der Beamte mit der Kelle trat ans Fenster und warf einen Blick ins Wageninnere. Er war blond, hatte makellose Haut und einen Bürstenhaarschnitt, auf dem die Dienstmütze akkurat saß. Jung, attraktiv, dynamisch. Wache graue Augen. Einer, der weiterkommen wollte, dachte Jan. Der Blick des Polizisten verweilte einen langen Moment auf ihm, als fiele ihm die Schminke auf und als müsste er überlegen, was es damit auf sich haben könnte. Dann huschte sein Blick durch das Wageninnere.

»Guten Tag, Sänger mein Name. Verkehrskontrolle.« Er sah Katy tadelnd an. »Sie sind zu schnell gefahren. Ist Ihnen das bewusst?«

Katy guckte zerknirscht. »Tut mir leid. Das ist nicht mein Wagen. Bei diesen großen Kisten verschätzt man sich so schnell mit der Geschwindigkeit.«

Der Polizist sah sie argwöhnisch an, als wollte er sagen, dass er die Weibchen-Masche schon oft genug erlebt hatte. »Wessen Wagen ist es denn?«

»Der von meinem Freund.«

»Ah. Dann geben Sie mir doch bitte Führerschein und Fahrzeugpapiere.«

Katy zog den Führerschein aus ihrem Portemonnaie. Jan war mehr als erleichtert, dass er nicht gefahren war. Er hatte seinen Führerschein fast nie dabei – obwohl das heute keine Rolle gespielt hätte. Ob mit oder ohne Führerschein, sobald sein Name überprüft worden wäre, blühte ihm mit Sicherheit eine Verhaftung.

»Und die Fahrzeugpapiere?«

»Die habe ich leider nicht. Die sind bei meinem Freund in Berlin.«

»Aha. Und wer ist der Herr neben Ihnen?«

Jan erstarrte.

»Äh – ich versteh nicht ganz«, sagte Katy. »Spielt das ein Rolle?«

Falsche Antwort, dachte Jan und schrumpfte in seinem Sitz. Der Sicherheitsgurt kam ihm vor wie zu straff gespannt.

Der Polizist warf Katy einen durchdringenden Blick zu. »Wenn Sie mich so fragen: Ja. Sie wären nicht die Ersten, die einen gestohlenen Luxuswagen über die Grenze nach Polen bringen.«

Jan sah die nächste Frage bereits kommen.

»Wie heißt denn Ihr Freund?«, fragte er und sah dabei Jan an.

»Wen meinen Sie jetzt?«, fragte Katy.

Der Polizist sah erst sie an, dann wieder Jan. Ihm war, als bemerkte der Beamte die Schminke und stieß sich daran.

Der Polizist räusperte sich. »Ich meine den, dem der Wagen gehört.«

»Greg«, sagte Katy. »Ich meine *Gregor*. Gregor Wilke. Er wohnt in Berlin.« Sie nannte ihm die genaue Anschrift samt Telefonnummer.

Der Beamte notierte alles sorgfältig und nickte dann militärisch knapp. »Gut. Wir überprüfen das.«

»Würden Sie mir einen Gefallen tun?«

Der Beamte hob die Brauen.

»Sollten Sie ihn anrufen, bitte sagen Sie nicht, dass ich …« Sie machte eine Kopfbewegung Richtung Jan.

Der Polizist machte ein Gesicht, dem nicht im Geringsten zu entnehmen war, ob er darauf eingehen würde oder nicht. Sein Blick streifte noch einmal Jan, dann ging er mit seinen Notizen und Katys Führerschein zum Streifenwagen.

Jan stöhnte und lehnte sich im Sitz zurück. Ihm war unerträglich heiß, und die Schminke auf seiner Haut fühlte sich an wie eine klebrige Spachtelmasse.

»Das war eng«, meinte Katy.

»Ist es immer noch. Wenn er deinen Namen überprüft, dann stößt er dabei vielleicht auf mich.«

»Glaub ich nicht. Bengtson? Da gibt es doch keine Verbindung. Oder steht im Führerschein der Geburtsname?« Plötzlich wurde sie unsicher. »Weißt du das?«

Jan schüttelte beklommen den Kopf. »Habe ich nie drauf geachtet. Bei mir stellt sich die Frage ja nicht.« Er sah hinüber zum Streifenwagen, wo der Beamte und sein Kollege die Köpfe zusammensteckten.

»Meinst du, er wartet auf uns?«, fragte Katy.

»Der Typ mit dem Range Rover? Möglich wär's.«

»Wollte der uns umbringen?«

»Ich weiß nicht. Vielleicht.«

Katy schwieg einen Moment. »Konntest du ihn erkennen?«

Jan schüttelte den Kopf. »Er hatte jedenfalls keine schwarzen Ornamente im Gesicht.«

»Aber er ist es, oder?«

»Er muss es sein.«

»Das bedeutet, dass er keine Tattoos hat, sondern schwarze Schminke oder Farbe benutzt?«

»Achtung.« Jan zeigte in Richtung Streifenwagen. Der

Polizist war ausgestiegen und kam auf sie zu, diesmal mit seinem Kollegen.

Er gab Katy ihren Führerschein zurück. »So, Frau Bengtson, Ihre Angaben stimmen offensichtlich. Bleibt noch der Verstoß gegen die Geschwindigkeitsbegrenzung in der geschlossenen Ortschaft. Nach Abzug der Toleranz haben wir eine Geschwindigkeit von 79 km/h gemessen, das sind 29 mehr als erlaubt.«

Katy nickte ergeben und bezahlte mit ihrer EC-Karte, während der Kollege des Polizisten mit der Kelle auf die Fahrbahn trat und einen postgelben Golf an die Seite winkte.

Katy ließ den Motor wieder an und schloss das Fenster. »Und jetzt?«

Mit einem Mal war die Angst wieder da.

Jan spähte nach vorne, dorthin, wo der Range Rover verschwunden war. »Wenden und ein Stück zurück«, schlug er vor.

»Auf die Autobahn?«

»Lieber einen anderen Weg. Da war vorhin ein Abzweig.«

Katy nickte, schlug das Lenkrad ein und machte eine Kehrtwende. Jan sah in den Außenspiegel und behielt die Straße im Blick. Der Polizist stand am Fahrbahnrand, sah ihnen nach und wurde rasch kleiner. Niemand folgte ihnen. Katy bog zweimal rechts ab, einmal links und folgte dann der K6811, die aus Rägelin hinausführte, Richtung Frankendorf. Jan drehte sich um und sah, wie Rägelin verschwand. Die Landstraße war nahezu gerade. Aber vor allem war sie leer. Kein Range Rover und auch sonst niemand.

Trotzdem war er nicht erleichtert. Das alles war zu einem Alptraum geworden, der ihn mit Haut und Haaren verschlang. Er sah zu Katy hinüber, die aschfahl hinter dem Steuer saß. »Alles okay mit dir?«

»Geht so.«

Sie bog nach rechts ab, ohne zu blinken, den Blick starr auf die Straße gerichtet.

»Danke«, sagte Jan leise.

»Klar. Ich hab doch nur noch einen kleinen Bruder.«

Er schluckte.

Am Straßenrand flogen ein paar Bäume vorbei.

»Glaubst du, er versucht es wieder?«, fragte Katy.

Er schwieg. Weigerte sich, es auszusprechen.

»Jan?«

»Hm?«

»Ist sie dir so wichtig?«

»Ich kann jetzt nicht aufhören.«

»Also ja«, stellte Katy fest.

»Ja. Ist sie.«

»Ihr kennt euch doch kaum.«

»So fühlt es sich aber nicht an.«

Katy seufzte. »Aber du weißt schon, dass du nicht schuld daran bist, dass sie verschwunden ist, oder?«

Jan nickte.

»Genauso wenig wie an dem Unfall damals. Oder Mutters Verschwinden.«

Jan nickte wieder.

Sie fuhren an einem bleigrauen See vorbei, der auf dem Navi blau erschien.

»Was willst du jetzt tun?«, fragte Katy.

»Ich hab da so eine Idee«, murmelte er, griff in seine Jackentasche und zog Lauras Telefon hervor. »Aber zuerst rufe ich mal diese Psychologin an.«

»Welche Psychologin?«

»Die, die Nolte früher behandelt hat.«

Kapitel 34

Berlin, 21. Oktober, 17:49 Uhr

»Mist. Anrufbeantworter«, knurrte Jan halblaut. Er hinterließ Lauras Telefonnummer und eine dringende Bitte um Rückruf. »Wäre ja auch zu schön gewesen.« Er starrte durch die Windschutzscheibe. Inzwischen waren sie wieder auf der Autobahn Richtung Berlin, und es begann zu nieseln.

»Und deine Idee?«, fragte Katy.

»Hm?«

»Du hast eben noch gesagt, du hättest eine Idee.«

Jan nickte abwesend. »Vielleicht eher einen Gedanken«, sagte er gedehnt. »Mal angenommen, dieser Psychopath hat tatsächlich Albinismus –«

»Ich dachte, du bist dir sicher?«

»Ja, ja. Bin ich im Grunde auch«, sagte er unwirsch. »Also, sagen wir mal, er *hat* Albinismus … und sagen wir weiter, er hat *keine* Tattoos im Gesicht, sondern er schminkt sich diese schwarzen Ornamente nur … was sagt uns das über ihn?«

»Er will nicht erkannt werden.«

»Hm. Vielleicht. Aber wäre es dann nicht schlauer, sich so zu schminken wie jemand, der normal aussieht? Jemand, der in der Menge untergeht? Ich glaube eher, dass er nicht er selbst sein will. Er will jemand anders sein. Er *über*malt sich. Das ist, als erfindet er sich neu.«

»Du meinst, er will sich gar nicht verstecken?«

»Doch. Will er. Er versteckt sich ja. Indem er jemand anders wird.«

»Das klingt ganz schön abgefahren«, murmelte Katy.

»Und ich bin mir sicher, das ist nicht erst seit gestern so. Solche Störungen bilden sich meistens schon in der Kindheit und der Pubertät«, fuhr Jan fort. »Und weißt du, was das bedeutet?«

»Ehrlich gesagt, nein.«

»Stell dir so jemanden in der Schule vor! Ein Kind, das an Albinismus leidet, sticht ja ohnehin schon heraus, aber wenn es zudem auch noch verhaltensauffällig ist? Er war mit Sicherheit ein Sonderling. Wahrscheinlich ist er auch gemobbt worden. Egal, an welcher Schule er war, er ist auf jeden Fall sehr aufgefallen.«

»Du glaubst, wir finden ihn über die Schule?«, fragte Katy skeptisch.

»Wir haben Schulpflicht in Deutschland. An irgendeiner Schule *muss* er gewesen sein.«

»Aber an welcher? Wir können doch schlecht alle Schulen in Deutschland abklappern.«

»Ich könnte mir vorstellen, dass es reicht, sich auf Berlin zu konzentrieren«, meinte Jan. »Und einer meiner Kollegen aus dem Studium arbeitet beim Schulpsychologischen Dienst in Berlin. Das ist die zentrale Anlaufstelle für solche Fälle.«

Einen Moment lang sagte Katy nichts.

Jan sah sie von der Seite an. »Was denkst du?«

»Hast du seine Telefonnummer?«

»Leider nicht. Wir sollten dort vorbeifahren. Am besten jetzt.«

Katy warf ihm einen amüsierten Blick zu. »Hast du mal auf die Uhr geguckt? Das ist ein Amt. Die haben Öffnungszeiten.«

Jan sah auf die Uhr und fluchte. Kurz vor sechs. Mit Öffnungszeiten hatte er es nicht so. Sowohl in der Marktforschung als auch in der Werbung war es immer selbstverständlich gewesen, bis spätabends zu arbeiten.

Er nahm Lauras Handy, rief die Auskunft an und ließ sich weiterverbinden. Eine tiefe rauchige Frauenstimme meldete sich: »Schulpsychologischer Dienst Berlin, Küttner, guten Abend.«

»Guten Abend, Floss ist mein Name. Ich würde gerne Eckhard Bär sprechen.«

»Tut mir leid, er ist schon aus dem Haus. Kann ich Ihnen helfen?«

»Ähm. Ich … bin nicht sicher. Ja, vielleicht. Im Rahmen meiner Doktorarbeit mache ich eine Untersuchung über Menschen mit Albinismus«, log er. Katy warf ihm einen Seitenblick zu und hob die Augenbrauen. »Sie können sich wahrscheinlich denken, wie schwierig es ist, entsprechende Probanden zu finden.«

»Gott, wie sind Sie denn auf *die* Idee gekommen?«

»Ach, fragen Sie bloß nicht«, meinte Jan. »Wenn ich könnte, würde ich das Thema noch wechseln, aber der Zug ist abgefahren. Mein Doktorvater ist geradezu versessen auf das Thema.«

»Herr Floss, selbst wenn ich Ihnen helfen wollte, ich kann Ihnen natürlich keine Adressen geben – zumal ich persönlich im Moment gar keine wüsste. Wie wär es, wenn Sie unten im Foyer einen Aushang machen?«

»Und wie ist das mit älteren Fällen?«

»Älter? Wie alt?«

Jan überlegte fieberhaft. Er hatte den Mann unter der Brücke ja nur kurz gesehen, und die Ornamente in seinem Gesicht hatten sein Alter recht gut versteckt. »Siebziger oder achtziger Jahre.«

Die Frau lachte. Es klang nach Bartresen, 10 000 Zigaretten, und er sah eine Mittfünfzigerin vor sich. »Da fragen Sie sowieso die Falsche. Ich bin erst seit sechs Jahren hier. Und die Akten aus dieser Zeit sind längst vernichtet.«

»Gibt es denn noch irgendjemand in Ihrem Team, der sich möglicherweise erinnert?«

»Sie meinen, jemand mit einem Elefantengedächtnis? Das dreißig oder vierzig Jahre zurückreicht?«

Jan seufzte. Die Ironie in ihrer Stimme war nicht zu überhören. »Ich versteh schon. Das ist wirklich mehr als unwahrscheinlich«, gab er zu.

»Hätten Sie vor drei Jahren angerufen, dann hätte ich Sie an unsere Leiterin verwiesen, Dr. Maria Hülscher. Aber die ist mittlerweile pensioniert.«

Plötzlich war Jan hellwach. »Ihre ehemalige Leiterin? Könnten Sie mir vielleicht ihre Telefonnummer geben?«

Wieder das raue Lachen. »Das wird Ihnen nicht viel bringen.« Ihre Stimme wurde plötzlich ernst. »Frau Dr. Hülscher ist inzwischen in einem Heim. Sie leidet an Demenz.«

»Wie heißt denn das Heim?«

Es wurde still am anderen Ende der Leitung. Sofort ärgerte Jan sich, dass er mit der Tür ins Haus gefallen war. Wäre er doch nur etwas subtiler vorgegangen!

Als die Frau ihm wider Erwarten doch den Namen des Heims sagte, fühlte es sich an wie ein Tiefschlag. Er bedankte sich mechanisch, dann legte er auf, schloss die Augen.

Bitte nicht, dachte er. *Bitte nicht.*

»Ich fasse es nicht, wie gut du lügen kannst«, hörte er Katy sagen. Es klang, als sei sie kilometerweit weg. Der Asphalt flüsterte unter den Reifen des Cherokee, der Fahrtwind rauschte, als puste er durch sein Gehirn. Er hielt die Augen geschlossen und das Handy in der reglosen Hand.

»Alles klar?«, fragte Katy besorgt. »Hast du eine Adresse?«

»Ja«, antwortete Jan tonlos.

»Und? Jetzt lass dir doch nicht alles aus der Nase ziehen.«

»Dr. Maria Hülscher ist in demselben Heim wie Papa. In der Residenz Blankenburg.«

Kapitel 35

Berlin, 21. Oktober, 19:18 Uhr

Laura war noch benebelt vom Chloroform. Sie hatte Kopfschmerzen. Um sie herum war es unerträglich eng, und sie lag gekrümmt auf der Seite, an Händen und Füßen gefesselt. Die Dunkelheit umgab sie wie ein böser Traum. Alles vibrierte, und bei jeder Bodenwelle stieß ihr Kopf an dürftig ausgekleidetes Metall. Plötzlich knirschte Kies unter den Reifen. Es klang, als rieben die Steine direkt an ihrem Schädelknochen.

Ein letztes Knirschen, dann stand der Wagen. Es rumpelte, als lüde Buck etwas aus. Türen schlugen. Dann ging der Kofferraumdeckel auf.

Instinktiv schloss sie die Augen. Sie war wach, doch sie wollte nicht, dass er es sah. Buck – ihr Onkel. Bei dem Gedanken wurde ihr schlecht.

Sie hatte nicht gewusst, wer er war. Aber sie hatte von Anfang an gewusst, *was* er war. Sie kannte diese Gestalten von der Straße. Die fleckige Haut, die abgebrochenen gelblichen Fingernägel, die schlechten Zähne, die geplatzten Äderchen in den Augen. Alkohol, kaputter Stolz und eine Dreimeilenzone aus Zynismus. Sie war zu oft in ihrem eigenen Erbrochenen aufgewacht, um darin nicht auch einen Teil von sich selbst wiederzuerkennen – einen früheren Teil.

Hoffte sie jedenfalls.

Zwei Hände packten sie. Unter den Achseln roch er

nach Schweiß. Er zerrte sie mehr aus dem Kofferraum, als dass er sie hob.

Sie rutschte zu Boden und stieß mit dem Kopf voran in den Kies. Oder war es Schotter? Kleine spitze Steinchen stachen ihr in die Kopfhaut. Schmerzen und eine unbändige Wut loderten in ihr auf. Am liebsten hätte sie um sich geschlagen und getreten.

Einen Moment blieb alles still.

Sie wusste, dass er da stand und auf sie herab sah, sich daran weidete, wie sie zusammengekrümmt und wehrlos vor ihm lag. Dann hievte er sie mit dem Rücken voran auf eine Art Gestell.

Kaum lag sie darauf, wurde das Gestell am Kopfende ein wenig angehoben. Ihre nackten Füße berührten eine kalte Metallfläche. Sie spürte, wie er Seile um ihren Brustkorb, ihren Bauch und ihre Oberschenkel zurrte, dabei keuchte er, und einmal ruckte er ihre nackten Füße zurecht, mit kalten schwitzigen Händen.

Als er sie ganz fixiert hatte, fasste er das Gestell am Kopfende, hob es an und schob sie holpernd vorwärts. Eine Sackkarre, dachte sie. Er hat mich auf eine Sackkarre gebunden. Vorsichtig öffnete sie die Augen.

Vor ihr erhob sich ein großzügiges Gebäude, ein zweigeschossiger Altbau mit orangerotem Ziegeldach, Gauben und einer schmutzigen grauen Fassade. Der Eingang war eine schwere Holztür, ein Ungetüm aus Eiche oder Nussholz, dunkelbraun und Ehrfurcht gebietend, mit ein paar Stufen davor.

Hinter ihr schrie eine Krähe und erhob sich flatternd aus einem Baum. Buck wendete die Sackkarre, zog Laura dann rückwärts die Treppe empor, schloss auf und rollte sie in den Hausflur. Die Tür fiel mit einem dumpfen Krachen zu, und ihr Herz wurde eng.

Buck ließ sie mit dem Gesicht zum Eingang stehen und ging weiter ins Haus. Hinter ihrem Rücken klimperten Schlüssel an einem Bund, dann rüttelte Buck an einer Klinke. Offenbar erfolglos. Er brummte verärgert, probierte weitere Schlüssel aus. Doch auch die schienen nicht zu passen.

»Verfluchte Scheiße.« Er kam näher, und sie schloss rasch die Lider. Grob fasste er die Sackkarre bei den Griffen, machte mit ihr eine Vierteldrehung und hievte sie eine Stufe empor, dann noch eine und noch eine. Schon wieder eine Treppe. Sie öffnete die Augen und sah eine mit fleckigem Marmor ausgekleidete Eingangshalle. Zu beiden Seiten schwangen sich halbmondförmige Treppen empor, die oben in eine Empore mündeten. Unter der Empore war eine geschlossene Tür, im Obergeschoss dagegen führte von dort ein Flur ins Gebäude.

Bei jeder Stufe drückte sich das Gestell schmerzhaft in ihren Rücken. Bucks Ächzen mischte sich mit dem Quietschen der Räder auf dem Marmor. Oben angekommen, machte er eine kurze Pause, holte Luft und schob sie dann vorwärts in den Flur.

Hier gab es keinen Marmor, nur den nackten Estrich, bedeckt von Staub und Betonkrümeln, als wäre der erste Stock in einer späten Bauphase erstarrt. Rechter Hand befand sich ein grau lackierter Lastenaufzug. Danach kamen zu beiden Seiten des Flurs Zimmer mit Nummern.

Am Ende des Flurs, vor der letzten Tür auf der rechten Seite, machte Buck halt. Diesmal passte der Schlüssel.

Er schob sie in die Mitte eines kahlen Raums, schnitt sie von der Sackkarre los und ließ sie gefesselt zurück. Als er ohne ein Wort den Raum verließ, meinte sie aus dem Augenwinkel zu sehen, wie er die Klinge eines Schweizer Messers einklappte. Gandalfs Messer.

Lauras Blick flog durch das Zimmer. Ein zugemauertes Fenster, eine Glühbirne an der Decke. Mehr nicht. Nicht einmal eine Matratze.

Fünf Minuten später kam er wieder. Mit Heizlüfter, Toilettenpapier, Wasser, der Bohrmaschine und weiterem Werkzeug.

Sie gab sich keine Mühe mehr zu verbergen, dass sie inzwischen bei Bewusstsein war. Seine Augen blitzten, als er es entdeckte.

»Guck an. Wieder wach, hä?«

Was jetzt kam, kannte sie bereits. Das Kreischen der Bohrmaschine, Ösen in der Decke und an der Wand, Handschellen und Seile.

»Dann hoch mit dir!«

Ihre Hände wurden emporgerissen. Das Seil ruckte durch die Öse und richtete sie mit unbarmherzigem Zug auf, bis sie auf Zehenspitzen stand. Sie stöhnte und schwankte.

»Wie lange bist du schon wach?«, fragte Buck.

Sie gab keine Antwort. Was für einen Sinn hätte eine Antwort auch gehabt.

Die Ohrfeige traf sie mit einer solchen Wucht auf den rechten Wangenknochen, dass ihr Kopf beiseiteflog. Dann schlug er sie von links, und sie schrie vor Schmerzen auf.

»Endlich«, knurrte er. »Hier gibt es niemanden, der mich kontrolliert. Und niemanden, der dich schreien hört.« Er sah sie an. Lauerte auf eine Reaktion.

Sie wollte ihm den Gefallen nicht tun.

Er rieb sich die Faust mit der linken Hand, dann grub er sie in ihren Magen, so dass sie sich krümmte und die Handschellen ihre Handgelenke aufrissen.

»Weißt du, wie verrückt das ist?« Plötzlich kicherte er. »Das hast du *ihr* zu verdanken. Ausgerechnet der Frau, von der du dein mieses Naturell geerbt hast.« Er musterte sie von Kopf bis Fuß. »Das Einzige, was du von deinem Vater hast, sind die dunklen Haare. Ansonsten bist du 'ne Kopie von ihr. 'ne Kopie von 'nem Stück Scheiße.«

Buck riss mit beiden Händen an ihrem Oberteil, schaffte es jedoch nicht, es zu zerreißen, was ihn nur noch wütender machte. Er nahm die Bohrmaschine, ließ sie laufen und zeigte damit auf Laura. Zuerst zwischen ihre Brüste, dann senkte er das Gerät und hielt es zwischen ihre Beine. Der blanke Stahlbohrer drehte sich kaum einen Zentimeter vor ihrem Schoß.

Laura verkrampfte sich, suchte mit den Zehenspitzen nach einem festen Stand und versuchte ihren Körper verzweifelt in der Balance zu halten, um nicht vor und zurück zu pendeln.

»Soll ich sie dir aufbohren?«, fragte Buck. »Ich hab schon viele Fotzen aufgebohrt. Eine Zeitlang hab ich nichts anderes gemacht. Drei oder vier in einer Nacht manchmal. Einmal habe ich in Amsterdam den ganzen Puff gemietet. Hat ein Vermögen gekostet. War's aber auch wert. Alle nur für mich.« Er lachte bitter. »Tja. Heute fresse ich Dreck. Und deine Mutter sitzt auf ihrem scheiß Geld. Dabei könnte sie mir etwas geben. Aber sie will nicht. Tut, als gäb's mich gar nicht. Kommt mir mit ihrer scheiß Moral. Fehlt nur noch, dass sie die Kreuze unserer Mutter rausholt und wieder an die Wand hängt.«

Er hielt die Bohrmaschine ganz nah vor ihr Gesicht. »Und weil die goldenen Zeiten jetzt vorbei sind, halte ich mich an dich. So habe ich wenigstens ein bisschen das Gefühl, dass *sie* bezahlt.«

Mit einem Ruck zog er ihr Oberteil hoch und stülpte ihr den Stoff über den Kopf, so dass sie kaum mehr als Schemen durch die Baumwolle sah. Er hielt den Rumpf der Bohrmaschine direkt an ihr Ohr und ließ sie in der niedrigsten Stufe laufen. Es knirschte, als würde das Getriebe Knochen mahlen.

Dann verebbte das Geräusch.

Der Motor stand.

Im nächsten Augenblick spürte sie den kalten Stahl der Bohrerspitze auf ihrer linken Brustwarze. Obwohl sie nichts sehen konnte, hatte sie das Bild klar vor Augen: ein gewundener scharkantiger Bohrer, der sich in ihre Brust drückte und eine tiefe Delle bis an die Rippen über dem Herz formte.

»Mein Finger liegt direkt auf dem Auslöser«, flüsterte er. »Und ich wünschte, *sie* könnte mich jetzt sehen. Und fühlen, was du fühlst.« Es klang gar nicht, als würde er mit ihr sprechen. Er sprach mit sich selbst.

Laura zitterte. In ihr herrschte ein heilloses Chaos aus Angst, Wut, bodenloser Erschöpfung und übersteigerter Alarmbereitschaft. Tränen stiegen ihr in die Augen.

Plötzlich nahm er den Bohrer weg.

Dafür schlug er sie. Zu Beginn noch verhalten, dann immer ungezügelter. Auf den nackten Bauch. Auf ihre Brüste. Ins vom Stoff verdeckte Gesicht. In die Magengrube. Die Tränen liefen ihr in Strömen übers Gesicht und in das Oberteil.

»Wo ist sie jetzt«, brüllte er, »deine Bjely-Arroganz. Hä?«

Sie kniff die bebenden Lippen zusammen, wappnete sich für den nächsten Schlag. Er schien noch zu warten, als wollte er sie mit der Ungewissheit quälen.

Mit einem Mal ließ die Spannung des Seils, an dem sie hing, nach. Sie taumelte und stürzte.

»Ich komme wieder«, raunte er. »Und mit jedem Mal werde ich dir etwas mehr von deiner Arroganz nehmen.«

Sie hörte noch das Holz der Tür in den Rahmen schlagen, den Schlüssel, der sich im Schloss drehte, dann war sie allein.

Mit zitternden Händen zog sie die Kleidung vom Kopf herunter und wischte sich über das nasse Gesicht. Die salzigen Tränen brannten auf ihrer Haut. Mit gereizten Lidern blinzelte sie in das nackte Licht der Glühbirne.

Kapitel 36

Berlin, 21. Oktober, 21:23 Uhr

Jan und Katy hatten den Cherokee zunächst bei Greg vor der Haustür abgestellt. Katy hatte darauf bestanden, da sie wusste, dass Greg den Wagen am Abend zwingend brauchte. Anschließend waren sie mit der S-Bahn bis zur Station Blankenburg gefahren.

Der Himmel hatte sich zugezogen, und in der Dämmerung war die Temperatur so plötzlich gefallen, dass Jan fror, als sie die Bahnhofstrasse entlangliefen.

Es liegt an *ihm*, dachte er, nicht an der Kälte.

Die Aussicht, seinem Vater zu begegnen, ließ ihn innerlich erstarren. Er wusste, dass er seine Gefühle stumm schalten musste, um die Begegnung auszuhalten. Hätte er ein Neuroleptikum in der Hosentasche gehabt, er hätte überlegt, es zu nehmen, um seine Empfindungen zu dämpfen.

»Da sind wir«, sagte Katy. Ein großes Schild markierte den Eingang zum Gelände der Residenz Blankenburg. Vier Halogenspots tauchten das Schild in grelles Licht.

»Denkst du wirklich, wir brauchen ihn?«, fragte Jan.

Katy nickte. Sie wusste, wie es Jan ging, sah es an seinen plötzlich eckig und steif gewordenen Bewegungen. »Um halb zehn wird uns wohl kaum jemand zu einer dementen Patientin lassen, zumal wir keine Angehörigen sind. Bei Papa sieht das schon anders aus.«

»Vielleicht brauchen wir seine Hilfe gar nicht. Wir sagen einfach, wir wollen ihn besuchen, spazieren rein, und mit etwas Glück finden wir Maria Hülscher auch so.«

»Und du meinst wirklich, das macht Sinn? Schließlich ist sie dement.«

»Einen Versuch ist es wert. Bei dementen Patienten funktioniert das Langzeitgedächtnis oft noch am besten. Es kann sein, dass sie sich absolut nicht erinnert, wo in ihrem Zimmer die Toilettentür ist oder ob sie das Wasser abgestellt hat. Aber an Dinge, die lange zurückliegen, kann sie sich vermutlich trotzdem noch gut erinnern.«

Sie bogen auf den Weg ein, der zum Hauptgebäude der Residenz Blankenburg führte. Aus dem nächtlichen Himmel fielen erste Regentropfen.

Das Seniorenheim war ein weitläufiger vierstöckiger Neubau mit großzügigen Glasfenstern, der vor sechs Jahren von einem geschlossenen Immobilienfonds neben dem Golf Resort Berlin-Pankow errichtet worden war. Im linken Flügel waren kleine Apartments für die aktiveren Pensionäre wie Karl Floss, Jans Vater. Im rechten Flügel waren die Pflegefälle untergebracht, zu denen mit Sicherheit auch Maria Hülscher gehörte. Baulich waren beiden Teile des Heims voneinander getrennt, auch wenn beide vom selben Träger betrieben wurden. Doch Katy waren bei ihren Besuchen Verbindungstüren zwischen den beiden Trakten aufgefallen.

Sie traten ins Foyer und gingen am Empfang vorbei, einem runden Holztresen mit einer ebenso runden Frau mit raspelkurzen Haaren.

»Guten Abend.« Katy nickte ihr zu.

»Guten Abend, Frau Bengtson. So spät heute?«

»Keine Sorge«, lächelte Katy. »Ich kenne ja die Regeln. Und für meinen Vater war halb zehn noch nie spät.«

Die Frau gab Katys Lächeln zurück, als wäre sie ein Spiegel.

Jan fragte sich, wie oft Katy wohl hierher kam. Sofort regte sich sein schlechtes Gewissen, ein Gefühl, von dem er sich geschworen hatte, es im Zusammenhang mit seinem Vater nie wieder zu haben. Automatisch wurden seine Schritte schneller.

Während er die Treppe emporeilte, überlegte er wieder, wie sie am schnellsten das Zimmer von Maria Hülscher finden konnten. Eine Schwester würden sie wohl kaum fragen. Vielleicht einen anderen Bewohner?

»Nach rechts«, sagte Katy hinter ihm, als sie den zweiten Stock erreichten. Aus dem Flur auf der linken Seite klang ein dumpfes Gemisch aus verschiedenen Fernsehprogrammen. Das Laminat sah aus wie Buchenparkett. Wandlampen warfen gediegene Lichtkegel an die Textiltapete.

Rechts lagen die Fahrstühle und dahinter die Tür zum anderen Trakt. Jan hatte gerade die Hand an den breiten runden Plastikgriff gelegt, wollte die Tür öffnen, da ertönte ein leises ›Ping‹. Der matt lackierte Stahl vor der mittleren Fahrstuhlkabine glitt beiseite wie ein elektrischer Vorhang. Hinter dem Vorhang stand sein Vater.

Jan starrte ihn an.

Sein Vater starrte zurück, mit müden, unruhigen Augen, die sich von Jans nur durch das fortgeschrittene Alter und die dunklen Ringe unter ihnen unterschieden. Im Gegensatz zu früher war er schlecht rasiert, seine schütteren Haare waren etwas zu lang und die Wangen eingefallen und runzelig. Es kam Jan grotesk vor, ihm so plötzlich gegenüberzustehen. Andererseits war es typisch für seinen Vater, genau dann aufzutauchen, wenn man ihn am wenigsten sehen wollte.

»Was zum Teufel machst du hier?«, fragte Karl Floss. Seine Stimme war brüchig und nasal, als hätte er eine Erkältung. Sein Blick ging zur Seite und fing Katy ein.

»Hallo, Papa«, sagte Katy. Ihr Versuch, unbefangen zu klingen, scheiterte jämmerlich. »Wir suchen jemanden.«

»Ich habe Jan gefragt.«

»Wir suchen jemanden«, wiederholte Jan.

Der Blick seines Vaters strich über sein Gesicht, mit zusammengekniffenen Augen, als suche er etwas. »Hast du das Ding da wegen der Polizei wegmachen lassen?«

Jan brauchte einen Moment, um zu begreifen, was sein Vater meinte. Dann nickte er. »Dich haben sie also auch angerufen?«

»Hat Katy dir das nicht gesagt?«

»Doch. Hat sie.« Er hatte es nur vergessen.

»Würdest du mir dann bitte schön erklären, was das alles soll?«

»Papa, bitte«, schaltete Katy sich ein. »Lass uns jetzt nicht streiten. Nicht hier.«

»Ich streite doch gar nicht.«

Ein ›Ping‹ ertönte, und die Aufzugstür schloss sich wieder. Jan sah, wie sein Vater seinen Gehstock hob und in den Spalt hielt. Die Bewegung war sicher und zielgerichtet, trotzdem offenbarte der lange Stock das Zittern seiner Hände. Die Fahrstuhltür stieß an den Holzstock, blockierte kurz und öffnete sich dann wieder.

Karl Floss murrte leise und trat aus dem Aufzug heraus. »Wenn ihr schon nicht wegen mir hier seid, wen sucht ihr dann?«

»Wir kommen schon klar, danke«, sagte Jan und streckte die Hand nach dem Türgriff aus.

»Das war kein Hilfsangebot, das war eine Frage.«

Jan zog die Hand zurück und sah seinen Vater an. »War

das jetzt sachlich gemeint? Oder eine von deinen Provokationen?«

»Du bist undankbar«, stellte Jans Vater fest.

Jan schnaubte. Das reicht jetzt, dachte er und zog am Türgriff, doch die Tür war verschlossen.

Für einen Moment meinte er einen zufriedenen Zug um den Mund seines Vaters zu erkennen.

»Papa«, sagte Katy.

»Was denn, mein Kind?«

»Wir suchen eine Dr. Maria Hülscher. Wir wissen, dass sie hier im Heim ist, aber nicht, wo. Und wir müssen sie unbedingt sprechen. Kannst du uns helfen?«

Karl Floss sah Jan herausfordernd an, seine freie Hand wies auf Katy. »Siehst du, so macht man das. Wenn man Hilfe von jemandem möchte, dann fragt man ihn höflich.«

»Papa!«, bremste Katy. »Kennst du sie?«

»Klar kenne ich sie. Maria ist Psychologin – und dement. Eine aparte Mischung. Sie plaudert immer über ihre alten Fälle. Das darf sie zwar nicht, aber wer will es ihr schon verbieten? Schließlich ist sie etwas wirr. Man kann ihr ja schlecht den Mund zukleben.«

»Wir müssen mit ihr reden, Papa. Es ist wirklich dringend.«

Karl Floss' braune Augen wanderten zwischen Katy und Jan hin und her, dann nickte er, als hätte er einen Entschluss gefasst. »Wartet hier.«

Er rief den Aufzug und verschwand hinter der leise rumpelnden Tür.

Wenige Minuten später trat Karl Floss, begleitet von einem weiteren ›Ping‹, wieder aus dem Fahrstuhl, grinste verschmitzt und hielt einen Schlüssel in die Höhe. »Dann mal los.«

»Danke«, sagte Jan perplex und griff nach dem Schlüssel.

Sein Vater zog hastig die Hand zurück. »Ich komme selbstverständlich mit.«

»Ausgeschlossen«, protestierte Jan.

Karl Floss seufzte. »Jetzt hör mir mal genau zu, mein Junge. Mich hat es aus dem Rennen geschmissen, und jetzt sitze ich hier –«

»Darf ich dich daran erinnern, dass du freiwillig hierher gegangen bist?«, unterbrach Jan gereizt.

»– und langweile mich zu Tode. Gut, ich hab vielleicht nicht mehr viel Kraft. Mein Herz ist ziemlich ramponiert, wer weiß, wie lange das noch gutgeht, aber was würdest du tun, wenn dein Sohn nicht ein einziges verdammtes Mal zu Besuch kommt? Wenn sich dann plötzlich die Polizei nach ihm erkundigt und sagt: Herr Floss, wir suchen Ihren Sohn, wegen Mordes. Nicht wegen Steuerhinterziehung oder Betrug oder irgendwelcher anderer Gaunereien. Nein. Wegen *Mord*! Und dann steht er irgendwann vor dir, dein Sohn. Mitten in der Nacht, und will eine wildfremde demente Psychologin sprechen. Keine Erklärung, kein Garnichts. Was würdest du wohl tun, hm?«

»Es ist nicht mitten in der Nacht«, sagte Jan.

»Ach! Und das hier ist kein Schlüssel.«

»Bitte gib mir einfach den Schlüssel, ja? Ich will nicht, dass du da mit reingezogen wirst.«

»Blödsinn«, schnaubte sein Vater. »Ich bin doch schon mittendrin. Ich bin dein Vater, ob's dir passt oder nicht. Und wenn du mich jetzt nicht dabeihaben willst – auch gut. Aber dann erklärst du mir hier und jetzt, was diese ganze Geheimnistuerei soll.«

»Dafür haben wir beim besten Willen keine Zeit.«

Karl Floss lächelte wie ein greiser Wolf und hielt den Schlüssel mit spitzen, zitternden Fingern in die Höhe.

Jan atmete tief durch. »Na schön«, gab er nach.

Karl Floss lotste sie die Treppe empor in den dritten Stock. Dort schloss er die rechte Tür auf, warf vorsichtig einen Blick in den Flur und bedeutete Jan und Katy, ihm zu folgen. Eine spartanische Nachtbeleuchtung tauchte den PVC-Boden in einen grüngrauen Neonschimmer. Die Geräuschkulisse war dieselbe wie drüben, nur dass die Fernseher hier lauter waren. Durch eine der Türen drang ein mattes gequältes Stöhnen, das nicht von dieser Welt war, immer und immer wieder, im immer gleichen Abstand. Am Türschild stand in kleinen Lettern: Zimmer 316, Borken, Walter. Jan lief ein Schauer über den Rücken. Es klang so sehr nach Qual und Schmerzen, dass Walter Borken sich vermutlich nichts mehr wünschte als den Tod. Und dennoch lag er hier, ächzte wie ein seelenloser Automat, und niemand erlöste ihn.

Sein Vater deutete auf die gegenüberliegende Tür. Zimmer 315, Hülscher, Maria. Auf ihren Doktortitel schien hier offenbar niemand mehr Wert zu legen.

Karl Floss legte den Zeigefinger auf die Lippen. Der Tremor ließ die Hand mit dem Finger beben.

»Schläft sie schon?«, fragte Katy leise.

Jans Vater schüttelte energisch den Kopf. »Wir sollten sie nicht zu sehr überraschen, das überfordert sie manchmal.« Er klopfte an die Tür. Wartete eine Weile. Dann noch einmal. Schließlich öffnete er die Tür.

Ein Windstoß fuhr Jan ins Gesicht. Maria Hülscher musste die Fenster geöffnet haben. Doch sehen konnte er nichts. Im Zimmer war es stockfinster, bis auf ein flackerndes Windlicht auf dem Tisch vor dem Balkon. Daneben saß eine dunkle Gestalt in einem Sessel, eingewickelt in eine Decke. Die Kerze gab ihr eine diffuse zittrige Lichtkante.

»Maria? Ich bin's. Karl Floss, von nebenan.«

»Karl? Bist du das?« Die Stimme war überraschend hoch und klar, nur das charakteristische Kratzen verriet ihr Alter. »Jetzt komm schon rein und mach die Tür zu, sonst reißt Sebastian wieder aus.«

Sebastian? Jan warf seinem Vater einen fragenden Blick zu.

»Ihr Sohn«, flüsterte er. »Ist im Alter von vier Jahren aus der Wohnung ausgebüxt und von einem Auto angefahren worden. Sie glaubt, er ist tot.«

»Mit wem flüsterst du?«

»Ich habe Besuch, Maria.«

»Nicht noch mehr Kinder«, stöhnte die alte Frau. »Immer nur Kinder, mein ganzes Leben lang.«

»Keine Kinder, Maria. Erwachsene«, sagte Karl Floss, trat ins Zimmer, winkte Jan und Katy herein und schloss rasch die Tür. Im Zimmer roch es trotz des offenen Fensters streng nach Putzmitteln.

»Du sollst doch keine Kerzen anzünden, Maria«, sagte Karl Floss sanft.

Maria Hülscher runzelte die Stirn. Das Windlicht ließ ihr Gesicht in der Dunkelheit flackern. »Die können mir hier gar nichts sagen«, erklärte sie trotzig. »Nichts darf man. Alles machen sie weg. Sogar meinen Geruch. Riechst du das nicht, wie das hier nach diesem Zeug stinkt? Pfui Teufel. Da kann man ja nicht mehr atmen. Wen hast du denn mitgebracht, Karl?«

Jan trat ins Licht der Kerzenflamme. »Guten Abend, Frau Hülscher. Ich bin Jan Floss, das ist meine Schwester Kathrin Bengtson.«

»Floss?« Die alte Frau sah erst Jan an, dann seinen Vater. »Den Namen habe ich schon mal gehört. Karl, hast du die Leute mitgebracht?«

Karl Floss nickte. »Ja, Maria. Katy ist meine Tochter, und Jan ist mein Sohn.«

»Was für ein Unsinn, Karl! Wir haben keine Tochter. Und unser Sohn ist tot.«

»Maria, ich bin's, Karl Floss, hier von nebenan. Wir sind im Heim«, erklärte er geduldig. Er trat an den Sessel und legte seine zittrige Hand auf ihre, mit einer Selbstverständlichkeit, die Jan zutiefst irritierte. War *das* sein Vater? Der ehrgeizige Agenturchef? Der Mann, der sich immer und vor allem bei seiner Arbeit versteckt hatte?

»Marias Mann hieß auch Karl«, sagte Jans Vater, als würde das alles erklären.

Maria Hülscher beugte sich ein wenig vor und strich liebevoll und zugleich abwesend mit ihrer freien Hand über die Wange seines Vaters, der es geschehen ließ und dabei unsicher lächelte. Doch etwas in seinem Blick zeigte Jan, dass er diese Berührung förmlich aufsog, als könnte die Hand von Maria Hülscher Wunden heilen. Der Moment war so intim und traf Jan mit solcher Wucht, dass es ihm den Atem raubte.

Wo um alles in der Welt ist dieser Mann gewesen, als ich klein war?, fragte er sich.

»Ich glaube, die beiden haben eine Frage, Maria.« Karl Floss sah Jan und Katy an. »Wollt ihr euch nicht setzen?«

Jan räusperte sich. Er war außerstande zu antworten, nahm sich aber einen der drei Stühle und setzte sich an den Tisch, ebenso wie Katy und Karl Floss, der sich eine Decke vom Bett nahm und sich einwickelte. Durch das offene Fenster drang das Rauschen von Regen. Die Kerzenflamme duckte sich unter der feuchten und kalten Luft.

Jan räusperte sich abermals. »Darf ich Maria sagen, Frau Hülscher?«

»Frau *Dr.* Hülscher bitte. Aber natürlich. Alle Freunde meines Mannes dürfen Maria zu mir sagen.« Sie lächelte gewinnend.

»Äh, gut. Also, Maria, Sie waren doch früher die Leiterin des Schulpsychologischen Dienstes in Berlin, oder?«

Maria Hülscher runzelte die Stirn. »Was für eine Frage. Natürlich. Hat Ihr Kind Schwierigkeiten? Kann ich etwas für Sie tun? Sobald ich morgen früh wieder an meinem Schreibtisch sitze, kümmere ich mich darum.«

Jan lächelte. Dass Maria Hülscher sich noch im Amt fühlte, war gut. »Ich suche jemanden. Jemand Besonderen. Vielleicht ist er Ihnen ja als Schüler begegnet.«

»Oh, mir sind viele begegnet. Sehr viele. So viele hoffnungslose Fälle. Schwierige Fälle.«

»Der Fall, den ich meine, ist wirklich ungewöhnlich. Sagt Ihnen der Name Peter Nolte etwas?«

Maria Hülscher starrte eine Weile in die Flamme, dann schüttelte sie den Kopf.

Gut. Das muss noch nichts heißen, dachte Jan. »Können Sie sich vielleicht erinnern, ob es jemals einen Fall mit einem Albino gegeben hat? Einem Schüler mit besonders heller Haut?«

Die alte Psychologin sah erst ihn an, dann wieder in die Flamme. Ihr Blick war entrückt, und sie schwieg hartnäckig. Dann schüttelte sie erneut den Kopf. »Ich kann mich nicht erinnern.«

»Sind Sie ganz sicher?«

»Jan, die Frage ist doch nun wirklich Unsinn«, warf sein Vater ein. »Du weißt doch, wie es Maria geht.«

»Papperlapapp, Karl«, brummte Maria Hülscher ärgerlich. »Mein Gedächtnis ist besser als deins. Ich muss nur manchmal ein bisschen … suchen.«

»Vielleicht konnte man auch nicht erkennen, dass er an Albinismus leidet. Dann wäre er geschminkt gewesen«, bohrte Jan. »Ein Junge, der immer geschminkt war, sich immer verstecken wollte. Überkontrolliert, zwanghaft, vielleicht hat er sich sogar die Haare gefärbt …«

Plötzlich leuchteten Maria Hülschers Augen auf. »Oh. Ja. Da gab es etwas. Ich erinnere mich. Warten Sie …«

Treffer! Jan spürte ein Kribbeln in seinem Nacken. Elektrisiert beugte er sich vor, hing an den Lippen der Psychologin.

»Es war gar kein Fall, wissen Sie. Manchmal gibt es das. Wir ahnen, da ist etwas oder jemand, der Hilfe braucht. Aber wir können nichts tun. Weil nichts Schlimmes passiert. Und weil weder die Eltern noch die Schule uns offiziell einschalten. So war das in diesem Fall.«

Sie schwieg einen Moment, und Jan befürchtete schon, dass sie sich in ihren Erinnerungen verlief oder sie mit der Gegenwart vermischen würde.

»Mich hat damals eine junge Kollegin angerufen, sie hieß … warten Sie … nein, ich komme nicht drauf. Also, sie rief an, weil es bei einem Ausflug in eine Jugendherberge einen Zwischenfall gegeben hatte. Sie ist mitten in der Nacht aufgewacht. Alle Betten waren leer, und aus dem Duschraum kam Lärm, Gelächter. Sie ist dem sofort nachgegangen. Die ganze Klasse war unten und stand im Kreis um einen Jungen herum. Er lag unter der Dusche, war gestürzt und hatte sich das Bein verstaucht oder gebrochen. Die Klasse hatte den Jungen wohl unter der Dusche überrascht, er soll angeblich onaniert haben … na ja, aber das eigentlich Sonderbare war: Der Junge war bleich wie der Tod. So oder so ähnlich hat sie es gesagt. Ihr war wohl früher schon aufgefallen, dass er sich schminkt. Sie wusste nie, warum. Aber jetzt, wo sie ihn da im Duschraum sah, wie ein Häufchen Elend, nackt, mit ganz und gar weißer Haut ...«

Weiße Haut. Geschminkt. Jans Herz schlug schneller. Und dann die Dusche – vielleicht ein Waschzwang. Sexuelle Frustration. Alles schien zu passen. Er wollte gerade fragen, ob sie sich daran erinnerte, wann das gewesen war, bremste sich dann jedoch. Die Frage würde sie durcheinanderbringen. Er musste direkt beim Thema bleiben. »Was ist dann passiert? Haben Sie etwas unternommen?«

Maria Hülscher nickte geistesabwesend. »Der Junge wollte nicht reden. Deswegen habe ich seine Eltern angerufen. Sie haben gesagt, es wäre alles in Ordnung. Also bin ich dort vorbeigegangen.« Sie lächelte spitzbübisch. »So leicht lasse ich mich nicht abschütteln.«

Jan verkniff sich die Frage nach dem Namen der Eltern. Er wusste, dass die geringste Unterbrechung, wie zum Beispiel das Kramen in der Erinnerung nach einem Namen, ihren Gedankenfluss stoppen konnte. Nichts war so störanfällig wie ein dementes Gedächtnis.

»Der Vater des Jungen hatte einen Laden. Eisenwaren, glaube ich. Und er war Alkoholiker, das konnte man sofort sehen. Die Mutter war anders. Gepflegt, irgendwie. Sehr bemüht um ihr Aussehen.« Sie kicherte, wurde aber sofort wieder ernst. »Die Tochter eines Parfümerie-Besitzers, habe ich später rausbekommen. Es sah irgendwie komisch aus, wie sie da so stand. So ... hübsch und duftend zwischen all dem blätternden Putz. Das Haus war heruntergekommen. Der Familie ging es nicht gut. Na ja, sie hat mich jedenfalls gar nicht erst zu dem Jungen gelassen. Ich hab ihn nicht einmal gesehen.«

»Wenn Sie ihn noch nicht einmal gesehen haben«,

fragte Katy, »warum können Sie sich dann noch so gut daran erinnern?«

Maria Hülscher zuckte zusammen, als sie Katys Stimme hörte. Sie sah zu ihr hinüber und kniff die Augen zusammen, um Katy besser sehen zu können. Jan fluchte innerlich wegen der Unterbrechung, verkniff sich aber eine Zurechtweisung. Jede Bemerkung von ihm würde die Unterbrechung nur noch verschlimmern.

»Wegen …«, Maria Hülscher senkte ihre Stimme zu einem heiseren Flüstern, »… den roten Augen.«

Jan erstarrte. Es lief ihm eiskalt den Rücken herunter, auch wenn das, was die alte Frau gerade gesagt hatte, nicht stimmen konnte. »Rote Augen?«, fragte er. »Woher wissen Sie das?«

Die Psychologin kicherte. »Sie sind mir ein Schlauberger. Ich weiß nicht, wo mein Karl Sie aufgetrieben hat, aber Sie sind wirklich ein Schlauberger! Wissen Sie, die ganze Sache hat mich nie so richtig losgelassen. Kennen Sie das? Wenn Ihnen so etwas wie ein Geist durch den Kopf spukt? Ich bin später noch einmal dort vorbeigekommen, an dem Haus. Das war … warten Sie …« Maria Hülscher runzelte die Stirn, dann winkte sie ab. »Ach, ich weiß nicht mehr, wann. Jedenfalls habe ich das Haus gesehen und mich erinnert. Ich habe geklingelt, und mir hat ein junger Mann aufgemacht. Er sah ganz normal aus, braune Haare, schlank … nur seine Augen, die waren hell, sehr hell. Und die Haut sah aus wie gepudert. Ich habe ihn nach seinen Eltern gefragt. Er hat gesagt, sie wären tot. Ich dachte damals, na gut, das ist vielleicht das Beste, was ihm passieren konnte. Nur die Art, *wie* er es gesagt hat, die war so … merkwürdig –«

Er hat seine Eltern umgebracht? Meint sie etwa das damit?

Jan spürte die kühle feuchte Luft förmlich unter seine Kleidung kriechen. Er fror. Hatte eiskalte Hände. Das Prasseln des Regens war angeschwollen und erinnerte ihn an die Nacht in Südfrankreich, in der Laura verschwunden war.

»Und da war noch etwas«, fuhr Maria Hülscher fort, »in dem Haus war noch jemand, eine Frau. Ich glaube, eine junge Frau. Sie rief nach ihm, wollte wissen, wer da an der Tür sei. Wenn es ihre Mutter wäre, dann solle er sie zum Teufel schicken, sie hätte schon genug Unheil angerichtet. So oder so ähnlich hat sie das gesagt.«

Maria Hülscher nickte, als wolle sie sich selbst bestätigen, dass ihre Erinnerungen richtig waren. »Ich weiß das noch so genau, weil seine Antwort so eiskalt war. Er hat ihr zugerufen, sie müsse sich keine Sorgen machen. Ihre Mutter würde ihr nie wieder Probleme machen. Dabei sah er mich die ganze Zeit an, mit diesen Augen.« Maria Hülscher stockte, als könnte sie den Blick noch jetzt spüren. »Und dann sind sie rot geworden, seine Augen. Ganz plötzlich, nur für einen kurzen Moment. Ich schwöre, es war so. Rot! Diesen Anblick werde ich nie vergessen. Vielleicht denken Sie ja, ich bin verrückt ... aber es war so ...«

Maria Hülscher verstummte. Die Welt stand für einen Augenblick still. Niemand im Zimmer schien zu atmen. Das einzige Geräusch war der Regen.

»Ich glaube Ihnen«, sagte Jan leise. »Erzählen Sie weiter.«

»Weiter ... ja.« Sie atmete seufzend aus. »Er hat gesagt, ich solle verschwinden. Ich würde hier nicht gebraucht. Ich ... ich hatte den Eindruck, wenn ich nicht sofort gehe, könnte es gefährlich werden. Also habe ich gemacht, dass ich davonkomme.«

Wieder seufzte sie. Ein Zittern durchlief ihren mageren

Körper in der Decke. Ihre grauen Haare bildeten eine wirre Aura um ihren Kopf, in der sich das gelbe Licht der Kerze fing. Eine Weile starrte sie wortlos in die zitternde Flamme.

»Karl?«, fragte sie unvermittelt. »Wer hat erlaubt, dass hier eine Kerze steht?«

Mit einem Mal war der Faden gerissen. Karl Floss wollte etwas sagen, doch Jan brachte ihn mit einem energischen Wink zum Schweigen. »Maria? Können Sie sich noch an den Namen der Familie erinnern? Oder den des Jungen?«

Keine Reaktion.

»Oder vielleicht den Straßennamen, wo das Haus der Familie stand? Oder wann ungefähr das passiert ist?«

Wieder nichts.

Als wäre eine Quelle versiegt.

Dann erhellte sich ihr Gesicht ganz plötzlich. Triumphierend hob sie einen Zeigefinger in die Höhe. »Es war irgendwas mit ›O‹, daran erinnere ich mich noch.«

»Vielleicht doch Nolte«, half Jan. »Peter Nolte.«

»Nein, nein. Er war nicht so gewöhnlich. Oder?« Maria Hülscher kratzte sich am Kopf. »Aber ja! Stadtneurotiker!«

»Was?«

»Der Stadtneurotiker. Von Woody Allen. Der hat doch damals einen Oscar bekommen. Und Diane Keaton auch. Ich liebe Diane Keaton. Ich habe den Film dreimal gesehen.«

»War das nicht Ende der siebziger Jahre?«, fragte Katy.

»Ich weiß nicht. Karl? Was sagst du? Waren wir da nicht zusammen drin?« Plötzlich schrak sie zusammen. »Karl, es regnet, hörst du? Sebastian ist noch draußen. Kannst du eben gehen?«

Kapitel 37

Berlin, 21. Oktober, 22:29 Uhr

Fjodor atmete ruhig und konzentriert, obwohl es ihm mehr als schwerfiel. Innerlich kochte er. Doch er wusste, wie wichtig es war, sich zusammenzureißen. Gerade jetzt. Gerade nach den letzten Stunden.

Das Auftragen der Ornamente war der beste Weg, um wieder zu einer höheren inneren Ordnung zu finden. Der Druck des Stiftes auf der Haut, das Abfahren der Linien, die er in über dreißig Jahren Tausende Male gezeichnet hatte.

Es gab keinen Moment, in dem er sich selbst intensiver spürte. Sein Wille konzentrierte sich gleichsam in der winzigen schwarzen Stiftspitze, die seine Haut entlangfuhr, mit sanftem, unnachgiebigem Druck. Er spürte jedem Strich nach, jeder Bewegung. Erst im Gesicht, dann am Hals. Immer wieder tauschte er die stumpf werdenden Stifte aus. Für den Hinterkopf schloss er meist die Augen. Die äußeren Linien konnte er blind malen; seine Kopfhaut wies ihm den Weg. Nur beim Ausmalen brauchte er die seitlichen Spiegel.

Danach spitzte er die stumpfen Stifte wieder, jeden einzelnen mit vierzehn halben Umdrehungen im Spitzer. Er musste nicht prüfen, ob sie gleich lang waren. Er wusste es. Früher hatte er die Stifte nebeneinander aufgereiht. Inzwischen steckte er sie mit der Spitze nach oben in ein Glas. Insgesamt 37 Stifte. Mehr passten nicht hinein. Der Anblick gefiel ihm. Aufwärts gerichtete schwarze Pfähle.

Als er fertig war, ging es ihm besser. Die Zerrissenheit hatte nachgelassen. Die Linien waren wieder klar.

Er nahm sein Telefon und wählte Lauras Festnetznummer – zum siebzehnten Mal an diesem Tag.

Niemand hob ab.

Warum war sie immer noch nicht in der Wohnung? Warum versteckte sie sich vor ihm? Er hatte doch sogar die Fotos in ihrem Flur abgehängt, damit sie sie nicht länger ertragen musste.

Zumindest wusste er seit heute, dass sie nicht bei Jan war. Auch Jan suchte immer noch nach ihr. Versteckte sie sich am Ende deshalb? Hatte sie Angst vor Jan?

Nein. Er wusste, dass er das glauben *wollte*. Aber so war es nicht. Schon in Südfrankreich hatte sie sich nach ihm verzehrt. Er hätte es sofort erkennen müssen. Und wie sie ihm dann seinen Namen verschwiegen hatte und gekämpft hatte für diesen Schwächling!

Bisher war es sein wichtigstes Ziel gewesen, Jan zu beseitigen. Aber jetzt, da Laura wie vom Erdboden verschluckt war, spürte er den Verlust so stark wie nie zuvor. Er bereute, dass er sie hatte gehen lassen. Das war gegen die Natur der Dinge. Ein Planet hatte sich um die Sonne zu drehen. Doch aus irgendwelchen Gründen blieb Laura nie auf ihrer Umlaufbahn. Als wäre sie ein Irrlicht und kein Planet. Und schuld daran war Jan. Dieser Schwächling verhielt sich wie ein scheiß Asteroid auf Kollisionskurs! Einer, der unweigerlich auf Laura zusteuerte. So wie sie auch auf ihn zusteuerte.

Gravitation. Es war alles eine Frage der Anziehungskraft.

Laura musste zurück in ihre Umlaufbahn. Für immer! Und um Laura zurückzuholen, brauchte er Jan. Den Rest würde die Anziehungskraft erledigen.

Er wusste jetzt, was zu tun war. Doch zuallererst musste er das Chaos reduzieren.

Zu viele Planeten um die Sonne waren nicht gut.

Man verlor den Überblick. Wusste nicht mehr, wer sich wo und wie drehte.

Er stand vor der Galerie und wandte sich nach links, zur nächstliegenden Tür. Die Stifte im Zylinderschloss klackten, als er den Schlüssel einführte.

Wärme schlug ihm entgegen und ein leichter Geruch nach Fäkalien. Widerwärtig! Doch heute musste es egal sein.

Von der hinteren Wand des Raumes kam ein leises Schaben. Nackte Haut auf Beton.

»Hallo, Prinzessin«, flüsterte er.

Nichts. Keine Antwort.

Seit der Panne vor vier Tagen war sie kaum mehr ansprechbar. Als wenn mit dem bisschen Blut auch ihr Verstand ausgelaufen wäre. Vielleicht hätte er sie doch besser gleich sterben lassen, statt die kleinen weißen Hähne an den Schläuchen wieder zuzudrehen. Aber irgendwie war ihm das nicht richtig vorgekommen.

Wie sie da hockte! Vor ihrer Pritsche, immer mit dem gleichen Gesichtsausdruck, immer die Decke über sich, obwohl es viel zu warm hier drinnen war, und immer kniff sie die Beine auf die gleiche Weise zusammen, all das, damit er ihre Scham und Brüste nicht sehen konnte. Ganz automatisch musste er wieder an Laura denken. Plötzlich klang das Wort Prinzessin ganz und gar hohl, so wie es ihm gerade herausgerutscht war. Das hier war keine Prinzessin. Nicht, solange es Laura gab.

Laura war eine Prinzessin.

Diese Frau hier war es nicht. Diese Frau war ein Planet zu viel.

»Weißt du, warum Gravitation so wichtig ist?«, fragte er.

Stille. Keine Antwort.

»Ohne Gravitation übernimmt das Chaos die Kontrolle. Leute wie mein Vater. Leute wie Jan Floss. Oder Ärzte. Alle möglichen Kräfte bestimmen dann über dich. Es gibt kein Richtig und kein Falsch mehr. Keine klaren Umlaufbahnen. Die Falschen leben, und die Richtigen kommen um.«

Wieder keine Reaktion.

»Du könntest wenigstens nicken.«

Sie nickte.

»Aber du verstehst es nicht, oder?«

Nach kurzem Zögern schüttelte sie den Kopf.

»Stell dir vor, es gibt da einen Arzt. Einen Chefarzt. Dieser Chefarzt ist ein arroganter anmaßender Mistkerl. Er ist ein Asteroid. Und du bist auf deiner Umlaufbahn. Jemand hat dich dahin gesetzt. Das ist gut und richtig so. Vorherbestimmt. Du ziehst deine Bahnen. Und jetzt kommt der Chefarzt. Du weißt, er ist dafür bezahlt worden, dich bei deiner nächsten Operation zu töten. Das Geld ist geflossen, und er ist auf Kollisionskurs. Wenn er einschlägt, wird er dich vernichten. Würdest du dir nicht wünschen, ich würde ihn besuchen, diesen scheiß Asteroid?

Ich würde zu ihm nach Hause fahren, mich in seiner Garage verstecken. Gegen zwei Uhr nachts bewegt sich das Garagentor wie von Geisterhand. Fernsteuerung. Zwei runde Scheinwerfer. Er kommt mit seinem scheißteuren und scheißlauten Porsche in die Garage gerollt. Ich verstecke mich hinter seinem Zweitwagen, einem Benz.

Das Garagentor geht zu, das Neonlicht springt an, und der Arzt steigt aus. Denk daran, er ist der Asteroid, der dich killt. Er hat Kurs auf dich genommen. Wie in *Arma-*

geddon. Das Ding fliegt auf dich zu wie in einem Hollywood-Film.

Ich richte mich auf, damit er mich sieht, und lege den Finger auf die Lippen. Er keucht nur, schafft es noch nicht einmal, zu schreien.

Ich bin mit zwei Schritten bei ihm, halte ihm ein Messer an die Kehle.

›Wer … wer sind Sie‹, stammelt er.

Ich lächele nur.

›Was wollen Sie? Wollen Sie Geld? Ich … mein Portemonnaie ist –‹

›Ich will Ihr Geld nicht‹, unterbreche ich ihn. ›Ich will, dass Sie die Operation abblasen und sie nicht töten.‹

Er starrt mich entgeistert an, ist entsetzt darüber, was ich alles weiß, und behauptet: ›Ich würde nie jemanden töten.‹

Und in diesem Moment weiß ich, dass dieses Gespräch sinnlos ist. Er fliegt und fliegt und wird nicht bremsen. Ich muss mich entscheiden. Ich bin Bruce Willis. Ich bin auf dem scheiß Asteroid gelandet. Was soll ich tun? Was würdest du von mir erwarten?«

Sie gab keine Antwort. Sie hockte nur da, sah ihn an, mit ihren starren und zugleich matten Augen. Die lange Zeit in ihrem Gefängnis hatte sie mürbe gemacht, wie all die anderen vor ihr auch. Dennoch gab es keinen besseren Weg, ihr den Teint zu verschaffen, den sie brauchte.

»Ich sage dir, was du wollen würdest. Tu es, würdest du denken. Jag das scheiß Ding in die Luft. Vielleicht würdest du es nicht sagen, aber du würdest es denken. Und ich würde es tun. Für dich! Wärst du mir dankbar?«

Er sah, wie sie zögerte – war das zu glauben?

Endlich nickte sie.

»Das solltest du auch«, flüsterte er. »Manchmal muss

man das Falsche tun, weil es richtig ist. Weil nur so das Richtige möglich wird. Das Richtige hat manchmal zu wenig Platz im Universum.«

Wieder nickte sie stumpf.

»Dann wirst du auch verstehen, dass ich den Platz brauche. Für die beiden Mädchen.«

Er sah ihr an, dass sie es wieder nicht verstand.

Erst als sie die glänzende scharfe Klinge sah, schrie sie.

Mit federleichtem Herzen trat er an sie heran. Er wusste ja, dass es richtig war.

Planeten reduzieren. Übersicht gewinnen.

Aber war es denn richtig?

Oder war er gerade dabei, die Kontrolle zu verlieren, wegen eines scheiß Asteroiden?

Hieß Kontrolle nicht auch etwas aushalten können?

Abwarten können?

Vielleicht gab es noch eine andere Möglichkeit. Vielleicht lohnte es sich, sie aufzuheben. In zehn Tagen war Halloween. Vielleicht hatten sich bis dahin die Dinge geändert.

Zu viel *Vielleicht*, dachte er.

Vielleicht, das ist Froggy.

Ich bin Fjodor.

Er starrte sie an, dieses weiße Häufchen Unglück. Sie konnte immer noch eine Prinzessin werden.

Ohne ein Wort drehte er sich um und eilte aus dem Raum. Es reicht auch eins der Mädchen, dachte er. Auch das wird die Zahl der Planeten reduzieren.

Kapitel 38

Berlin, 21. Oktober, 22:38 Uhr

Jan trat mit seinem Vater und Katy aus dem Haupteingang des Seniorenheims. Der Regen trommelte wie wild auf das Vordach. An der linken Vorderkante lief ein dickes Rinnsal vom Dach herunter und spritzte auf das Pflaster.

Karl Floss reichte seinem Sohn einen dunkelgrauen Regenschirm.

»Danke«, murmelte Jan.

»Du bist mir noch ein paar Erklärungen schuldig«, sagte sein Vater. Er hatte ganz kleine Augen und sah aus, als bräuchte er schon seit Stunden dringend Ruhe.

»Du bist mir auch ein paar Erklärungen schuldig, aber ich bekomme sie trotzdem nie.«

»Was für Erklärungen sollen das denn bitte sein?«

Jan sah ihn fassungslos an. »Ist das dein Ernst?« Das Gespräch mit Maria Hülscher war plötzlich wie weggewischt. »Du setzt mich vor die Tür, verkaufst die Firma, ohne es mit mir zu besprechen? Und dann fragst du noch, welche Erklärung du mir schuldig bist?«

Karl Floss schüttelte unwillig den Kopf. »Ich hab dir einen Gefallen getan. Ich versteh dieses ganze undankbare Geschwätz überhaupt nicht.«

»Einen *Gefallen*?«

»Was denn sonst? Ich wusste doch, dass du niemals in der Branche arbeiten wolltest. Das wolltest du nie. Werbung! Das war doch für dich immer der letzte Dreck. Das wollte ich dir nicht antun. Also habe ich Eisner abgesagt, schweren Herzens.«

»Abgesagt?«, wiederholte Jan.

»Er hätte mehr bezahlt, wenn du in der Agentur geblieben wärst. Aber ich habe darauf bestanden, dass du da rauskommst.«

Jan kam sich vor, als hätte ihm jemand die Beine weggerissen. »Warum fragst du mich nicht einfach, bevor du so etwas entscheidest, verdammt?«

»Fragen, fragen«, brummte sein Vater. »Ich weiß doch, wie du bist.«

»So? Meinst du? Ich weiß gar nicht, ob ich jemals etwas gegen Werbung hatte.«

»Doch, hattest du.«

»Ich hatte etwas dagegen, in deiner Firma zu arbeiten. Mit dir als Chef. Mit deinen Ansprüchen. Ich –« Jan brach ab, weil er Katys Hand auf seinem Rücken spürte.

Sein Vater starrte ihn an, mit offenem Mund, zutiefst verletzt. »Ich hab das für dich gemacht.«

»Großartig«, stieß Jan hervor, hob in einer Geste von Rat- und Fassungslosigkeit die Hände und ließ sie wieder fallen.

Niemand sagte etwas.

Jan fühlte sich so einsam wie schon lange nicht mehr, und gleichzeitig spürte er, dass sein Vater es ernst gemeint hatte. Er hatte wirklich geglaubt, das Richtige zu tun. Wir sind wie ein Puzzle, in dem die verbindenden Teile fehlen, dachte er. Was wäre gewesen, wenn Theo noch da wäre? Wenn seine Mutter geblieben wäre?

Sein Vater seufzte. Es klang beinah wie ein Knurren. »Wenn das falsch war, dann tut es mir leid.«

Jan nickte. Er wusste, dass es eine Entschuldigung war, aber es fühlte sich dennoch nicht so an.

»Ich glaube, wir sollten los, nach Hause«, sagte Katy leise.

Nach Hause. Wo war das eigentlich, fragte sich Jan. Etwa bei Greg? Der Gedanke kam ihm grotesk vor, traf aber zu. »Ja. Sollten wir wohl«, sagte er. Er straffte die Schultern, sah, wie Katy sich von ihrem Vater verabschiedete. Er selbst schaffte es nicht, ihn zu umarmen, stattdessen spannte er den Schirm auf, nickte knapp und lief los.

»Viel Glück«, rief sein Vater ihm nach.

Jan drehte sich um, sah, wie er da stand, ein alter Mann mit einem Gehstock, verlorenem Blick, hinter einem Vorhang aus Regen.

»Danke«, rief Jan. »Für vorhin, mit Maria Hülscher.«

Sein Vater hob die Hand für ein kurzes steifes Winken. Katy hakte sich bei ihm ein und schlüpfte unter den Schirm.

Wenig später in der Bahn, schwiegen Jan und Katy immer noch. Das Wasser tropfte vom Regenschirm auf den Boden und bildete eine Pfütze.

Katy hatte ihr Smartphone in den Händen und tippte darauf herum. »Der Stadtneurotiker, von Woody Allen«, sagte sie schließlich. »Das war 1977.« Sie ließ ihr Smartphone sinken. Es war typisch für Katy, dass sie Jans Streit mit ihrem Vater nicht weiter erwähnte. Und er war ihr mehr als dankbar dafür.

1977. Jan rechnete nach. So rasch das Gespräch mit Maria Hülscher vorhin an Bedeutung verloren hatte, so massiv trat es nun wieder in den Vordergrund. »Peter Nolte war auf dem Foto im Nordholm-Jahrbuch von 1993 etwa Anfang dreißig. Heute müsste er also Anfang fünfzig sein, und damals, 1977, ungefähr zwanzig. Beides passt.«

»Und du glaubst wirklich, dass er es geschafft hat, seinen Albinismus an der Schule zu verbergen?«

»Wenn ich an die Geschichte von Maria Hülscher denke, dann schon. Er macht das ja offenbar schon seit seiner Kindheit. Auch in der Schule. Damals in dieser Dusche, so erwischt zu werden, das hatte sicher katastrophale Folgen für ihn. Danach wird er noch gewissenhafter geworden sein. Ich vermute, er hat jede noch so kleine Kleinigkeit kontrolliert.«

»Aber so ein Kontrollfreak muss doch auffallen.«

»Vielleicht muss ich morgen früh noch einmal Direktor Breitner anrufen.«

»Meinst du, der redet noch mal mit dir, nach der Geschichte heute?«

»Kommt sicher auf meine Wortwahl an«, sagte Jan. Er versuchte ein Grinsen, doch es geriet zu einer Grimasse. »Aber mich beschäftigt noch etwas anderes. Ich frage mich die ganze Zeit, wie uns dieser Typ gefunden hat. Zuerst war er in meiner Wohnung. Gut, meine Adresse ist kein Geheimnis. Wenn er meinen Namen kennt, dann kann er auch recherchieren, wo ich wohne. Dann taucht er plötzlich unter der Brücke auf. Vielleicht, weil es einer von Lauras Lieblingsplätzen ist. Und da es irgendeine Verbindung zwischen ihm und ihr gibt, kennt er diesen Platz. Vielleicht hat er sogar die Fotos gemacht.

Aber wie in aller Welt schafft er es, uns in Nordholm aufzuspüren? Ist er uns schon von Berlin aus gefolgt?«

»Das wäre mir aufgefallen«, meinte Katy. »Ich gucke oft in den Rückspiegel, und ich bin sicher, auf dem Hinweg war er noch nicht da.«

»Dann müsste ihm jemand von Nordholm aus Bescheid gegeben haben.«

»Moment mal«, sagte Katy. »Dieser Kerl hatte doch ein Berliner Kennzeichen. Und von Berlin bis Nordholm sind es drei Stunden. Das haut nicht hin. Da wären wir schon längst wieder weg gewesen, wenn er in Nordholm angekommen wäre.«

»Außer«, gab Jan zu bedenken, »der Direktor hat ihn angerufen. Er wusste als Einziger schon vorher Bescheid, dass wir kommen.«

»Aber du hast dich doch noch nicht mal mit deinem eigenen Namen bei ihm vorgestellt. Das hieße ja …«

»Dass er trotzdem gewusst hat, wer ich bin«, führte Jan den Gedanken fort. »So war es ja auch. Breitner schien doch von Anfang an zu wissen, dass mit meinem Namen etwas nicht stimmt …«

Katy schwieg beklommen. »Meinst du«, fragte sie nach einer Weile, »Breitner steckt da irgendwie mit drin?«

Jan nickte grimmig. »Irgendwas stimmt da jedenfalls nicht. Ich verstehe nur noch nicht ganz, was, verdammt. Aber so wie er zunächst bei der Geschichte mit Nolte gemauert hat, könnte ich mir vorstellen, dass es Breitner um mehr ging als nur um den guten Ruf seiner Schule.«

»Denkst du, er hat gelogen und die beiden haben noch Kontakt?«

»Das würde zumindest einiges erklären.«

»Scheiße«, murmelte Katy. Sie war blass geworden. Jan wusste nur zu gut, was gerade in ihr vorging. Sie bekam Angst. Zu Recht. Wenn Breitner in diese Sache verwickelt war, dann war jetzt vielleicht auch Katy in Gefahr. Warum bloß hatte er sie da mit hineingezogen?

Als Jan und Katy aus der Bahn stiegen, regnete es immer noch. Straßenlampen und Autoscheinwerfer warfen glitzernde Inseln auf den Asphalt. Immer wieder drehten sie sich um, mit dem diffusen Gefühl, verfolgt zu werden. Immer wieder musste Jan an Laura denken. Wo zum Teufel steckte sie nur?

An Gregs Haustür fummelte Katy einen einzelnen

Schlüssel aus ihrer Jeans und öffnete. Als sie die Wohnung betraten, fiel ein Teil der Anspannung von ihm ab. Hier waren sie wenigstens sicher. Eine bleierne Müdigkeit überfiel ihn, außerdem hatte er seit einer Ewigkeit nichts mehr gegessen. »Meinst du, Greg hat noch etwas zu essen und 'ne Dose Bier im Kühlschrank?«

Katy grinste matt. »Falls du 'ne Fertigpizza suchst, da bist du bei Greg falsch. Aber Bier – kann schon sein. Wonach riecht das hier eigentlich?«

»Keine Ahnung.« Jan schlug den Weg zur Küche ein. Das Bier lief ihm in Gedanken schon die Kehle hinab. Er öffnete die Küchentür und blieb stehen, als wäre er vor eine Wand gelaufen. Beißender Gestank schlug ihm aus der Dunkelheit entgegen. Instinktiv presste er eine Hand vor Mund und Nase, tastete nach dem Lichtschalter, fand ihn und drückte.

Die Deckenleuchte flammte auf.

Entsetzt fuhr Jan zurück.

Hinter seinem Rücken schrie Katy.

Mitten in der Küche, auf einem der Stühle, saß Greg. Sein Körper war mit Frischhaltefolie am Stuhl fixiert. Lediglich sein Kopf war nicht umwickelt. Sein Gesicht war gezeichnet von kleineren Brandwunden. Die Stelle, an der sein rechtes Ohr hätte sein müssen, war verkohlt; um die schwarzrote Wunde hatte die Haut Blasen geworfen. In seinem weit aufgerissenen Mund steckte ein Ballen Frischhaltefolie, und die Augen hatten jeden Glanz und Ausdruck verloren.

Kapitel 39

Berlin, 21. Oktober, 22:46 Uhr

Laura hörte weit entfernte Schritte. Im Gegensatz zu ihrem vorherigen Gefängnis war dies hier hellhöriger. Die Holztür wirkte zwar stabil, schien aber nicht schalldicht zu sein. Das Marmortreppenhaus und der Flur bildeten eine Art Trichter, in dem sich jedes Geräusch fing und verstärkte. So wie Bucks Schritte, die jetzt die Stufen emporkamen.

Laura stand auf. Sie wollte nicht vor ihm herumstolpern, wenn er am Seil zog. Sie wollte ihm wenigstens aufrecht begegnen. Ihr Kiefer verspannte sich. Schon jetzt biss sie die Zähne zusammen, in Erwartung weiterer Qualen und Demütigungen. Ihre Haut brannte noch von den letzten Schlägen. Was, wenn er diesmal Schlimmeres vorhatte?

Sie hatte fieberhaft überlegt, wie sie Buck entkommen konnte.

War sie stark genug, das Seil zu packen, an dem sie hing, sich emporzuschwingen und ihre Beine um Bucks Hals zu werfen? Ihre Beine waren ja frei, und wenn sie seine Kehle zwischen ihren Schenkeln hätte, könnte sie versuchen, ihm die Luft abzudrücken.

Aber was dann?

Selbst wenn sie ihn so überwältigte, was sollte sie als Nächstes tun? Sie würde immer noch am Seil hängen, die Arme weit über den Kopf gestreckt. Wie sollte sie da an den Schlüssel für die Handschellen kommen?

Die Schritte hallten jetzt den Flur entlang, kamen unaufhaltsam näher.

Wie viele Meter noch?

Vielleicht sechs? Oder acht?

»Halt!« Eine schneidende Stimme hallte durch den Flur.

Die Schritte verstummten augenblicklich.

Was war das?

»Umdrehen!«, befahl die Stimme. Lauras Herz machte einen Satz. Das war nicht Bucks Stimme.

Einen endlos langen Moment war es still. Laura stellte sich vor, wie Buck mitten im Gang stand, wie erstarrt, und sich langsam umdrehte.

»Du?« Es klang ungläubig, so als würde der Mann, dem die schneidende Stimme gehörte, Buck kennen. Laura wollte sich gerade bemerkbar machen und um Hilfe rufen, als sie wieder die Stimme hörte. Diesmal nicht schneidend, sondern kalt, leise und eindringlich. »Was zum Teufel hast du hier verloren, Buck Stelzer?«

Der Hilferuf blieb Laura im Hals stecken. Ihr Magen krampfte sich zusammen. Diese Stimme kannte sie. Es war die des Mannes mit den roten Augen, die des Tätowierten.

Sie begann zu zittern.

»Das Gleiche könnte ich Sie fragen«, schnarrte Buck. Nach dem ersten Schreck schien er sich gefangen zu haben. »Was haben *Sie* hier verloren?«

Im Flur waren wieder Schritte zu hören.

»Das ist mein Haus«, sagte Buck. Es klang aggressiv und zugleich ängstlich. Er zog sich offenbar weiter in den Flur zurück. »Verschwinden Sie gefälligst.«

»Verrat mir, was du hier machst«, sagte der Tätowierte.

»Wer auch immer Sie sind – das geht Sie einen feuchten Dreck an«, sagte Buck.

»Mit Dreck kennst du dich aus, Buck, oder? Du hast dich schon immer im Dreck gesuhlt. Dein ganzes Leben lang. Erst mit Geld, dann ohne.«

Laura stockte der Atem. Der Tätowierte schien Buck schon seit einer Ewigkeit zu kennen. Was hatte das alles zu bedeuten?

»Wer sind Sie, verdammt?« Buck stand direkt vor Lauras Tür.

»Steck das Ding weg und hör auf, mich zu siezen«, sagte der Tätowierte. »Das ist lächerlich.«

»Bleib weg von mir. Verschwinde aus meinem Haus.«

»Ach. Dein Haus? Und du glaubst, du fuchtelst ein bisschen mit dem Taschenmesser rum und schon lasse ich dich laufen? Glaubst du, du bist immer noch so unantastbar wie damals?«

»Wer zum Teufel bist du?«

»Ich bin dein wiederauferstandener Alptraum, Buck Stelzer. Du musst durch die Streifen in meinem Gesicht hindurchsehen. Ein Teil von mir ist immer noch da, zwischen den schwarzen Streifen. Aber vielleicht hilft es dir, wenn ich mein Hemd aufknöpfe. Vielleicht erinnerst du dich ja dann.«

Einen Augenblick war es still. Laura glaubte, das Rascheln von Kleidung zu hören.

»Du?«, keuchte Buck ungläubig. »Du bist das?« Also kannte Buck den Tätowierten auch. Aber woher?

Plötzlich lachte Buck auf, laut und meckernd. Er klang regelrecht befreit, als wäre alle Angst von ihm abgefallen. »Du hast recht, daran erinnere ich mich tatsächlich. Ich sehe es noch vor mir, wie du da mit deinem Schwanz in der Hand unter der Dusche gestanden hast, den Namen meiner Schwester auf den Lippen. Mann, du warst weißer als die Kacheln an der Wand. Und jetzt hast du die

Stirn, hierher zu kommen und einen auf unheimlich zu machen?« Buck lachte abermals. »Einmal Freak, immer Freak, was?«

»Fühlst du dich stark?«, fragte der Tätowierte leise. »Unbesiegbar? So wie damals?«

»Unbesiegbar. So wie damals«, äffte Buck sein Gegenüber nach. »Ich war nie unbesiegbar. Aber für so einen wie dich, Froggy, da hat es immer gereicht!«

Laura erstarrte. Was hatte Buck gesagt?

Froggy?

»Froggy ist nicht mehr da«, flüsterte der Tätowierte.

Nein, dachte Laura. Das kann nicht sein. *Nicht dieser Name.* Ihr Herzschlag setzte für einen Moment aus.

Das ist unmöglich.

Aber es gab nur diesen einen Menschen, von dem sie wusste, dass er früher Froggy genannt worden war. Sie fragte sich, warum sie es nicht früher bemerkt hatte, warum sie ihn nicht selbst erkannt hatte, an der Stimme, an seiner Haltung, als er vor ihr gestanden und sie auf diesem verdammten Stuhl gesessen hatte, gefesselt und verschleppt, von ihm.

Sie erinnerte sich zurück an das seltsame Gefühl, das sie neben all ihrer Angst gehabt hatte. Das Gefühl, dass sich irgendetwas in ihr regte, ihr irgendetwas bekannt vorkam.

Und dennoch hatte sie ihn nicht erkannt.

»Wie kann Froggy denn nicht mehr da sein, wenn er hier vor mir steht«, höhnte Buck. »Du bist und bleibst Froggy. Bis an dein beschissenes Lebensende, kapierst du? Einmal Froggy, immer Fro…«

Ein dumpfes Krachen ließ Laura zusammenfahren. Die Tür bebte. Für einen Moment war es mehr als still. Dann hörte sie ein Stöhnen.

Und wieder ein Krachen.

Und wieder.

Bei jedem Mal vibrierte die Tür, und bei jedem Stoß ertönte ein Ächzen.

Ein Körper rutschte am Türblatt abwärts.

Sie hörte die Stimme des Tätowierten, ganz nah an der Tür, flüsternd, voller Hass. »Froggy ist nicht mehr. Jetzt gibt es nur noch mich. Und ich kann alles tun, was ich will.«

Dann ein letzter dumpfer Hieb, dazu ein Geräusch, als steche jemand ein Messer in einen Sack Mehl.

»Wirklich alles!«

Schritte entfernten sich, liefen die Marmorstufen hinab und wurden vom satten Klang einer zuschlagenden Haustür abgeschnitten.

Laura starrte auf die rote Lache, die von jenseits der Tür durch die Ritze hereinsickerte, dunkel wie ein Schatten, der nach ihr griff und sie in den Abgrund zog. Tränen stiegen ihr in die Augen. Sie zitterte am ganzen Leib. Ihr Körper rebellierte. Ihr Verstand weigerte sich, zu glauben, was sie gerade gehört hatte.

Buck war tot.

Aber das hatte keine Bedeutung mehr. Sie empfand weder Befreiung noch Bestürzung darüber.

Es gab nur noch eins, woran sie denken konnte:

Froggy.

Kapitel 40

Berlin, 21. Oktober, 23:07 Uhr

Jans Schockstarre löste sich nach einer gefühlten Ewigkeit. Tatsächlich dauerte es nicht mehr als eine halbe Minute.

Er machte auf dem Absatz kehrt, nahm Katy in den Arm und schob sie aus der Küche ins Schlafzimmer, wo er sie auf das Bett setzte.

Ihre Gesichtsfarbe war aschgrau, ihr Kinn bebte. Behutsam legte er ihr die Bettdecke über die Schultern. Gregs Bettdecke.

Jans Gedanken überschlugen sich. Warum Greg? Was hatte er von ihm gewollt?

Plötzlich überfiel ihn ein schlechtes Gewissen. Die ganze Zeit über hatte er gegenüber Greg seine Vorurteile gepflegt, ohne auch nur eine Sekunde darüber nachzudenken, dass er für Katy vielleicht sehr viel mehr war als nur eine billige Ablenkung vom Ehefrust.

»Ist … ist er tot?«, fragte Katy.

Jan nickte. »Ja«, sagte er leise und drückte sie an sich.

»Bist du sicher? Du hast nicht nachgesehen …«

»Ich muss nicht nachsehen, Katy. Er ist tot.«

Stille.

Er wartete darauf, dass sie weinen würde. Aber sie tat es nicht. »Warum macht er das?«, stammelte sie. »Warum Greg?«

»Er ist hinter mir her«, sagte Jan.

»Aber woher weiß er von Greg?«

»Greg war mit in Frankreich.«

»Nein, ich meine, woher weiß er, wo Greg wohnt?«

»Er muss uns irgendwie gefolgt sein. Vielleicht wusste er es auch schon vorher.«

Katy sagte nichts, knetete aber unaufhörlich ihre Hände. Das Geräusch der aneinanderreibenden Haut klang trocken in der Stille. Der Geruch nach verbranntem Fleisch hing in der Luft.

»Wenn er es auf dich abgesehen hat und uns bis hierher gefolgt ist, warum wartet er dann, bis wir weg sind, und bringt Greg um?«

»Ich weiß es nicht«, sagte Jan.

Wieder Stille.

Händereiben.

Gedankenrasen.

»Was hat er mit Greg gemacht?« Katys Stimme bebte.

»Ich glaube, er … es sieht aus, als hätte er ihn …«

»Gefoltert?«, flüsterte Katy. Das Wort klang in der Stille nach.

»Ja.« Jan schluckte. Die Vorstellung war einfach ungeheuerlich.

»Was hätte Greg ihm denn sagen können? Wo wir sind? Das wusste er doch gar nicht.«

Jan starrte ins Leere. Genau das ist die Frage. Was wusste Greg, das diesem Ungeheuer nutzen konnte? Über Katy sicher eine Menge, dachte er. Aber über mich?

Plötzlich spürte er, wie sich Katy neben ihm versteifte. Ihre linke Hand umklammerte seinen Unterarm. »O Gott«, hauchte sie.

»Was?«

Katy deutete auf den kleinen Nachttisch neben dem Bett. »Das Foto.«

»Welches Foto?«, fragte Jan. Auf dem Nachttisch stand nur ein klobiger rechteckiger Digitalwecker.

»So ein kleines Bild aus dem Fotoautomat, ich hab es in den Rahmen vom Wecker geklemmt.«

»Katy, *was* für ein Foto?«

»Ein Bild von Nele und Anna.«

Jan hatte das Gefühl, von einem Güterzug erfasst zu werden. Sein Herz begann zu rasen. Schlagartig fügte sich alles zu einem Bild.

Bei allem, was dieser Psychopath getan hat, geht es um mich, dachte Jan.

Er war in meiner Wohnung und wollte mich töten. Er hat mich unter der Brücke aufgespürt, und er hatte mich in Gregs Wohnung gefunden. Jedes Mal bin ich davongekommen. Und jedes Mal hat dafür jemand anders bezahlt.

Anna und Nele.

Seine Brust wurde eng. Wie hatte er nur so naiv sein können. Es war nur eine Frage der Zeit gewesen, bis er darauf kam, ihn mit seiner Familie aus der Reserve zu locken.

»Bitte sag, dass das nicht wahr ist«, flüsterte Katy.

Jan sprang auf, zog Lauras Handy aus der Jackentasche und wähle 110. Er presste das Handy ans Ohr, fühlte eine Ader an seiner Schläfe pochen.

Tuuut.

Katy saß da wie paralysiert, starrte fassungslos auf die Stelle am Wecker, wo das Foto fehlte.

Tuuut.

»Das lasse ich nicht zu«, würgte Jan heiser hervor. »Das – lasse – ich – nicht – zu!«

Kapitel 41

Berlin, 21. Oktober, 23:24 Uhr

Als Jan die Verbindung trennte, stand Katy vor ihm. Sie war aufgestanden, ohne dass er es bemerkt hatte. Ihre Finger krampften sich um ihr Mobiltelefon. »Zu Hause nimmt keiner ab«, sagte sie heiser.

»Hast du Sörens Mobilnummer probiert?«

»Beide Nummern.«

Sie sahen sich an.

Katy hatte Tränen in den Augen. »Abends macht er die Dinger immer leise. ›Irgendwann muss Ruhe sein‹, betont er jedes Mal.«

Jan nickte nur.

»Ich muss da hin«, sagte Katy mit brüchiger Stimme.

Im Flur lag Gregs Wagenschlüssel. Sie rannten aus dem Haus, auf den Gehweg. Jan drückte den Knopf für die Zentralverriegelung. Etwa 30 Meter weiter auf der linken Seite blinkte es orange.

»Lass mich fahren.« Katy streckte die Hand nach dem Schlüssel aus.

Jan sah auf ihre zitternden Finger. »Kommt nicht in Frage.«

»Es sind meine Kinder«, protestierte Katy.

»Und meine Nichten.« Jan startete den Motor. »Außerdem hast du einen Schock.«

Er saß zum ersten Mal am Steuer des Cherokee und war überrascht, wie schnell und schwerfällig zugleich der

Wagen war. Er fuhr selten Auto und war froh über die Automatik.

»Vorne rechts«, sagte Katy.

Jan schlug das Lenkrad ein und folgte der Wegbeschreibung seiner Schwester. Er hätte den Weg vermutlich auch so gefunden, aber sie kannte mit Sicherheit die kürzeste Strecke.

Katy saß neben ihm und wählte pausenlos Sörens Nummer. Jan warf ihr einen besorgten Blick zu. »In fünf Minuten sind wir da«, versuchte er sie zu beruhigen. Seine Stimme hatte diesen hohlen Klang von Unsicherheit. Ein bohrendes Schuldgefühl wühlte in seinem Inneren.

»Ich halt das nicht aus«, stöhnte Katy, ballte die Fäuste und drückte ihre Nägel in die Handflächen.

Häuser flogen vorbei. Jan überfuhr zwei rote Ampeln, vor denen niemand stand. Beim nächsten Rotlicht blieb er stehen. Mehrere Autos kreuzten die Straße, darunter ein Bus. Kaum war die Straße wieder frei, gab er Gas.

»Meinst du, die Polizei ist schon da?«

Jan überlegte. Seit dem Notruf bei der Polizei waren gerade einmal acht Minuten vergangen. »Hoffentlich.« Mehr brachte er nicht heraus. Stattdessen versuchte er sich auf den Verkehr zu konzentrieren.

Drei Minuten später bogen sie in die Fontanestraße ein. Auf beiden Seiten Straßenlampen, gelbe Lichtpunkte in der Nacht. Einfamilienhäuser mit Garten unter schwarzem Himmel. Kein Blaulicht weit und breit. Das Haus von Katy und Sören Bengtson lag am Ende der Straße, war in den Fünfzigern gebaut worden und leidlich saniert, mit gelb gestrichenem Putz und einem steilen Spitzdach über dem Erdgeschoss. Unter den grauen Dachpfannen lagen die Kinderzimmer.

Im Haus war alles dunkel.

Jan schaltete die Scheinwerfer aus und ließ den Wagen die letzten Meter im Dunkeln rollen. Dann stiegen sie aus.

Jan warf Katy einen warnenden Blick zu und legte den Zeigefinger auf die Lippen. Sie drückten die Türen des Cherokee leise zu. Am Gartentor holte Jan die Angst ein. Plötzlich hatte er Gandalf vor Augen und die Leichtigkeit, mit der ihn der Albino getötet hatte – von der Brutalität gegenüber Greg ganz zu schweigen. Er fühlte sich nackt. Er besaß weder eine Waffe noch sonst irgendetwas, mit dem er diesen Psychopathen in Schach halten könnte.

Der schmale Weg zur Haustür wurde lang und länger. Der Rasen war seit einiger Zeit nicht gemäht und die Sträucher und Rosen nicht zurückgeschnitten worden. Sören schien sich nicht um den Garten zu scheren.

Katy fasste seine Hand und hielt ihn zurück. »Was machen wir jetzt?«, flüsterte sie.

»Klingeln.«

Ihre Augen wurden groß. »Und wenn er …«

Jans Blick fiel auf den Sandkasten, den Sören und Katy für die Zwillinge angelegt hatten. Eine rostige Kinderschaufel mit Holzstiel lag darin. Er packte sie mit grimmiger Entschlossenheit. Das Holz fühlte sich spröde und durchweicht an.

»Wo bleibt denn die Polizei, verdammt?«, hauchte Katy. Vor ihrem Mund standen Atemwolken. Ihr Blick flog von einem dunklen Fenster zum nächsten.

»Wir klingeln«, flüsterte Jan. Er dirigierte Katy mit einer Handbewegung rechts neben die Haustür, er selbst stellte sich auf die linke Seite, packte die Schaufel mit beiden Händen, hob sie über den Kopf, mit der scharfen Kante nach unten gerichtet, und nickte ihr zu.

Katy drückte den Klingelknopf.

Jan hielt den Atem an. Der elektrische Ton zerrte an seinen Nerven.

Nichts.

Atme, dachte Jan. Trotz der nasskalten Luft war ihm heiß. Er betete, dass der Holzstiel nicht brechen würde, wenn er zuschlagen musste. »Noch mal«, flüsterte er.

Katy klingelte erneut.

Im Hausflur sprang Licht an. Durch die mattierte Glastür zeichnete sich eine Gestalt ab, ein unscharfer Fleck, der größer wurde.

Katy wich von der Tür zurück, Jan bereitete sich darauf vor zuzuschlagen, statt der Schaufel hätte er lieber eine Axt gehabt.

Es knirschte. Eine Kette wurde gelöst. Die Tür schwang auf, und ein Mann trat hinaus in das helle Rechteck aus Licht. »Was um alles –«

Sören Bengtson erstarrte, als er Jan mit der erhobenen Schaufel sah.

Erleichtert ließ Jan die Arme sinken.

Hinter Sören trat eine blonde Frau in die Tür, vielleicht Mitte zwanzig, in einem Bademantel, den Jan bereits an seiner Schwester gesehen hatte.

»Wo sind die Mädchen?«, fragte Jan heiser.

Sörens Blick flog zwischen ihm, der Schaufel und Katy hin und her. »Seid ihr verrückt geworden?«, fragte er leichenblass. »Was wollt ihr hier?«

»Wo sind Nele und Anna«, wiederholte Katy.

»Hör zu«, sagte Sören und wich zurück ins Haus. »Wenn du die beiden mitnehmen willst, in Ordnung. Aber nicht so, ja! Bitte nicht so!«

»Mir ist scheißegal, mit wem du es treibst. Ist ja nichts Neues für mich. Aber ich will verdammt noch mal wissen, wo unsere Kinder sind.«

»Mama?«

Jan sah über Sörens Schulter und erkannte Nele, die im Schlafanzug die Treppe hinunterkam. Hinter ihr tauchte Anna mit verschlafener Miene auf.

»Anna, Nele!« Katy drängte sich an Sören und der blonden Frau vorbei, lief zur Treppe, drückte ihre Kinder an sich und schluchzte auf.

Jan fiel ein Stein vom Herzen.

Hinter ihm ertönte eine einzelne Polizeisirene.

Im selben Moment wurde ihm bewusst, dass er hier wegmusste. Sofort.

Er warf dem sichtlich verstörten Sören einen abschätzigen Blick zu, drehte sich um und rannte zum Wagen, die Schaufel immer noch fest in der Hand.

Als er wendete, tauchte das Blaulicht die Straße in grelle Lichtblitze. Ein Polizeiwagen fuhr in hohem Tempo durch die kleine Straße und wischte an ihm vorüber.

Jan bog um die Ecke und atmete erleichtert auf.

In diesem Moment klingelte Lauras Telefon in seiner Jackentasche. Er zog das Handy mit einer Hand hervor, versuchte die Straße nicht aus dem Blick zu verlieren und drückte mit dem Daumen die grüne Taste. »Hallo?«

»Herr Floss? Ava Bjely hier. Wir müssen reden. Sofort.«

»Ich? Mit Ihnen? Warum?«

»Liegt Ihnen noch etwas an meiner Tochter?«

Jan schluckte. »Ja.«

»Dann stellen Sie jetzt keine dummen Fragen. Kommen Sie einfach her.«

Als Jan auflegte, beschlich ihn ein mulmiges Gefühl. Woher wusste Ava Bjely, dass Sie ihn auf Lauras Handy erreichen konnte? Dann fiel ihm ein, dass er ihr ja selbst erzählt hatte, dass er es gefunden hatte. Trotzdem wunderte er sich, dass sie überhaupt die Nummer kannte.

Kapitel 42

Berlin, 21. Oktober, 23:49 Uhr

Jan schlug das Lenkrad ein, und der Cherokee sprang über die Schwelle des offenen Gittertors. Die Scheinwerfer federten nach oben und streiften die Villa. Im Garten war es stockfinster. Er trat die Bremse, der Wagen rutschte ein Stück, und einige Steine spritzten beiseite. Kurz hinter dem Tor kam der Wagen zum Stehen.

Jan stellte den Motor ab und blieb regungslos in der Stille sitzen. Sein Herz hämmerte dumpf in der Brust, seine Hände zitterten. Nach 60 Sekunden verlosch die Innenbeleuchtung. In der Dunkelheit sah er Greg vor sich. Die toten Augen. Die schwarze Wunde anstelle des Ohrs. Der Geruch nach verbranntem Fleisch.

Jan riss die Tür auf und stieg aus.

Er warf noch einen Blick auf die Schaufel im Fußraum des Beifahrersitzes. So lächerlich das rostige Ding war, es war besser als nichts. Doch bei Ava Bjely würde er sie wohl kaum brauchen.

Die Villa war in der Dunkelheit kaum zu sehen, bis auf die erleuchtete offene Tür, in der jetzt die Silhouette einer Frau im Rollstuhl erschien. Ava Bjelys Schatten fiel zwischen den Säulen hindurch bis an die Kante des Rasens.

Als er näher kam, sah er die Unruhe in ihrem Gesicht.

»Ich habe vielleicht einen Fehler gemacht«, sagte sie anstelle einer Begrüßung.

Jan blieb vor ihr stehen. Ava Bjely machte keine Anstalten, die Tür freizugeben. Offenbar zog sie es vor, sich an Ort und Stelle zu unterhalten.

»Was für einen Fehler?«

»Was haben Sie mit Ihrem Gesicht gemacht?«

»Ich musste mich schminken«, sagte Jan brüsk.

Ava Bjely verzog das Gesicht.

»Was für einen Fehler?«, wiederholte Jan.

»Haben Sie Geschwister?«

»Eine Schwester. Warum?«

»Dann verstehen Sie es vielleicht.« Sie holte tief Luft, als müsse sie Anlauf für etwas nehmen. »Geschwister kann man sich nicht aussuchen. Man wird sie sein Leben lang nicht los. Wie Kinder.«

Jan platzte der Kragen. »Gottverdammt, würden Sie mir jetzt endlich mal sagen, was hier los ist? Was wollen Sie? Warum haben Sie mich angerufen?«

Einen Moment lang schwieg sie, als müsste sie mit sich ringen. »Laura war hier.«

»Was?« Jan klappte der Mund auf. »Wann?«

»Gestern Nacht. Aber das spielt jetzt keine Rolle mehr. Viel wichtiger ist –«

»Warum haben Sie mir kein Wort davon gesagt?«, unterbrach Jan sie wütend.

»Das spielt jetzt keine Rolle mehr«, wiederholte sie. »Viel wichtiger ist, dass ich mir Sorgen mache.«

»Sie? Ausgerechnet Sie?« Jan starrte Ava Bjely an.

»Laura ist hier eingebrochen. Zum was-weiß-ich-wievielten Mal, und ich habe sie dabei erwischt. Ich hab ihr Geld angeboten. Sehr viel Geld. Damit sie für immer aus Berlin verschwindet, am besten ins Ausland.«

Jan blieb der Mund offen stehen.

»Sie hat sich geweigert«, fuhr Ava Bjely fort. »Sie war stur wie ein Esel und –«

»Wo ist sie?«, fragte Jan scharf.

Ava Bjely senkte den Blick und betrachtete ihre sehnigen Hände, die sie im Schoß ineinander verschränkt hatte. »Ich habe meinen Bruder gebeten, sie wegzubringen.«

»Wegbringen?«

»Ich wollte, dass sie zur Vernunft kommt. Mein Bruder sollte sie mitnehmen und im Herrenhaus einquartieren.«

»Und?«

Ava Bjely stöhnte. Im Gegenlicht stieg eine Atemwolke über ihr auf. »Mein Bruder gehört nicht unbedingt zu den angenehmsten Menschen.«

Eine eisige Kälte kroch Jan in den Nacken. »Glauben Sie, er tut ihr etwas an?«

»Ich weiß es nicht. Aber mein Bruder hätte sich längst melden sollen. Ich erreiche ihn nicht.«

Die Kälte ging vom Nacken auf Jans ganzen Körper über. »Wo ist dieses Herrenhaus?«

»Ganz in der Nähe, Drosselweg 37. Mein Vater hat es damals zu einer Privatklinik umbauen lassen, aber sie ist nie in Betrieb genommen worden. Er ist einige Monate vor der Fertigstellung gestorben.« Sie reichte ihm einen einzelnen Schlüssel. »Passen Sie also auf, wo Sie hintreten. Es könnte baufällig sein.«

Jan starrte den Schlüssel an – und Ava Bjely.

»Was ist? Mögen Sie nun meine Tochter oder nicht?«

Jan nahm den Schlüssel, drehte sich wortlos um und lief zum Wagen. Die orangenen Lichter des Cherokee glühten wie Warnlampen auf, als er den Wagen entriegelte. Er war nicht in der Lage zu denken. Sein Gehirn war ein einziger Knoten. Mechanisch startete er den Wagen, gab Berlin, Drosselweg 37 ins Navigationssystem ein, vertippte sich, schlug wütend mit der flachen Hand aufs Armaturenbrett und musste die Eingabe wiederholen.

Die Reifen gruben eine kahle Stelle in den Kies, dann rauschte er aus der Einfahrt.

Er brauchte gerade einmal sieben Minuten, bis das Navi ihm signalisierte, dass er am Ziel war. Weder an der weitläufigen Grundstücksmauer noch an der Einfahrt war eine Hausnummer befestigt.

Er parkte und nahm die Schaufel aus dem Fußraum vor dem Beifahrersitz. Zum ersten Mal in seinem Leben wünschte er sich eine richtige Waffe.

Das Gittertor war eine Kopie des schmiedeeisernen Tors der Villa in der Finkenstraße. Das Haus dahinter war noch größer als die Bjely-Villa. Links schloss sich ein kleineres Nebengebäude mit einer offenen Garage an, in der er die Umrisse eines weißen Lieferwagens erkannte. Über dem Dach schnitt eine scharfe Mondsichel in den Himmel.

Das Tor ließ sich nicht öffnen. Jan fand eine mit Efeu bewachsene Stelle an der Mauer, warf die Schaufel hinüber und kletterte auf die andere Seite. Feuchter, hochstehender Rasen, Unkraut und welke Blumen streiften seine Hose. Sein Puls ging rasch. Die Schaufel lag seltsam leicht in seiner Hand. Vor der Eingangstür kam er sich vor wie ein Zwerg. Sie maß fast drei Meter in der Höhe, war zweiflügelig und aus massivem, dunklem Holz.

Als er den Schlüssel ins Türschloss steckte, brauchte er mehrere Anläufe. Verfluchtes Zittern! Das musste doch mal aufhören!

Er hatte ein Knarren erwartet, als er die Tür aufdrückte. Doch sie war gut geölt und gab keinen Laut von sich. In der Dunkelheit des Flures sah er nicht viel, nur dass der Boden und die Wände aus hellem Marmor bestanden. Zu beiden Seiten schwangen sich Treppen empor und mündeten in einer Empore. Direkt in gerader Linie vor ihm befand sich noch eine weitere Tür. Er ignorierte die Treppen, ging auf die Tür zu und probierte, ob der Schlüssel auch hier passte.

Doch die Tür war nicht verschlossen. Langsam, mit angehaltenem Atem, öffnete er sie.

Noch mehr Dunkelheit.

Er tastete die nähere Umgebung der Tür nach einem Lichtschalter ab, fand aber keinen.

Jan packte die Schaufel mit beiden Händen, hielt sie vor sich wie einen Schutzschild und setzte einen Fuß vor den anderen. Nach sechs oder sieben Metern stieß er mit dem Metall an eine weitere Tür. Seine Finger fühlten nach dem Zylinder. Der Schlüssel passte. Der Raum dahinter war ein schwarzes Loch.

Seine Fingerspitzen tasteten über die nackte Wand. Trockener Putz und kleine Risse. Dann eine auf Putz montierte Leitung, an ihrem Ende eine kleine Schalterbox.

Er knipste das Licht an, kniff die Lider zusammen. Er sah sich um, und sein Herz begann zu rasen.

Er war umringt von lebendigen Toten.

Noch nie in seinem Leben hatte er etwas so Furchteinflößendes gesehen, das zugleich so ätherisch und auf grausame Weise schön war. Ihm wurde übel.

Er schloss die Augen. Öffnete sie wieder.

Kein Traum.

Realität.

Der Raum vor ihm sah aus wie eine Galerie. In der Mitte stand ein stabiler Holzstuhl mit hoher Lehne, offenbar im Boden verschraubt. Jan ging die Reihe großer durchsichtiger Blöcke ab, in denen Frauen schwebten. Nackt, jung, leichenblass, alle einander ähnlich wie Schwestern, mit langen aufgefächerten blonden Haaren, die in der Bewegung eingefroren schienen. Sie starrten ihn mit ihren geöffneten stumpfen Augen an, und er musste unwillkürlich an Nikki Reichert denken, wie sie zusammengekauert in seinem Tiefkühlschrank gesessen hatte.

Zögernd trat er näher an einen der Blöcke heran. Irgendwo hinter der Toten war eine Lichtquelle, die ihr eine strahlende Aura gab. Seine Hand glitt über die durchsichtige Oberfläche. Kunstharz. Spiegelglatt. Als hätte jemand in mühevoller Kleinarbeit jede Unebenheit abgeschliffen und wegpoliert.

Sein Blick fiel auf die Handgelenke der Frau. An beiden Pulsadern waren saubere dunkle Punkte, wie Einstichstellen. Jemand hatte sie ausbluten lassen, bevor er sie in Harz gegossen hatte.

Der Gedanke daran, wie die Frauen gestorben waren und wie sehr sie ihn trotzdem in ihren Bann zogen, verstörte ihn zutiefst.

Wie gefangen stand er da. Und hörte die Schritte in seinem Rücken nicht.

Kapitel 43

Berlin, 22. Oktober, 00:53 Uhr

Laura war immer noch wie betäubt.

Froggy.

Dass der Tätowierte Froggy war, riss ihr den Boden unter den Füßen weg. Sie rief sich immer wieder sein Bild ins Gedächtnis, die bleiche, von den schwarzen streifenartigen Ornamenten gezeichnete Haut, die Augen, die Stimme – und fragte sich, ob sie es nicht von Anfang an hätte wissen müssen.

Doch da war keine Erinnerung, kein Bild von ›Froggy‹, das sie neben das des Tätowierten hätte halten können. Es war einfach zu lange her. Da wo die Erinnerungen an ihn hätten sein müssen, war nichts als eine Fehlstelle.

Mit jeder Minute, die verging, wurde sie wütender auf ihn. Und Wut war gut. Besser als Angst. Und besser als das Entsetzen, das sie überkommen hatte und mit einer solchen Wucht in den Abgrund reißen wollte, dass nichts mehr blieb.

Nachdem seine Schritte im Haus verhallt waren, hatte sie immer wieder gelauscht und jede Sekunde damit gerechnet, dass er zurückkommen würde, zu ihr.

Sie fragte sich, was er wohl sagen würde. Und vor allem: was sie zu ihm sagen würde.

Doch je mehr Zeit verging, desto mehr zweifelte sie daran, dass er überhaupt wusste, dass sie im Haus war.

Und wenn er es nicht wusste, überlegte sie weiter, was wurde dann aus ihr?

Würde ihre Mutter Buck suchen, wenn sie nichts mehr von ihm hörte? Würde sie jemanden schicken?

Sie sah sich im Zimmer um.

Sie hatte nicht mehr als eine Plastikflasche mit einem Liter Wasser. Das würde nicht lange vorhalten. Zu ihrer Rechten stand der Eimer mit der aufgerissenen Großpackung Toilettenpapier, in einiger Entfernung davon surrte der Heizlüfter, der immer noch auf Stufe 3 lief und den Raum einigermaßen warm hielt.

Das Seil, das die Handschellen um ihre Arme mit der Öse an der Decke verband und von dort bis zur zweiten Öse neben der Tür führte, hatte gerade so viel Spiel, dass sie sich hinlegen oder sich bis auf einen Meter den Wänden nähern konnte.

Jan kam ihr wieder in den Sinn, und dass er vor kurzem kaum mehr als ein paar Schritte von ihr entfernt gewesen war. Erst jetzt begriff sie, weshalb er in Gefahr war und weshalb der Tätowierte ihn so hasste. Ihr stiegen Tränen in die Augen. Wie lange hatte sie auf ein solches Zeichen gewartet? Und jetzt war es da – und machte sie zutiefst unglücklich.

Er wird Jan umbringen, dachte sie. So wie er Buck umgebracht hat. Und alle diese Frauen. Jan würde sterben – wegen ihr.

Fieberhaft wanderte ihr Blick durch den Raum, auf der Suche nach etwas, das sie vielleicht übersehen hatte. Auf der Suche nach irgendeiner Idee, wie sie das verdammte Seil und diese Tür überwinden konnte.

Der warme Luftstrom aus dem Heizlüfter strich ihr um die Beine. Sie rückte näher an das Gerät heran und ließ sich die Luft ins Gesicht blasen. Bloß nicht wieder heulen.

Das Salz brannte jetzt noch auf ihrer Haut. Sie starrte in den rotierenden Ventilator und die glühenden Heizdrähte im Inneren des Gerätes.

Kapitel 44

Berlin, 22. Oktober, 01:44 Uhr

Jan erwachte, als etwas Kaltes auf seine Kopfhaut traf. Von dort floss die Kälte sternförmig an ihm herab; über sein Gesicht, seine geschlossenen Lider, seine Lippen und sein Kinn, um von dort in langen Fäden hinunterzutropfen. Die Flüssigkeit schmeckte nach nichts. Wasser, dachte er.

Er blinzelte benommen, und sofort lief ihm das Wasser in die Augen. Instinktiv wollte er sich die Augen reiben, doch seine Hände waren wie festgewachsen.

Er versuchte, das Wasser wegzublinzeln. In den Wimpern klebten Tröpfchen und machten alles ein wenig unscharf. Er schielte an sich hinab. Eisiges Entsetzen packte ihn. Seine Arme waren bis an die Manschetten des Hemdes auf den Lehnen eines Holzstuhls fixiert, sein Bauch, sein Brustkorb und seine Beine mitsamt der Jeans waren ebenfalls straff umwickelt. Sein Nacken schmerzte höllisch, so als hätte ihn dort etwas Hartes getroffen.

Schlagartig war die Erinnerung wieder da. Das Herrenhaus. Die Frauenkörper. Der im Boden verschraubte Stuhl.

Er hob den Blick.

Kaum einen Meter von ihm entfernt stand der Tätowierte.

Er war ganz in Weiß gekleidet. Die schwarzen streifenartigen Ornamente auf seiner Haut hatten messerscharf gezeichnete Kanten. Dazwischen war die bleiche Haut eines Albinos. Seine fahlen Lippen waren nicht von Hass verzerrt wie bei ihrer letzten Begegnung, sondern sie zeigten ein fast entspanntes, siegesgewisses Lächeln.

In der rechten Hand hielt er eine offene PET-Wasserflasche, auf deren Boden er einen Rest Wasser unablässig kreisen ließ. Hinter ihm, im Halbdunkel, leuchteten die gespenstischen Leiber der toten Frauen.

»Du hast wasserfeste Schminke benutzt«, stellte der Albino fest. Seine Stimme war so leise wie emotionslos.

Jan gab keine Antwort. Er war zu sehr damit beschäftigt, den Schock zu verdauen.

»Wolltest du es wegmachen?«

»Was … wegmachen?«, fragte Jan heiser.

»Dein Mal. Was sonst?«

Jan versuchte, den Kopf zu schütteln, doch die Schmerzen im Nacken hielten ihn davon ab. Vorsichtig versuchte er die Beine zu bewegen, versuchte, überhaupt etwas zu bewegen. Ohne Erfolg.

»Meine Mutter hat auch immer wasserfeste Schminke benutzt. Trotzdem, wenn ich gegessen oder getobt habe, hat sie nicht gehalten. Wollte deine Mutter, dass du dich schminkst?«

»Nein.« Gott, wie seine Stimme klang! Viel zu leise. Viel zu verzagt.

»Willst du meinen Namen wissen?«

Jan atmete, versuchte, ruhig zu bleiben. Bloß keine Panik!

»Du bist Psychologe. Psychologen versuchen doch immer, die Leute mit Namen anzusprechen, um eine persönliche Bindung herzustellen.« Er legte den Kopf schief. »Denkst du, es könnte helfen?«

Jan schluckte. Es schmerzte in der Kehle. In seinem Kopf rasten die Gedanken umeinander.

»Ich bin F-j-o-d-o-r.« Seine Lippen malten den Namen geradezu.

Fjodor. Ein russischer Name, dachte Jan. War Fjodor etwa Ava Bjelys Bruder? Hatte Ava Bjely überhaupt den Namen ihres Bruders genannt?

»Ich werde dich jetzt töten …«

Jan schnappte nach Luft. Die Schlichtheit der Ankündigung nahm ihm den Atem. Panik stieg in ihm auf. Konzentrier dich! Tu was, verdammt! Rede mit ihm!

»… und es ist vollkommen egal, was du jetzt sagst. Du warst schon unter der Brücke tot. Eigentlich warst du schon in Frankreich tot, als du dich in ihren Kopf geschlichen hast.«

»Woher kennen Sie Laura?«, fragte Jan mit belegter Stimme. »Wer sind Sie?«

Anstelle einer Antwort hob Fjodor einen dünnen runden Gegenstand vom Boden auf. Erst als er die beiden Holzgriffe auseinanderzog, erkannte Jan den charakteristischen Draht. Es war eine Garotte.

Jan war wie paralysiert. In seinem Kopf herrschte ein einziges Chaos.

»Sie hat mich angespuckt, weißt du? Mich! Wegen einem Schwächling wie dir!« Die Ornamente bewegten sich wie schwarze Nattern, während er Speichel im Mund sammelte. Dann spie Fjodor kraftvoll aus.

Jan kniff die Augen zu, als ihm der Speichel ins Gesicht flog. Mit einem Mal kam er zur Besinnung, als hätte er einen Eimer kaltes Wasser ins Gesicht bekommen. »Wo ist sie?«, fragte er. »Wo ist Laura?«

»Sie ist weg, verdammt!«, schrie Fjodor. Sein ruhiges emotionsloses Flüstern war wie weggewischt. »Weißt du, wie weh das tut? Weißt du, was ich alles für sie getan habe? Wie ich gelitten habe? Wie ich mich zurückhalten musste? Ich habe sie mir verdient. Jahr für Jahr. Jeden Zentimeter ihrer Haut. Jedes Haar von ihr ist meins. Und dann kommst du und nimmst sie dir einfach?« Auf seiner Stirn glänzte es, und auf seinem Hemd trat ein Schweißfleck hervor. »Das lasse ich nicht zu.«

Fjodor straffte die Garotte ruckartig, und der Metalldraht zitterte. Jans Gedanken überschlugen sich. Fjodor wusste nicht, wo Laura war? Aber hatte Ava Bjely nicht gesagt, ihr Bruder hätte Laura hierher gebracht? Dann musste Laura aus eigener Kraft entkommen sein. Aber was, wenn Fjodor gar nicht der Bruder war? Wenn das alles nur ein ungeheurer Zufall war? Dann musste Laura doch irgendwo hier …

Nein! Solche Zufälle gab es nicht.

Oder doch?

Aber wer war dann Fjodor? Etwa Peter Nolte?

Jan starrte Fjodor an, versuchte hinter den Ornamenten seine Gesichtszüge zu erkennen und sie im Geiste mit denen auf dem Foto von Peter Nolte zu vergleichen. »Was ist damals im Wald von Nordholm passiert?«, fragte er.

Fjodor ließ den Draht sinken. »Was glaubst du? Du bist doch da gewesen. Hast dich erkundigt. Und deine Nichten vorgeschoben. Und deine Schwester in all das mit reingezogen. Und diesen Schönling … Gregor. Ohne sein Ohr sieht er nur noch halb so schön aus, nicht wahr? Wie viele Menschen sind inzwischen wegen dir gestorben, Jan Floss?«

Mit einer raschen Bewegung warf Fjodor ihm den Draht um den Hals und zog an den Enden, so dass sich das Metall in sein Fleisch drückte.

Jan schnappte nach Luft, dies konnte sein letzter Atemzug sein. Die Garotte würde durch sein Fleisch schneiden, wie ein heißer Draht durch Butter glitt.

»Jetzt, wo ich dich habe, wird sie zurückkommen. Früher oder später wird sie dich suchen.« Er verstärkte den Druck. Jan ächzte und ihm wurde schwarz vor Augen. »Warum … sollte sie kommen?«, würgte er hervor.

»Gravitation«, flüsterte Fjodor. Sein Blick sprühte Funken.

Jan rang nach Luft, bäumte sich auf, doch die Folie hielt ihn auf dem Stuhl, als wäre er festgeklebt. Er sah Sterne vor einem schwarzblauen Himmel, in dem Leichen wie Geister schwebten.

Es war der Moment davor.

Und die Stille in diesem kurzen Augenblick war unbeschreiblich. Nichts war zu hören, kein Atem, kein Wind, kein Auto, kein Insekt, einfach nichts – außer seinem Herzschlag.

Und einem Schlüssel, der im Türschloss gedreht wurde.

Fjodors Kopf fuhr herum. Sein Griff lockerte sich, und Jan sog röchelnd Luft ein.

Die Tür schwang auf.

Jans Herz machte einen Satz.

In der Tür stand Laura, schwer atmend, mit verrußtem Gesicht, verfilzten Haaren und angesengter Kleidung. Um die Handgelenke trug sie Handschellen, in der Rechten hielt sie ein Schweizer Taschenmesser mit blutiger Klinge. Ein durchdringender Brandgeruch wehte in den Raum.

Lauras Blick streifte ihn, zuckte irritiert zurück und schien sein Feuermal zu suchen, dann fiel er auf Fjodor. Sie starrte ihn an, als sei er der Teufel persönlich. Aber da war noch etwas anderes in ihrem Blick, das Jan nicht verstand. Es war weder Wut noch Angst, sondern vielmehr Schmerz.

Ihr Brustkorb hob und senkte sich.

Sie öffnete den Mund und sagte: »Hallo, Vater.«

Kapitel 45

Berlin, 22. Oktober, 01:58 Uhr

»Oder soll ich Froggy sagen?« Lauras Atem pumpte. Das Sprechen fiel ihr schwer, ihre Zunge war trocken vom Ruß. »Ava hat einmal gesagt, dass sie dich früher so genannt haben.«

Ihr Vater starrte sie an, mit offenem Mund.

Laura konnte nicht anders, als zurückzustarren. Wie er da stand, in Weiß, den Kopf überzogen von diesem dämonischen schwarzen Zeug. Der Tätowierte war ihr so groß erschienen. Doch ihr Vater sah viel kleiner aus.

»Hallo, Laura«, flüsterte er rau.

Ihre Nackenhaare stellten sich auf. Ihr Instinkt brüllte: Lauf! Doch davonlaufen ging nicht. Ohne Jan konnte sie nicht gehen.

Ihr Vater rührte sich immer noch nicht.

»Lass ihn los«, sagte sie. Ihre Finger umschlossen das Taschenmesser. Es war klebrig von Bucks Blut.

Ihr Vater ging um Jan herum, trat hinter ihn und zog warnend die Garotte um seinen Hals an. »Bleib, wo du bist.«

Laura schwankte und musste sich mit einer Hand am Türrahmen abstützen.

»Wie kommst du hierher?«

»Buck hat mich hergebracht. Ava wollte mich loswerden.«

Ihr Vater brauchte einen kurzen Moment, bis er den

Zusammenhang begriff. »Gut, dass ich ihn getötet habe. Buck hatte schon immer ein mieses Naturell«, sagte er. »Woher weißt du es?«

»… es?«

»Wer ich bin.«

»Du kannst es noch nicht einmal aussprechen, oder? Du bist mein Vater, und ich kenn dich nicht mal. Für mich warst du immer unsichtbar.«

Er sah sie unverwandt an, doch seine Hände zitterten. »Hast du nicht das Geld gefunden, das ich dir ins Portemonnaie gesteckt habe?«

»Welches Geld? Ich dachte, du hast mein Portemonnaie behal…« Sie stockte, als ihr klarwurde, was das hieß. »Gandalf«, murmelte sie betroffen. Er musste ihr Portemonnaie genommen haben, als er ihr die nasse Kleidung ausgezogen hatte.

»Ah. Der Penner hat es sich unter den Nagel gerissen.« Ihr Vater verzog angewidert die Lippen. »Hätte ich mir denken können. Es wäre besser gewesen, wenn ich den schon früher erledigt hätte.«

Laura erstarrte. »Heißt das … Gandalf ist tot?«

Er schwieg.

»Also ja«, stöhnte sie. Ihr stiegen Tränen in die Augen. Gandalfs Verrat war schlimm genug, doch sein Tod riss ein Loch in ihr Herz. »Weißt du, wie oft er sich um mich gekümmert hat? Wie oft er mich gerettet hat?«

»Er hat dich bestohlen.«

»Und wenn schon. Was weißt du schon, wie es da draußen ist. Ohne ihn wäre ich damals untergegangen.«

In den Augen ihres Vaters flammte Zorn auf. Unwillkürlich lockerte er die Garotte ein wenig. Jan wagte nicht, sich zu bewegen. Auf seinem Hals zeichnete sich eine scharfe rote Linie ab.

»Was glaubst du, wo du ohne *mich* wärst?«, zischte ihr Vater. »Ohne mich gäbe es dich gar nicht. Weder deine Mutter wollte dich noch dein Großvater. Sie wollten dich bereits auslöschen, da warst du noch gar nicht geboren.«

Laura spürte, wie ihr die Kraft aus den Beinen wich. »Du lügst«, flüsterte sie.

»Die Einzige, die wollte, dass du überlebst, war deine Großmutter Charlotte. Aber nicht um deinetwillen, sondern weil sie so scheiß katholisch war. Überall Kreuze im Haus, jeden Sonntag in der Kirche auf die Knie fallen … und dann hört sie plötzlich, dass ihre Tochter schwanger ist und abtreiben will. Weißt du, was passiert ist?«

Laura schüttelte mechanisch den Kopf.

»Die Nächstenliebe ist mit ihr durchgegangen, und sie ist handgreiflich geworden. Ava ist die Treppe runtergestürzt, mit dir im Bauch. Aber irgendwie hast du das überstanden. Im Gegensatz zu deiner Mutter. Ava lag monatelang im Krankenhaus.

Dass du das überlebt hast, das war ein Zeichen, verstehst du? Du wolltest zur Welt kommen. Es musste einfach so sein. Als Ava wieder bei klarem Verstand war, da warst du zu weit für eine Abtreibung. Aber Ava wollte es nicht verstehen! Sie lag im Krankenhaus in ihrem Bett und konnte sich nicht rühren, aber hat mit mir Pläne geschmiedet, dich zu beseitigen. Das heißt, *sie* hat Pläne geschmiedet. Ich habe nur ihre Hand gehalten, zugehört und überlegt, was ich für *dich* tun kann. Ich war dein Anwalt. Ich wollte, dass du lebst.« Er holte Luft.

»Du hattest starke Gegner. Am Ende hat Ava es geschafft, Wolfgang zu überreden. Deinen Großvater. Du hast ihn nie kennengelernt. Er hat mit dem Chefarzt der Klinik gesprochen. So ein Von-Arzt-zu-Arzt-Ding. Geld war auch im Spiel. Eine kleine Panne bei einer OP. So etwas passiert. Kein Hahn hätte danach gekräht. Selbst deine Großmutter hätte es geschluckt. Du wärst einfach mit dem Klinikabfall entsorgt worden. Also was glaubst du wohl, habe ich getan?«

Laura antwortete nicht, hörte ihm nur zu. Wie durch Watte beobachtete sie, wie Jan mit dem Draht rang und nur mühsam Luft bekam.

»Das einzig Richtige. Der Chefarzt musste weg.«

»Weg?«, fragte Laura mit erstickter Stimme. Tränen liefen über ihr rußverschmiertes Gesicht.

»Weg«, wiederholte ihr Vater. »Und damit dein Großvater endlich Ruhe gab, habe ich Charlotte eingeweiht. Er hat keinen weiteren Versuch gewagt. Ava war natürlich verzweifelt. Es war noch nicht zu Ende.«

Am liebsten wäre Laura schreiend davongelaufen. Doch sie war wie gelähmt, die Sätze dröhnten in ihren Ohren.

»Ava hat mich angefleht. Mir Geld geboten. Mir! Damit ich den Oberarzt besteche, der sie demnächst operieren sollte.«

»Warum? Warum wollte sie mich nicht?«, flüsterte Laura.

»Ich habe ihr Geld genommen, sie beruhigt«, fuhr ihr Vater unbeirrt fort, mit starrem Blick, als wäre er ganz weit weg. »Doch ich habe nichts unternommen. Ich habe über dich gewacht, bis du geboren wurdest.«

»Warum, verdammt, wollte sie mich nicht?«

Die Lippen ihres Vaters verzogen sich zu einem harten blassen Strich.

»Es hatte nichts mit dir zu tun«, presste Jan hervor. Er wies mit einer Augenbewegung hinter sich auf ihren Vater. »Es muss mit ihm zu tun haben. Sie wollte kein Kind von ihm, vielleicht –«

Ihr Vater brachte Jan mit einem Zug an der Garotte

zum Schweigen. »Sie hat mich geliebt«, zischte Fjodor. »Sie war ein Krüppel. Und ich habe alles für sie getan. Alles!«

Laura starrte erst Jan an, dann ihren Vater.

»Aber wenn du alles für sie getan hast, und wenn du so unbedingt wolltest, dass ich lebe, warum warst du dann nie da?«

Für einen Moment herrschte Stille.

»Ich *war* da. Du hast mich nur nie gesehen. Aber ich war immer in deiner Nähe. Dein ganzes Leben lang.«

»Meinst du etwa das Geld, das du für mich in die Vase getan hast? Die Fotos, die du von mir gemacht hast, als ich auf der Straße gelebt habe?«

»Ich war dein Schutzengel.«

»Schutzengel?«

»Denk an Nordholm. Ich war da.«

Laura wischte sich mit dem Ärmel über die nassen Wangen. Die Kette zwischen den Handschellen klirrte leise. »Ich hätte dich nicht gebraucht, in Nordholm«, sagte sie. »Mit Nolte wäre ich schon fertig geworden. Noch einmal hätte er es nicht gewagt. Gut, vielleicht war der Schlag zu fest, aber ich konnte nicht anders. Was hätte ich tun sollen? Ich hatte nun mal nichts anderes als den Stein. Aber ich hätte alles erklären können. Selbst wenn er tot gewesen wäre. Vielleicht war er es ja sogar. Aber dann musstest du kommen und dich einmischen, ja? Und hast weiß Gott was mit ihm angestellt. Ich hatte jahrelang Angst, dass er untergetaucht ist, hinter mir her ist. Ich weiß nicht, was du mit ihm gemacht hast. Aber was immer es auch war, du hast es für *dich* gemacht. Nicht für mich! Für mich ist alles nur schlimmer geworden.«

»Ich war dein Schutzengel«, beharrte ihr Vater, als hätte sie nichts gesagt.

»Ich brauch keinen Schutzengel, verdammt!«, schrie Laura. »Erst recht keinen, der mich entführt. Ich hätte einen Vater gebraucht. Einen, der da ist. Einen, den ich sehen kann. Und anfassen!« Sie schluchzte. Ihr Blick fiel auf die bleichen Frauen, die um ihn herum schwebten. »Was tust du hier?«, flüsterte sie. »Was bist du nur für ein abscheuliches Monstrum?«

»Ich? Ein Monstrum?«, fragte er wütend. »Und was ist dann deine Mutter? Sie wollte ihr eigenes Kind umbringen! Und deine Großeltern? Und *meine* Mutter? Mein Vater? Der Chefarzt? Und was ist mit Buck? Und diesem Lehrer, Nolte?«

Laura blieb der Mund offen stehen.

»Starr mich nicht so an. Ich könnte ewig so weitermachen.«

»Du bringst diese Frauen um, und … Warum tust du das?«

»Weil ich es kann.«

»Weil du … *was?*«

»Weil ich es kann. Ich kann tun, was ich will. Niemand zieht mich zur Rechenschaft.«

Laura stockte der Atem. »Du tötest Frauen, weil du es kannst? Einfach so?«

Ihr Vater schwieg und sah hinunter auf Jan.

Jan wand den Hals in der Garotte, als wollte er etwas sagen, doch ihr Vater zog die Drahtschlinge so eng, dass nicht mehr als ein Ächzen aus seiner Kehle stieg.

Als ihr Vater wieder aufsah, bohrte sich sein Blick in ihren. »Jetzt, wo du endlich zurück bist, will ich wissen, woran ich bin.«

»Woran du bist?«

»Ich gebe dir die Chance, die Kontrolle über dein Leben zurückzugewinnen.«

»Ich hatte die Kontrolle über mein Leben«, flüsterte Laura, »bis du gekommen bist.«

»Nein. *Er* hat die Kontrolle. Sieh dich doch an. Wie du da stehst, ihn ständig angaffst. Wie du überlegst, was du tun kannst, um ihn zu retten. Du hast doch selbst schon hier gesessen. Und hast dich entschieden. Für ihn! Du hättest dir eher die Zunge abgebissen, als ihn zu verraten. Es ging um dein Leben! Seinen Namen gegen dein Leben. Und was hast du getan? Du hättest dein Leben für diesen Schwächling weggeworfen.«

»Was willst du?«

»Dich.« Seine Augen glühten förmlich, als er sie ansah.

»Was meinst du damit?«

»Komm her, zu mir. Tritt an meine Stelle. Es geht ganz einfach! Es ist nur eine einzige Sekunde. Ein einziger Ruck, und du bist frei. Schneid ihm den Hals durch!«

Laura erstarrte.

Jans Augen wurden groß. Angst spiegelte sich in seinen Zügen, und er suchte ihren Blick.

»Entscheid dich.« Ihr Vater stand da, mit gespannten Armen, die Griffe der Garotte in seinen Fäusten, und ließ sie nicht aus den Augen.

»Und wenn nicht?«

»Wenn ich dir das verraten würde, dann wäre es keine *echte* Entscheidung.«

Das Taschenmesser in ihrer Hand bebte. Hatte sie überhaupt eine Chance? Sie trug Handschellen und war so schwach, dass sie sich kaum auf den Beinen halten konnte, geschweige denn Jan befreien.

»Komm her und tu es«, flüsterte er. »Es geht schnell, und danach bist du frei.«

Jan versuchte, den Kopf zu schütteln, und rieb sich dabei den Hals auf.

Sie tat einen unsicheren Schritt nach vorne, obwohl sie am liebsten davongerannt wäre. Sie wollte nur noch weg. Unter der Brücke sein. Oder am Meer. Wellen mit Schaumkronen. Warmer Wind. Rauschen. Das Messer in ihren Fingern fühlte sich glitschig an.

»Lass es fallen«, flüsterte er. »Du brauchst es nicht.«

Jans Blick sagte das Gegenteil.

Sie wollte das Messer nicht fallen lassen. Aber was hatte es für einen Sinn? Was konnte sie gegen ihn ausrichten? Sie tat einen weiteren Schritt auf ihn zu, stolperte, fing sich aber.

»Ich weiß, du kannst es. Du konntest es auch in Nordholm«, flüsterte er. Seine Stimme schien in ihrem Kopf zu sein, als wäre es ihre eigene. »Denk nicht an ihn. Denk an dich. Befrei dich. Das ist der einzige Weg zu überleben.«

Überleben. Das hatte sie auf der Straße gelernt. Und in Nordholm. Ich bin ich. Die anderen sind die anderen. Nimm dir, was du brauchst …

»Lass es fallen.«

Sie gehorchte. Öffnete die Hand. Klappernd fiel das Messer zu Boden. Er war jetzt so nah! Links und rechts von ihm schimmerten die weißen Leiber. In den Augen ihres Vaters sah sie einzelne Äderchen und in der Iris die Frauen wie kleine weiße Flocken.

»Du oder er!«, raunte ihr Vater.

Eine Rauchwolke zog über Lauras Schulter, gefolgt von einer heißen Welle Luft.

Sie mied Jans Blick und sah an ihm vorbei zur Wand. »Es tut mir leid«, flüsterte sie.

Kapitel 46

Berlin, 22. Oktober, 02:13 Uhr

Die Angst verengte Jan die Kehle so sehr, dass er den Druck des Drahtes kaum wahrnahm. Sein Herz jagte. Erinnerungen schossen ihm wild durch den Kopf. Er dachte an Theo, wie angestrengt er immer ausgesehen hatte, wenn er die kleinen Augenbrauen zusammengezogen und am orangenen Knopf des Sicherheitsgurtes genestelt hatte. Und wie unwillig er reagiert hatte, wenn Jan ihm verbot, an diesem Knopf herumzufingern. Er spürte die Wucht des Unfalls, sah den Rücken seiner Mutter, die Hand am Koffergriff, durch den schneebedeckten Vorgarten verschwinden, dann den Rücken seines Vaters, der sich sein ganzes Leben lang nicht umgedreht hatte, und sich selbst, auf einem Stuhl festgebunden. Er wünschte sich einen orangenen Knopf, den er jetzt drücken konnte, einen Schleudersitz aus diesem Irrsinn.

Aber da war kein Knopf.

Sie schwankte am Stuhl vorbei und trat hinter ihn. Nur der verbrannte Geruch ihrer Kleidung blieb in der Luft hängen, wie eine giftige Wolke.

Er spürte, dass Lauras Hände die ihres Vaters am Griff der Garotte ablösten. Die Hitze wurde immer stärker. War das die Angst, oder war es wirklich so heiß?

Er schloss die Augen, wollte nicht glauben, dass sie es tun würde. Er hoffte immer noch und kam sich dabei so unglaublich naiv vor. Er hätte sich aufgebäumt, aber die Folie ließ es nicht zu.

Er hätte etwas gesagt, wenn es etwas zu sagen gegeben hätte.

Aber es gab nichts, was all dem hier gerecht geworden wäre.

Es gab auch nichts, was es besser gemacht hätte.

Es war, wie es war.

Vorbei.

Kapitel 47

Berlin, 22. Oktober, 02:16 Uhr

Der Draht straffte sich ruckartig und schnitt in seinen Hals. Er riss den Mund auf, die Luft blieb ihm weg – und im nächsten Moment sprang die Garotte federnd von seinem Hals, fiel auf seinen Schoß und von dort klackernd zu Boden.

Hinter sich hörte er einen dumpfen Aufprall, dann ein Stöhnen. Die Stuhllehne bebte.

Er riss die Augen auf.

Durch die offene Tür drangen dünne Rauchschwaden, die nach ihm griffen, und unter der geschlossenen Tür dahinter zeichnete sich ein orange flackernder Streifen ab.

O Gott! War das etwa Feuer?

Hinter ihm war schweres Atmen zu hören. »Laura?«, krächzte er.

Als Antwort bekam er einen Schlag auf den Hinterkopf, und es wurde finster.

Finster und still.

Erst nach einer Weile drang aus weiter Ferne etwas wie das Knistern eines Kaminfeuers an sein Ohr.

Schwerfällig öffnete er die Lider. Er saß immer noch auf dem Stuhl, war immer noch mit Folie gefesselt. Er hob den Blick und sah in den Flur. Die Tür zum Foyer war halb geöffnet. Im Marmor spiegelten sich orangerote Flammen. Die Luft waberte vor Hitze, und der Qualm drang beißend in das Innere der Galerie.

Das Haus brannte lichterloh!

Instinktiv wollte er aufspringen, doch die Folien hielten ihn auf dem Stuhl.

Sein Blick flog durch den Raum.

»Hallo?«, rief er laut.

Keine Antwort.

Wo waren Laura und ihr Vater?

Vor seinen Füßen, in greifbarer Nähe, lagen die Garotte und das Schweizer Taschenmesser. Er riss mit Armen und Beinen an seinen Fesseln. Das Adrenalin verlieh ihm neue Kräfte, trotzdem gab die Folie nicht nach.

»Hilfe«, brüllte er. »HILFE!«

Sofort bekam er einen Hustenanfall. Seine Augen tränten, und er rang nach Luft. Wie lange dauerte es, bis man an einer Rauchvergiftung starb? Durch die Tür drang immer dichterer Rauch, der bizarre Formen anzunehmen schien. In seiner Mitte formte er sich zu etwas, das an die Umrisse eines Menschen erinnerte. Jan kniff die Augen zusammen.

Eine Gestalt waberte durch den Rauch, nackt und kalkweiß, als wäre eine der Frauen aus der Wand herausgetreten, kam sie geradewegs auf ihn zu. Ihm blieb das Herz stehen. Das musste eine Halluzination sein.

Die gespenstische Erscheinung kam immer näher, sie ging gebeugt, schwankte und wurde plötzlich von einem Hustenkrampf geschüttelt.

Die Frau war real!

Er wollte um Hilfe rufen, brachte aber nur ein Keuchen heraus. »Schnell! Bitte …«

Die Frau sank vor ihm auf die Knie. Mit zitternden Händen nahm sie das Schweizer Messer, stach in die Folie unter seinem Arm und riss daran. Widerstrebend gab das Plastik nach, und sein rechter Arm war frei. »Danke«, brachte Jan mühsam hervor.

Die Frau nickte und hustete, dabei glitt ihr das Messer aus der Hand. Klappernd fiel es zu Boden. Jan zerrte panisch mit den Fingern an der straff gewickelten Folie, die seinen linken Arm fixierte. Viel zu langsam griff die Frau nach dem Messer, hob es auf, als wäre es zentnerschwer. Jan lief die Zeit davon. »Gib es mir«, keuchte er. Ein erneuter Hustenanfall schüttelte sie. Ihre Finger krampften sich um den Griff. Jan konnte nicht länger warten. Er packte die Klinge, zog daran und versuchte, ihr das Messer zu entreißen. Die Schneide drang ihm ins Fleisch, und heißer Schmerz schoss ihm in die Hand. Endlich ließ sie los.

Er biss die Zähne aufeinander, stach das Messer in die Folie und befreite seinen linken Arm. Die Frau war zu Boden gesunken und schleppte sich in Richtung Tür.

Jan zerschnitt die restlichen Folien, stand schwankend auf und warf einen raschen Blick hinter sich. Die Galerie war leer. Keine Laura. Kein Fjodor. Als er loslaufen wollte, schlug er der Länge nach hin.

Er rappelte sich auf und kroch auf allen vieren weiter, Richtung Ausgang. Seine rechte Hand hinterließ blutige Abdrücke, und seine Lunge fühlte sich an, als würde sie platzen. Er holte die Frau ein, die kaum mehr vorwärts kam, richtete sich halb auf und zog sie mit sich.

Im Flur war es brüllend heiß.

Als er die zweite Tür ganz aufstieß, schlug ihnen sengende Hitze entgegen. Der Marmor warf den grellen Schein der Flammen zurück. Über ihm krachte es. Aus dem Augenwinkel sah er einen brennenden Balken herabstürzen, warf sich beiseite und riss die Frau mit sich. Einen Sekundenbruchteil später krachte der Balken neben ihnen auf den Marmorboden. Die Hitze fuhr ihm ins Gesicht wie eine Faust. Die Funken stachen wie heiße Nadeln.

Er zerrte die Frau weiter, zum Eingang. Riss sich das Hemd vom Leib und betete, dass nicht abgeschlossen war. Mit der umwickelten Hand drückte er die heiße Klinke, und die Tür schwang auf. Frische Luft schoss an ihnen vorbei und ließ das Feuer im Haus aufbranden.

Der Sauerstoff gab ihm neue Energie. Er packte die Frau unter den Achseln und zog sie hinab in den Garten, hustete, sog gierig die frische Luft in seine Lungen und taumelte weiter, bis sie etwa zwanzig Schritte vom Gebäude entfernt ins nachtfeuchte Gras sanken.

Hinter sich hörte er das Geräusch von berstendem Glas.

Als er sich umdrehte, sah er die ersten Flammen aus den Fenstern lodern. Die Garage neben dem Gebäude stand offen, der weiße Lieferwagen war verschwunden. Im Widerschein des Feuers war eine breite Reifenspur zu erkennen. Sie führte in direkter Linie über den Rasen bis zum offenen Tor.

Jan wickelte das Hemd von seiner Hand und wollte es der Frau, die hustend und schwer atmend neben ihm im Gras kauerte, über die Schultern legen. Sie zuckte zurück, ließ es dann aber doch geschehen. »Danke«, sagte er heiser.

Sie sagte nichts, wiegte sich nur vor und zurück.

»Waren Sie eingesperrt, hier im Haus?«

Sie nickte.

Ihre bleiche Haut, die blonden Haare, ihre Ähnlichkeit mit den in Harz eingegossenen Frauen – das alles sprach für sich. »Wie lange schon?«

»März.« Ihre Stimme war dünn und brüchig. »Er hatte schon … einen Platz für mich, zwischen den anderen. Er hat ihn mir gezeigt, am ersten Tag.«

Jan schluckte. Seit März. Fast ein Dreivierteljahr. »Wie sind Sie rausgekommen?«

»Da war eine Frau, vorhin. Dunkle Haare … das Gesicht voller Ruß …«

»Laura«, sagte Jan. »Sie heißt Laura.« Er spürte einen Stich in der Brust, als er ihren Namen aussprach.

»Sie hat meine Tür geöffnet, und die Ketten, hat mich gefragt, was ich …« Sie musste schlucken. »Sie hat mir den Schlüssel gegeben. Ich sollte leise sein … dann ist sie rein, zu Ihnen. Ich wollte weg, aber die Tür stand offen, ich hatte Angst, dass er mich sieht. Ich habe mich versteckt, und als er dann weg war …« Sie brach ab und atmete schluchzend ein.

»Danke«, sagte Jan noch einmal leise. Er hätte sie gerne berührt, sie in den Arm genommen, aber die Art, wie sie zurückgezuckt war, ließ ihn ahnen, dass er das im Moment besser nicht tat.

Er wandte sich wieder dem brennenden Haus zu, der offenen Garage und der Reifenspur. Das Feuer war sicher in der Nachbarschaft nicht unbemerkt geblieben. In wenigen Minuten würde die Feuerwehr da sein, vermutlich auch die Polizei. Für einen kurzen Moment überkam ihn das Bedürfnis, sich einfach nur ins Gras fallen zu lassen, auf die Polizei zu warten, alles zu erklären und die Sache abzugeben.

Immerhin hatte er jetzt einen Zeugen. Jemanden, der bestätigen konnte, dass es diesen Wahnsinnigen wirklich gab.

Die Frau neben ihm schluchzte auf und riss ihn aus seinen Gedanken. Ihre Schultern bebten. Sie hatte ihre Hände durch die Ärmel gesteckt und versuchte mit zitternden Fingern die Knöpfe zu schließen, aber es gelang ihr nicht. Jan kniete sich vor sie, fasste behutsam das untere Ende der Knopfleiste und half ihr.

Sie ließ es geschehen.

Beim Anblick ihrer bleichen Haut musste er unwillkürlich an die Galerie denken, und ihn packte eine ungeheure Wut auf Fjodor. All diese Frauen entführt, umgebracht und in Harz gegossen zu haben zeugte von einer solchen Grausamkeit, dass es ihm den Atem raubte. Fjodor hatte sie nicht nur einfach getötet. Er hatte von ihnen Besitz ergriffen, sogar über den Tod hinaus. Bei dem Gedanken stockte er. Seine Finger, die automatisch weitergeknöpft hatten, erstarrten.

Ihm wurde eiskalt. Plötzlich wusste er, dass er nicht auf die Polizei warten konnte. Nicht wenn er recht hatte mit dem, was Fjodor mit Laura tun würde. Die Polizei würde ihm nicht einfach zuhören. Sie würden Fragen stellen, und es würde kostbare Zeit vergehen. Zeit, die Laura nicht hatte.

Er griff in seine Hosentaschen, tastete nach Gregs Wagenschlüssel und seufzte erleichtert, als seine Fingerspitzen den Schlüssel berührten.

»Ich muss los«, sagte er mit rauer Stimme.

Die Frau sah ihn verstört an, dann nickte sie.

In der Ferne hörte er Sirenengeheul. »Die werden sich um Sie kümmern.« Mühsam erhob er sich. »Noch etwas. Der Mann, der Ihnen das angetan hat, er heißt Fjodor Bjely. Er wohnt in der Finkenstraße. Können Sie sich das merken?«

»Bjely. Finkenstraße«, wiederholte sie matt.

»Sagen Sie das der Polizei, bitte. Es ist dringend.«

Sie nickte wieder.

Jan war nicht sicher, ob sie ihn wirklich verstanden hatte, aber ihm blieb keine Wahl. Die Zeit lief. Er drehte sich um und ging Richtung Einfahrt. Kalte Luft strich über seinen freien Oberkörper, und er begann zu frieren. Am Tor schwanden ihm kurz die Sinne, und er musste sich an den schwarzen Gitterstäben festhalten. Auf der anderen Straßenseite standen die ersten aufgeschreckten Nachbarn, in Schlafanzügen, mit hastig übergeworfenen Mänteln, und sahen besorgt zum Feuer.

Jan eilte längs der Mauer weiter, bis er den Cherokee erreichte.

Zitternd hievte er sich auf den Fahrersitz.

Der Motor startete gurgelnd.

Er schaltete die Sitzheizung ein und drehte das Gebläse auf Heißluft. Der Schnitt in seiner rechten Hand machte sich mit einem stechenden Schmerz bemerkbar, als er die Automatik auf ›D‹ stellte. Er trat das Gaspedal, viel zu stark, so dass der Wagen vorwärtsruckte und auf die Straße schoss. Gerade noch rechtzeitig schlug er das Lenkrad ein. Die Felge kreischte, als er den gegenüberliegenden Bordstein touchierte. Dann hörte er das vielstimmige Sirenengeheul eines sich nähernden Löschzugs.

Knapp 300 Meter weiter bog Jan scharf nach rechts ab. Er konnte sich nur einen Ort vorstellen, wo sich Fjodor sicher genug fühlen würde, um mit Laura das zu tun, was Jan befürchtete. Und er betete, dass er recht behielt, was den Ort betraf.

Kapitel 48

Berlin, 22. Oktober, 02:32 Uhr

Die Finkenstraße lag still unter der scharf gezeichneten Mondsichel. Das schwarze Tor der Bjely-Villa war geschlossen.

Jan parkte den Cherokee hart an der Mauer. Als er ausstieg, zog ein kalter Wind über seinen nackten Oberkörper. Leise drückte er die Fahrertür zu. Im Heck des Wagens riss er den Erste-Hilfe-Kasten auf. Hastig wickelte er eine Mullbinde und Leukoplast um die Schnittwunde in seiner rechten Hand. Sein Blick fiel auf eine graue Decke aus Fleece, die zusammengeknüllt neben dem Radkasten lag. Mit der Verbandsschere machte er einen Schnitt in die Mitte, steckte den Kopf hindurch und band sie sich mit Leukoplast um den Oberkörper.

Dann stieg er auf die Motorhaube des Cherokee, von dort auf das Dach und anschließend über die Mauerkrone. Das Gras raschelte leise unter seinen Converse, als er sich der Villa näherte. Das Haus ragte wie eine Festung vor ihm auf. Er fragte sich, ob die Bjelys eine Alarmanlage installiert hatten und wie Laura es wohl geschafft hatte, immer wieder in dieses Haus einzubrechen.

Er hatte noch nicht einmal Werkzeug, geschweige denn eine Waffe.

Unschlüssig blieb er mitten auf der Rasenfläche vor der Villa stehen. Ob Ava Bjely wusste, was ihr Mann trieb? Vermutlich war sie genauso ahnungslos wie Laura. Und da Ava Bjely an den Rollstuhl gefesselt war, gab es sicher Winkel und Räume in der Villa, die sie noch nie betreten hatte – sei es im Keller oder unter dem Dach.

Er starrte auf die dunkle Front des Hauses. Im selben Moment zerriss ein Schuss die Stille.

Dann noch einer.

Jan warf sich bäuchlings ins Gras. Sein Herz schlug dumpf und rasend schnell. Der Geruch von nasser Erde drang ihm in die Nase. Er spähte zur Villa. Der Eingangsbereich war genauso dunkel wie zuvor. Woher, zum Teufel, waren die Schüsse gekommen? War das Fjodor?

»Wer auch immer da ist«, schallte Ava Bjelys Stimme durch den Garten. »Verschwinden Sie, oder ich jage Ihnen eine Kugel durch den Kopf!«

Jan atmete erleichtert auf, doch im selben Moment begriff er, dass Fjodor nun gewarnt war. »Frau Bjely!«, rief er halblaut. »Ich bin's. Jan Floss.«

Stille.

»Ich stehe auf und komme zu Ihnen rüber. Nicht schießen!« Er erhob sich und lief auf die Villa zu. Im Hausflur ging das Licht an. Ava Bjely erwartete ihn in der geöffneten Tür. Auf ihrem Schoß lag ein silbern glänzender Revolver. Sie musterte Jan von Kopf bis Fuß. »Warum gehen Sie nicht an Ihr verdammtes Telefon?«

»Wo ist Ihr Mann?«

Sie runzelte die Stirn. »Woher zum Teufel soll ich das wissen? Mich interessiert viel mehr, was mit meiner Tochter und mit meinem Bruder los ist?«

»Ihr Bruder ist tot. Seine Leiche liegt vermutlich im Herrenhaus, und das brennt gerade bis auf die Grundmauern nieder.«

Ava Bjelys Mundwinkel zuckten. Ansonsten zeigte sie keine Regung. »Und Laura?«

»Ihr Mann hat sie.«

»Mein Mann?« Mit einem Schlag wurde Ava Bjely kreidebleich. Automatisch griff sie wieder zum Revolver. »O Gott, nein«, flüsterte sie.

»Sind Sie sicher, dass Sie nicht wissen, wo er ist?«, fragte Jan.

Sie starrte wie paralysiert auf ihre Hände.

»Frau Bjely!«

»Was ist geschehen?«, fragte sie tonlos.

»Dafür ist keine Zeit. Ich muss Ihren Mann finden. Er will Laura töten.«

Ava Bjely nickte, als hätte sie seit Jahren nichts anderes erwartet.

»Sind Sie sicher, dass er nicht hier ist?«, wiederholte Jan. »Was ist mit dem Keller? Oder dem Obergeschoss?«

Sie schüttelte den Kopf. »Seit Sie weg sind, habe ich hier im Dunkeln gesessen und die Wand angestarrt. Glauben Sie mir – ich hätte ihn gehört«, sagte sie resigniert. »Er ist weg. Wohin auch immer.«

»Aber Sie müssen doch irgendeine Idee haben, wo ich ihn finden könnte?«

Ava Bjely sah mit leerem Blick in die Nacht. Ihr sonst so aufrechter Rücken war gebeugt. Sie schien förmlich in sich zusammenzufallen. Drückende Stille breitete sich aus.

»Ist das wirklich alles, was Ihnen dazu einfällt?« Jan wurde wütend. »Sie geben einfach auf?«

»Sie haben ja nicht die geringste Ahnung«, erwiderte sie müde.

»Davon, dass Sie Laura damals mit allen Mitteln abtreiben wollten? Oder dass Sie querschnittsgelähmt sind, weil Ihre Mutter im Streit handgreiflich wurde?«

Ava Bjelys Augen wurden schmal. »Mit wem haben Sie gesprochen?«, fragte sie heiser. »Mit meinem Mann?«

»Helfen Sie mir!«, drängte Jan. »Wenn Ihnen noch irgendetwas an Ihrer Tochter liegt, dann reden Sie endlich. Vielleicht erinnern Sie sich ja an irgendetwas, was mir helfen könnte, ihn zu finden.«

Ava Bjely seufzte und richtete sich in ihrem Stuhl auf. »Schieben Sie mich rein. Vielleicht haben Sie recht.«

»Aber ich warne Sie«, meinte Jan. »Ich hab es satt, von Ihnen immer nur Häppchen vorgesetzt zu bekommen.«

»Schieben Sie schon. So etwas bespricht man nicht bei offener Tür.«

Kurz darauf saßen sie sich am Esstisch gegenüber. Ava Bjely legte den Revolver vor sich auf die Holzplatte. »Vielleicht sollte ich mit meinem richtigen Namen anfangen. Ich wurde als Jenny Ava Stelzer geboren, das hier ist mein Elternhaus.«

Kapitel 49

Berlin, 22. Oktober, 02:38 Uhr

Laura spürte den Luftzug im Nacken, als sich hinter ihr die Haustür schloss.

»Willkommen.« Er nahm die Decke von ihren Schultern, die ihre Fesseln verborgen hatte. Der Geruch ihrer verrußten Kleidung erinnerte sie an das brennende Herrenhaus und Jan, der an den Stuhl gefesselt war und den Flammen ausgeliefert.

»Geh nur«, raunte er und stieß ihr zwei Finger ins Kreuz. »Immer geradeaus, an der Treppe vorbei. Ich will dir jemanden vorstellen.«

Laura stolperte in den länglichen Hausflur. Das Klebeband um ihre Beine ließ ihr gerade so viel Spiel, dass sie sich langsam vorwärtsbewegen konnte. Links neben ihr führte eine frei im Raum schwebende Holztreppe ins Obergeschoss. Parallel dazu lief der Flur auf eine große Tür mit Kassettenscheiben zu.

»Siehst du das?«, flüsterte er ihr von hinten ins Ohr. Sie hasste den Klang seiner Stimme, hätte am liebsten auf ihn eingeschlagen, doch auch ihre Handgelenke waren mit Klebeband zusammengeschnürt.

»Ob du das siehst?«

Das Einzige, was sie sah, war ein dunkles Zimmer hinter der Tür.

Wieder ein Stoß von hinten, zwischen die Rippen.

»Geh schon rein.«

Laura trat an die Tür. Drückte sie mit ihren gefesselten Händen auf. Hinten links glaubte sie die Umrisse eines alten bauchigen Fernsehers zu erkennen.

»Da rechts, in der Ecke«, sagte er.

Laura machte ein paar Schritte ins Zimmer. Rechts öffnete sich der Raum zu einer Nische, doch sie konnte nichts Genaues erkennen.

»Warte, ich mache das Licht an.«

Eine Glühbirne blitzte für einen Sekundenbruchteil auf, der Wolframfaden brannte mit einem elektrischen Zischen durch, und es war wieder dunkel. Er knurrte. Dann ging er zum Fernseher hinüber und schaltete ihn ein. Aus der Tiefe der Mattscheibe blendete ein graues Bildrauschen auf. Schwarzweißes Schneegestöber, das in die Dunkelheit flimmerte.

Im Widerschein des Fernsehers erkannte sie, dass sie vor einem Sofa mit zwei großen massiven Harzblöcken stand.

Im rechten Block gefangen war eine ältere Frau, nackt, eingefallen und blutleer. An ihren Hand- und Fußgelenken waren mehrere Schnitte. Im linken Block schwebte ein fettleibiger Mann. Laura stockte der Atem bei seinem Anblick.

Er war ebenso nackt wie die Frau. An der Stelle, wo seine Genitalien hätten sein müssen, klaffte eine schwarze Wunde. Sein Kopf schien blau angelaufen zu sein, und aus seinem Mund ragte ein blutiges Stück Fleisch.

»Ich möchte dir meine Eltern vorstellen, Prinzessin. Keine Sorge. Sie können dir nichts tun. Ich bestimme schon lange, was sie tun.«

Laura öffnete den Mund, wollte schreien, aber aus ihrer Kehle drang nur ein erstickter Laut.

»Es wird Zeit«, flüsterte er, »dass ich auch für dich bestimme.«

Kapitel 50

Berlin, 22. Oktober, 02:48 Uhr

»Jenny Ava Stelzer?«, fragte Jan.

»Meine Mutter Claudia war der Spross einer Wiener Privatbankiersfamilie.« Ava Bjely räusperte sich. »Derenberg, vielleicht haben Sie den Namen schon einmal gehört.«

Jan schüttelte den Kopf.

Sie quittierte es mit einem bedauernden, fast spöttischen Lächeln. »Mein Vater, Dr. Wolfgang Stelzer, stammte aus einer Medizinerfamilie. Als ich klein war, da ging er für drei Jahre in die Vereinigten Staaten. Schönheitschirurgie war damals im Kommen. Als er zurückkam, wollte er eine Privatklinik eröffnen. Meine Mutter hatte das nötige Kleingeld, hat hier in der Nähe ein altes Herrenhaus gekauft, und mein Vater hat begonnen, es umzubauen. Meine Familie war auf der Sonnenseite. Geld, Renommee, hochfliegende Pläne. Ich war blond, gutaussehend, jung und gesund und hatte reichlich Gelegenheit, mir die Zeit mit Jungs zu vertreiben. Bis zum 31. Oktober 1977.

Meine Eltern waren verreist, und mein Bruder Buck wollte das ausnutzen. Er hat eine Halloweenparty veranstaltet, im ganzen Haus. Das kannte man damals hier noch gar nicht. Na ja, man kann sicher viel Schlechtes über meinen Bruder sagen, aber wenn er eine Party geschmissen hat, dann richtig.«

1977, dachte Jan und rechnete. »Und auf dieser Party ist Laura gezeugt worden?«

Ava Bjely lächelte bitter. »Ich mag Ihren Scharfsinn.«

»Haben Sie Ihren Mann erst auf dieser Party kennengelernt, oder kannten Sie ihn schon länger?«

»Beides, gewissermaßen.«

Jan runzelte die Stirn.

»Laura ist das Ergebnis einer Vergewaltigung.«

Jan schluckte.

Vergewaltigung? Er brauchte einen Moment, bis er das verdaut hatte. Plötzlich sortierten sich die Puzzleteile in seinem Kopf wie von selbst … dann setzte sich ein Gedanke fest. »Aber wenn Ihr Mann«, dachte er laut, »tatsächlich Lauras Vater ist, dann hätten Sie doch den Mann geheiratet, der –« Er verstummte. Der Gedanke kam ihm ungeheuerlich vor.

Ava Bjely verzog den Mund. »Es war Halloween. Er war verkleidet, ganz in Weiß, das Gesicht und den Hals hatte er mit Ornamenten bemalt. Er sah aus wie ein Voodoo-Priester oder so etwas. Ich wäre nie im Leben darauf gekommen, dass es Froggy war.«

»Froggy?«

»Das war sein Spitzname, in der Schule. Mein Bruder hatte ihm den verpasst. Froggy war schon immer ein Außenseiter gewesen. Er kam geschminkt in die Schule, mit schwarz gefärbten Haaren, schon in der ersten Klasse. Ich glaube, seine Mutter bestand darauf.«

Ein weiteres Puzzleteil, dachte Jan. »Er hat Albinismus, oder?«

Ava Bjely nickte. »Es weiß nur niemand. Er war schon immer gut darin, sich zu verstecken.«

»Sie sagten gerade, seine Mutter hätte darauf bestanden? Haben Sie seine Eltern kennengelernt?«

Ava Bjely schüttelte den Kopf. »Als ich ihn das erste Mal zu Hause besuchte, waren seine Eltern bereits tot.«

»Zu Hause?« Plötzlich war Jan hellwach. »Sie meinen das Haus, in dem er aufgewachsen ist?«

»Sein Elternhaus, ja.«

Jan spürte ein Ziehen am ganzen Körper. Er dachte an Maria Hülscher, die vor Jahrzehnten vermutlich genau vor der Tür dieses Hauses gestanden hatte. »Gibt es das Haus noch?«

Ava Bjely sah ihn an. Offenbar war ihr gerade derselbe Gedanke gekommen. »Sie meinen, er bringt Laura dorthin?«

»Wohin sonst?«, fragte Jan.

»Sie ahnen ja nicht, wie viele Immobilien meine Familie besitzt.«

»Hier? In Berlin?«

»Nein«, gab Ava Bjely zu. »Die meisten sind in Wien. Aber er verwaltet sie.«

»Er muss sich sicher fühlen«, sagte Jan. »Er braucht das Gefühl, alles im Griff zu haben. Für das, was er mit Laura vorhat, braucht er eine Umgebung, die mehr ist als nur irgendein Haus.«

Ava Bjely sah ihn an. Ihr Blick wanderte über Jans verbundene Hand, die Fleecedecke und blieb an der geschwollenen roten Linie an seinem Hals hängen. Schließlich nickte sie, als hätte sie eine Entscheidung getroffen. »Ich zeige Ihnen den Weg. Helfen Sie mir in den Wagen.«

Jan schüttelte den Kopf. »Wir rufen die Polizei. Die sind schneller da.«

Ava Bjely lächelte schief. »Keine Polizei.«

»Bitte?« Jan sah sie ungläubig an.

Ava Bjely legte ihre Hand auf den Revolver. »Keine Polizei.«

»Wenn Sie die Polizei nicht rufen wollen, meinetwegen. Ich tue es!«

»Das hilft Ihnen nichts. Sie brauchen die Adresse. Und die bekommen Sie nicht ohne mich.«

Jan starrte sie an. »Hier geht's um Ihre Tochter, verdammt. Ist Ihnen das klar? Noch vor ein paar Stunden haben Sie mich losgeschickt und wollten, dass ich Laura helfe.«

»Das will ich immer noch«, sagte Ava Bjely mit eisiger Kälte. »Aber ohne Polizei.«

»Warum? Was haben Sie zu verbergen?«

Ava Bjely schwieg und wich seinem Blick aus.

Jan ballte die Fäuste. Er wusste, dass er keine weitere Zeit verspielen durfte. »Also gut«, sagte er grimmig.

Kapitel 51

Berlin, 22. Oktober, 02:56 Uhr

Jan riss die Beifahrertür des Cherokee auf, griff Ava Bjely unter die Arme und hob sie aus dem Rollstuhl.

Ihre Finger umschlossen fest den Revolver. Jan spürte die Waffe an seinem Bauch, als er sie auf den Beifahrersitz hievte, und hoffte inständig, dass sie gesichert war.

»Wo lang?«, fragte er, als er hinter dem Steuer saß.

»Geradeaus, dann die zweite rechts, auf die Clayallee«, sagte Ava Bjely.

Jan trat aufs Gas. Der Cherokee dröhnte und schoss vorwärts. Der verbrannte Geruch, der ihm immer noch am Körper haftete, füllte den Innenraum des Wagens. Kurz vor der Clayallee bremste er scharf, schlug das Lenkrad ein und bog mit quietschenden Reifen auf die Allee. Ava Bjely hielt den Revolver immer noch fest umschlossen und starrte durch die Windschutzscheibe nach draußen.

»Was ist später passiert?«, fragte Jan und bog auf die Allee ab.

»Nach der Vergewaltigung, meinen Sie?«

Jan nickte.

»Mein Bruder hat mich gefunden. Ich war bewusstlos. Und er hatte ein Problem.«

»Wie meinen Sie das?«

»Eine Party ohne Erlaubnis der Eltern, die Villa sah aus wie ein Schweinestall, und dann liegt auch noch seine blöde Schwester halbtot im Elternschlafzimmer, nackt, mit Würgespuren am Hals, während im Erdgeschoss die letzten Gäste die Zigaretten auf dem Parkett austreten. Nicht gerade die Situation, in der man den Notarzt oder die Polizei ruft.«

»Soll das heißen, er hat *keine* Hilfe geholt?«

Ava Bjely schaute nach vorn auf die Straße. »Er hat mich aufs Doppelbett gelegt und versucht, mich wach zu kriegen. Irgendwann hat er es auch geschafft. Ich konnte mich kaum bewegen vor Schmerzen und hatte das Gefühl, mein Rücken bricht durch – später hat sich herausgestellt, dass ich mir beim Sturz auf die Bettkante einen Rückenwirbel angeknackst hatte. Ich habe Buck angeschrien, er solle unsere Eltern anrufen. Dann habe ich gebettelt, und irgendwann gedroht. Schließlich hat er kapituliert. Meine Eltern kamen sofort aus London zurück. Sie können sich vorstellen, was es für ein Theater gegeben hat.«

»Wegen der Vergewaltigung?«

»Um Gottes willen, nein. Die Vergewaltigung habe ich verschwiegen. Ich wollte nicht darüber reden. Am allerwenigsten mit meinen Eltern. Ich habe erzählt, dass er es *versucht* hätte, mehr nicht.«

»Waren Sie bei der Polizei?«

»Wo denken Sie hin. In einer Familie aus Ärzten und Privatbankiers? Da bleibt alles unter der Decke. Kein Krankenhaus, keine Polizei, kein gar nichts. Das Personal hat das Haus aufgeräumt, mein Vater hat meine Prellungen und Schürfwunden behandelt, und meine Mutter ist in die Kirche gegangen und hat für mich gebetet.«

»Gebetet?« Eine rote Ampel flog auf Jan zu. Notgedrungen bremste er, fuhr an die Kreuzung heran und beschleunigte erneut.

»Jeden einzelnen Tag. Katholikin durch und durch. Mein Vater ist fremdgegangen und meine Mutter in die

Kirche. Sie war der Meinung, ich sei betrunken gewesen. Betrunken und damit selber schuld.« Sie deutete mit der linken Hand geradeaus. »Einfach weiterfahren, auf den Hohenzollerndamm.«

»Und als Sie gemerkt haben, dass Sie schwanger waren, wollten Sie abtreiben.«

»Ja. Das wollte ich. Ich hatte mir heimlich einen Termin verschafft. Als meine Mutter davon erfuhr, ist sie schier durchgedreht. Die Schwangerschaft war schon ein Schock für sie. Doch Abtreibung, das war eine Todsünde.«

»Aber Sie sind vergewaltigt worden«, wandte Jan ein. Gut hundertfünfzig Meter vor ihm sprang eine Ampel auf Gelb, und er beschleunigte auf über 100 km/h. Die Geschwindigkeit trieb ihm den kalten Schweiß auf die Stirn.

»Davon wollte sie nichts hören. Ich war schuld und basta. Am Ende ist alles außer Kontrolle geraten. Wie Sie schon sagten, sie ist handgreiflich geworden bei einem unserer Streits. Seitdem sitze ich in diesem verdammten Stuhl.«

Jan versuchte sich auf die Fahrbahn zu konzentrieren. Das Lenkrad unter seinen Händen war schweißnass, die Wunde war mehr als hinderlich beim Lenken. Vor ihnen tauchte eine große Kreuzung auf.

»Sie müssen nach links, auf die A100 Richtung Charlottenburg.«

Jan ging mit hoher Geschwindigkeit in die Kurve. Gott sei Dank Autobahn, dachte er. Keine Ampeln, keine Kreuzungen. »Und Ihr Mann?«

»Was hat er Ihnen denn erzählt?«

»Dass er alle Ihre Versuche abzutreiben zunichtegemacht hat.«

»Er hat *was*?«

Jan zögerte einen Moment. »Er hat behauptet, er wäre

Lauras Schutzengel gewesen. Von Anfang an. Er sah da eine regelrechte Verschwörung im Gange. Offenbar hat er sogar einen Arzt umgebracht, der von Ihrem Vater bestochen worden war.«

Ava Bjely gab einen merkwürdigen Laut von sich und rieb sich mit der Hand das Gesicht. »O Gott, wenn ich das geahnt hätte! Froggy tauchte vom ersten Tag an im Krankenhaus auf. Ich lag da, mit dem Kind im Bauch und dem Wissen, dass ich ein Leben lang ein Krüppel bleiben würde. Anfangs habe ich ihn immer wieder weggeschickt. Ich mochte ihn nicht. Dass er sich überhaupt an mein Bett wagte. Als wollte er damit sagen, dass ich jetzt wäre wie er: ein Außenseiter. Eine tragische Figur. Jemand, der nur Mitleid abkriegt. Mitleid war das Letzte, was ich wollte.

Trotzdem kam er jeden Tag. Am Ende war er der Einzige, der sich für mich interessierte. Der Einzige, dem ich vertrauen konnte. Dachte ich jedenfalls. Er schien mich so zu akzeptieren, wie ich war, lange bevor ich es konnte: querschnittsgelähmt, ein Leben lang an den Rollstuhl gefesselt, mit einem Kind von einem Vergewaltiger.«

»Wann haben Sie gemerkt, dass Sie den Mann geheiratet haben, der Sie vergewaltigt hat?«

»Im Oktober 1992, an Halloween. Ausgerechnet. Laura war schon vierzehn. Er und ich, wir hatten schon immer getrennte Betten – und getrennte Stockwerke. Ich hatte mich daran gewöhnt, dass er die meiste Zeit in Wien oder sonst wo war und sich um unsere Immobilien gekümmert hat.

Er kam spät nach Hause, zwischen drei und vier, aber ich war wach. Ich habe die Haustür gehört. Die Tür zum Wohnzimmer stand einen Spalt offen. Er hat mich gar nicht bemerkt, so aufgewühlt war er. Als wäre irgendetwas schiefgegangen. Sein Gesicht und sein ganzer Kopf waren übermalt mit diesen schwarzen Streifen. Es war das Gesicht meines Vergewaltigers.

Im ersten Augenblick dachte ich, o Gott, er ist wieder da. Es passiert wieder. Ich habe diese Gestalt nicht im Geringsten mit meinem Mann in Verbindung gebracht. Bis er die Treppe hinaufging, mit den Schritten meines Mannes. Und im Bad geduscht hat, so lange, wie sonst nur mein Mann duscht. Da wusste ich es.«

»Haben Sie Laura deshalb ins Internat geschickt?«

Ava Bjely nickte. »Laura war damals gerade in der Pubertät und sah mir – bis auf meine blonden Haare – unglaublich ähnlich. Und nachdem ich ihn in dieser … Bemalung gesehen hatte … ich wusste ja, wozu er fähig war. Ich hatte Angst um Laura.«

»Wissen Sie, was er in dieser Nacht getan hat?«

»Ich kann es mir denken.«

»Und Sie haben nichts dagegen unternommen?«

»Ich habe meine Tochter in Sicherheit gebracht.«

»In Sicherheit? Indem Sie sie ins Internat gesteckt haben? Gottverdammt! Sie hätten die Polizei rufen müssen. Ihr Mann ist ein Psychopath, ein Killer. Er hat inzwischen mehr als ein Dutzend Frauen getötet. Allesamt Frauen, die Ihnen und Laura ähnlich sahen. Sie hätten ihn aufhalten können.«

Ava Bjely saß stocksteif auf ihrem Sitz. »Woher wollen Sie das wissen?«

»Ich habe es selbst gesehen. Er hat ihre Körper in Harz gegossen und im Herrenhaus eingemauert.«

Ava Bjely rang hörbar nach Luft.

Jan wechselte auf die rechte Spur und jagte an einem langsameren Wagen vorbei. Ava Bjelys Entsetzen wirkte nicht im Geringsten gespielt.

»In Harz gegossen, sagen Sie? Und eingemauert? O Gott. Warum … warum tut er das?«

»Weil er besitzergreifend ist. Ein Narziss und ein Kontrollfreak, mit einem ganz eigenen Weltbild«, sagte Jan und wechselte zurück auf die linke Spur. »Wer ihm in die Quere kommt, der wird getötet. Und wen er begehrt, den will er besitzen. Oder zumindest kontrollieren. So wie Sie. Und Laura. Sie beide scheinen allerdings die einzigen Menschen zu sein, die er nicht töten konnte – oder wollte. Stattdessen hat er andere Frauen in seine Gewalt gebracht. Dass er sie in Harz gegossen hat, ist so etwas wie …«, er suchte nach Worten und las gleichzeitig die vorbeifliegenden Straßenschilder, »wie die ultimative Kontrolle, sozusagen über den Tod hinaus, als wäre er Gott.«

»Aber wenn Sie denken, dass er Laura und mich nicht töten kann, warum –«

»Er konnte es *bisher* nicht. Aber die Dinge sind völlig aus dem Ruder gelaufen. Ich fürchte, für ihn gibt es nur noch einen Weg, die Sache wieder unter Kontrolle zu bekommen …« Er stockte, wagte es kaum auszusprechen. »Er wird Laura in Harz gießen wollen.«

Ava Bjely saß wie versteinert da, sagte nicht ein einziges Wort. Ihr Kiefer mahlte stumm, ihre Finger hatten sich um den Revolver gekrampft.

Vereinzelt schlugen Regentropfen gegen die Windschutzscheibe, und eine Windböe riss am Lenker. Ava Bjely deutete mechanisch nach rechts. »Da vorne …« Ihre Stimme versagte, sie musste sich räuspern. »Da müssen Sie runter, auf den Siemensdamm.«

»Das Haus ist in Siemensstadt?«

Ava Bjely nickte nur. Ihre Zähne mahlten so sehr aufeinander, dass Jan meinte, es trotz der Fahrgeräusche hören zu können.

Kapitel 52

Berlin, 22. Oktober, 03:13 Uhr

Jan bog in die schmale Straße ein. Um diese Uhrzeit wirkte das Wohngebiet wie ausgestorben. »Hier?«

»Hier«, nickte Ava Bjely.

Straßenlaternen hingen über den parkenden Autos, die eine enge Gasse bildeten. Ava Bjely musste nichts weiter sagen. Jan entdeckte das Haus sofort; auf dem Gehweg davor stand der weiße Lieferwagen.

Er lenkte den Cherokee in eine Parklücke. Rasch schaltete er das Licht und den Motor aus. Einzelne Regentropfen schlugen laut auf das Wagendach.

Die Straße war gesäumt von drei- und vierstöckigen Mehrfamilienhäusern, aus denen uniforme Balkone wie herausgezogene Schubladen ragten. Fjodor Bjelys Elternhaus wirkte wie aus der Zeit gefallen; ein freistehendes Einfamilienhaus mit einem Krüppelwalmdach, überwuchert von wildem Wein. Der Herbst hatte die Blätter heruntergefegt. Übrig geblieben waren knorrige Äste, wie ein Geflecht aus vertrockneten Adern. Darunter schälte sich das Haus hervor, düster und fleckig. Die ehemals hellroten Dachschindeln hatten dunkle Male, als wäre das Haus von Metastasen befallen, die Fensterläden waren geschlossen, und der Gartenzaun verschwand unter dichtem Efeu.

»Meinen Sie, er ist wirklich hier?«, fragte Ava Bjely.

Jan nickte entschlossen und zeigte auf den Lieferwagen.

»Der stand vorhin noch in der Garage des Herrenhauses.« Dann deutete er auf den Revolver. »Wenn Sie Laura wiedersehen wollen, sollten Sie mir das Ding geben.«

»Ich will nicht, dass Sie die Polizei rufen.«

»Herrgott noch mal! Er ist da drinnen und stellt gerade weiß Gott was mit Laura an.«

Ava Bjely biss sich auf die Lippen. »Zehn Millionen.« Sie sah ihn aus schmalen Augen an. »Zehn Millionen, wenn Sie ihn erschießen.«

Jan starrte sie fassungslos an. »Sie sind krank.«

»Nicht so krank wie er. Zehn Millionen.«

»Ihr scheiß Geld ist mir so was von egal«, stieß Jan wütend hervor. »Geben Sie mir endlich die Waffe, verdammt.«

Ava Bjely musterte ihn. »Da ist er ja«, sagte sie leise. »Der Wolf unter Ihrem Schafspelz.« Sie reichte ihm den Revolver. Jans Finger umschlossen den handwarmen rauen Griff. Die Waffe kam ihm schwer vor, noch nie zuvor hatte er so etwas in der Hand gehalten. Auf dem Lauf war Smith&Wesson ins Metall geprägt. Neben der Trommel befand sich eine Art Hebel. »Ist das die Sicherung?«

»Die einzige Sicherung ist Ihr Finger.«

Jan nickte, holte noch einmal tief Luft, dann schwang er sich aus dem Cherokee und ging um den Wagen herum. Im Kofferraum lag noch der offene Verbandskasten. Er schob die Verbandsschere in seine hintere Hosentasche, fand neben dem Warndreieck noch eine alte Taschenlampe, dankte Greg im Stillen und stopfte sich die Smith&Wesson in den Hosenbund.

Es regnete jetzt stärker.

Im Vorbeigehen streifte sein Blick Ava Bjely. Sie wirkte klein auf dem Beifahrersitz.

Vom Gartentor führte ein moosbewachsener Weg bis

vor die Haustür. Jan ging leise um das dunkle Haus herum. Die Fensterläden waren geschlossen und zusätzlich mit Brettern vernagelt. An die rechte Giebelwand grenzte ein Schuppen. Eine Hintertür oder einen Zugang zum Keller gab es nicht. Nirgendwo war auch nur ein Lichtschimmer zu sehen.

Zurück an der Haustür ließ er die Taschenlampe kurz aufleuchten. Das Metall des Türknaufs sah aus, als wäre es erst kürzlich angefasst worden. Ein scharfer Windstoß fuhr ihm in den Rücken. An der Türschwelle lag plattgetretenes feuchtes Laub. Vorsichtig rüttelte er am Türgriff. Verschlossen, natürlich.

Er trat ein Stück zurück. Im Giebel, oberhalb des Schuppendachs, lag ein Fenster. Im Gegensatz zu den anderen Fenstern waren hier die Läden nicht vernagelt.

Auf der Rückseite des Schuppens stand eine hüfthohe Regentonne aus Kunststoff, randvoll mit brackigem Wasser. Er stützte sich auf den Rand der Tonne und zog sich hoch. Ein heißer Schmerz schoss ihm in die Hand. Er biss die Zähne zusammen und richtete sich vorsichtig an der Schuppenwand auf. Das dünne Plastik der Tonne wirkte nicht sehr stabil. Wasser schwappte nach allen Seiten, und seine Schuhe wurden nass. Keuchend hangelte er sich auf das Dach des Schuppens. Oben angekommen, kroch er über die wellige Teerpappe zum Giebel.

Die verwitterten Läden waren von innen verriegelt. Er zog die Verbandsschere aus seiner Hosentasche, schob sie in den Spalt zwischen den Fensterläden und hebelte den Riegel auf. Die Scharniere knirschten beim Öffnen.

Hinter der Fensterscheibe war es so dunkel, dass er die Umrisse seines Gesichts im Glas sehen konnte. Er schnitt einen Teil des Fleecestoffes von der Decke ab, umwickelte damit die Rückseite der Taschenlampe und schlug die

Scheibe ein. Sofort duckte er sich, zog den Revolver und hielt den Atem an.

Einen quälend langen Moment lauschte er. Nichts außer Regen und Wind.

Dann griff er durch das Loch in der Scheibe, entriegelte das Fenster und stieg ins Dachgeschoss ein.

Drinnen schirmte er die Taschenlampe mit seinen Fingern ab und drückte den Schalter. Seine Finger glühten rötlich auf, durch die Ritzen drang ein schwacher Lichtschein. Jan sah ein Einzelbett, zwei Kommoden, einen winzigen Schreibtisch, Bücher, eine Schreibtischlampe, und auf allem lag eine dicke Staubschicht. An den beiden Stirnwänden hingen Bilder, etwa ein Dutzend schlichte schwarze Rahmen mit Fotografien darin. Er nahm die Hand vom Reflektor der Taschenlampe, um besser sehen zu können. Im ersten Augenblick meinte er, Laura auf den Fotos zu erkennen. Bis er die blonden Haare sah. Die junge Frau hatte die stolze und gerade Haltung einer Balletttänzerin. Es war Ava Bjely – oder vielmehr: Ava, als sie noch Jenny Stelzer gewesen war.

Auf einer der Kommoden fing der Lichtkegel einen länglichen trüben Harzblock ein, massiv und etwas größer als ein Schuhkarton. Jan beugte sich vor und sah in die toten Augen einer getigerten Babykatze, die im Harz zu schweben schien, als wäre sie mitten im Sprung eingefroren.

Er sog scharf die Luft ein und musste an Laura denken. Ihm wurde schlecht. Er schaltete die Lampe aus, und die Katze verschwand wie ein Geist. Fahles Nachtlicht fiel durchs Fenster und ließ nicht mehr erkennen als die Umrisse der Möbel.

Leise öffnete er die Zimmertür und stahl sich in den Flur. Im Haus war es totenstill. Durch ein Dachfenster drang diffuses Licht. Eine gerade Holztreppe führte hinab ins Erdgeschoss. Seine nassen Sohlen quietschten auf den Holzstiegen. Rasch hielt er inne, zog seine Converse aus und schlich Stufe um Stufe hinab.

Am Fuß der Treppe blieb er stehen. Vor ihm lag die Haustür. Prüfend drückte er die Klinke. Die Tür schwang nach innen, ein Windstoß trug ein paar Blätter über die Schwelle und verteilte sie über ein halbes Dutzend milchiger Plastik-Kanister. Jan hob einen davon an. Er war schwerer als ein Eimer Wasser, und eine zähe Flüssigkeit schwappte darin hin und her. Harz, dachte er. Der glänzende Lauf der Smith&Wesson zitterte in seiner Hand.

Am Ende des Flurs stand eine Tür offen und gab den Blick auf einen klobigen alten Fernseher frei. Links war die Treppe zum Keller, rechts eine weitere Tür, sicher das Gäste-WC. Langsam, mit vorgehaltener Waffe, ging er zur Kellertreppe.

Sein Herz trommelte.

Er wagte es nicht, die Taschenlampe noch einmal einzuschalten. Die Stufen der Kellertreppe waren gemauert, mit dunklen Kacheln gefliest und endeten vor einer grauen Tür.

Behutsam drückte er die Klinke. Die Scharniere knirschten wie Sand zwischen den Zähnen. Auf Zehenspitzen schlüpfte er in den Keller.

Ein kurzer Gang. Drei Türen. Links und rechts weiß getünchte Ziegelwände. Die hinterste Tür war nicht ganz geschlossen. Ein Lichtstrahl fiel bis unmittelbar vor seine Fußspitzen, und ein durchdringender chemischer Geruch stieg ihm in die Nase. Das Harz! Ein letzter Schritt, und er stand direkt vor der Tür, hörte, wie jemand vor Anstrengung schnaufte, als ob er etwas Schweres hob.

Er trat mit dem Fuß gegen die Tür, und sie flog krachend auf.

Grelles Licht blendete ihn.

In einem von oben bis unten weiß gefliesten Zimmer stand Fjodor Bjely, kaum drei Meter von Jan entfernt, und starrte in die Mündung der Waffe. Seine weiße Kleidung war rußbefleckt. Er trug Laura auf den Armen und war im Begriff, sie in eine große, gekachelte Badewanne zu legen, die frei in der Mitte des Raumes stand. Die Art, wie er Laura hielt, erinnerte an Frischvermählte. Doch diese Braut war an Händen und Füßen mit Klebeband gefesselt und trug lediglich Slip und BH. Ihr Gesicht war immer noch von Ruß und Tränen verschmiert. In ihrem Blick flackerte jäh Hoffnung auf.

Jan richtete die Waffe auf Fjodors Kopf. »Lass sie runter.«

Auf Fjodors Gesicht lag ein verzerrtes Lächeln. Die Ornamente auf seiner rechten Wange waren verwischt. Aus seinem Blick sprachen Verwirrung und blanker Hass.

»Lass sie runter. SOFORT!«, wiederholte Jan.

Fjodor regte sich nicht. Seine Iris war hell wie Eis, sein Blick auf den zitternden Lauf der Waffe konzentriert.

Jan ließ die Taschenlampe fallen und nahm die Linke zu Hilfe, um den Revolver ruhig zu halten.

»Wenn du schießt«, sagte Fjodor gedehnt, »lasse ich sie fallen und ihr Kopf schlägt auf den Fliesen auf.«

»Wenn du sie hinlegst, schieße ich nicht.«

Stille.

Patt.

Ich lege sie nicht hin, sagten Fjodors Augen.

Jan starrte ihn an. Spürte Lauras Blick. Dachte an Greg, Nikki Reichert, Gandalf, die Frau im Herrenhaus. Fragte sich, ob er sich je wieder sicher fühlen würde, wenn er jetzt nicht abdrückte. Die Wunde an seinem Hals brannte. Die kalten Fliesen unter seinen Füßen waren wie Eis. Er sah, wie Lauras Mund lautlos und in Slow Motion ein Wort formte.

S – c – h – i – e – ß!

Sein Finger krümmte sich um den Abzug. Die Sehnen waren zum Zerreißen gespannt.

Er fragte sich, wie weit er durchdrücken musste, bis sich der Schuss löste.

Ein Drittel … nichts passierte.

Er hob die Waffe noch etwas, sah jetzt direkt über den Lauf zwischen Fjodors Augen.

Die Hälfte … immer noch kein Schuss.

Noch nicht einmal der Hammer bewegte sich. Funktionierte der Revolver überhaupt? Ava Bjely hatte doch damit geschossen …

Zwei Drittel …

Wann hob sich endlich der Hammer?

»Schon gut«, knurrte Fjodor. »Ich lasse sie runter.«

Jans Zeigefinger erstarrte.

Fjodor ging langsam in die Knie, um Laura vor der Badewanne abzulegen. Jan verfolgte seinen Kopf mit dem Lauf des Revolvers. Die Badewanne war zu einem Viertel mit einer klaren zähen Flüssigkeit gefüllt. Neben der Wanne standen Dutzende Kanister.

Laura sah ihn beschwörend an. *Schieß!*

Sanft ließ Fjodor Laura zu Boden gleiten. Jan zielte auf den kahlen bemalten Hinterkopf und wünschte sich fast, dass Fjodor eine falsche Bewegung machte, damit er ihm eine Kugel verpassen und sehen konnte, wie sein krankes Gehirn über den Boden spritzte.

Und zugleich fürchtete er den Moment.

Sein Finger gab kaum merklich nach.

Als hätte Fjodor Jans Zögern gespürt, warf er sich zur Seite.

Instinktiv drückte Jan ab.

Es krachte ohrenbetäubend zwischen den Fliesen. Der Rückstoß des Revolvers riss die Waffe empor. Die Erschütterung ließ Jans Arme und Schultern für einen Sekundenbruchteil vibrieren bis ins Mark. Weiße Keramiksplitter spritzten durch die Luft wie Nadeln.

Kapitel 53

Berlin, 22. Oktober, 03:36 Uhr

Laura schrie irgendetwas.

Im nächsten Augenblick stürzte sich Fjodor auf Jan und riss ihm die Hand mit der Waffe hoch. Die Wucht des Angriffs warf Jan rücklings gegen die Kante des Türrahmens. Fjodor tauchte unter seinem Arm hindurch und verdrehte ihn mit Gewalt.

Seine Schulter wollte aus dem Gelenk springen, seine Hand brannte, als stecke ein Stromkabel darin. Er verlor die Kontrolle, lockerte den Griff, und Fjodor entwand ihm den Revolver. Verzweifelt schlug Jan mit der Linken nach der Waffe. Fjodors Finger hielten den Griff jedoch fest umschlossen, sein Zeigefinger krümmte sich um den Abzug, der Lauf der Waffe schwenkte drohend auf Jans Brustkorb. Jan hielt dagegen, drückte den Revolver von sich weg. Seine Muskeln zitterten, als würden sie gleich zerreißen. Fjodors Gesicht war direkt vor seinem. Schwitzend. Keuchend. Wutverzerrt. Instinktiv holte Jan mit dem Kopf aus und hieb seine Stirn gegen Fjodors Schläfe. Fjodor taumelte, und Jan bekam seine zweite Hand frei, packte den Lauf der Waffe und riss daran.

Mitten im Gerangel explodierte ein Schuss. Laura schrie auf. Jan ließ die Waffe los wie ein glühendes Eisen.

Der Moment erschien ihm unwirklich lang.

Er wartete auf den Schmerz, fragte sich, wo die Kugel ihn getroffen hatte.

Wie im Rausch nahm er alles gleichzeitig wahr. Den Nachhall des Schusses. Seine leeren Hände. Fjodor, der rückwärts taumelte, an die Wand neben dem Waschbecken stieß, wo er langsam, mit dem Rücken an die Fliesen gelehnt, zu Boden sank. Fjodors Stöhnen. Fjodors Hand, die sich um den Revolver klammerte, und der kurze silberne Lauf, den Fjodor auf Jan richtete.

»Bleib, wo du bist«, presste Fjodor zwischen den Zähnen hervor.

Jan rührte sich nicht, starrte abwechselnd auf die Smith&Wesson und den roten Fleck auf Fjodors weißem Hemd. Der Fleck war in Bauchhöhe und wuchs schnell. Fjodors Zeigefinger an dem Abzug war weiß wie Schnee.

Das war's. Diesmal würde er die Waffe nicht wegschieben können. Fjodor war zu weit weg. Nichts stand mehr zwischen Jan und der Kugel. Fjodor hob die Waffe, so dass Jan direkt in das schwarze Mündungsloch sah. »Ich hätte dich schon in Frankreich erledigen müssen«, knurrte er.

»Nein!«, schrie Laura.

Fjodors Blick flog zu ihr hinüber. Er senkte die Waffe eine Handbreit und verzog das Gesicht. Die schwarzen Ornamente waren grotesk verschmiert. Fjodor schien sich aufzulösen. »Nein?« In seinem Blick spiegelten sich Zorn und Schmerzen. »Wenn *er* die Waffe hat, flüsterst du *›schieß‹*, und wenn ich sie habe, sagst du *›nein‹*?«

Laura wollte etwas erwidern, überlegte es sich aber anders.

»Ich sollte sein beschissenes Hirn auf der Wand verteilen.« Fjodor versuchte, sich ein wenig aufzurichten, sank aber stöhnend wieder zurück. »Aber so wie es aussieht«, er blickte auf die Wunde in seinem Bauch, »muss er vorher noch etwas für mich tun.« Fjodors Blick bohrte sich in Jans. »Bring es zu Ende.« Er deutete mit dem Kopf in Richtung der Kanister.

Laura erstarrte.

Jan sah ihn mit offenem Mund an, schüttelte den Kopf.

»Ich will kein beschissenes Nein mehr hören«, brüllte Fjodor. »Niemand stellt sich mir in den Weg. Niemand!« Er richtete den Lauf der Waffe auf Laura. Seine hellen Augen glühten fiebrig.

Jan stockte der Atem.

»Glaubst du etwa, du kannst dich weigern? Glaubst du, das lasse ich zu?«

Jan starrte Fjodor hasserfüllt an. Laura mit Harz zu übergießen war das Letzte, was er tun würde.

»Am Ende werdet ihr so oder so nicht überleben … das denkst du doch gerade, richtig? Hast du dich wirklich schon damit abgefunden? Falls ja: Herzlichen Glückwunsch, dann bist du frei. Dann kannst du es dir ja leisten, dich ach so moralisch zu verhalten.« Fjodor senkte die Stimme. »Aber wo war ihre Moral, als es um dein scheiß Leben ging? Hast du's schon vergessen? Hast du's nicht in ihren Augen gesehen? Ihre verlogene Entschuldigung gehört?«

Jan presste die Lippen aufeinander.

»Jan, bitte!«, flehte Laura. »Glaub ihm kein Wort, ich –«

»Halt den Mund«, zischte Fjodor. »Sie hat dich verraten, du jämmerlicher Schwachkopf. Am Ende hat sie dich einfach verraten und auf die Moral geschissen. So wie bei mir.«

»Ich *dich* verraten?« Tränen rannen über Lauras verrußtes Gesicht. »Ich bin mein ganzes verdammtes Leben lang ohne dich aufgewachsen. Du hättest genauso gut tot sein können. Warst du aber nicht!«, schrie sie. »Ich habe dich immer gehört, deine Schritte, manchmal deine Stimme durch die Wand ... nur gesehen habe ich dich nie. Du warst ein verdammter Geist. Und ich hab mich immer und immer gefragt, was ich falsch gemacht habe, dass mein eigener Vater mich nicht sehen will. Warum wolltest du mich nicht sehen? Was ist so falsch an mir, dass du mich nicht wolltest?«

Fjodor atmete schwer, hatte die Waffe immer noch auf Laura gerichtet.

»*Warum?*«, schrie Laura.

»Du hattest die falsche Hautfarbe.«

Fjodors Worte hallten in Jans Kopf nach wie ein Schuss. War das der Grund? War es so entsetzlich einfach? Plötzlich hatte er das Gefühl, alles offen vor sich liegen zu haben.

»Die falsche Hautfarbe?« Laura sah ihren Vater verständnislos an.

»Er hat Albinismus«, sagte Jan mit belegter Stimme.

»Ich versteh nicht, was das ...«

»Er hat sich nicht nur vor dir versteckt. Er hat sich vor allem und jedem versteckt. Gefärbte Haare, Schminke, Make-up, Cremes. Und gleichzeitig ist er besessen davon, jemanden zu finden, der so ist wie er, mit weißer Haut«, sagte Jan. »Als Ava schwanger war, hat er gedacht, dass du auch ...«

»... ein Albino bist«, flüsterte Laura.

Fjodors Blick schien durch sie hindurchzugehen. Sein Kopf war an die Unterseite des Waschbeckens gelehnt, die Rechte mit der Waffe hatte er auf seinen Oberschenkel gestützt.

»Weil ich nicht deine Hautfarbe hatte, bin ich nichts wert?«, fragte Laura. »Einfach nur, weil ich nicht so bin, wie du mich haben willst?«

Fjodors Mund war ein schmaler Strich. Seine Lider flatterten, und er drückte die Linke auf die blutende Wunde.

»All diese Frauen«, fragte Laura, »sollten die auch sein wie du?«

Eisernes Schweigen.

»Und deine Eltern?«

»Das würdest du nie verstehen.«

»Und ich? Warum ich? Erst tust du alles, damit ich auf die Welt komme. Dann lässt du dich nie wieder blicken, verfolgst mich, heimlich, wie ein scheiß Spanner, weil du mich angeblich beschützen willst – und jetzt willst du mich umbringen? Weil ich dich verraten habe?«

»Du bist außer Kontrolle.«

»*Du* bist außer Kontrolle!«, schrie Laura. »Du bist ein beschissener Narzisst. Ein Irrer, der in seiner eigenen Welt lebt und alle anderen mit in den Abgrund reißt, weil du es alleine nicht aushältst in deiner finsteren stinkenden Höhle.«

Fjodors Mundwinkel zuckten. Mit zitternden Fingern spannte er den Hahn der Smith&Wesson.

Ein winziges leises Klicken.

Laura verstummte.

»Die Harzschicht am Boden der Wanne ist hart genug.« Fjodor wandte sich Jan zu. »Mach ihr Gesicht sauber, bevor du sie in die Wanne legst.«

Jan rührte sich nicht.

»Es ist ganz einfach«, zischte Fjodor. »Wenn du dich weigerst, erschieße ich euch sofort. Erst sie, dann dich.«

Eine Welle von Hass stieg in Jan auf. Fjodor lächelte höhnisch. »Du hättest einfach nur schießen müssen. Einmal, zweimal, dreimal. Sofort und ohne die ganze Leg-sie-hin-Scheiße. Aber du bist ein gottverdammter Feigling.

Wenn's hart auf hart kommt und du die Sache in die Hand nehmen musst, dann schnürt sich dein Hals zu und du sitzt schlotternd in der Ecke. Bloß nichts Schlimmes tun. Bloß nicht die Hände schmutzig machen. Bloß keine Verantwortung übernehmen. Was ist passiert in deinem kleinen Leben, dass du dir ständig in die Hose scheißt?«

Jan ballte die Fäuste.

»Fang an, oder sie ist tot. Fünf … vier …«

Jans Gedanken rasten. Zeit. Er brauchte Zeit. Zehn, vielleicht fünfzehn Minuten. Fjodors Kraft würde bald schwinden.

»Drei …«

Die Vorstellung, Laura eigenhändig mit Harz zu übergießen, war unerträglich. Doch es war seine einzige Chance, Zeit zu gewinnen.

»Zwei …«

»Schon gut. Schon gut«, sagte Jan hastig.

»Wisch ihr den Dreck aus dem Gesicht.« Fjodor deutete auf einen Stapel Handtücher. Jans Kehle war staubtrocken, als er das oberste der weißen Handtücher nahm, die neben der Wanne lagen. Der Stoff war steif und alt, aber sauber. Mit bleischweren Gliedern trat er ans Waschbecken. Fjodor war jetzt ganz nah. Ein Tritt, und die Waffe würde aus seiner Hand fallen. Doch Fjodor schien seine Gedanken lesen zu können. Stöhnend rückte er vom Waschbecken ab und hinterließ blutige Schlieren auf dem weißen Boden.

Jan drehte das Wasser auf. Es schoss gurgelnd aus dem Hahn, klar und eiskalt. Der trockene Stoff sog es gierig auf. Im Spiegel über dem Becken suchte er nach etwas, das ihm helfen könnte, aber da waren nur die freistehende Wanne, davor Laura gefesselt auf dem Boden, rechts vom Waschbecken eine Toilette, daneben ein Heizkörper – und sonst nichts. Noch nicht einmal ein Fenster. Die einzige Öffnung in der Wand war ein großer Lüftungsschacht.

»Schneller«, knurrte Fjodor, »sonst zähle ich bei zwei weiter.«

Jan drehte den Hahn zu. Sein Herz pumpte dumpf und rasend schnell, als er sich neben Laura kniete.

»Fass sie ja nicht an. Du sollst ihr nur das Gesicht saubermachen.«

Jan nahm das Handtuch und strich ihr den Ruß aus dem Gesicht. Aus ihren Augenwinkeln liefen Tränen, trotzdem sah sie ihn unverwandt an, ohne zu blinzeln, als könnte sonst ein Faden zwischen ihnen reißen.

»Sssscht«, sagte er.

Sie schluckte.

Zwanzig Jahre. Ein paar hitzige Küsse im Haus seines Vaters. Und jetzt das hier. Das durfte nicht das Ende sein. Ihre Blicke hatten sich ineinander verschränkt wie in einer Umarmung. Er wollte sich nie wieder daraus lösen. Wollte nur in diesen Augen versinken, in deren Iris sich Avas Grün und das Blassblau ihres Vaters mischten.

Himmel! Er wusste immer noch nicht, wer sie wirklich war. Er wusste nur, dass er sie nicht aufgeben konnte, und ein bodenloser Zorn überkam ihn.

Kapitel 54

Berlin, 22. Oktober, 03:47 Uhr

Fjodor starrte Laura an, sein Kind, das so gar nicht sein Kind war.

Die Hebamme hatte ihm Laura nach der Entbindung in die Arme gedrückt, in einem Tuch, ein kleines atmendes pulsierendes Paket. Als er ihre Haut und den Flaum auf ihrem Kopf sah, da hatte er eine beißende Enttäuschung gespürt. Seine Hände waren ganz steif geworden, verkrampft, so wie sein Bauch, sein Herz, einfach alles.

Dafür hatte er gekämpft?

Sein erster Impuls war, Laura einfach fallen zu lassen. Doch aus irgendeinem Grund konnte er es nicht.

Und so war es geblieben, bis heute.

Fallen lassen! – Nicht fallen lassen können.

Hatte er sich nicht von allem befreit? Sich seinen Kindheitstraum erfüllt? Er hatte unsichtbar sein wollen, mehr als alles andere. Und er hatte es geschafft. Er *war* unsichtbar.

Froggy war nicht mehr, ausradiert, ein für alle Mal fort. Und mit ihm alle Verbote und Schranken. Er konnte tun und lassen, was er wollte. Keine Grenzen, keine Regeln, kein ›nein‹.

Bis Laura auf die Welt kam.

Fallen lassen! – Nicht fallen lassen können.

Als hätte er sie erst verstoßen und dann gegen seinen Willen angenommen.

Er hatte sich von ihr ferngehalten. Und dennoch hatte er die Vase gefüllt, über sie gewacht, sie in Nordholm beschützt, sie tausendfach fotografiert, aus sicherer Entfernung, mit Teleobjektiven, lang wie ein Unterarm. Er hatte zugesehen, wie sie aus Nordholm geflohen war, sich die Haare abschnitt, grotesk färbte, wie sie soff, zunahm, sich Ohrlöcher stach, so lange, bis ihr Äußeres nichts mehr mit dem ihrer Mutter zu tun hatte – als wäre das ihr größtes und einziges Bestreben. Und jedes Mal, wenn ihr jemand zu nah kam, hatte er das getan, was Väter nun einmal tun mussten.

Niemals hatte er sie aus den Augen verloren. Selbst wenn er ein paar Tage verreist war, er wusste immer, wo Laura zu finden war. Er hatte alles im Griff. Bis zu dem Moment, als sie verschwand. Ohne jede Vorwarnung. Ohne jede Spur.

Monatelang hatte er nach ihr gesucht, unter jeder verdammten Brücke, auf jeder verdammten Parkbank. Aber es war, als hätte sie sich in Luft aufgelöst. 18 Jahre lang. Bis er, vor nur wenigen Tagen, zufällig dieses überirdische Wesen am Straßenrand gesehen hatte.

Es war wie ein Déjà-vu gewesen, es fühlte sich beinah an wie damals auf Buck Stelzers Party. *Jenny!* Jenny, nur mit dunklen Haaren. Er hatte im Wagen gesessen und einen Steifen bekommen, verflucht! Er war ihr bis nach Èze gefolgt. Hatte sich vorgestellt, wie es sein würde, wenn sie auf seinem Stuhl saß, wie sie aussehen würde mit blasser Haut und hellblonden Haaren, nackt und rasiert, wie sie ausbluten würde, während er sie … Nein! Halt.

Er schluckte.

Er hätte Laura erkennen müssen. Aber 18 Jahre waren 18 Jahre. Und das Einzige, was er über Lauras Verbleib in dieser Zeit wusste, hatte er von diesem blonden *surfer boy*

Greg mit dem scheißbraunen Teint erfahren, nachdem er ihm das Ohr abgefackelt hatte.

»Sie ist weg, wegen diesem Typen, den sie getroffen hat«, hatte er geschrien.

»Was für ein Typ?«

»Das … das weiß ich nicht.«

»Was für ein Typ? Was hat er ihr getan?« Fjodor ließ die Flamme über Gregs Ohr lecken, bis er brüllte. »Nichts! Nichts hat er ihr getan.«

»Woher weißt du das?«

»Ich … von ihr … sie …«

»Lüg nicht.« Er hielt die Flamme ganz nah vor Gregs Auge.

»Ich lüg nicht«, schluchzte Greg. »Sie hat's Katy erzählt.«

»Katy. Aha. Und dann? Wo ist sie hin?«

»Katy hat gesagt, sie hat einen Entzug gemacht. In irgend so 'ner Klinik. Sie wollte ihr Leben umkrempeln …«

»Warum?«

»Ich weiß nicht … wegen diesem Typen, glaube ich.«

»Wer ist er?«

»Ich weiß es doch nicht … Bitte! Mehr weiß ich nicht!«

Fjodor hatte ihm schließlich geglaubt, dass er nicht mehr wusste. Das Ohr hatte nicht gut ausgesehen. Und Greg war nicht so hart, wie seine Statur glauben machen wollte.

Abgehauen. Entzug gemacht. Das Leben umgekrempelt.

Als wenn das so einfach wäre!

Aber gut – hatte er später gedacht –, sie war schließlich Jennys Tochter. Und Jenny war aus Stahl, wenn es sein musste.

Er war unfassbar wütend, wenn er daran dachte, was

Laura ihm mit alledem angetan hatte. Und trotzdem war er machtlos.

Auch jetzt.

Deshalb gab es nur eine Lösung: das Harz.

Fjodor starrte über den Lauf des Revolvers. Dieser Dreckskerl wischte Laura den Ruß aus dem Gesicht, als wäre es Teil eines aufregenden Vorspiels. Aber noch weniger konnte er ertragen, dass Laura für immer mit schwarzem Gesicht im Harz liegen sollte. »Genug«, sagte er heiser. Er spürte, wie ihm die Kräfte schwanden. »Leg sie in die Wanne!«

Der Dreckskerl regte sich nicht, sah immer nur Laura an.

Fjodor presste die Zähne aufeinander, schluckte und schmeckte Blut. Am liebsten hätte er ihm seinen Arsch weggeschossen. Doch das musste warten, bis Laura so weit war. »MACH SCHON«, brüllte er.

Endlich! Jetzt hob er sie hoch, einen Arm unter ihren Kniekehlen, den anderen unter ihren Schulterblättern.

»Rüber auf die andere Seite der Wanne. Ich will sehen, wie du sie hineinlegst.«

Wie er um die Wanne herumging! Zögerlich und schwach. Ohne jeden Willen. Was für ein Weichei. Fjodors Blick wanderte über Lauras Körper, und er hasste sich dafür, dass sie ihn so verwirrte.

Er blinzelte. Seine Sehkraft ließ nach. Kein gutes Zeichen.

Jan stand hinter der Wanne.

»Worauf wartest du noch? Leg sie rein.«

Stumm hob Jan sie über den Rand der Wanne. Dann war Laura aus Fjodors Blickfeld verschwunden. Sie lag in der Wanne. Wie gerne hätte er sie jetzt gesehen. Aber aufzustehen würde ihn wertvolle Minuten kosten. Und es gab noch so viel zu tun. Er blinzelte noch einmal. Seine Augen flirrten. »Die Kanister mit den Buchstaben EP drauf. Gieß sie in die Wanne. Alle.«

Die Arme des Schwächlings zitterten, als er den ersten Kanister in die Wanne goss. Es gluckste, und der charakteristische Gestank des Harzes lag in der Luft. Fjodor sah vor seinem inneren Auge, wie Laura auf der untersten, bereits harten Schicht des Harzes lag und das frische Harz einen See um sie herum bildete. »Weiter.«

Das Weichei zögerte.

»Wenn du nicht voranmachst, schieße ich dir in den Bauch, und dann krieche ich zur Wanne und erschieße sie vor deinen Augen.«

Mehr musste er nicht sagen. Das Weichei fuhr sich mit dem Ärmel durchs Gesicht. Unter der Schminke tauchte sein Feuermal wieder auf, rot, violett, hässlich.

Dann kamen Kanister zwei, drei und vier.

Bis wohin stand das Harz wohl? Floss es schon in ihre Ohren?

Er ging es viel zu schnell an. Das wusste er. Nicht umsonst hatte er das alles über Jahre perfektioniert. Das Präparieren, das vorbereitende Tauchbad, die untere Harzschicht, das Verhindern von Lufteinschlüssen. Doch jetzt lief ihm die Zeit davon.

Kanister sieben und acht.

Laura schien sich nicht zu wehren. Sie gab keinen Laut von sich. Hatte sie verstanden, dass es besser so für sie war? Oder musste sie bereits die Luft anhalten? Er dachte an Jenny. Jenny hätte stolz geschwiegen. Vielleicht war es ja auch das.

Dem Weichei brach der Schweiß aus. Der Verband um seine rechte Hand war voller Blut, die rote Linie um seinen Hals war angeschwollen.

Kanister fünfzehn. Sechzehn. Laura hustete und würgte. Das Harz lief ihr in den Mund, drang in ihre Lungen.

»Drück sie runter!«, befahl er. Es kam ihm vor, als sagte das jemand anders, nicht er.

Die Augen des Weicheis waren nass. Er beugte sich hinab, legte all sein Gewicht auf die linke Hand und drückte. Fjodor biss unwillkürlich die Zähne zusammen und wollte plötzlich die Augen schließen. Froggy klopfte an! Aber er ließ ihn nicht herein.

Laura würgte und spuckte noch zweimal.

Das Weichei drückte und zitterte. Sein Gesicht war voller Ruß, Schweiß und Tränen.

Dann war es still.

Fjodor blinzelte. Hörte seinen eigenen Atem. Rasselnd. Kraftlos. »Jetzt den Kanister mit dem großen H drauf«, sagte er matt.

Der Mund des Weicheis war ein Strich. Fjodor versuchte in seinem Gesicht zu lesen, aber seinen Augen entglitt immer wieder die Schärfe, wie bei einer kaputten Kamera. Er hörte, wie der Härter in die Wanne lief. Der scharfe Geruch der Chemikalie war überwältigend.

Friedenstiftend.

Plötzlich hörte er ein Geräusch – eine Art Schleifen. Ein Geräusch, das ganz und gar nicht hier hingehörte. Fjodors Blick ging zur Tür. Der Anblick ließ ihn erstarren.

Kapitel 55

Berlin, 22. Oktober, 04:01 Uhr

Jan stockte der Atem. Ava Bjely robbte keuchend durch die Tür, schob sich nur mit der Kraft ihrer Arme vorwärts. Sie stoppte abrupt, als sie Fjodor sah, die schwarze Bemalung in seinem Gesicht, die Wunde und den Revolver in seiner Hand. »Wo ist Laura?«

Fjodor sah sie an wie eine Erscheinung.

Jan betete, dass Ava Bjely nicht in der Lage sein würde, über den Rand der Wanne zu sehen.

»Wo – ist – Laura?«, wiederholte Ava Bjely.

Fjodors Lippen waren blassblau und bebten. »Frag ihn«, sagte er und wies auf Jan.

»Und?«

Jans Knie gaben nach. Für einen Moment musste er sich am Wannenrand abstützen. Sein Kopf war heiß wie bei einem Fieberschub, seine Gedanken wirr und sprunghaft. Was sollte er sagen? Die Wahrheit? Lügen?

»Wo ist sie, zum Teufel?«, fauchte Ava Bjely.

»Sie ist … da drin.« Jan deutete mit dem Kopf auf die Wanne.

»Da drin? Heißt das etwa, sie ist …«

Jan nickte, sah beiseite.

Ava Bjely schien in sich zusammenzusinken. Kein Laut war zu hören. »Ich will sie sehen.«

Alles, nur das nicht! Jan schloss die Augen. »Tun Sie sich das nicht an, bitte.«

»Sie beschissener Versager«, zischte Ava Bjely. »Ich will sie sehen, also helfen Sie mir gefälligst.«

Jan schüttelte den Kopf.

»Hilf ihr«, sagte Fjodor.

Ava Bjelys Kopf flog zu ihm herum. »Ich brauch deine Unterstützung nicht, du krankes Schwein.«

Fjodor ignorierte sie und hob den Revolver. »HILF IHR!«

Jan sah in die Wanne. Sein Herz zog sich zusammen. Wie in Trance ging er zu Ava Bjely und hob sie hoch. Er fürchtete sich vor nichts so sehr wie vor dem, was jetzt kam. Nur ein falsches Wort würde reichen.

»Da ist nichts«, sagte Ava Bjely.

Drei falsche Wörter.

Totenstille.

»Nichts außer einer Wanne mit irgendeinem stinkenden Zeug drin.«

Jans Herz hämmerte in der Brust.

Fjodor brauchte einen Moment, bis ihn die Worte erreichten. »Was?«

»Da ist nichts. Sagt mir sofort, wo Laura –« Ava Bjely verstummte abrupt. Erst jetzt hatte sie begriffen.

Fjodor stieß einen animalischen Laut aus. Sein Finger krümmte sich um den Abzug.

»Nein!« Ava Bjely riss ihre Arme hoch und warf sich zur Seite, Jan taumelte in einer halben Drehung hinterher. Ein Aufblitzen in der schwarzen Mündung. Der Schuss krachte, ein Zucken durchlief Ava Bjely, und im selben Augenblick hatte Jan das Gefühl, ein Metallrohr in die Seite gerammt zu bekommen. Er schnappte nach Luft, ließ Ava Bjely fallen, stolperte über ihren Körper hinweg und stürzte sich auf Fjodor. Ein zweiter Schuss, und Jan spürte einen tauben Schlag am Bein. Fjodor brüllte vor

Schmerzen, als Jan auf ihn fiel. Er bekam Fjodors rechten Arm zu fassen, drückte die Waffe beiseite, packte mit der anderen Hand seine Kehle und drückte.

Fjodor röchelte. Sein Kehlkopf pumpte, und seine Augen traten aus den Höhlen. In der Iris war keine Spur von Rot, nur ein seltsam durchsichtiger wässriger Ton. Jans Schatten fiel auf Fjodors Gesicht. Unter den schwarzen Ornamenten lief die Haut blau an. Fjodor wand den Hals, die Sehnen waren zum Zerreißen gespannt. Schwarze Farbe blieb an Jans Hand haften, seine Muskeln brannten. Fjodor bäumte sich noch einmal auf, befreite mit einem gewaltigen Ruck den Arm mit der Waffe und richtete den Lauf auf Jans Kopf.

Jans Finger um Fjodors Hals lockerten sich. Mit einem tiefen Röcheln sog Fjodor Luft ein. Die Smith&Wesson bebte. Jan sah den weißen Zeigefinger am Abzug. Sah den Schlagbolzen, der sich hob. Fjodors Augen glühten kalt und übernatürlich groß. Die Zeit raste. Tausend Gedanken und Empfindungen im Bruchteil einer Sekunde.

Jans Innerstes schrie. Wollte nicht glauben, was er sah. Eine zitternde kreisrunde schwarze Öffnung vor seinem Augapfel. Er hieb mit aller Kraft gegen Fjodors Arm, aber es war zu spät. Fjodor drückte den Abzug bis zum Anschlag durch. Dann schnellte der Bolzen vor.

Ein metallisches Klicken ertönte.

Keine Explosion. Kein Schuss.

Jan riss Fjodors Arm mit der Waffe nieder, doch Fjodor gelang es, seinen Arm zu befreien, und schlug mit der Waffe auf Jans Hinterkopf. Jan sah Sterne. Wunderte sich, dass er nicht sofort bewusstlos wurde. Aber das lag wohl daran, dass Fjodor kaum mehr Kraft hatte. Dafür schlug er ein zweites Mal zu. Und ein drittes Mal.

Hätte er nur ein Messer oder wenigstens einen Stein!

Plötzlich fiel ihm die Schere aus dem Verbandskasten ein. Er bekam eine Hand nach hinten, schob sie in die Hosentasche. Da war sie.

Dann traf ihn der nächste Schlag.

Alle Lichter schienen zu flackern.

Er zog die Schere heraus. Die ovalen Griffe drückten sich hart in seine Hand. Mit der abgerundeten stumpfen Spitze voraus stieß er die Schere in Fjodors Brust und drang zwischen den Rippen hindurch ins Fleisch.

Der Revolver fiel polternd zu Boden. Von einem Moment auf den anderen verlor Fjodors Körper jede Spannung, zuckte und sank in sich zusammen.

Jan ließ die Schere los.

Keuchend wälzte er sich von Fjodor herunter. Starrte ihn an.

Zitterte.

Wartete.

Atmete.

»Jan?«

»Ja«, antwortete er heiser.

Hinter der Badewanne ertönte ein Schluchzen.

»Ich komme.« Jan wollte aufstehen, doch die Schmerzen im Unterschenkel und in der Seite hinderten ihn daran. Aus beiden Schusswunden sickerte Blut.

Er biss die Zähne zusammen, sah zu Fjodor. Neben ihm lag ein Schweizer Taschenmesser, das ihm offenbar aus der Hosentasche gerutscht war.

Jan nahm es, dann kroch er auf allen vieren los, an Ava Bjely vorbei, die mit toten Augen an die Decke starrte, um die Wanne herum, auf die hintere Seite, die Fjodor nicht hatte einsehen können – dahin, wo Laura lag.

Als er bei ihr war, nahm er ihr Gesicht in die Hände. »Alles okay?«

Ihr Brustkorb hob und senkte sich unregelmäßig. »Ist er …?«

»Ja.«

Sie sagte nichts. Schüttelte nur den Kopf.

Jan klappte das Messer auf und durchtrennte ihre Fesseln. »Bist du verletzt?«

Sie schüttelte den Kopf. Jan spürte ihren Atem auf seinem Gesicht, sah ihr in die Augen. Ihre Lippen bebten.

Wieder nahm er ihren Kopf zwischen seine Hände. Streichelte ihre Wangen. Er versuchte zu lächeln, doch die Schmerzen waren zu stark.

»Was ist mit meiner Mutter?«

Er schüttelte den Kopf.

Sie schloss kurz die Augen. Schluckte. »Lass mich nicht wieder los, ja?«

Ein heiseres Flüstern kam plötzlich von der anderen Seite der Wanne. »Hey … Weichei.«

Jan erstarrte. Er griff nach dem Messer, und seine Finger schlossen sich fest um das rote Plastik. »Warte«, flüsterte er Laura zu.

Er richtete sich auf und schleppte sich zurück bis zum Waschbecken. Fjodor Bjelys Lider flatterten vor Anstrengung. »Komm näher«, flüsterte er mit dünner Stimme.

Jan zögerte.

»Sieh mich an. Hast du noch Angst?«

Fjodors Stimme war so leise, dass Jan sich unwillkürlich vorbeugte, um ihn besser zu verstehen.

»Jan?« Das war Lauras Stimme hinter der Wanne.

»Ich bin hier. Alles okay.«

Fjodors Blick war nach innen gerichtet, dennoch leuchteten seine Augen kurz auf. »Sie ist meine Tochter. Trotz allem. Verstehst du, was ich meine?«

»Nein, ist sie nicht. Sie haben sie nicht gewollt.«

Ein spöttisches Lächeln lag auf Fjodors schwarz verschmierten Lippen. »Mein Blut, meine Tochter. Du wirst dir niemals sicher sein. Denk ans Herrenhaus. Denk an Nordholm.«

Das Herrenhaus. Nordholm. Jans Nackenhaare sträubten sich.

»Du kennst sie nicht …«

»Ich kenne sie. Ich weiß, wer sie ist.«

»Aber trotzdem willst du wissen, was passiert ist, oder? Solltest du auch … Komm näher … ich hab nicht mehr viel Kraft …«

Jan hob warnend das Messer, setzte es Fjodor an den Hals und brachte sein Ohr ganz nah an dessen Lippen. Die Worte rasselten leise aus Fjodors Mund und brannten sich Buchstabe für Buchstabe in Jans Gedächtnis ein. Mitten im Satz spürte er eine Bewegung hinter sich. Schlanke kräftige Finger legten sich um seine Faust mit dem Messer, stießen die Klinge in Fjodors Hals und rissen die Schneide nach vorne. Ein schwacher Blutstrom quoll aus der Halsschlagader, ein paar Tropfen spritzten in sein Gesicht.

Mit einem Gurgeln und einem langgezogenen Seufzer verstummte Fjodor.

Laura hielt immer noch Jans Hand mit dem Messer fest und sank hinter ihm auf die Knie.

»Verzeih«, sagte sie. »Er hat schon mein ganzes Leben vergiftet. Ich will nicht, dass das noch weitergeht.«

Kapitel 56

Berlin, 5. November, 09:33 Uhr

Jan öffnete die Tür der Pforte der Justizvollzugsanstalt Moabit und trat ins Freie. Noch immer hinkte er ein wenig.

Der Himmel lag schwer und grau über der Stadt. Pulverige Flocken fielen auf den trockenen kalten Boden. Im Sog des Verkehrs auf der Straße Alt-Moabit trieb der Schnee über die Fahrbahn und tanzte zwischen den Scheinwerfern der Autos.

Jan stieß eine Atemwolke in die frostige Luft. Er war nicht auf den plötzlichen Wintereinbruch vorbereitet, und die grimmige Kälte fuhr ihm unter die zu dünne Windjacke. Rasch ging er am runden, ziegelroten Wachturm der JVA Moabit vorbei und auf das wuchtige offenstehende Gittertor der Pforte zu. In seinem Rücken ragte die Strafanstalt auf, der sternförmige Bau mit seinen 1300 Haftplätzen.

Die zwei Wochen Untersuchungshaft hatten ihm zugesetzt. Obwohl er die meiste Zeit im Haftkrankenhaus der JVA verbracht hatte. Mit seinen Schussverletzungen habe er geradezu unverschämtes Glück gehabt, wurde ihm von den Ärzten versichert. Keine verletzten Organe, keine zertrümmerten Knochen. Die Smith&Wesson war mit Vollmantelgeschossen geladen gewesen, so dass der Schuss in die Seite einen sauberen Schusskanal und eine kleine Austrittswunde hinterlassen hatte. Auch die Wunde am Bein war weniger schlimm, als es zunächst ausgesehen hatte.

Nach einer kurzen Schonfrist hatten die Befragungen begonnen. Nicht enden wollende Verhöre, bohrende, sich ständig wiederholende Fragen – immer wieder beschlich ihn das Gefühl, dass niemand ihm glaubte. Die ganze Geschichte kam ihm ja selbst so ungeheuerlich vor, dass er sie kaum glauben konnte.

Dann endlich hatte Paul Stegner, sein Strafverteidiger, gesagt, dass es vorbei sei. Am nächsten Morgen könne er die Anstalt verlassen.

Das war jetzt.

Am Gittertor sah Jan eine dick eingemummelte Gestalt. Sein Herz schlug schneller, als er über die Schwelle des Tors trat. Er hatte den Moment herbeigesehnt, und zugleich fürchtete er ihn. Während der U-Haft hatte Laura ihn nicht besuchen dürfen, da sie, ebenso wie Katy, Zeugin war. Verdunklungsgefahr, hatte es geheißen. Dass Laura seine Hand mit dem Messer in Fjodors Hals gestoßen hatte, verschwieg er.

Er wusste, dass Laura Fragen haben würde. Und dann war da noch das, was Fjodor ihm gesagt hatte. Wie Gift hatten sich die letzten Worte von Lauras Vater in seine Gedanken geschlichen. Und er war sich immer noch nicht sicher, ob es ein letzter Beleg für Fjodors Wahnsinn war, für seinen unbedingten Willen, selbst über seinen Tod hinaus noch die Fäden in der Hand zu halten, oder ob etwas Wahres daran war.

Laura sah aus, wie für einen sibirischen Winter gerüstet, mit einem übergroßen dunklen Männermantel, darunter eine robuste dunkelbraune Jeans, stabile Stiefel, und um den Hals trug sie einen dicken Wollschal. Die Haare hatte sie unter einer Wollmütze hochgesteckt, in der sich Schneeflocken fingen.

»Hey«, sagte sie.

Jan umarmte sie.

Ihre Wange lag kalt an seiner, offenbar wartete sie schon länger. Sie roch nach Fahrenheit, und er musste an ihre letzte Umarmung denken, im weiß gefliesten Keller ihres Vaters. Kein Fahrenheit, nur Ruß, kalter Schweiß, der Geruch von Tod und den chemischen Stoffen des Kunstharzes.

Er küsste sie, und trotz der Kälte wurde ihm warm. Wie machte sie das, verdammt? Er war Mitte dreißig und fühlte sich, wie schon in Frankreich, als wäre er zurückgekehrt auf den Schulhof, wo er genau diesen Augenblick herbeigesehnt hatte. Zwanzig Jahre, und an seinen Gefühlen hatte sich nichts geändert.

Und zugleich war alles anders.

Laura löste ihre Lippen von seinen. Warmer Atem dampfte in der Luft. Sie blickte kurz hoch, in den Himmel. »Immer wenn wir uns küssen, dann regnet oder schneit es.«

»Besser Schnee in Berlin als Regen an der Côte d'Azur.«

Laura knöpfte den Mantel auf. Darunter kam ein taillierter hellbrauner Tweedmantel mit Gürtel zum Vorschein. »Ich dachte, dir ist vielleicht kalt.« Sie reichte Jan den Mantel.

Dankbar nahm er ihn und schlüpfte hinein. »Vorgewärmt«, stellte er fest und lächelte. »Gehen wir ein Stück?«

Laura nickte. Sie war blass. Unter den Augen hatte sie dunkle Schatten.

Sie wandten sich nach links und gingen die Alt-Moabit hinunter.

»Wie geht's dir?«, fragte Laura und sah auf sein Bein, das er immer noch nicht voll belastete.

»Das Bein und die Seite sind ganz in Ordnung. Ich hab

Glück gehabt«, sagte er. »Und ansonsten bin ich froh, dass ich draußen bin. Und du?«

Sie zuckte mit den Schultern. »Die Tage sind ganz in Ordnung.«

Er verzog das Gesicht. Die Nächte waren es nicht. Wie auch?

Sie bogen nach links in die Rathenower Straße und gingen Richtung Fritz-Schloss-Park.

»Wie genau ist sie gestorben?«, fragte Laura.

Ohne Umschweife zum Thema. Ein wenig Small Talk zum Einstieg wäre ihm lieber gewesen. »Deine Mutter?«

Laura nickte.

Er räusperte sich, stopfte die kalten Hände in die Manteltaschen. »Sie hat sich regelrecht vor mich geworfen. Ohne sie hätte die Kugel mich erwischt.«

Laura schwieg.

»Eigentlich ging es ihr um dich. Sie wollte dich retten.«

»Dabei hat sie mich so gehasst«, murmelte Laura.

Ja und nein, dachte Jan.

»Er hat gesagt, dass sie mich umbringen wollte. Weißt du warum?«

Das war eine der Fragen, die er fürchtete.

Ein Laster fuhr dröhnend an ihnen vorbei, verwirbelte den fallenden Schnee und gab Jan einen Moment Zeit. Stockend begann er, ihr zu erzählen, was er wusste. Laura nickte nur. Ihre Miene war undurchdringlich, eine Mauer aus Selbstschutz.

»Wenn sie mich wirklich schützen wollte«, sagte sie schließlich, »ich meine … wenn sie wusste, was für ein Mensch er war, warum hat sie dann geschwiegen?«

Jan zuckte mit den Achseln. »Vielleicht hatte er sie in der Hand. Irgendwie waren die beiden wie aneinandergekettet. Vielleicht hat sie sich auch mitschuldig gemacht, bei irgendetwas.«

»Glaubst du, sie wusste von den Frauen?«

Jan schüttelte den Kopf. »Sicher nicht. Er hat die Immobilien verwaltet, und deine Mutter ist kaum aus dem Haus gekommen. Die Klinik im Herrenhaus war sein Reich. Das perfekte Versteck. Hat die Polizei dort eigentlich noch irgendetwas Verwertbares finden können nach dem Brand?«

»Vor allem Knochenreste. Die Polizei ist immer noch mit der Analyse beschäftigt. Im Keller gibt es mehrere wannenähnliche Becken, einen alten OP-Tisch und einen motorbetriebenen Gabelstapler. Mit dem hat er vermutlich die fertigen Harzblöcke transportiert.«

Jan lief es bei der Vorstellung kalt den Rücken hinab.

»Trotzdem verstehe ich nicht, warum meine Mutter damals nicht die Polizei gerufen hat. Er hatte sie fast umgebracht. Wie konnte sie so lange mit ihm unter einem Dach leben?«

Jan schwieg einen Moment. »Ich bin mir sicher, es gibt einen Grund. Jedenfalls war sie nicht der Typ Mensch, der etwas ohne Grund tut – oder lässt.«

Laura nickte stumm und ließ es dabei bewenden.

Rechts von ihnen lag der Fritz-Schloss-Park, und sie bogen auf den verschneiten Weg ab.

»Wie geht es Katy?«, fragte Jan.

»Hm?«

»Wie es Katy geht. Kriegt sie das mit Greg einigermaßen verpackt?«

»Geht so. Sie wohnt wieder zu Hause.«

»Wirklich?« Beim Gedanken an Katys Mann überkamen ihn mehr als ambivalente Gefühle.

»Aber sie hat Sören rausgeschmissen.«

»Oh. Verstehe.«

»Sie hat gefragt, ob wir nachher vorbeikommen.«

Jan blieb stehen und sah auf den schneebedeckten Weg, der weiter in den Park führte. »Mir ist ohnehin zu kalt. Ich brauchte nur mal das Gefühl, wirklich draußen zu sein.«

»Nehmen wir die S-Bahn?«

Jan nickte. Er musste plötzlich an seinen Vater denken, an ihre letzte Begegnung, wie er da unter dem Vordach des Seniorenheims gestanden hatte. Er spürte den alten Knoten wieder in seinem Magen und schwor sich, ihn anzurufen.

Laura stand neben ihm und versuchte, in seinem Gesicht zu lesen. »Was machen wir jetzt eigentlich?«

»Zu Katy fahren, dachte ich.«

»Nein, ich meine, wir beide … mit uns …«

»Ist das eine ernstgemeinte Frage?«

Sie sagte nichts. Ihre Augen sahen grau aus, der Himmel spiegelte sich in ihnen. Sie wirkte auf einmal verloren.

»Verzeih.« Er nahm sie fest in die Arme. »Ich bin hier.«

Sie drückte sich an ihn. Ihr Mund war an seinem Ohr. Er bekam eine Gänsehaut und ertappte sich bei dem Gedanken an ungezügelten Sex. »Sag mal«, flüsterte sie, »was hat mein Vater eigentlich gesagt, bevor er …«

Für einen Moment ließ das Ziehen in seinen Lenden nach.

Die Gänsehaut blieb.

»Nichts«, sagte er. »Wirres Zeug.«

Danke …

… zuallererst an Meike, Janosch und Rasmus. Zwei Beine im Job und den Kopf voller Bücher, da kommt gerade Ihr oft zu kurz. Dass Ihr trotzdem immer wieder Verständnis und Neugier für mein Schreiben aufbringt, macht mich zutiefst dankbar. Genauso wie Deine Psychologen-Couch, Meike, auf die ich meine Protagonisten und meine Story immer gerne lege.

Einen herzlichen Dank an Dich, Katrin. Dein Lektorat hat mich grübeln, grummeln und manchmal auch über mich selbst lachen lassen. Und immer hat es dieses Buch besser gemacht. Julia, Dir danke für Deine Begeisterung von der ersten Sekunde an. Eine Agentin ist eins, eine gute Agentin etwas ganz anderes. Liebe ›Ullsteiner‹, und das geht an alle, ohne Eure Arbeit hätte ich eine gute Geschichte, aber kein Buch, das so viele Menschen erreicht. Danke dafür.

Liebe Annette und lieber Norik, wenn Ihr die ersten Seiten verschlingt, weiß ich, ich liege richtig. Und wenn es so weitergeht, umso mehr.

Und Verma, Peter, Wilfried, Henrik und allen Freunden und Bekannten, die mir mit Kritik und Feedback geholfen haben, ein lautes Danke! Auch wenn ich es bin, der dieses Buch geschrieben hat, Ihr habt alle Euren Anteil daran.